OBRIGADA PELAS LEMBRANÇAS

cecelia ahern

OBRIGADA PELAS LEMBRANÇAS

Tradução
Paula Di Carvalho

Rio de Janeiro, 2024

Copyright © 2008 por Cecelia Ahern. Todos os direitos reservados.
Copyright da tradução © 2021 por Casa dos Livros Editora LTDA.
Todos os direitos reservados.

Título original: *Thanks for the memories*

Todos os direitos desta publicação são reservados à Casa dos Livros Editora LTDA. Nenhuma parte desta obra pode ser apropriada e estocada em sistema de banco de dados ou processo similar, em qualquer forma ou meio, seja eletrônico, de fotocópia, gravação etc., sem a permissão dos detentores do copyright.

COPIDESQUE	Pérola Gonçalves
REVISÃO	Rowena Esteves
CAPA	Heike Schüssler
ADAPTAÇÃO DE CAPA	Guilherme Peres
CRÉDITO DE IMAGEM	Shutterstock
DIAGRAMAÇÃO	Abreu's System

Dados Internacionais de Catalogação na Publicação (CIP)
(Câmara Brasileira do Livro, SP, Brasil)

Ahern, Cecelia
  Obrigada pelas lembranças / Cecelia Ahern; tradução Paula Di Carvalho. – Rio de Janeiro: HarperCollins Brasil, 2024.

  Título original: Thanks for the memories.
  ISBN 978-65-5511-299-3

  1. Ficção irlandesa 2. Londres (Inglaterra) – Ficção 3. Memória – Ficção 4. Pais e filhos – Ficção 5. Sangue – Transfusão – Ficção I. Título.

22-103791   CDD-Ir823

Índice para catálogo sistemático:
1. Literatura irlandesa – Ficção   Ir823
Bibliotecária responsável: Camila Donis Hartmann – Bibliotecária – CRB-7/6472

HarperCollins Brasil é uma marca licenciada à Casa dos Livros Editora Ltda. Todos os direitos reservados à Casa dos Livros Editora LTDA.

Rua da Quitanda, 86, sala 601A – Centro,
Rio de Janeiro/RJ – CEP 20091-005
Tel.: (21) 3175-1030
www.harpercollins.com.br

Obrigada às minhas pessoas preciosas por seu amor, orientação e apoio; David, Mimmie, papai, Georgina, Micky, Rocco, Jay, Breda e Neil. À Marianne por seu toque de Midas e por sua visão "barulhenta". Agradeço a Lynne Drew, Amanda Ridout, Claire Bord, Moira Reilly, Tony Purdue, Fiona MacIntosh e a toda a equipe HarperCollins. Um enorme agradecimento, como sempre, a Vicky Satlow com sua energia incrível, e Pat Lynch. Gostaria de agradecer a todos os meus amigos por me apoiarem e participarem da aventura comigo. Um agradecimento especial a Mark Monahan da Trinity College, Karen Breen do Irish Blood Transfusion Service Bernice do Viking Splash Tours.

Dedicado com amor aos meus avós, Olive & Raphael Kelly e Julia & Con Ahern. Obrigada pelas lembranças.

PRÓLOGO

Feche os olhos e encare a escuridão.

Esse era o conselho dado pelo meu pai quando eu era criança e não conseguia dormir. No presente, ele não iria querer que eu fizesse isso, mas decidi fazer mesmo assim. Estou encarando essa imensurável escuridão que se estende muito além das minhas pálpebras fechadas. Apesar de estar estirada no chão, me sinto pendurada no ponto mais alto possível; agarrada a uma estrela no céu com as pernas balançando sobre o nada preto e frio. Dou uma última olhada para meus dedos cerrados ao redor da luz e os solto. E lá vou eu, caindo, então flutuando, e caindo de novo, aguardando a aterrissagem da minha vida.

Sei agora, assim como sabia quando era a menina que tentava dormir, que há cor por trás da tela translúcida das pálpebras. Ela me provoca, me desafia a abrir os olhos e a perder o sono. Vislumbres de vermelho e âmbar, amarelo e branco salpicam minha escuridão. Eu me recuso a abrir os olhos. Eu me rebelo e os aperto com mais força, para bloquear os grãos de luz, meras distrações que nos mantêm acordados, mas um sinal de que há vida além.

Mas não há vida em mim. Nenhuma que eu consiga sentir de onde estou, deitada ao pé da escada. Meu coração bate mais forte agora, um lutador solitário no ringue, com sua luva de boxe vermelha pulsando vitoriosamente no ar, se recusando a desistir. É a única parte de mim que se importa, a única parte que alguma vez já se importou. Ele luta para bombear o sangue pelo corpo, para curar, para substituir o que estou perdendo. Mas tudo está deixando meu corpo tão rápido quanto chega, formando um profundo oceano preto ao redor de onde eu caí.

Correndo, correndo, correndo. Estamos sempre correndo. Nunca com tempo o bastante aqui, sempre tentando chegar lá. Precisava ter saído daqui há cinco minutos, preciso estar lá agora. O telefone volta a tocar e eu percebo a ironia. Eu poderia ter ido com calma e o atendido agora.

Agora, não antes.

Eu poderia ter levado todo o tempo do mundo em cada um desses degraus. Mas estamos sempre correndo. Tudo, menos meu coração, que está desacelerando agora. Não me importo muito. Coloco a mão na barriga. Se meu bebê se foi, e suspeito que sim, eu me juntarei a ele lá. Lá... onde? Onde for. Bebê; um termo tão genérico. Ele ou ela, tão jovem; quem se tornaria, ainda uma pergunta. Mas lá, eu serei sua mãe.

Lá, não aqui.

Direi a ele: me desculpe, meu amor, me desculpe por arruinar suas chances, minha chance; nossa chance de uma vida juntos. Mas agora feche os olhos e encare a escuridão, como a mamãe está fazendo, e nós encontraremos nosso caminho juntos.

Ouço um barulho no cômodo e sinto uma presença.

— Ah, meu Deus, Joyce, ah, meu Deus. Consegue me ouvir, meu amor? Ah, Deus. Ah, Deus. Ah, por favor, não, Deus do Céu, não a minha Joyce, não leve a minha Joyce. Aguenta firme, meu amor, eu estou aqui. Papai está aqui.

Eu não quero aguentar firme e tenho vontade de dizer isso a ele. Eu me ouço grunhir, um ganido animalesco que me surpreende e me assusta. Eu tenho um plano, quero dizer a ele. Quero ir embora, só então poderei ficar com meu bebê.

Só então, não agora.

Ele me impediu de cair, mas ainda não aterrissei. Em vez disso, ele me ajuda a me equilibrar no nada, planar enquanto sou forçada a tomar uma decisão. Quero continuar caindo, mas ele está ligando para a ambulância e agarrando minha mão com tamanha ferocidade que é como se fosse *ele* quem estivesse com a vida por um triz. Como se eu fosse tudo o que ele tem. Ele afasta o cabelo da minha testa e chora alto. Eu nunca o ouvi chorar. Nem mesmo quando mamãe morreu.

Ele se segura à minha mão com uma força que eu nunca soube que seu velho corpo tinha e eu me lembro de que sou tudo o que ele tem e que ele, assim como antes, é tudo para mim. O sangue continua a correr pelo meu corpo e para fora dele. Correndo, correndo, correndo. Estamos sempre correndo. Talvez eu esteja me apressando de novo. Talvez não seja minha hora de ir.

Sinto a pele áspera de mãos idosas apertando as minhas, e sua intensidade e familiaridade me forçam a abrir os olhos. Eles são banhados pela luz e eu vislumbro o rosto dele, uma expressão que eu nunca mais quero ver. Papai se agarrando ao bebê dele. Eu sei que já perdi o meu; não posso deixar que ele perca o dele. Ao tomar minha decisão, já começo a sentir a dor do luto. Eu aterrissei agora, o pouso da minha vida. E, ainda assim, meu coração segue batendo.

Mesmo partido ele ainda funciona.

Um mês antes

UM

— Transfusão de sangue — anuncia a dra. Fields do pódio de um auditório no prédio de artes da Trinity College — é o processo de transferir sangue ou produtos derivados do sangue de uma pessoa para o sistema circulatório de outra. Transfusões de sangue podem tratar questões médicas, como perdas excessivas de sangue causadas por trauma, cirurgia, choque ou quando o mecanismo de produção de glóbulos vermelhos para de funcionar.

"Eis os fatos. São necessárias três mil doações por semana na Irlanda. Só três por cento da população irlandesa é formada por doadores, fornecendo sangue para quase quatro milhões. Uma entre quatro pessoas precisará de uma transfusão em algum momento. Deem uma olhada na sala agora."

Quinhentas cabeças se viram para todos os lados. Risadinhas desconfortáveis quebram o silêncio.

A dra. Fields eleva a voz acima da desordem.

— Ao menos 150 pessoas dessa sala precisarão de uma transfusão de sangue em algum estágio da vida.

Isso os silencia. Alguém levanta a mão.

— Sim?

— De quanto sangue um paciente precisa?

— Qual é o comprimento de um barbante, idiota — zomba uma voz ao fundo, e uma bola de papel amassado voa em direção à cabeça do jovem autor da pergunta.

— Ótima pergunta. — A dra. Fields franze a testa para a escuridão, incapaz de ver os alunos com a luz do projetor. — Quem a fez?

— Sr. Avara — exclama alguém do outro lado da sala.

— Tenho certeza de que o sr. Avara é capaz de falar por si. Qual é o seu primeiro nome?

— Amin — responde ele com uma voz desanimada.

Uma risada irrompe. A dra. Fields suspira.

— Amin, obrigada pela pergunta; e, para o resto de vocês, não existe pergunta idiota. É exatamente para isso que serve a Semana do Sangue Pela Vida. Para fazer todas as perguntas que quiserem, aprender tudo o que precisam saber sobre transfusão de sangue antes de possivelmente doar hoje, amanhã, pelo restante da semana no campus, ou talvez regularmente no futuro.

A porta principal se abre, deixando entrar uma fresta de luz no auditório escuro. Justin Hitchcock entra, sua expressão concentrada iluminada pela luz branca do projetor. Está com várias pastas de documentos embaixo de um dos braços, todas escorregando mais a cada segundo. Ele ergue um joelho para ajeitá-las. Sua mão direita carrega uma pasta de trabalho cheia demais e um copo de isopor cheio de café perigosamente equilibrado. Ele abaixa o pé lentamente de volta ao chão, como num movimento de tai chi chuan, e abre um sorriso aliviado quando a calma é restaurada. Quando alguém dá um risinho debochado, o ato de equilibrismo é novamente prejudicado.

Segura firme, Justin. Tire os olhos do copo e avalie a situação. Mulher no pódio, quinhentos alunos. Todos encarando você. Diga alguma coisa. Alguma coisa inteligente.

— Estou confuso — anuncia ele para a escuridão, atrás da qual ele sente algum tipo de vida se anunciar. Há cochichos pela sala, e ele sente todos os olhos em si quando recua para a porta a fim de verificar o número.

Não derrame o café. Não derrame o maldito café.

Ele abre a porta, permitindo que feixes de luz entrem novamente e fazendo com que os que alunos em sua mira cubram os olhos.

Cochichos, cochichos, nada é mais engraçado do que um homem perdido.

Carregado de objetos, ele consegue segurar a porta aberta com a perna. Volta a olhar para o número na parte externa da porta, então de volta ao seu papel, o papel que, caso ele não pegue naquele exato segundo, flutuará para o chão. Ele se mexe para pegá-lo. Mão errada. Copo de isopor cheio de café cai no chão. Seguido rapidamente pela folha de papel.

Droga! Começou de novo, cochichos, cochichos. Nada é mais engraçado do que um homem perdido que derramou seu café e derrubou sua programação.

— Posso ajudá-lo? — A professora desce do pódio.

Justin entra com o corpo inteiro na sala e restaura a escuridão.

— Bem, está dizendo aqui... ou melhor, estava dizendo ali — ele aponta com a cabeça para a folha ensopada no chão — que eu tenho uma aula aqui agora.

— O alistamento de alunos internacionais é na sala de exame.

Ele franze a testa.

— Não, eu...

— Desculpe. — Ela se aproxima. — Pensei ter ouvido um sotaque americano.

Ela pega o copo de isopor e o joga numa lixeira, estampada com um aviso "Proibido entrar com bebidas".

— Ah... é... me desculpe.

— Sua aula deve ser na sala ao lado. — Então adiciona, num sussurro: — Acredite em mim, você não quer se juntar a esta turma.

Justin pigarreia e corrige a postura, prendendo as pastas com mais firmeza embaixo do braço.

— Na verdade, eu vou lecionar história da arte e arquitetura.

— Você é professor?

— Professor convidado. Acredite se quiser.

Ele sopra o cabelo para longe da testa suada. *Cortar o cabelo, lembre-se de cortar o cabelo. Lá vêm eles de novo, cochichos, cochichos. Um professor perdido que derramou o café, derrubou sua programação, está prestes a perder suas pastas e precisa cortar o cabelo. Definitivamente não há nada mais engraçado.*

— Professor Hitchcock?

— Eu mesmo. — Ele sente as pastas escorregando dos braços.

— Ah, peço desculpas — sussurra ela. — Eu não sabia. — Ela segura uma pasta para ele. — Sou a dra. Sarah Fields, do IBTS. A administração me disse que eu poderia ter meia hora com os alunos antes da sua aula, com sua permissão, é claro.

— Ah, bem, ninguém me informou disso, mas *no problema*. — *No problema?* Ele balança a cabeça para si mesmo e segue para a porta. *Starbucks, aí vou eu.*

— Professor Hitchcock?

Ele para na porta.

— Sim?

— Gostaria de se juntar a nós?

Certamente não. Tem um cappuccino e um muffin de canela esperando por mim. Não. Só diga que não.

— Hum... nn-im. — *Nim?* — Quer dizer, sim.

Cochichos, cochichos, cochichos. Professor pego na mentira. Forçado a fazer algo que claramente não queria por jovem atraente de jaleco branco alegando ser médica de uma organização de sigla desconhecida.

— Ótimo. Seja bem-vindo.

Ela coloca as pastas embaixo do braço dele e volta ao pódio para se dirigir aos alunos.

— Certo, atenção. De volta à pergunta inicial sobre as quantidades de sangue. Uma vítima de um acidente automobilístico pode precisar de até trinta unidades de sangue. Uma ponte de safena pode usar entre uma e cinco unidades. Varia, mas, com tantas quantidades necessárias, agora vocês conseguem ver por que *sempre* queremos doadores.

Justin ocupa um assento na primeira fileira e escuta com pavor a discussão à qual se juntou.

— Alguém tem alguma dúvida?

Você pode mudar de assunto?

— As pessoas são pagas para doar sangue?

Mais risadas.

— Não neste país, sinto dizer.

— A pessoa que recebe o sangue sabe quem é o doador?

— Os doadores normalmente são anônimos aos receptores, mas os componentes do banco de sangue são sempre individualmente rastreáveis por meio do ciclo de doação, testagem, separação em amostras, armazenagem e administração ao receptor.

— Qualquer um pode doar sangue?

— Boa pergunta. Tenho aqui uma lista de contraindicações. Por favor, leiam cuidadosamente e tomem nota se desejarem.

A dra. Fields posiciona a folha transparente no retroprojetor e seu jaleco branco se ilumina com uma fotografia impactante de alguém em grande necessidade de uma doação. Quando ela se afasta, a imagem preenche a tela na parede.

As pessoas grunhem, e a expressão "que nojo" viaja pelos assentos, como uma onda de "olé" dado por uma torcida na arquibancada. Passa duas vezes por Justin. Ele sente tontura e desvia o olhar da imagem.

— Oops, folha errada — diz a dra. Fields em tom irreverente, substituindo-a lentamente pela lista prometida.

Justin a lê com muita esperança de encontrar fobia de agulha ou sangue, num esforço de ser eliminado como possível doador. Não há nada disso; não que isso importasse, já que as chances de ele doar uma gota de sangue a qualquer pessoa são tão raras quanto ter boas ideias pela manhã.

— Que pena, Avara. — Outra bola de papel sai voando do fundo do corredor e atinge a cabeça de Amin de novo. — Gays não podem doar sangue.

Amin ergue dois dedos no ar de maneira despreocupada.

— Isso é discriminação — observa uma garota.

— É também uma discussão para outro dia — responde a dra. Fields, ignorando-os. — Lembrem-se, seu corpo vai substituir a parte líquida doada em 24 horas. Considerando que uma unidade de sangue tem aproximadamente meio litro e que todo mundo tem de oito a doze unidades no corpo, uma pessoa comum pode facilmente dar umazinha.

Risadinhas juvenis irrompem pelo duplo sentido da frase.

— Gente, por favor. — A dra. Fields bate as mãos, tentando desesperadamente chamar a atenção da turma. — O objetivo da Semana do Sangue Pela Vida é educar, tanto quanto conseguir doações. Não tem problema rir e fazer piada, mas neste momento eu acho importante atentar ao fato de que a *vida* de alguém, seja uma mulher, um homem ou uma criança, poderia depender de você agora.

O silêncio recai rápido sobre a sala. Até Justin para de falar sozinho.

DOIS

— Professor Hitchcock. — A dra. Fields se aproxima de Justin, que está arrumando suas notas no pódio enquanto os alunos fazem um intervalo de cinco minutos.

— Por favor, me chame de Justin, doutora.

— Por favor, me chame de Sarah.

— É um prazer — *imenso* — conhecê-la, Sarah.

— Eu só quero me certificar de que vamos nos ver mais tarde?

— Mais tarde?

— Sim, mais tarde. Tipo... depois da sua aula. — Ela sorri.

Ela está flertando comigo? Faz tanto tempo, como vou saber? Responda, Justin, responda.

— Ótimo. Um encontro seria ótimo.

Ela aperta os lábios para esconder um sorriso.

— Está bem, eu te encontro na entrada principal e te levo lá pessoalmente.

— Me levar aonde?

— À nossa estação de coleta de sangue. Fica ao lado do campo de rúgbi, mas eu preferiria levá-lo pessoalmente.

— Coleta de sangue... — Ele é imediatamente tomado pelo pânico. — Ah, eu não acho que...

— E vamos beber alguma coisa depois?

— Sabe o que é? Eu acabei de sair de uma gripe, então acho que não me qualifico como doador. — Ele levanta as mãos e dá de ombros.

— Você está tomando antibiótico?

— Não, mas é uma boa ideia, Sarah. Talvez eu *devesse* tomar... — Ele esfrega a garganta.

— Ah, acho que você vai ficar bem. — Ela dá um sorrisinho.

— Não, sabe o que é, eu andei tendo umas doenças bem infecciosas nos últimos tempos. Malária, varíola, o pacote completo. Estive numa área muito tropical. — Ele se lembra da lista de contraindicações. — E meu irmão, Al? Ele tem lepra. — *Tosco, tosco, tosco.*

— É mesmo? — Ela ergue uma sobrancelha e, por mais que ele tente resistir com toda força, acaba abrindo um sorriso. — Há quanto tempo você saiu dos Estados Unidos?

Pense direito, pode ser uma pegadinha.

— Eu me mudei para Londres há três meses — responde ele enfim, a verdade.

— Ah, que sorte a sua. Se tivesse sido há dois meses, você não poderia doar.

— Mas calma aí, deixe-me pensar melhor... — Ele coça o queixo e raciocina, murmurando meses do ano aleatórios em voz alta. — Talvez *tenha* sido há dois meses. Se eu contar de trás para frente da data em que eu cheguei... — Ele se distrai, contando nos dedos e encarando o nada com uma expressão concentrada.

— Você está com medo, professor Hitchcock? — Ela sorri.

— Medo? Não! — Ele joga a cabeça para trás e dá uma risada. — Mas eu já mencionei que estou com malária? — Ele suspira diante da incapacidade dela de levá-lo a sério. — Bem, minhas desculpas acabaram.

— Eu te encontro na entrada às seis da noite. Ah, não esquece de comer antes.

— É claro, porque eu estarei *faminto* antes do meu encontro com uma agulha gigantesca homicida — murmura ele ao observá-la indo embora.

Os alunos começam a voltar para a sala, e ele tenta esconder o sorriso de prazer, mesmo que misturado a outros sentimentos. Finalmente, a sala seria dele.

Muito bem, meus amiguinhos do cochicho. Hora da revanche.

Ele começa antes que todos estejam sentados.

— Arte — anuncia para o auditório, e escuta o som de lápis e cadernos sendo tirados de bolsas, zíperes e fivelas barulhentos, estojos de metal chacoalhando; tudo novo para o primeiro dia. Objetos limpíssimos e imaculados. Pena que o mesmo não pode ser dito dos alunos. — O produto da criatividade humana.

Ele não espera que eles o alcancem. Na verdade, está na hora de se divertir um pouco. Ele acelera o discurso.

— A criação de coisas belas e significativas. — Ele caminha pela sala enquanto fala, ainda escutando sons de zíperes e objetos chacoalhando.

— Professor, o senhor pode repetir, por...

— Não — interrompe ele. — A engenharia — continua — é a aplicação prática da ciência ao comércio ou à indústria.

Silêncio completo agora.

— Criatividade e praticidade. O fruto dessa fusão é a arquitetura.

Mais rápido, Justin, mais rápido!

— Arquitetura-é-a-transformação-de-ideias-em-uma-realidade-
-física. A-estrutura-complexa-e-cuidadosamente-projetada-de-algo-
-levando-em-conta-uma-época-específica. Para-entender-a-arquitetura-
-precisamos-analisar-a-relação-entre-tecnologia-ciência-e-sociedade.

— Professor, o senhor pode...

— Não. — Mas ele desacelera um pouco. — Nós analisamos como a arquitetura foi moldada pela sociedade ao longo dos séculos, como ela continua a ser moldada, mas também como ela, por sua vez, molda a sociedade.

Ele faz uma pausa e olha para os rostos jovens que o encaram, suas mentes como receptáculos vazios esperando para serem preenchidos. Tanto para aprender, tão pouco tempo para fazê-lo, tão pouco entusiasmo para entender verdadeiramente. É o trabalho dele lhes dar entusiasmo. Compartilhar com eles suas experiências de viagem, seu conhecimento de todas as grandes obras-primas de séculos passados. Ele os transportará do auditório abafado da prestigiosa faculdade de Dublin para as salas do Museu do Louvre, ouvirá o eco de seus passos enquanto os guia pela Basílica de Saint-Denis, pela Saint-Germain-
-des-Près e pela Saint-Pierre de Montmartre. Eles conhecerão não apenas datas e estatísticas, mas também o cheiro das pinturas de Picasso, a textura do mármore barroco, o som dos sinos da Catedral

de Notre-Dame. Vão viver tudo isso bem aqui, nesta sala de aula. Ele trará tudo para eles.

Eles estão te encarando, Justin. Fale alguma coisa.

Ele dá um pigarro.

— Este curso ensinará vocês a analisar obras de arte e entender sua importância histórica. Ele permitirá que desenvolvam uma consciência do ambiente ao mesmo tempo em que lhes fornecerá uma sensibilidade mais profunda em relação à cultura e aos ideais de outras nações. O material será extenso: história da pintura, escultura e arquitetura da Grécia Antiga aos tempos modernos; arte irlandesa primitiva; os pintores da Itália renascentista; as grandes catedrais góticas da Europa; as suntuosidades arquitetônicas da era georgiana e as realizações artísticas do século XX.

Ele permite que um silêncio se instale.

Será que estão arrependidos após ouvirem o que os espera pelos próximos quatro anos de vida? Ou será que seus corações batem descontrolados de empolgação, assim como o dele, só de pensar em tudo o que está por vir? Mesmo depois de todos esses anos, ele ainda sente o mesmo entusiasmo pelas construções, pinturas e esculturas ao redor do mundo. Sua exultação o deixa frequentemente sem fôlego durante as aulas; ele precisa se lembrar de desacelerar, não contar tudo de uma vez. Mas queria que eles soubessem de tudo, naquele momento!

Ele volta a olhar para o rosto deles e tem uma epifania.

Você os conquistou! Eles estão prestando atenção em cada palavra sua, apenas esperando para ouvir mais. Você conseguiu, eles estão na sua mão!

Alguém solta um pum e a sala explode em risadas.

Ele suspira após o balde de água fria e continua o discurso num tom entediado.

— Eu me chamo Justin Hitchcock e, durante minhas aulas como convidado especial, vocês terão uma introdução à pintura europeia, movimentos como o Renascimento italiano e o Impressionismo francês. Isso inclui a análise crítica de pinturas, a importância da iconografia e as várias técnicas usadas por artistas, da idade média até os dias de hoje. Também falaremos um pouco sobre arquitetura europeia. Dos templos gregos aos dias de hoje, blá-blá-blá. Dois voluntários para me ajudar a distribuir o material, por favor.

E assim começou outro ano. Ele não estava mais em casa, em Chicago; havia se mudado para Londres a fim de acompanhar a ex-esposa e a filha e fazia ponte aérea de lá para Dublin a fim de dar suas aulas. Um país diferente, talvez, mas outra turma igual. Primeira semana e tolos. Outro grupo demonstrando imaturidade e a incompreensão de suas paixões; desconsiderando de propósito a possibilidade — não, não a possibilidade, a *certeza* — de aprender algo maravilhoso e incrível.

Não importa o que você diga daqui em diante, amigo, a única coisa de que eles lembrarão ao ir para casa é do pum.

TRÊS

— Qual é a das piadas de pum, Bea?

— Ah, oi, pai.

— Que tipo de cumprimento é esse?

— Ai, nossa, caramba, pai, tão bom saber de você. Faz o quê? Ah é, três horas desde a sua última ligação?

— Tudo bem, não precisa dar uma de Gaguinho para cima de mim. Sua querida mãe já voltou para casa depois de um dia na vida nova dela?

— Sim, ela está em casa.

— E ela trouxe consigo o maravilhoso Laurence?

Ele não consegue reprimir o sarcasmo, e se odeia por isso, mas, relutante em voltar atrás e incapaz de pedir desculpas, faz o mesmo de sempre, que é prolongar o comentário, piorando a situação.

— Laurence — repete ele lentamente. — Laurence da A... hérnia inguinal.

— Nossa, você é tão besta. Nunca vai cansar de falar da calça dele? — Ela dá um suspiro entediado.

Justin chuta para longe a manta áspera do hotel barato onde ele está hospedado em Dublin.

— Sério, Bea, dá uma olhada da próxima vez. Aquela calça é apertada demais para o que ele tem ali embaixo. Deveria haver um nome para aquilo. Alguma coisa-ite.

Bolite.

— Só tem quatro canais de TV nessa espelunca, um numa língua que eu nem entendo. Parece que estão pigarreando depois de um dos *coq au vins* terríveis da sua mãe. Sabe, na minha casa maravilhosa em Chicago, eu tinha mais de duzentos canais.

Babaquite. Escrotite. Ahá!

— E você não assistia a nenhum.

— Mas a pessoa tinha a escolha de não assistir àqueles canais deploráveis de compra-e-renovação de casas e canais de música com mulheres peladas dançando.

— Estou vendo que tem *uma pessoa* passando por um momento muito conturbado, pai. Deve ser muito traumático para você, um homem mais ou menos adulto, enquanto eu, aos dezesseis anos, tive que lidar com a reviravolta gigante do divórcio dos pais e uma mudança de Chicago para Londres, tudo de uma vez.

— Você ganhou duas casas e presentes extras, está reclamando do quê? — resmunga ele. — E a ideia foi sua.

— A minha ideia foi ir para uma *escola de balé* em Londres, não o fim do casamento de vocês!

— Ah, *escola de balé*. Achei que você tivesse dito "Separa, *mané*". Erro meu. Acha que deveríamos nos mudar de volta para Chicago e reatarmos?

— Não. — Ele percebe o humor na voz dela e sabe que está tudo bem.

— Ei, você achou que eu ficaria em Chicago enquanto você está aqui do outro lado do mundo?

— Você nem está no mesmo país que eu agora. — Ela dá uma risada.

— Só estou na Irlanda a trabalho. Voltarei a Londres em alguns dias. Honestamente, Bea, eu não preferiria estar em nenhum outro lugar — afirma ele, tranquilizando-a.

Apesar de que um cinco estrelas não seria mal.

— Estou pensando em ir morar com Peter — diz ela com um tom casual demais.

— E aí, qual é a das piadas de pum? — pergunta ele de novo, ignorando-a. — Quer dizer, como é que o som de ar sendo expelido é capaz de impedir pessoas de se interessarem por algumas das obras--primas mais incríveis já criadas?

— Pelo visto você não quer falar sobre eu ir morar com Peter?

— Você é uma criança. Você e Peter podem se mudar para a casa de brinquedo que eu ainda tenho guardada no depósito. Vou montá-la na sala. Vai ficar bem aconchegante.

— Eu tenho dezoito anos. Não sou mais criança. Já faz dois anos que moro sozinha.

— Um ano sozinha. Sua mãe *me* largou no segundo ano para se juntar a você, lembra?

— Você e a mamãe se conheceram com a minha idade.

— E nós não vivemos felizes para sempre. Pare de nos imitar e escreva seu próprio conto de fadas.

— Eu faria isso, se meu pai superprotetor parasse de se intrometer com a versão dele de como a história deveria acontecer. — Bea suspira e guia a conversa de volta a um território mais seguro. — Por que os seus alunos estão rindo de piadas de pum, aliás? Pensei que seu curso fosse uma oportunidade única para pós-graduandos que escolheram sua matéria chata como eletiva. Por mais que esteja além da minha compreensão o motivo de alguém fazer isso. Seus discursos sobre Peter já são chatos o bastante e eu amo ele.

Amo! Ignore e ela vai esquecer o que disse.

— Não estaria além da sua compreensão se você me escutasse quando eu falo. Além das aulas na pós-graduação, eu também fui convidado para dar um curso para alunos do primeiro ano, um acordo do qual eu posso vir a me arrepender, mas não importa. Mudando de assunto para meu trabalho integral e questões mais urgentes, estou planejando uma exibição na galeria sobre pinturas holandesas do século XVII. Você deveria ir.

— Não, obrigada.

— Bem, talvez meus pós-graduandos deem mais valor à minha *expertise* pelos próximos meses.

— Sabe, seus alunos podem ter rido da piada de pum, mas aposto que pelo menos um quarto deles doou sangue.

— Eles só doaram porque ouviram dizer que ganhariam um KitKat depois — resmunga Justin, revirando o frigobar insuficientemente abastecido. — Você está brava comigo por não ter doado sangue?

— Acho que você é um babaca por ter dado um bolo naquela mulher.

— Não use a palavra "babaca", Bea. De qualquer forma, quem te disse que eu dei um bolo nela?

— Tio Al.

— Tio Al é um babaca. E sabe o que mais, querida? Sabe o que a médica disse hoje sobre doação de sangue? — Ele se esforça para abrir o lacre da caixa de Pringles.

— O quê? — Bea boceja.

— Que a doação é anônima ao receptor. Ouviu isso? *Anônima*. Qual é o ponto em salvar a vida de alguém se ele nem vai saber que foi você quem o salvou?

— Pai!

— O quê? Ah, Bea. Vai mentir para mim e dizer que não iria querer um buquê de flores por salvar a vida de alguém?

Bea protesta, mas ele continua.

— Ou uma cestinha de... qual é o sabor de muffins que você gosta, coco...

— Canela. — Ela ri, finalmente cedendo.

— Uma cestinha de muffins de canela na sua porta com um bilhetinho que diz: "Obrigado, Bea, por salvar minha vida. Sempre que precisar de alguma coisa, tipo que busquem sua roupa na lavanderia ou que entreguem o jornal e um café na sua porta toda manhã, um carro com motorista particular, ingressos de primeira fila para a ópera..."Ah, a lista poderia continuar para sempre.

Ele desiste de puxar a película e a fura com um saca-rolhas.

— Poderia ser que nem aquelas coisas chinesas; sabe, quando alguém salva a sua vida e você fica em dívida eterna. Poderia ser legal ter alguém seguindo você para todo lado; pegando pianos que caiam de janelas para que não atinjam sua cabeça, esse tipo de coisa.

Bea se acalma.

— Espero que esteja brincando.

— É claro que estou brincando. — Justin faz uma careta. — O piano certamente mataria a pessoa e não seria justo.

Ele finalmente abre a Pringles e joga o saca-rolhas do outro lado do quarto. O objeto atinge um copo em cima do frigobar e o quebra.

— O que foi isso?

— Faxina — mente ele. — Você acha que eu sou egoísta, não acha?

— Pai, você virou sua vida de cabeça para baixo, largou um ótimo emprego e um belo apartamento e atravessou milhares de quilômetros de avião para outro país só para ficar perto de mim, é lógico que eu não acho que você é egoísta.

Justin sorri e joga uma batata na boca.

— Mas se você não estiver brincando sobre a cesta de muffins, então você é definitivamente egoísta. Se a minha faculdade tivesse uma Semana do Sangue Pela Vida, eu teria participado. Mas você ainda tem uma chance de se redimir com aquela mulher.

— Eu sinto que estou sendo forçado a participar dessa história toda. Eu ia cortar o cabelo amanhã, não deixar que alguém dê uma agulhada nas minhas veias.

— Não doe sangue se não quiser, não me importo. Mas lembre-se, se você doar, uma agulhinha minúscula não vai matar você. Na verdade, o oposto pode acontecer, ela pode salvar a vida de outra pessoa, e nunca se sabe, essa pessoa poderia te seguir para todo lado pelo resto da sua vida deixando cestas de muffins na sua porta e impedindo pianos de caírem na sua cabeça. Não seria legal?

QUATRO

Numa van de coleta de sangue ao lado do campo de rúgbi da Trinity College, Justin tenta esconder suas mãos trêmulas de Sarah enquanto entrega seu formulário de consentimento e o questionário sobre "Saúde e Estilo de Vida", que, honestamente, expõe muito mais do que ele revelaria num encontro. Ela abre um sorriso encorajador e o guia pelo processo como se doar sangue fosse a coisa mais normal do mundo.

— Agora eu só preciso fazer algumas perguntas. Você leu, entendeu e completou o questionário sobre saúde e estilo de vida?

Justin faz que sim com a cabeça, as palavras entaladas na garganta.

— E toda a informação que você forneceu é verdadeira e precisa dentro do seu conhecimento?

— Por quê? — pergunta ele com a voz rouca. — Não parece certo para você? Porque, se não parecer, eu posso ir embora e voltar depois.

Ela sorri para ele com a mesma expressão que a mãe de Justin fazia antes de colocá-lo na cama e apagar as luzes.

— Muito bem, tudo certo. Eu só vou fazer um teste de hemoglobina — explica ela.

— É para identificar doenças? — Ele olha para o equipamento da van à sua volta com nervosismo. *Por favor, que eu não tenha nenhuma doença. Seria constrangedor demais. Não é provável, de qualquer maneira. Você sequer se lembra da última vez que transou com alguém?*

— Não, é só para medir o ferro no seu sangue. — Ela extrai uma gotinha de sangue da ponta do dedo dele. — O sangue é testado mais tarde em busca de doenças.

— Deve vir a calhar para checar namorados. — Brinca, sentindo o suor brotar do buço. Ele estuda o próprio dedo.

Ela se mantém em silêncio enquanto cuida do teste rápido.

Justin se deita de barriga para cima num banco acolchoado e estende o braço esquerdo. Sarah amarra uma braçadeira de pressão ao redor da parte superior do braço dele, tornando as veias mais proeminentes, e desinfeta a dobra interna do cotovelo.

Não olhe para a agulha, não olhe para a agulha.

Ele olha para a agulha e sente tudo girar. Sua garganta se aperta.

— Vai doer? — Justin engole em seco enquanto sua camisa se gruda às costas suadas.

— Só uma picadinha. — Ela sorri, se aproximando dele com uma cânula na mão.

Ele sente o cheiro doce do perfume dela e se distrai por um momento. Quando Sarah se inclina para a frente, Justin vê por dentro de seu suéter de gola V. Um sutiã preto de renda.

— Quero que segure isso e aperte repetidamente.

— O quê? — Ele ri de nervoso.

— A bola. — Ela sorri.

— Ah. — Ele pega uma bolinha macia e pergunta, com a voz trêmula: — O que isso faz?

— É para ajudar a acelerar o processo.

Ele aperta em velocidade máxima.

Sarah dá uma risada.

— Ainda não. E não tão rápido, Justin.

O suor escorre pelas costas dele. O cabelo gruda na testa suada. *Você deveria ter cortado o cabelo, Justin. Que ideia idiota foi essa...*

— Ai.

— Não foi tão ruim, foi? — pergunta ela suavemente, como se falasse com uma criança.

O coração de Justin bate alto nos ouvidos. Ele aperta a bolinha no ritmo do batimento. Imagina o coração bombeando o sangue, o sangue fluindo pelas veias. Ele o vê chegar à agulha, passar pelo tubo, e espera sentir tontura. Mas a sensação nunca chega, e ele observa o sangue correr pelo tubo e descer para debaixo da maca em direção ao saco de coleta que ela tomou o cuidado de esconder embaixo da cama sobre uma balança.

— Vou ganhar um KitKat depois disso?

Ela dá uma risada.

— Lógico.

— E depois nós vamos sair para beber ou você só está me usando pelo meu corpo?

— Podemos beber, mas preciso aconselhá-lo a não fazer nada desgastante hoje. Seu corpo precisa se recuperar.

Ele tem um vislumbre do sutiã de renda dela de novo. *É, claro.*

Quinze minutos depois, Justin olha para seu meio litro de sangue com orgulho. Ele não quer que vá para um estranho, quase tem vontade de levá-lo ao hospital pessoalmente, inspecionar as alas e presenteá-lo a alguém com quem realmente se importa, alguém especial, porque essa é a primeira coisa vinda direto de seu coração em muito tempo.

Presente

CINCO

Abro os olhos lentamente.

Luz branca os atinge. Lentamente, objetos entram em foco e a luz branca desaparece. Rosa alaranjado agora. Olho ao redor. Estou num hospital. Há uma televisão no alto da parede. Tela repleta de verde. Foco melhor. Cavalos. Saltando e correndo. Meu pai deve estar no quarto. Baixo o olhar, e lá está ele, de costas para mim, numa poltrona. Ele bate com os punhos de leve nos braços da poltrona, vejo sua boina de *tweed* aparecendo e desaparecendo atrás do espaldar da poltrona enquanto ele quica para cima e para baixo. As molas sob o assento rangem.

A corrida de cavalos está no mudo. Assim como ele. Como um filme antigo passando à minha frente, eu assisto a ele. Me pergunto se são meus ouvidos que não me permitem ouvi-lo. Então ele pula para fora da poltrona mais rápido do que eu jamais o vi se mexer em muito tempo e ergue os punhos em direção à televisão, silenciosamente apressando o cavalo dele.

A tela fica preta. Ele abre os dois punhos e ergue as mãos no ar, olha para o teto e suplica a Deus. Enfia a mão nos bolsos, tateia seu interior e puxa o forro para fora. Estão vazios, e os bolsos da calça marrom ficam do avesso para quem quiser ver. Ele apalpa o peito em busca de dinheiro. Verifica o bolsinho do cardigã marrom. Resmunga. Então não são meus ouvidos.

Ele se vira para apalpar o casaco que está ao meu lado e eu fecho os olhos depressa.

Ainda não estou pronta. Nada aconteceu comigo até que ele me conte. A noite anterior vai permanecer como um pesadelo em minha mente até que ele me conte que ela aconteceu de verdade. Quanto mais tempo eu passar de olhos fechados, mais tempo tudo permanecerá como era. A bênção da ignorância.

Eu o ouço revirando o casaco, ouço moedas tilintando e o barulho delas caindo dentro da televisão. Arrisco reabrir os olhos, e lá está ele de volta à poltrona, boina quicando para cima e para baixo, punhos balançando no ar.

A cortina está fechada à minha direita, mas eu percebo que divido o quarto com outros. Não sei quantos. Faz silêncio. Não há ar no quarto; ele está abafado com cheiro de suor rançoso. As janelas gigantes que ocupam uma parede inteira à minha esquerda estão fechadas. A luz é tão forte que eu não consigo ver o lado de fora. Permito que meus olhos se ajustem e finalmente enxergo. Um ponto de ônibus do outro lado da rua. Uma mulher espera no ponto, com sacolas de compras aos pés e um bebê no quadril, suas perninhas gorduchas expostas balançando no sol outonal. Desvio o olhar imediatamente. Meu pai está me observando. Ele está debruçado sobre a lateral da poltrona, com a cabeça virada para trás, feito uma criança num berço.

— Oi, meu amor.

— Oi. — Sinto que não falo há muito tempo, e espero que minha voz saia rouca. Mas não sai. Ela sai pura, se derrama feito mel. Como se nada tivesse acontecido. Mas nada aconteceu. Não ainda. Não até que me contem.

Ele apoia as mãos nos braços da poltrona e se levanta. Feito uma gangorra, se aproxima da lateral da cama. Alto e baixo, alto e baixo. Papai nasceu com uma discrepância no comprimento das pernas, a esquerda mais longa do que a direita. Apesar dos sapatos especiais que recebeu quando mais velho, ainda oscila, o movimento instilado nele desde que aprendera a andar. Ele odeia usar aqueles sapatos e, apesar dos nossos avisos e suas dores nas costas, volta ao que é familiar. Estou tão acostumada a ver o corpo dele subindo e descendo, subindo e descendo. Eu me lembro de segurar sua mão e sair para caminhadas quando era criança. Como meu braço se movia em compasso perfeito com ele. Sendo puxado para cima quando ele pisava com o pé direito, para baixo quando pisava com o esquerdo.

Ele foi sempre tão forte. Tão capaz. Sempre consertando coisas. Levantando coisas, remendando coisas. Sempre com uma chave de fenda na mão, desmontando e montando objetos; controles remotos, rádios, despertadores, tomadas. Um faz-tudo para a rua inteira. Suas pernas eram desiguais, mas suas mãos sempre foram estáveis como rochas.

Ele tira a boina ao se aproximar de mim, aperta-a com as duas mãos, move-a em círculos feito um volante enquanto me observa com preocupação. Ele se apoia na perna direita. Dobra a perna esquerda. Sua posição de descanso.

— Você está... hum... eles me disseram que... bem. — Ele limpa a garganta. — Me disseram para... — Ele engole em seco e suas sobrancelhas grossas e bagunçadas se franzem e escondem seus olhos vidrados. — Você perdeu... você perdeu, hum...

Meu lábio inferior treme.

A voz dele falha quando volta a falar.

— Você perdeu muito sangue, Joyce. Eles... — Ele solta a boina com uma das mãos e faz movimentos circulares com o dedo torto, tentando lembrar. — Eles fizeram uma transfusão de sangue em você, então você está, hum... você está bem de sangue agora.

Meu lábio inferior continua tremendo e minhas mãos vão automaticamente para minha barriga, que se foi há tão pouco tempo que ainda parece inchada por baixo da coberta. Olho para ele com esperança, percebendo só agora o quanto ainda a mantenho, o quanto eu me convenci de que o incidente horrível na sala de parto foi apenas um pesadelo terrível. Talvez eu tenha imaginado o silêncio do meu bebê que preencheu a sala naquele momento final. Talvez houvesse choros que eu simplesmente não ouvi. É claro que é possível — naquele estágio eu estava com pouquíssima energia e quase inconsciente —, talvez eu só não tenha escutado a primeira respiraçãozinha milagrosa de vida que todo o resto testemunhou.

Meu pai balança a cabeça com tristeza. Não, fora eu quem dera aqueles gritos.

Meu lábio estremece mais agora, balançando para cima e para baixo sem que eu consiga impedir. Meu corpo treme terrivelmente e eu também não consigo impedi-lo. As lágrimas; elas se formam, mas eu as impeço de cair. Se eu começar agora, sei que nunca vou parar.

Estou fazendo um barulho. Um barulho incomum que nunca ouvi. Gemido. Grunhido. Uma combinação dos dois. Meu pai pega minha mão e a segura com força. A sensação da pele dele me leva de volta à noite passada, ao meu corpo caído ao pé da escada. Ele não diz nada. Mas o que poderia dizer? Nem eu sei.

Tiro cochilos intermitentes. Acordo e me lembro de uma conversa com um médico e me pergunto se foi um sonho. Perdeu seu bebê, Joyce, fizemos tudo o que podíamos... transfusão de sangue... Quem precisa lembrar de algo assim? Ninguém. Eu não.

Quando acordo novamente, a cortina ao meu lado está aberta. Há três crianças pequenas correndo por perto, perseguindo umas às outras ao redor da cama enquanto o pai delas, presumo, pede que parem numa língua que não reconheço. A mãe deles, presumo, está deitada na cama. Parece cansada. Fizemos contato visual e trocamos um sorriso.

Sei como se sente, diz o sorriso triste dela, sei como se sente.

O que faremos?, retruca meu sorriso.

Não sei, dizem seus olhos. Não sei.

Ficaremos bem?

Ela vira a cabeça para o outro lado, já sem sorrir.

Meu pai fala com eles.

— De onde vocês são, hein?

— Como é que é? — pergunta o marido.

— Eu perguntei de onde vocês são — repete meu pai. — Não são daqui, pelo visto.

A voz dele é alegre e agradável. Sem intenção de ofender. Sempre sem intenção de ofender.

— Somos da Nigéria — responde o homem.

— Nigéria — repete meu pai. — Onde é que isso fica, hein?

— Na África. — O tom do homem também é agradável. Só um velhote carente de conversa, tentando ser amigável, percebe ele.

— Ah, África. Nunca estive lá. É quente lá? Creio que sim. Mais quente do que aqui. Dá para pegar um belo bronzeado, eu diria, não que vocês precisem. — Ele ri. — Você fica com frio aqui?

— Frio? — O africano sorri.

— É, sabe. — Meu pai se abraça e finge tremer. — Frio?

— Sim. — O homem dá uma risada. — Às vezes, sim.

— Imaginei. Eu também sinto e sou daqui — explica meu pai. — A friaca entra até os ossos. Mas eu não presto muito para o calor também. Minha pele fica vermelha, só queima. Minha filha, Joyce, fica bronzeada. É ela ali.

Ele aponta para mim e eu fecho os olhos depressa.

— Uma filha adorável — diz o homem com educação.

— Ah, ela é. — Há um momento de silêncio durante o qual presumo que eles me observem. — Ela foi a uma daquelas ilhas espanholas há alguns meses e voltou preta, pode acreditar. Bem, não como você, sabe, mas ela pegou um belo bronzeado. Só que descascou. Você provavelmente não descasca.

O homem dá uma risada educada. Esse é o meu pai. Nunca tem más intenções, mas nunca saiu do país. O medo de voar o impede. Ou é o que ele diz.

— Enfim, espero que sua adorável dama melhore logo. É terrível ficar doente durante as férias.

Com essa eu abro os olhos.

— Ah, bem-vinda de volta, meu amor. Eu estava batendo um papo com nossos vizinhos, muito simpáticos. — Ele oscila até mim de novo, com a boina nas mãos. Se apoia na perna direita, dobra a esquerda. — Sabia que eu acho que somos os únicos irlandeses nesse hospital? A enfermeira que esteve aqui agora, ela é de Singa-dura ou algo assim.

— Singapura, pai. — Sorrio.

— Isso. — Ele ergue as sobrancelhas. — Você já a conheceu? Mas eles todos falam inglês, os estrangeiros. Claro, é melhor do que estar de férias e precisar falar por sinais.

Ele coloca a boina na cama e mexe os dedos.

— Pai — sorrio —, você nunca nem saiu do país.

— Acha que eu não ouço as histórias dos caras do Clube da Segunda? Semana passada, Frank estava naquele lugar... ai, como

41

é que chama? — Ele fecha os olhos e se concentra. — O lugar onde fazem chocolate?

— Suíça?

— Não.

— Bélgica.

— Não — diz ele, frustrado. — Aquelas bolinhas crocantes por dentro. Hoje em dia tem de chocolate branco também, mas eu prefiro o original.

— Maltesers? — Dou uma risada, mas sinto dor e paro.

— Isso. Ele estava em Maltesers.

— Pai, é Malta.

— Isso. Ele estava em Malta. — Ele fica em silêncio. — Eles fazem Maltesers?

— Não sei. Talvez. Mas o que aconteceu com Frank em Malta? Ele fecha os olhos com força de novo e pensa.

— Não lembro mais o que eu ia contar.

Silêncio. Ele odeia não lembrar de alguma coisa. Antes lembrava de tudo.

— Fez algum dinheiro na corrida de cavalos? — pergunto.

— Uns trocados. O suficiente para algumas rodadas no Clube da Segunda hoje à noite.

— Mas hoje é terça.

— Marcamos na terça por causa do feriado — explica ele, oscilando até o outro lado do quarto para se sentar.

Não consigo rir. Estou muito dolorida, e parece que parte do meu senso de humor foi tirada de mim junto com meu bebê.

— Você não se importa se eu for, não é, Joyce? Posso ficar se você quiser, realmente não ligo, não é importante.

— Claro que é importante. Você não perde uma segunda-feira há vinte anos.

— Exceto em feriados! — Ele ergue um dedo torto e pisca.

— Exceto em feriados. — Sorrio e pego o dedo dele.

— Bem — ele segura minha mão —, você é mais importante do que algumas cervejas e cantorias.

— O que eu faria sem você? — Meus olhos se enchem de lágrimas novamente.

— Você ficaria ótima, meu amor. Além disso — ele me olha com cautela —, você tem o Conor.

Solto a mão dele e desvio o olhar. E se eu não tiver mais o Conor?

— Tentei ligar para ele ontem à noite no telefone móvel, mas ele não atendeu. Mas talvez eu tenha digitado o número errado — adiciona ele depressa. — Tem tantos números a mais nos telefones móveis.

— Celulares, pai — corrijo distraidamente.

— Ah, é. Os celulares. Ele liga sempre que você está dormindo. Vai voltar para casa assim que conseguir um voo. Está muito preocupado.

— Que gentil da parte dele. Então podemos voltar à missão de passar os próximos dez anos da nossa vida tentando engravidar.

De volta à missão. Uma bela distraçãozinha para dar algum tipo de significado à nossa relação.

— Ah, meu amor...

Este é o primeiro dia do resto da minha vida e eu não tenho certeza se quero estar aqui. Sei que deveria estar agradecendo a alguém por isso, mas realmente não tenho vontade. Em vez disso, gostaria que não tivessem se dado ao trabalho.

SEIS

Observo as três crianças brincando juntas no chão do hospital, os dedinhos, as bochechas gorduchas e os lábios fartos; os rostos dos pais nitidamente gravados nos deles. Meu coração cai até o estômago e se retorce. Meus olhos se enchem de lágrimas mais uma vez e eu preciso desviar o olhar.

— Posso pegar uma uva? — cantarola meu pai. Ele é como um canarinho se balançando numa gaiola ao meu lado.

— Claro que pode. Pai, você deveria ir para casa agora, comer alguma coisa. Você precisa recuperar a energia.

Ele pega uma banana.

— Potássio. — Ele sorri e movimenta os braços vigorosamente. — Vou voltar para casa correndo hoje à noite.

— Como você chegou aqui? — Eu me dou conta de que ele não vem à cidade há anos. Tudo se tornou acelerado demais para ele, prédios brotando de repente onde antes não havia nada, avenidas com tráfego seguindo em direções diferentes. Com muita tristeza ele tinha vendido o carro, sua visão prejudicada perigosa demais para si e para os outros nas estradas. Setenta anos, viúvo há dez. Agora ele tem a própria rotina, satisfeito em ficar pelo bairro, papear com os vizinhos, igreja todo domingo e quarta-feira, Clube da Segunda toda segunda-feira (exceto nos feriados, quando passa para terça), açougue na terça, suas palavras cruzadas, quebra-cabeças e programas de TV durante as tardes, seu jardim nos momentos restantes.

— Fran, a vizinha do lado, me deu uma carona. — Ele abaixa a banana, ainda rindo sozinho de sua piada sobre correr, e joga outra uva na boca. — Quase me matou duas ou três vezes. O suficiente para me lembrar de que há um Deus lá em cima, se é que eu já duvidei alguma vez. Eu pedi uvas sem sementes; essas têm semente. — Ele faz uma careta. Suas mãos com manchas hepáticas devolvem o cacho à mesinha lateral. Ele tira as sementes da boca e olha ao redor em busca de uma lixeira.

— Você ainda acredita em Deus hoje em dia, pai? — A pergunta sai mais cruel do que eu pretendia, mas a raiva é quase intolerável.

— Acredito, sim, Joyce. — Como sempre, ele não se ofendeu. Coloca os caroços no lenço e o devolve ao bolso. — O Senhor age de formas misteriosas, formas que nós frequentemente não conseguimos explicar ou entender, tolerar ou aturar. Entendo que O questione agora; todo mundo tem esses momentos. Quando sua mãe morreu, eu... — Ele se interrompe e abandona a frase como sempre, o máximo que se permite ser desleal ao Deus dele, o máximo que se permite falar da perda da esposa. — Mas dessa vez Deus ouviu todas as minhas preces. Ele levantou a cabeça e ouviu meu chamado ontem à noite. Ele me disse — meu pai faz um forte sotaque de Cavan, o sotaque que ele tinha quando criança, antes de se mudar para Dublin na adolescência — "Sem problemas, Henry. Estou ouvindo em alto e bom som. Está tudo sob controle, então não se preocupe. Vou fazer isso por você, sem problemas." Ele salvou você. Ele manteve minha menina viva e, por isso, eu serei eternamente grato a Ele, por mais triste que possamos estar sobre a outra morte.

Não tenho resposta para isso, mas amoleço.

Ele puxa a cadeira mais para perto da minha cabeceira, arrastando-a pelo chão.

— E eu acredito em vida após a morte — diz ele, mais baixinho agora. — Sério. Eu acredito no paraíso, nas nuvens lá em cima, e que todo mundo que já esteve aqui está lá em cima. Mesmo os pecadores, porque Deus perdoa, nisso eu acredito.

— Todo mundo? — Reprimo as lágrimas. Reprimo para que não caiam. Se eu começar agora, sei que nunca vou parar. — E o meu bebê, pai? O meu bebê está lá?

Ele faz uma expressão sofrida. Não falamos muito sobre minha gravidez. No começo estávamos cheios de preocupação, ninguém mais do que ele. Há alguns dias tivemos um pequeno desentendimento porque eu pedi para ele guardar a cama de hóspede na garagem. Eu começara a preparar o quarto do bebê, sabe... Ah, céus, o quarto do bebê. A cama e as tralhas recém tiradas. O berço já comprado. Um amarelo bonito nas paredes. "Sonho de Primavera", com uma faixa de patinhos.

Faltavam cinco meses. Algumas pessoas, inclusive meu pai, pensam que preparar o quarto do bebê com quatro meses é prematuro, mas fazia seis anos que eu esperava por um bebê, por esse bebê. Nada de prematuro nisso.

— Ah, meu amor, você sabe que eu não sei...

— Eu ia chamá-lo de Sean se fosse um menino. — Eu me ouço dizer em voz alta. Passei o dia todo dizendo essas palavras na minha cabeça, sem parar, e aqui estão elas, se derramando para fora de mim em vez das lágrimas.

— Ah, belo nome. Sean.

— Grace, se fosse menina. Em homenagem à mamãe. Ela teria gostado.

Ele fecha a cara e desvia o olhar ao ouvir isso. Qualquer um que não o conheça pensaria que a frase o irritou. Eu sei que não é o caso. Sei que é a emoção se acumulando no maxilar dele, feito um grande reservatório, armazenando e represando tudo enquanto for necessário, esperando pelos raros momentos em que a seca dentro dele exige que as paredes se quebrem e as emoções jorrem.

— Mas, por algum motivo, pensei que seria um menino. Não sei por quê, mas simplesmente sentia isso de algum jeito. Talvez eu estivesse errada. Eu ia chamá-lo de Sean — repito.

Meu pai assente.

— Muito bem. Um belo nome.

— Eu costumava falar com ele. Cantar para ele. Me pergunto se ele escutava. — Minha voz está distante. Sinto como se estivesse falando de dentro de um tronco oco de uma árvore, do meu esconderijo.

Faz silêncio enquanto vislumbro um futuro que nunca vai existir com o pequeno Sean imaginário. Uma vida de cantigas para ele toda noite, pele de marshmallow e brincadeiras em banhos de banheira. De pernas chutando e passeios de bicicleta. De construção de castelos de areia e birras relacionadas a futebol. A raiva de uma vida que eu não tive — não, pior, uma vida que eu perdi — domina meus pensamentos.

— Eu me pergunto se ele sequer sabia.

— Sabia o quê, meu amor?

— O que estava acontecendo. O que ele perderia. Será que ele pensou que eu o estava mandando embora? Espero que não me culpe. Eu era tudo o que ele tinha e... — Paro de falar. Fim da tortura por ora. Eu me sinto a segundos de gritar com tamanho terror, preciso parar. Se eu começar a chorar agora, sei que nunca vou parar.

— Onde ele está agora, pai? Como se pode morrer sem sequer ter nascido?

— Ah, meu amor. — Ele pega minha mão e a aperta de novo.

— Me responde.

Dessa vez ele para e pensa. Longa e intensamente. Ele acaricia meu cabelo, seus dedos firmes tiram as mechas do meu rosto e as prendem atrás das orelhas. Ele não fazia isso desde que eu era criança.

— Acho que ele está no céu, meu amor. Ah, nem preciso achar; eu sei. Ele está lá em cima com a sua mãe, está sim. Sentado no colo dela enquanto ela joga baralho com Pauline, roubando descaradamente e gargalhando. Ela está lá em cima, pode apostar. — Ele olha para cima e balança o indicador para o teto. — Vê se cuida do bebê Sean para nós, Gracie, ouviu bem? Ela vai contar tudo sobre você para ele, vai sim, falar sobre quando você era bebê, sobre o dia em que você deu seus primeiros passos, o dia em que seu primeiro dente nasceu. Ela vai contar a ele sobre o seu primeiro dia na escola e seu último dia na escola e todos os dias entre eles, e ele vai saber tanto sobre você que, quando você entrar por aqueles portões lá em cima, bem mais velha do que eu estou agora, ele vai erguer o olhar das cartas e dizer: "Ah, ali está ela. A própria. Minha mamãe." Ele vai saber na hora.

O nó na minha garganta, tão grande que eu mal consigo engolir, me impede de verbalizar o agradecimento que quero expressar, mas talvez ele o veja nos meus olhos, porque faz que sim com a cabeça e volta a atenção para a TV enquanto eu encaro o nada pela janela.

— Tem uma capela legal aqui, meu amor. Talvez você deva fazer uma visita, quando estiver se sentindo melhor. Você nem precisa falar nada, Ele não vai se importar. Só sentar lá e pensar. Eu sinto que ajuda.

Eu penso que é o último lugar do mundo onde eu quero estar.

— É um bom lugar para se estar — diz, lendo minha mente. Ele me observa, e eu quase consigo ouvi-lo rezando para que eu pule para fora da cama e pegue o rosário que ele colocou na minha cabeceira.

— É arquitetura rococó, sabe — comento subitamente, e não faço ideia do que estou falando.

— O quê? — As sobrancelhas do meu pai se franzem e os olhos dele desaparecem por baixo delas, feito dois caracóis entrando na concha. — Esse hospital?

Paro para pensar.

— Do que a gente estava falando?

Então ele para e pensa.

— Maltesers. Não!

Ele fica em silêncio por um momento, então começa a responder como se estivesse na rodada de perguntas rápidas de um programa de auditório.

— Bananas! Não. Paraíso! Não. A capela! Estávamos falando da capela. — Ele abre um sorriso triunfante, exultante por ter conseguido se lembrar da conversa de menos de um minuto atrás. E continua.

— Então você disse que ela é raquítica. Mas, honestamente, parece boa para mim. Um pouco velha, é verdade, mas não tem nada de errado em ser velho e raquítico. — Ele dá uma piscadela para mim.

— A capela é *rococó*, não raquítica — corrijo, me sentindo uma professora. — Seu interior é famoso pelo estuque trabalhado que adorna o teto. Trabalho do estucador francês Barthelemy Cramillion.

— É mesmo, meu amor? Quando foi que ele fez isso? — Ele aproxima a poltrona da cama. Ama uma *scéal* mais do que tudo.

— Em 1762. — Tão preciso. Tão aleatório. Tão natural. Tão inexplicável eu saber disso.

— Tanto tempo assim? Eu não sabia que o hospital existia desde essa época.

— Ele foi construído em 1757 — respondo, então me pergunto: Como eu sei disso? Mas não consigo me deter, quase como se minha boca estivesse em piloto automático, completamente desassociada do meu cérebro. — Foi projetado pelo mesmo homem que fez a Leinster House. O nome dele era Richard Cassells. Um dos arquitetos mais famosos de todos os tempos.

— Claro, já ouvi falar dele — mente meu pai. — Se você tivesse falado Ricardinho, eu saberia na mesma hora. — Ele dá uma risadinha.

— Este prédio foi idealizado por Bartholomew Mosse — explico, e não sei de onde as palavras estão vindo, de onde o conhecimento veio. Não faço ideia. Como em um *déjà vu*; essas palavras, essa sensação são familiares, mas eu nunca falei ou ouvi sobre isso neste hospital. Penso que talvez esteja inventando, mas sei, lá no fundo, que estou certa. Um calor inunda meu corpo.

— Em 1745 ele comprou um pequeno teatro chamado New Booth e o transformou no primeiro hospital maternidade.

— Ele ficava aqui, é? O teatro?

— Não, ficava na George's Lane. Aqui era tudo mato. Mas o hospital acabou ficando pequeno demais, e ele comprou este terreno, contratou Richard Cassells e, em 1757, o novo hospital maternidade, atualmente conhecido como Rotunda, foi inaugurado pelo Lorde Tenente. No dia oito de dezembro, se não me engano.

Meu pai está confuso.

— Não sabia que você se interessava por esse tipo de coisa, Joyce. Como sabe disso tudo?

Não respondo. Eu também não sabia que sabia disso. De repente, sinto uma frustração avassaladora e balanço a cabeça agressivamente.

— Quero cortar o cabelo — digo com raiva, soprando a franja para longe da testa. — Quero sair daqui.

— Tá bom, meu amor — diz ele em voz baixa. — Só mais um pouquinho.

SETE

Vá cortar o cabelo! Justin sopra a franja para fora dos olhos e encara com insatisfação seu reflexo no espelho.

Antes de vislumbrar a própria imagem, ele estava fazendo a mala para voltar a Londres enquanto assobiava, feliz, a melodia de um homem recentemente divorciado que acabara de transar com a primeira mulher depois do divórcio. Bem, era a segunda vez naquele ano, mas a primeira da qual ele sentia algum nível de orgulho. Agora, diante do espelho de corpo inteiro, seu assobio parou, a versão convencida de si mesmo fracassando miseravelmente em comparação à realidade. Ele corrige a postura, analisa as bochechas e flexiona os músculos, jurando que, agora que a tempestade do divórcio passou, ele vai voltar a cuidar do corpo. Aos 43 anos, ele é bonito e sabe disso, mas não de uma forma arrogante. Sua opinião sobre a própria aparência é entendida com a mesma lógica que ele aplica à degustação de um bom vinho. A uva apenas cresceu no lugar certo, sob as condições certas. Um pouco de cuidado e amor misturado aos momentos em que foi completamente atropelado e pisoteado. O senso comum o permite reconhecer que nasceu com bons genes e feições proporcionais, nos lugares certos. Ele não deveria ser nem enaltecido nem culpado por isso, assim como uma pessoa menos atraente não deveria ser vista com o deboche induzido por uma obsessão pela mídia. É só como as coisas são.

Com um pouco mais de 1,80 metro, ele é alto, tem ombros largos, o cabelo ainda é farto e castanho-claro, por mais que esteja ficando grisalho nas laterais. Isso não o incomoda; ele tem fios brancos desde os vinte anos e sempre achou que isso lhe dava uma aparência distinta. Apesar de haver algumas pessoas, tementes à própria natureza da vida, que viam as costeletas grisalhas como um espinho prestes a estourar a bolha de suas ilusões toda vez que ele estava presente. Elas se aproximavam dele, encurvadas e corcundas, assumindo a aparência de um mendigo de dentes podres do século XVI, empurrando tinta de cabelo para cima dele como se fosse um jarro de água preciosa da fonte da vida eterna.

Por entre as mechas da longa franja caída sobre os olhos, ele tem uma visão do homem que espera ver. Mais magro, mais jovem, talvez com menos rugas ao redor dos olhos. Qualquer defeito, como a barriga crescente, são um pouco por culpa da idade e um pouco por sua própria culpa, porque ele adotou cervejas e delivery como conforto durante o processo de divórcio em vez de caminhadas ou corridinhas ocasionais.

Lembranças da noite anterior atraem seus olhos de volta à cama, onde ele e Sarah enfim puderam se conhecer intimamente. Ele passou o dia se sentindo um homão no campus e ficou por um triz de interromper o próprio discurso sobre pinturas holandesas e flamengas para falar em detalhes sobre sua performance na noite anterior. Os calouros estavam no meio da Rag Week, semana de eventos beneficentes, apenas três quartos da turma aparecera depois da festa de espuma da noite anterior, e ele tinha certeza de que os presentes não perceberiam se ele começasse uma análise detalhada de suas habilidades na cama. De qualquer maneira, ele não testou a hipótese.

A Semana do Sangue Pela Vida acabou, para o grande alívio de Justin, e Sarah deixou a faculdade e voltou à sua base. Ao voltar a Dublin esse mês, ele esbarrou com ela por coincidência num bar, que ele por acaso sabia que ela frequentava, e eles partiram daí. Ele não tinha certeza se a veria de novo, por mais que o número de telefone dela estivesse seguro no bolso interno do seu casaco.

Ele precisa admitir que, por mais que a noite anterior tenha sido realmente agradável — garrafas demais de um vinho que antes ele não achava tão bom servidas num bar animado no Green, e depois uma visita ao seu quarto de hotel —, ele sente que muito se perdeu de sua conquista. Ele tomara um pouco de coragem líquida do frigobar do quarto antes de sair para encontrá-la e, quando chegou, já estava incapaz de ter uma conversa séria, ou, pior, de ter qualquer conversa — *Ah, pelo amor de Deus, Justin, que homem que você conhece se importa com a maldita conversa?* Mas, por mais que ela tenha acabado na cama dele, ele sente que Sarah de fato se importava com a conversa. Justin sente que talvez houvesse coisas que ela quisesse falar e talvez tenha falado enquanto ele assistia àqueles tristes olhos azuis fixos aos seus e seus lábios de botão de rosa se abrindo e fechando, mas o uísque não permitiu que ele escutasse.

Tendo completado seu segundo seminário em dois meses, Justin joga suas roupas na mala, feliz em deixar o quarto bolorento para trás. Sexta-feira à tarde, hora de pegar um voo de volta para Londres. De volta à sua filha, e ao seu irmão mais novo, Al, e à cunhada, Doris, vindos de Chicago para visitá-lo. Ele deixa o hotel, sai para os paralelepípedos de Temple Bar e entra no táxi que o aguarda.

— Para o aeroporto, por favor.

— Veio passar as férias? — pergunta o motorista imediatamente.

— Não. — Justin olha pela janela, esperando que isso encerre a conversa.

— A trabalho? — O motorista liga o motor.

— Sim.

— Onde você trabalha?

— Numa faculdade.

— Qual?

Justin suspira.

— Trinity.

— Você é o zelador? — Olhos verdes amistosos o encaram pelo retrovisor.

— Sou professor de arte e arquitetura — responde ele na defensiva, cruzando os braços e soprando a franja caída dos olhos.

— Arquitetura, é? Eu trabalhava como pedreiro.

Justin não responde e espera que a conversa termine ali.

— Então pra onde cê tá indo? Saindo de férias?

— Não.

— Então o quê?
— Eu moro em Londres. — *E o número da minha identidade é...*
— E você trabalha aqui?
— Aham.
— Não prefere morar aqui?
— Não.
— Por quê?
— Porque eu sou um professor convidado aqui. Um antigo colega me convidou para dar uma aula uma vez por mês.
— Ah. — O motorista sorri para ele pelo retrovisor com um olhar incrédulo. — Então o que você faz em Londres? — Seus olhos o interrogam.

Sou um assassino em série que mata motoristas de táxi curiosos.

— Várias coisas diferentes. — Justin suspira e cede enquanto o motorista espera por mais. — Sou editor da revista *Arte e Arquitetura pelo mundo*, a única publicação verdadeiramente internacional sobre arte e arquitetura — diz ele com orgulho. — Eu a criei há dez anos e ainda estamos no topo. A revista mais vendida do gênero.

Vinte mil assinantes, seu mentiroso.

Não há reação.

— Também sou curador.

O motorista se encolhe.

— Você tem que encostar em gente morta?

Justin franze o rosto com confusão.

— O quê? Não. — Então adiciona de maneira desnecessária: —- Também participo regularmente de um programa da BBC sobre arte e cultura.

Duas vezes em cinco anos não são participações regulares, Justin. Ah, cala a boca.

O motorista analisa Justin pelo retrovisor.

— Você está na TV? — Ele estreita os olhos. — Eu não reconheço você.

— Bem, você assiste ao programa?

— Não.

Então pronto.

Justin revira os olhos. Tira o paletó, abre outro botão da camisa e abaixa a janela. O cabelo dele gruda na testa. Ainda. Algumas semanas se passaram e ele não foi ao barbeiro. Ele sopra a franja para longe dos olhos.

Eles param num sinal vermelho e Justin olha para a esquerda. Um salão de cabeleireiro.

— Ei, você se importa de encostar aqui na esquerda só por alguns minutos?

— Olha, Conor, não se preocupa. Para de pedir desculpas — falo para o telefone, cansada. Ele me deixa exausta. Cada palavrinha trocada com ele me drena. — Meu pai está aqui comigo agora e nós vamos pegar um táxi para casa juntos, apesar de eu ser perfeitamente capaz de me sentar sozinha num carro.

Em frente ao hospital, meu pai segura a porta para mim e eu entro no táxi. Estou finalmente indo para casa, mas não sinto o alívio que esperava. Não há nada além de pavor. Tenho pavor de encontrar conhecidos e ter que explicar o que aconteceu, repetidas vezes. Pavor de entrar na minha casa e ter que enfrentar o quarto de bebê decorado pela metade. De precisar me livrar do berço, precisar substituí-lo pela cama de hóspede e encher os armários com meu próprio excesso de sapatos e bolsas que nunca vou usar. Como se um quarto só para eles fosse um bom substituto para um filho. Tenho pavor de precisar voltar ao trabalho em vez de tirar a licença que eu planejara. De ver Conor. De voltar para um casamento sem amor e sem um bebê para nos distrair. Tenho pavor de viver todos os dias da minha vida daqui para a frente, enquanto Conor fala sem parar no telefone sobre querer estar comigo e me apoiar, sendo que repeti, como um mantra, nos últimos dias para ele *não* vir para casa. Sei que o normal é que eu quisesse que meu marido voltasse correndo para mim — na verdade, que meu marido quisesse voltar correndo para mim —, mas tem muitos "mas" no nosso casamento, e esse *incidente* não é um acontecimento normal. Ele merece um comportamento esdrúxulo. Fazer as coisas do jeito certo, de forma adulta me parece estranho porque eu não quero ninguém perto de mim. Fui espetada e cutucada, psicológica e fisicamente. Quero sofrer o luto sozinha. Quero sentir pena de mim mesma sem ouvir palavras compassivas e explicações clínicas. Quero ser ilógica, autopiedosa, autoanalítica, amarga e perdida só por mais alguns dias, por favor, mundo, e eu quero fazer isso sozinha.

Mas isso não é incomum no nosso casamento.

Conor é engenheiro. Ele passa meses trabalhando fora do país, volta para casa por um mês e parte de novo. Eu me acostumei tanto à minha própria companhia e rotina que, na primeira semana dele em casa, ficava irritadiça e desejava que ele fosse embora de novo. Isso mudou com o tempo, é claro. Atualmente minha irritabilidade se estende por todo o mês em que ele está em casa. E se tornou óbvio que eu não sou a única a me sentir assim.

Anos atrás, quando Conor aceitou o emprego, foi difícil ficar longe um do outro por tanto tempo. Eu costumava visitá-lo o máximo que conseguia, mas era difícil ficar tirando folga no trabalho. As visitas se tornaram mais curtas, mais raras, então pararam.

Eu sempre pensei que nosso casamento poderia sobreviver a qualquer coisa desde que nós dois tentássemos. Mas então eu me vi precisando tentar. Eu escavava as camadas de complexidades que tínhamos criado ao longo dos anos a fim de chegar ao início do relacionamento. O que era, eu me perguntava, que a gente tinha naquela época que poderíamos reviver? A coisa que poderia fazer duas pessoas quererem prometer uma à outra passar todos os dias do resto de suas vidas juntas? Ah, já sei. Era uma coisa chamada amor. Uma palavra pequena e simples. Se ela não fosse tão importante, nosso casamento seria impecável.

Minha mente vagou muito enquanto eu estava deitada naquela cama de hospital. Em alguns momentos ela parou, como quando entramos num cômodo e nos esquecemos por quê. Ela ficava estática, atônita. Nesses momentos, ela adormecia, e enquanto eu encarava as paredes cor-de-rosa, pensava em nada além do fato de que estava encarando paredes cor-de-rosa.

Minha mente saltava da dormência para o excesso de sentimentos, mas uma vez, enquanto vagava longe, eu cavei fundo e encontrei uma lembrança de quando eu tinha seis anos e meu jogo de chá favorito, dado pela minha avó Betty. Ele ficava na casa dela e eu brincava em minhas visitas aos sábados, e durante as tardes, quando minha avó estava "na hora do chá" com suas amigas, eu me vestia com um dos vestidos bonitos da infância da minha mãe e tomava o chá da tarde com tia Jemima, a gata. Os vestidos nunca cabiam direito, mas eu os usava mesmo assim, e eu e tia Jemima nunca tomávamos chá, mas éramos educadas o bastante para manter o faz-de-conta até meus pais chegarem para me buscar ao fim do dia. Contei essa história para Conor há alguns anos e ele riu, sem entender a questão.

Era uma questão difícil de entender — não vou culpá-lo por isso —, mas o que minha mente estava gritando para ele compreender era que cada vez mais eu me dava conta de que as pessoas nunca se cansam verdadeiramente de brincar de faz-de-conta e se fantasiar, não importa quanto anos se passem. Nossas mentiras agora são apenas mais sofisticadas; nossas palavras enganosas mais eloquentes. De caubóis e índios, médicos e enfermeiras, a marido e esposa, nós nunca paramos de fingir. Sentada no táxi ao lado do meu pai, enquanto escutava Conor no telefone, percebo que parei de fingir.

— Onde Conor está? — pergunta meu pai assim que desligo.

Ele abre um botão da camisa e afrouxa a gravata. Ele usa camisa e gravata sempre que sai de casa, e nunca esquece a boina. Está procurando a maçaneta na porta do carro para abaixar o vidro.

— É eletrônica, pai. Tem um botão. Ele ainda está no Japão. Vai voltar para casa em alguns dias.

— Achei que ele fosse voltar ontem.

Ele abre a janela até o fim e o vento acerta em cheio seu rosto. A boina cai e os poucos fios de cabelo restantes apontam para cima. Ele coloca a boina de volta e trava uma minibatalha com o botão até finalmente descobrir como deixar uma pequena fresta no topo para arejar o táxi abafado.

— Ahá! Peguei você. — Ele sorri vitoriosamente, erguendo o punho para a janela.

Espero que ele termine sua luta antes de responder:
— Eu disse para ele não vir.
— Você disse isso a quem, meu amor?
— Conor. Você estava perguntando sobre Conor, pai.
— Ah, é verdade, estava. Já vai voltar para casa, né?
Concordo com a cabeça.

O dia está quente, e eu sopro a franja para longe da testa suada. Sinto o cabelo colar na minha nuca grudenta. Subitamente, ele parece pesado e oleoso. Castanho e bagunçado, ele pesa e, mais uma vez, sinto uma vontade avassaladora de raspar a cabeça. Fico agitada no assento, e meu pai, sentindo isso, sabe que deve ficar em silêncio. Passei a semana toda assim: sentindo uma raiva além da compreensão, a ponto de querer socar as paredes e as enfermeiras. Então eu fico chorosa e sinto um vazio tão grande que é como se eu nunca mais fosse ser preenchida. Prefiro a raiva. Raiva é melhor. Raiva é quente e preenche e me dá algo a que me agarrar.

Paramos num sinal e eu olho para a esquerda. Um salão de cabeleireiro.

— Encoste aqui, por favor.
— O que você está fazendo, Joyce?
— Espere no carro, pai. Volto em dez minutos. Só vou cortar o cabelo rapidinho. Não aguento mais.

Meu pai olha para o salão, então para o motorista do táxi e ambos percebem que é melhor não dizer nada. O táxi à nossa frente liga a seta e também encosta. Paramos atrás dele.

Um homem sai do carro e eu congelo sentada com um pé para fora do táxi a fim de observá-lo. Ele é familiar e eu acho que o conheço. Ele para e olha para mim. Nós nos encaramos por um momento. Analisamos o rosto um do outro. Ele coça o braço esquerdo; isso prende minha atenção por tempo demais. É um momento incomum, e minha pele se arrepia. A última coisa que quero é ver algum conhecido, então desvio o olhar depressa.

Ele também desvia o olhar e começa a andar.

— O que você está fazendo? — pergunta meu pai alto demais, e eu finalmente saio do carro.

Começo a caminhar em direção ao salão, e fica claro que nosso destino é o mesmo. Meus passos se tornam mecânicos, estranhos, pouco naturais. Alguma coisa nele me deixa deslocada. Inquieta. Talvez seja a possibilidade de ter que dizer a alguém que não haverá bebê nenhum. Sim, um mês de conversas incessantes sobre bebês, e não haverá nenhum para mostrar. Foi mal, galera. Eu me sinto culpada, como se tivesse enganado meus amigos e família. A maior pegadinha de todas. Um bebê que nunca existirá. Meu coração se aperta com o pensamento.

Ele segura a porta do salão e sorri. Bonito. Jovial. Alto. Forte. Atlético. Perfeito. Ele está corando? Eu devo conhecê-lo.

— Obrigada — digo.

— De nada.

Nós paramos, encaramos um ao outro, então olhamos para trás em direção aos dois táxis idênticos nos esperando no meio-fio, e de volta um para o outro. Acho que ele está prestes a dizer algo mais, mas desvio o olhar depressa e entro.

O salão está vazio, e dois funcionários conversam sentados. São dois homens; um tem um mullet, o outro é loiro de farmácia. Eles nos veem e se levantam para nos atender.

— Qual você quer? — pergunta o americano pelo canto da boca.

— O loiro. — Sorrio.

— Então será o mullet.

Fico boquiaberta, mas dou uma risada.

— Olá, queridos. — O homem do mullet se aproxima. — Como posso ajudá-los? — Ele olha de mim para o americano alternadamente. — Quem vai fazer o cabelo hoje?

— Bem, acho que nós dois, certo? — O americano olha para mim e eu concordo.

— Ah, perdão, achei que estivessem juntos.

Percebo que estamos tão próximos que nossos quadris quase se tocam. Ambos baixamos o olhar para nossos quadris unidos, então subimos para os olhos um do outro e damos um passo em direções opostas.

— Vocês deveriam fazer nado sincronizado. — O cabeleireiro dá uma risada, mas a piada morre quando não reagimos. — Ashley, você fica com a adorável dama. Você vem comigo.

Ele guia o cliente para uma cadeira. O americano faz uma careta para mim enquanto é levado para longe e eu dou outra risada.

— Certo, eu só quero tirar dois dedos, por favor — diz o americano. — Da última vez, tiraram, tipo, vinte. Por favor, só dois dedos — reforça ele. — Tem um táxi me esperando lá fora para me levar ao aeroporto, então também preciso que seja o mais rápido possível, por favor.

O cabeleireiro ri.

— Claro, sem problemas. Você está voltando para os Estados Unidos?

O homem revira os olhos.

— Não, não estou indo para os Estados Unidos, não estou saindo de férias e não vou encontrar ninguém no desembarque. Só vou pegar um voo. Para fora. Para longe daqui. Vocês, irlandeses, fazem muitas perguntas.

— É mesmo?

— S... — Ele pausa e estreita os olhos para o cabeleireiro.

— Te peguei. — O cabeleireiro sorri, apontando para ele com a tesoura.

— Pegou mesmo. — Dentes cerrados. — Pegou de jeito.

Dou uma risadinha alta e ele olha imediatamente para mim. Parece ligeiramente confuso. Talvez nós nos conheçamos mesmo. Talvez ele trabalhe com Conor. Talvez eu tenha estudado na mesma escola que ele. Ou na mesma faculdade. Talvez ele trabalhe com imóveis e eu já tenha trabalhado com ele. Não é possível; ele é americano. Talvez eu tenha mostrado um imóvel para ele. Talvez ele seja famoso e eu devesse parar de encará-lo. Fico envergonhada e desvio o olhar depressa.

Meu cabeleireiro me envolve com uma capa preta e eu lanço outro olhar para o homem ao meu lado, através do espelho. Ele olha para mim. Eu desvio o olhar, então olho de novo. Ele desvia o olhar.

E nossa partida de tênis de olhares se estende por toda a duração da nossa visita.

— Então, o que vai ser, senhora?

— Tira tudo — digo, tentando evitar meu reflexo, mas sinto mãos frias nas laterais das minhas bochechas quentes, erguendo minha cabeça, e sou forçada a me encarar no espelho. Tem algo de perturbador em ser forçada a olhar para si mesma quando se está relutante em aceitar algo. Algo exposto e real, do qual você não pode fugir. Você pode mentir para si mesma, para sua mente e mentir dentro de sua mente o tempo todo, mas quando olhar para si, saberá que está mentindo. Eu não estou bem. Isso eu não escondi de mim, e essa verdade me encara de frente. Minhas bochechas estão afundadas, pequenas olheiras embaixo dos olhos, as linhas vermelhas das minhas lágrimas noturnas são como lápis de olho e ainda ardem. Mas, apesar disso, eu continuo com a mesma aparência. Apesar da mudança gigantesca na minha vida, eu continuo exatamente igual. Cansada, mas igual. Não sei o que eu esperava. Uma mulher totalmente transformada, alguém em quem as pessoas bateriam o olho e saberiam que passou por uma experiência traumática. Ainda assim, o espelho me disse: não dá para saber tudo só ao olhar para mim. *Nunca* dá para saber ao olhar para alguém.

Tenho 1,65 metro, com cabelo médio até os ombros. A cor dele fica entre o loiro e o castanho. Sou uma pessoa mediana. Nem gorda, nem magra; faço exercício duas vezes por semana, corro um pouco, caminho um pouco, nado um pouco. Nada em exagero, apenas o suficiente. Sem obsessão ou vício em qualquer coisa. Não sou extrovertida nem tímida, e sim um pouco de cada, dependendo do meu humor, dependendo da ocasião. Nunca faço nada em excesso e sinto prazer na maior parte das minhas atividades. Quase nunca sinto tédio e raramente reclamo. Quando bebo, fico altinha, mas nunca caio ou passo mal. Gosto do meu trabalho, não o amo. Sou bonitinha, não linda, nem feia; não espero muito, nunca me decepciono demais. Nunca estou sobrecarregada nem desocupada, só carregada mesmo. Sou normal. Nada espetacular, mas às vezes especial. Olho no espelho e vejo essa pessoa comum. Um pouco cansada, um pouco triste, mas não destruída. Olho para o homem ao meu lado e vejo o mesmo.

— Como é? — O cabeleireiro interrompe meus pensamentos. — Você quer tirar *tudo*? Tem certeza? Seu cabelo é tão saudável. — Ele passa os dedos pelos fios. — É sua cor natural?

— Sim, eu costumava pintar um pouco, mas parei por causa do... — Estou prestes a dizer "bebê". Meus olhos se enchem de lágrimas e eu olho para baixo, mas ele acha que eu estou assentindo para a minha barriga, que está escondida embaixo da capa.

— Parou por causa do quê? — pergunta ele.

Continuo olhando para os meus pés, finjo estar fazendo algo com eles. Um movimento estranho. Não consigo pensar em nada para dizer, então finjo não escutar.

— Hein?

— Você estava dizendo que parou por causa de alguma coisa?

— Ah, é... — Não chore. Não chore. Se começar agora, nunca vai parar. — Ah, não sei — balbucio, me curvando para brincar com a bolsa no chão. Vai passar, vai passar. Um dia tudo vai passar, Joyce. — Química. Parei por causa da química.

— Certo, é assim que vai ficar. — Ele pega meu cabelo e o amarra para trás. — Que tal fazermos o corte da Meg Ryan em *Surpresas do coração*? — E puxa mechas de cabelo em todas as direções e eu pareço ter enfiado os dedos numa tomada. — É o estilo sexy acabei-de-levantar. Ou também podemos fazer assim. — Ele mexe um pouco mais no meu cabelo.

— Podemos dar uma apressadinha? Também tenho um táxi me esperando. — Olho pela janela. Meu pai está papeando com o motorista. Ambos estão rindo, e eu relaxo um pouco.

— Tá... bom. Algo desse nível realmente não deveria ser apressado. Você tem muito cabelo.

— Tudo bem. Estou te dando permissão para se apressar. Só corta tudo. — Olho novamente para o carro.

— Bem, precisamos deixar alguns centímetros, querida. — Ele direciona meu rosto de volta para o espelho. — Não queremos Sigourney Weaver em *Alien*, não é? Cabelos raspados não são permitidos nesse salão. Vou fazer uma franja de lado, bem sofisticada, bem atual. Vai combinar com você, eu acho, destacar as maçãs do rosto. O que acha?

Eu não me importo com minhas maçãs do rosto. Quero tudo cortado.

— Na verdade, que tal simplesmente fazermos assim? — Tiro a tesoura da mão dele, corto o rabo de cavalo, então devolvo ambos para ele.

Ele arfa. Mas sai mais como um gritinho esganiçado.

— Ou podemos fazer isso. Um... bob.

O americano fica boquiaberto ao ver meu cabeleireiro com a tesoura e um enorme tufo de cabelo pendurado na mão. Ele se vira para o dele e segura a tesoura antes que corte mais um centímetro.

— Não faça isso comigo! — Ele aponta.

O homem do mullet suspira e revira os olhos.

— Não, é claro que não, senhor.

O americano começa a coçar o braço esquerdo de novo.

— Devo ter levado uma mordida. — Ele tenta enrolar a manga da camisa, e eu me contorço na cadeira, tentando olhar o braço dele.

— Pode parar de se mexer, por favor?

— Pode parar de se mexer, por favor?

Os cabeleireiros falam em perfeito uníssono. Eles se entreolham e riem.

— Tem algo engraçado acontecendo hoje — comenta um deles, e eu e o americano nos olhamos. Engraçado, sim.

— Olhos de volta ao espelho, por favor, senhor. — Ele desvia o olhar.

Meu cabeleireiro coloca um dedo embaixo do meu queixo e vira meu rosto de volta para frente. Ele me entrega o rabo de cavalo.

— Recordação.

— Não quero. — Eu me recuso a segurar meu cabelo. Cada centímetro daquele cabelo pertence a um momento que já se foi. Pensamentos, vontades, esperanças, desejos, sonhos que não existem mais. Quero um novo começo. Um novo cabelo.

Ele começa a dar forma ao corte e, à medida que as mechas caem, eu as observo flutuar até o chão. Minha cabeça parece mais leve.

O cabelo que cresceu no dia em que compramos o berço. Corta.

O cabelo que cresceu no dia em que escolhemos as cores do quarto do bebê, as mamadeiras, as chupetas e os macacões. Tudo comprado cedo demais, mas estávamos tão empolgados... Corta.

O cabelo que cresceu no dia em que decidimos os nomes. Corta.

O cabelo que cresceu no dia em que demos a notícia para os amigos e a família. Corta.

O dia do primeiro ultrassom. O dia em que descobri que estava grávida. O dia em que meu bebê foi concebido. Corta. Corta. Corta.

As lembranças recentes, mais dolorosas, permanecerão na raiz um pouco mais. Terei que esperar que elas cresçam até que eu possa me livrar delas também, então todos os vestígios terão desaparecido e eu poderei seguir em frente.

Chego no caixa enquanto o americano está pagando pelo corte dele.

— Combina com você — comenta ele, me analisando.

Tento colocar o cabelo para trás da orelha, sem graça, mas não há nada. Eu me sinto mais leve, leviana, deleitada de tontura, tonta de deleite.

— O seu também.

— Obrigado.

Ele abre a porta para mim.

— Obrigada. — Eu saio do salão.

— Você é educada demais — diz ele para mim.

— Obrigada. — Sorrio. — Você também.

— Obrigado. — Ele assente.

Nós rimos. Vemos nossos táxis esperando enfileirados, então nos entreolhamos com curiosidade. Ele sorri para mim.

— O primeiro ou o segundo táxi? — pergunta ele.

— Para mim?

Ele assente.

— Meu motorista não para de falar.

Analiso ambos os táxis, vejo meu pai no segundo, debruçado para a frente e falando com o motorista.

— O primeiro. Meu pai não para de falar.

Ele analisa o segundo táxi, onde meu pai agora pressiona o rosto contra o vidro como se estivesse vendo uma aparição.

— Então será o segundo — diz o americano, e caminha para o táxi dele, voltando o olhar para trás duas vezes.

— Ei — reclamo, e o observo, fascinada.

Flutuo para meu táxi e ambos fechamos a porta ao mesmo tempo. O motorista e meu pai me olham como se tivessem visto um fantasma.

— O que foi? — Meu coração bate desenfreadamente. — O que aconteceu? Me conta?

— Seu cabelo — responde meu pai simplesmente, com uma expressão horrorizada. — Você está parecendo um menino.

OITO

À medida que o táxi se aproxima da minha casa em Phisboro, sinto meu estômago se apertando mais e mais.

— Foi engraçado como o homem na nossa frente também deixou o táxi esperando, não foi, Gracie?

— Joyce. E sim — respondo, com a perna balançando de nervoso.

— É isso o que as pessoas fazem hoje em dia quando cortam o cabelo?

— Isso o quê, pai?

— Deixar táxis esperando do lado de fora.

— Não sei.

Ele se arrasta para a beira do assento e se inclina para mais perto do motorista.

— Me diz, Jack, é isso o que as pessoas fazem quando vão ao barbeiro hoje em dia?

— Isso o quê?

— Elas pedem para o táxi esperar do lado de fora?

— Nunca me pediram isso antes — explica o motorista com educação.

Meu pai se recosta, satisfeito.

— Foi o que eu pensei, Gracie.

— É Joyce — corrijo com rispidez.

— Joyce. É uma coincidência. E sabe o que dizem sobre coincidências?

— Aham. — Fazemos a curva para entrar na minha rua e meu estômago dá uma cambalhota.

— Que não existem coincidências — conclui meu pai, por mais que eu já tenha dito que sabia. — Nananinanão — diz ele para si mesmo. — Não existem. Ali o Patrick. — Ele acena. — Espero que ele não acene de volta. — Ele observa o amigo do Clube da Segunda caminhar com um andador. — E David passeando com o cachorro. — Ele acena de novo, por mais que David esteja olhando para o outro lado, parado, esperando o cachorro fazer cocô. Fico com a sensação de que meu pai se sente importante num táxi. É raro que ele pegue um, além de serem caros demais ele também está sempre a uma caminhada ou curta viagem de ônibus de qualquer lugar que precise ir.

— Lar doce lar — anuncia ele. — Quanto devemos a você, Jack?

Ele se inclina para a frente de novo e tira duas notas de cinco euros do bolso.

— A má notícia, infelizmente... Vinte euros, por favor.

— O quê? — Meu pai ergue a cabeça, em choque.

— Eu pago, pai, guarde o seu dinheiro.

Dou 25 euros para o motorista e falo para ele ficar com o troco. Meu pai me olha como se eu tivesse acabado de tirar uma caneca de cerveja da mão dele e jogado pelo ralo.

Eu e Conor moramos na casa geminada de tijolos vermelhos em Phisboro desde que nos casamos, há dez anos. As casas estão aqui desde a década de 1940, e durante os últimos anos investimos nosso dinheiro em modernizá-la. Ela finalmente está do jeito que queremos, ou estava até essa semana. Na frente da casa, uma cerca preta envolve um pequeno jardim, com destaque para os pés de rosa que minha mãe plantou. Meu pai mora numa casa idêntica a duas ruas de distância, a casa onde eu cresci, por mais que nunca terminemos de crescer, estamos sempre aprendendo, e quando retorno a ela, regrido à minha juventude.

A porta da frente da minha casa se abre na hora que o táxi se distancia. A vizinha do meu pai, Fran, sorri para mim da porta da minha própria casa. Ela nos olha sem jeito, fracassando em fazer contato visual comigo toda vez que mira na minha direção. Vou precisar me acostumar com isso.

— Ah, seu cabelo! — diz ela de cara, então se recompõe. — Me desculpe, querida, eu pretendia já ter ido embora quando você chegasse.

Ela abre a porta até o fim e puxa uma bolsa xadrez de rodinhas atrás de si. Está usando uma única luva de limpeza na mão direita.

Meu pai parece nervoso e evita meu olhar.

— O que você estava fazendo, Fran? Como você entrou na minha casa? — Tento ser o mais educada possível, mas ver alguém na minha casa sem a minha permissão me surpreende e me enfurece.

Ela cora e olha para meu pai. Meu pai olha para a mão dela e tosse. Ela olha para baixo, dá uma risada nervosa e tira a luva de limpeza.

— Ah, seu pai me deu uma chave. Pensei que... bem, eu coloquei um tapete bem bonito no corredor para você. Espero que goste.

Olho para ela com absoluta confusão.

— Deixe para lá, já estou saindo. — Ela passa ao meu lado, segura meu braço e o aperta com força, mas ainda se recusa a olhar para mim. — Se cuida, querida.

Ela segue caminhando pela rua, puxando sua bolsa de rodinhas, suas meias-calças à la Nora Batty enroladas nos tornozelos grossos.

— Pai — olho para ele com raiva —, o que é isso? — Entro na casa e olho para o tapete sujo nojento no meu carpete bege. — Por que você deu a chave da minha casa a uma estranha para ela poder entrar e deixar um tapete? Eu não preciso de caridade!

Ele tira a boina e a amassa nas mãos.

— Ela não é uma estranha, meu amor. Conhece você desde que você chegou em casa da maternidade...

História errada para contar nesse momento, e ele sabe.

— Eu não me importo! — falo, cuspindo as palavras. — A casa é *minha*, não sua! Você não pode fazer isso. Eu odiei essa merda de tapete feio!

Pego o tapete dissidente por uma das pontas, arrasto-o para o lado de fora e bato a porta. Estou bufando de raiva, e encaro meu pai para gritar com ele de novo. Ele está pálido e trêmulo. Olha para o chão com tristeza. Meu olhar segue o dele.

Há manchas de vários tons de marrom desbotado, como vinho tinto, espirradas pelo carpete bege. Alguns pontos foram limpos, mas as fibras do carpete foram escovadas na direção oposta e denunciam que já houve algo ali. Meu sangue.

Coloco a cabeça entre as mãos.

A voz do meu pai está baixa, magoada.

— Achei que seria melhor se você não encontrasse isso quando voltasse para casa.

— Ah, pai.

— Fran tem vindo aqui todos os dias e já tentou vários produtos diferentes. Fui eu que sugeri o tapete — adiciona ele numa voz mais baixa. — Você não pode culpá-la por isso.

Sinto desprezo por mim mesma.

— Sei que você gosta de tudo novinho e combinando em casa — ele olha ao redor —, mas nem eu nem Fran tínhamos nada parecido.

— Desculpa, pai. Não sei o que deu em mim. Desculpa por ter gritado com você. Você fez tudo para me ajudar essa semana. Eu... eu vou ligar para Fran em algum momento e agradecer direito a ela.

— Está bem. Vou deixar você em paz, então. Vou devolver o tapete para Fran. Não quero que nenhum vizinho o veja do lado de fora e comente com ela.

— Não, vou colocá-lo de volta onde estava. É muito pesado para você levar de volta. Vou ficar com ele por enquanto e em breve devolvo.

Abro a porta da frente e resgato o tapete. Arrasto-o de volta para a casa com mais respeito, estendendo-o de forma a esconder o lugar onde eu perdi meu bebê.

— Desculpa mesmo, pai.

— Não se preocupe. — Ele oscila até mim e dá uns tapinhas no meu ombro. — Você está passando por um momento difícil, eu sei. Estou logo na esquina se precisar de mim para qualquer coisa.

Com um movimento do pulso, a boina de tweed volta à cabeça dele, e eu o observo oscilar pela rua abaixo. O movimento é familiar e reconfortante, feito as ondas do mar. Quando ele vira na esquina, eu fecho a porta. Sozinha. Silêncio. Só eu e a casa. A vida continua como se nada tivesse acontecido.

Parece que o quarto do bebê no andar de cima está pulsando. Tum-tum. Tum-tum. Como se fosse um coração, ele tenta derrubar as paredes e jorrar sangue pelas escadas, pelos corredores, para inundar cada cantinho. Eu me afasto da escada, a cena do crime, e perambulo pelos cômodos. Tudo parece estar no mesmo lugar, por mais que, ao inspecionar melhor, eu consiga ver que Fran deu uma arrumada nas coisas. A xícara de chá que eu estava bebendo não está mais na mesa de centro da sala de estar. A cozinha comprida e estreita vibra com o som da lava-louças que Fran ligou. As torneiras e os escorredores estão brilhando, as superfícies reluzindo. Ao final da cozinha, uma porta leva ao jardim dos fundos. As rosas de minha mãe cobrem a parede traseira. Os gerânios do meu pai se erguem do solo.

O quarto do bebê ainda pulsa no andar de cima.

Noto a luz vermelha piscando na secretária eletrônica no corredor. Quatro mensagens. Leio a lista de telefones registrados e reconheço números de amigos. Eu me afasto do aparelho, ainda incapaz de ouvir "meus pêsames". Então paraliso. Volto. Leio a lista de novo. Ali está. Segunda-feira à noite. Às 19h10. De novo às 19h12. Minha segunda chance de atender à ligação. A ligação pela qual eu tolamente correra escada abaixo e sacrificara a vida do meu bebê.

O número deixou uma mensagem. Com dedos trêmulos, aperto o play.

"Olá, aqui é da locadora Xtra-vision de Phisboro ligando sobre o DVD *O conto de Natal dos Muppets*. Nosso sistema diz que ele está com uma semana de atraso. Agradeceríamos se pudesse devolvê-lo assim que possível, por favor."

Inspiro com força. Lágrimas brotam nos meus olhos. O que eu esperava? Uma ligação que valesse a perda do meu bebê? Algo tão urgente que tornasse correta a minha pressa? Isso justificaria minha perda de alguma forma?

Meu corpo inteiro treme com raiva e choque. Respirando com dificuldade, sigo em direção à sala de estar. Olho direto para o aparelho de DVD. Sobre ele, o DVD que eu alugara enquanto cuidava da minha afilhada. Estendo a mão para ele, seguro-o com força, aperto como se pudesse matá-lo. Então o jogo com força para o outro lado do cômodo. Ele atinge nossa coleção de fotos sobre o piano, quebrando o vidro da foto do casamento, lascando a camada prateada da moldura de outra.

Abro a boca. E grito. Grito com toda a minha força, o mais alto que consigo. Um som grave e grosso e cheio de angústia. Dou mais um grito e o prolongo pelo máximo de tempo que consigo. Um berro seguido de outro do fundo do meu estômago, das profundezas do meu coração. Solto uivos graves que beiram uma risada, enredados com frustração. Grito e grito até ficar sem fôlego e minha garganta arder.

No andar de cima, o quarto do bebê continua a pulsar. Tum-tum, tum-tum. Ele me chama, o coração da minha casa batendo loucamente. Vou até a escada, passo por cima do tapete e subo os degraus. Seguro o corrimão, me sentindo fraca demais para sequer erguer as pernas. Eu me puxo escada acima. A pulsação fica mais e mais alta a cada passo até que eu chegue ao topo e encare a porta do quarto. Ele para de pulsar. Tudo se aquieta.

Passo um dedo pela porta, pressiono a bochecha contra ela, desejando que nada tivesse acontecido. Seguro a maçaneta e abro a porta.

Uma meia-parede pintada de Sonho de Primavera me recebe. Tons pastéis suaves. Cheiros doces. Um berço com um móbile de patinhos amarelos pendurado. Uma caixa de brinquedos decorada com letras gigantes do alfabeto. Um pequeno cabideiro com dois macacões. Sapatinhos de tricô numa cômoda.

Um coelhinho está sentado com entusiasmo dentro do berço. Ele sorri estupidamente para mim. Tiro os sapatos e piso no tapete macio e felpudo, tento me enraizar nesse mundo. Fecho a porta às minhas costas. Não ouço qualquer som. Pego o coelhinho e o carrego ao redor do quarto enquanto passo as mãos pelos móveis, roupas e brinquedos novinhos em folha. Abro uma caixa de música e observo o ratinho em seu interior dar voltas e voltas atrás de um pedaço de queijo ao som hipnotizante de sininhos.

— Me desculpa, Sean — sussurro, e as palavras entalam na minha garganta. — Me desculpa mesmo.

Eu me abaixo para o chão macio, encolho as pernas e abraço o coelhinho abençoado pela ignorância. Volto a olhar para o ratinho cuja existência gira em torno de perseguir eternamente um pedaço de queijo que ele nunca vai alcançar, quanto mais comer.

Fecho a caixa com força e a música para, me deixando em silêncio.

NOVE

— Não consigo achar nenhuma comida no apartamento; vamos ter que pedir um delivery — exclama Doris, cunhada de Justin, para a sala de estar enquanto investiga os armários da cozinha.

— Então talvez você conheça a mulher. — O irmão mais novo de Justin, Al, está sentado em uma cadeira de praia na sala de estar mobiliada pela metade.

— Não, veja, é isso o que eu estou tentando explicar. É *como* se eu a conhecesse, mas, ao mesmo tempo, eu não fazia ideia de quem ela era.

— Você a reconheceu.

— Sim. Bem, não. — *Mais ou menos*.

— E você não sabe o nome dela.

— Não. Eu definitivamente não sei o nome dela.

— Ei, tem alguém me escutando ou eu estou falando sozinha? — interrompe Doris de novo. — Eu disse que não tem comida aqui, a gente vai ter que pedir delivery.

— Aham, claro, amor — responde Al no automático. — Talvez ela seja uma aluna sua ou tenha ido a alguma de suas palestras. Você costuma lembrar de pessoas que frequentam suas palestras?

— São centenas de pessoas por vez. — Justin dá de ombros. — E, na maior parte do tempo, está tudo escuro.

— Então a resposta é não. — Al esfrega o queixo.

— Na verdade, esquece o delivery — exclama Doris. — Você não tem nenhum prato nem talher; vamos ter que comer fora.

— E deixa só eu esclarecer uma coisa, Al. Quando eu digo "reconhecer", eu quero dizer que, na verdade, eu não conhecia o rosto dela.

Al fica confuso.

— É só uma sensação. Como se ela fosse familiar. — *É, é isso, ela era familiar.*

— Talvez ela só se parecesse com alguém que você conhece. *Talvez.*

— Ei, alguém está me ouvindo? — Doris interpela os dois, parada à porta da sala de estar com as mãos de unhas compridas com estampa de oncinha plantadas nos quadris apertados pela calça justa de couro. A ítalo-americana de 35 anos está casada com Al há dez e é vista por Justin como uma irmã mais nova, amável porém irritante. Sem um grama de gordura nos ossos, tudo o que ela veste parece ter saído do guarda-roupa da Sandy, de *Grease*, pós-transformação no visual.

— Sim, claro, amor — repete Al sem tirar os olhos de Justin. — Talvez seja aquele troço de *déjà vu*.

— Isso! — Justin estala os dedos. — Ou talvez *vécu*, ou *senti*. — Ele esfrega o queixo, perdido em pensamentos. — Ou *visité*.

— Que droga é essa? — pergunta Al enquanto Doris puxa uma caixa de papelão cheia de livros para se sentar com eles.

— *Déjà vu* é "já visto" em francês e descreve a sensação de que alguém já testemunhou ou vivenciou uma situação anteriormente. O termo foi cunhado pelo pesquisador francês Emile Boirac, que então o expandiu num ensaio que escreveu enquanto frequentava a Universidade de Chicago.

— Vai, Maroons! — Al ergue o antigo troféu em forma de cálice que está usando como copo, e toma a cerveja de uma vez.

Doris olha para ele com desdém.

— Por favor, continue, Justin.

— Bem, a experiência do *déjà vu* é geralmente acompanhada de uma sensação poderosa de familiaridade, além de uma sensação de assombro ou estranheza. A experiência é atribuída com mais frequência a um sonho, por mais que em alguns casos haja uma forte sensação de que a experiência genuinamente aconteceu no passado. *Déjà vu* já foi descrito como se lembrar do futuro.

— Uau — comenta Doris baixinho.

— Então qual é a sua conclusão, mano? — Al arrota.

— Bem, eu não acho que essa situação de hoje comigo e a mulher tenha sido um *déjà vu*. — Justin suspira.

— Por que não?

— Porque *déjà vu* se refere apenas à *visão*, e eu senti... ah, não sei. — Eu *senti*. — *Déjà vécu* se traduz como "já vivido", o que explica uma experiência que envolve além da visão, uma sensação estranha de saber o que vai acontecer em seguida. *Déjà senti* significa "já sentido", que é um fenômeno exclusivamente mental, e *déjà visite* envolve o conhecimento inquietante de um lugar novo, mas é menos comum. Não — ele balança a cabeça —, eu definitivamente não senti como se já estivesse estado naquele salão antes.

Todos se aquietam.

Al quebra o silêncio.

— Bem, é definitivamente um *déjà* alguma coisa. Tem certeza de que você simplesmente não transou com ela antes?

— Al. — Doris bate no braço do marido. — Por que você não me deixou cortar o seu cabelo, Justin, e de quem vocês estão falando, por sinal?

— Você é dona de um salão para cachorros.

— Cachorros têm cabelo. — Ela dá de ombros.

— Deixe eu tentar explicar — interrompe Al. — Justin viu uma mulher ontem num salão em Dublin e diz que a reconheceu, mas não conhecia o rosto dela, e sentiu que conhecia ela, mas não a conhecia de verdade. — Ele revira os olhos melodramaticamente sem que Justin veja.

— Ai, meu Deus — cantarola Doris. — Eu sei o que é isso.

— O quê? — pergunta Justin, dando um gole no porta-escovas de dente onde está sua cerveja.

— É tão óbvio. — Ela ergue as mãos e olha de um irmão para o outro, dramatizando. — É coisa de vidas passadas. — O rosto dela se ilumina. — Você conheceu a mulher numa *viiiida passaaada*. — Ela pronuncia as palavras lentamente. — Eu já vi isso na *Oprah*. — Ela afirma com a cabeça, os olhos arregalados.

— Para com essa merda, Doris. Ela só sabe falar disso agora. Ela viu um negócio sobre isso na TV e ficou enchendo meu ouvido durante o voo todo de Chicago até aqui.

— Não acho que seja coisas de vidas passadas, Doris, mas valeu.

Doris faz um muxoxo.

— Vocês precisam abrir a mente para esse tipo de coisa, porque nunca se sabe.

— Exatamente, *nunca* se sabe — retruca Al.

— Ah, vai, gente. A mulher era familiar, só isso. Talvez ela só se parecesse com alguém que eu já conheci. Nada de mais. — *Esquece isso e segue em frente.*

— Bem, foi você quem começou com seus papos de *déjà*. — Doris bufa. — Como você explica isso?

Justin dá de ombros.

— A teoria do atraso da via óptica.

Ambos o encaram com dúvida nos olhos.

— A teoria é que um dos olhos pode registrar o que vê ligeiramente mais rápido do que o outro, criando uma sensação forte de lembrança sobre a mesma cena, que é vista milissegundos depois pelo outro olho. Basicamente, é o produto do registro óptico atrasado de um olho, seguido de perto pelo registro do outro olho, o que deveria acontecer simultaneamente. Isso engana a percepção consciente e sugere uma sensação de familiaridade onde não deveria existir.

Silêncio.

Justin pigarreia.

— Acredite ou não, amor, eu prefiro o papo de vidas passadas. — Al ri pelo nariz e termina a cerveja.

— Obrigada, benzinho. — Doris coloca a mão sobre o coração, arrebatada. — Enfim, como eu estava dizendo enquanto *falava sozinha* na cozinha, não tem comida, talheres ou louças aqui, então vamos ter que sair para comer hoje à noite. Olha como você está vivendo, Justin. Estou preocupada com você. — Doris olha ao redor com nojo, e o cabelo dela, pintado de vermelho, penteado para trás e cheio de laquê, acompanha o movimento. — Você se mudou para outro país por conta própria, não tem nada além de móveis de jardim e caixas de mudanças cheias, num porão que parece ter sido construído para estudantes. Claramente Jennifer também ficou com todo o *bom gosto* no divórcio.

— Aqui é uma obra-prima vitoriana, Doris. Foi um achado e tanto, e é o único lugar que eu *consegui* achar com um pouquinho de história além de um aluguel acessível. Essa cidade é cara.

— Tenho certeza de que era uma beleza há cem anos, mas agora me dá arrepios, e seja lá quem construiu esse lugar provavelmente ainda perambula por esses cômodos. Consigo senti-lo me olhando.

— Deixa de ser besta. — Al revira os olhos.

— Esse lugar só precisa de um pouco de amor e ficará bem — diz Justin, tentando esquecer o apartamento que amava e vendeu recentemente no bairro rico e histórico de Old Town, em Chicago.

— E é por isso que estou aqui. — Doris bate palmas com alegria.

— Ótimo. — Justin dá um sorriso amarelo. — Vamos sair para jantar. Estou a fim de um bife.

— Mas você é vegetariana, Joyce. — Conor me olha como se eu tivesse enlouquecido. Talvez seja verdade. Não consigo lembrar da última vez que comi carne vermelha, mas sinto um desejo súbito agora que estamos no restaurante.

— Eu não sou vegetariana, Conor. Só não gosto de carne vermelha.

— Mas você acabou de pedir um bife malpassado!

— Eu sei. — Dou de ombros. — Sou meio doida mesmo.

Ele sorri como estivesse recordando minha época de rebeldia. Parecemos dois amigos se encontrando depois de anos sem se ver. Tanto para falar, mas sem a menor ideia de por onde começar.

— Já escolheu o vinho? — pergunta o garçom para Conor.

Pego o menu depressa.

— Na verdade, eu gostaria de pedir este daqui, por favor. — Aponto para o menu.

— Sancerre 1998. Excelente escolha, senhora.

— Obrigada. — Eu não faço ideia de por que o escolhi.

Conor dá uma risada.

— Você acabou de fazer uni-duni-tê?

Sorrio, mas sinto um calor por baixo da gola da roupa. Não sei por que pedi aquele vinho. É caro demais e eu normalmente bebo vinho branco, mas disfarço porque não quero que Conor pense que eu enlouqueci. Ele já pensou que eu estivesse louca quando viu que cortei o cabelo todo. Precisa pensar que eu voltei ao normal para eu poder dizer o que vim dizer essa noite.

O garçom volta com a garrafa de vinho.

— Você pode provar — diz Al para Justin —, já que a escolha foi sua.

Justin pega a taça de vinho, enfia o nariz nela e inala profundamente.

Inalo profundamente, então giro o vinho na taça, observando o álcool se elevar e cobrir as laterais. Dou um golinho e o seguro sobre a língua, sugo-o para dentro e permito que o álcool queime o interior da minha boca. Perfeito.

— Esplêndido, obrigada. — Devolvo a taça à mesa.

A taça de Conor é servida e a minha é preenchida.

— É um belo vinho. — E começo a contar a história para ele.

— Eu o descobri quando fui para a França com Jennifer, anos atrás — explica Justin. — Ela foi se apresentar no Festival des Cathédrales de Picardie com a orquestra, uma experiência memorável. Em Versailles, nós ficamos no Hôtel du Berry, uma elegante mansão de 1634 repleta de mobílias da época. É praticamente um museu de história regional; vocês provavelmente se lembram que contei a vocês. Enfim, numa das noites livres dela em Paris nós encontramos um lindo restaurantezinho de frutos do mar escondido numa das vielas de paralelepípedo de Montmartre. Pedimos o prato especial, badejo, mas vocês sabem como eu sou fanático por vinho tinto, mesmo com peixe eu prefiro beber tinto, então o garçom sugeriu que bebêssemos o Sancerre.

"Vocês sabem que eu sempre pensei no Sancerre como um vinho branco, já que é famoso por ser feito da uva Sauvignon, mas ele também tem um pouco de Pinot Noir. E o mais incrível é que você pode beber o Sancerre tinto resfriado, exatamente como o branco, a 12 graus. Mas, quando não está resfriado, ele também vai bem com carne. Aproveitem."

Ele brinda com o irmão e a cunhada.

Conor está me encarando estático.

— Montmartre? Joyce, você nunca foi a Paris. Como sabe tanto sobre vinho? E quem é Jennifer?

Eu pauso, saio do meu transe e subitamente ouço as palavras da história que acabei de contar. Faço a única coisa possível nessa circunstância. Começo a rir.

— Te peguei.

— Me pegou?

— Eram falas de um filme que eu assisti numa noite dessas.

— Ah. — O rosto dele se enche de alívio e relaxa. — Joyce, você me assustou por um minuto. Pensei que alguém tivesse possuído seu corpo. — Ele sorri. — Qual é o nome do filme?

— Ah, não lembro. — Faço um gesto de dispensa com a mão, me perguntando o que está havendo comigo e tentando lembrar se eu sequer assistira a algum filme em alguma noite da última semana.

— Você não gosta mais de anchovas? — pergunta ele, interrompendo meus pensamentos, e olha para a pilhazinha de anchovas que eu fiz no canto do prato.

— Manda para cá, mano — diz Al, aproximando o prato do de Justin. — Eu amo. Como você consegue comer salada Caesar sem anchovas está além da minha compreensão. Tudo bem se eu comer anchovas, Doris? — pergunta ele com sarcasmo. — O médico não disse que anchovas vão me matar, disse?

— Só se alguém enfiá-las na sua garganta, o que é bem possível — responde Doris entredentes.

— Trinta e nove anos na cara e sou tratado que nem criança. — Al olha com gula para a pilha de anchovas.

— Trinta e cinco anos na cara e a única criança que eu tenho é meu marido — retruca Doris com rispidez, pegando uma anchova da pilha e provando-a. Ela faz uma careta e olha ao redor. — Eles chamam isso de restaurante italiano? Minha mãe e a família dela revirariam no túmulo se soubessem disso. — Ela faz o sinal da cruz depressa. — Então, Justin, me conta sobre essa moça com quem você está saindo.

Justin franze a testa.

— Doris, não é nada de mais, já falei que eu só achei que a conhecesse. — *E ela parecia pensar que também conhecia você.*

— Não, não ela — diz Al em voz alta com a boca cheia de anchovas. — Ela está falando da mulher com quem você trepou esses dias.

— Al! — A comida fica presa na garganta de Justin.

— Joyce — diz Conor com preocupação —, você está bem?

Meus olhos se enchem d'água enquanto eu tento pegar fôlego ao tossir.

— Aqui, bebe um pouco de água. — Ele empurra um copo na minha direção.

As pessoas ao redor estão encarando, preocupadas.

Estou tossindo tanto que nem consigo beber água. Conor se levanta da cadeira e dá a volta até mim. Ele dá tapinhas nas minhas costas e eu o afasto, ainda tossindo, com lágrimas escorrendo pelo rosto. Eu me levanto, em pânico, derrubando a cadeira para trás.

— Al, Al, faz alguma coisa. Ah, *Madonn-ina Santa*! — Doris está em pânico. — Ele está ficando roxo.

Al solta o guardanapo da gola da camisa e o coloca tranquilamente sobre a mesa. Ele se levanta e se posiciona atrás do irmão. Enlaça os braços ao redor da cintura dele e aperta a barriga dele com força.

No segundo aperto, a comida se solta da garganta de Justin.

Quando a terceira pessoa corre ao meu socorro, ou para se juntar à discussão crescente e desesperada sobre como realizar a manobra de Heimlich, eu paro de tossir subitamente. Três rostos me encaram com surpresa enquanto eu esfrego a garganta, confusa.

— Você está bem? — pergunta Conor, dando tapinhas nas minhas costas de novo.

— Sim — sussurro, constrangida com a atenção que estamos recebendo. — Estou bem, obrigada. Obrigada a todos pela ajuda.

Eles continuam parados.

— Por favor, voltem aos seus assentos e aproveitem o jantar. De verdade, eu estou bem. Obrigada. — Eu me sento depressa e esfrego o rímel que escorreu dos meus olhos, tentando ignorar os olhares. — Meu Deus, que vergonha.

— Que estranho; você nem tinha comido nada. Estava falando e aí, pá! Começou a engasgar.

Dou de ombros e esfrego a garganta.

— Sei lá, alguma coisa prendeu quando eu inalei.

O garçom se aproxima para tirar nossos pratos.

— A senhora está bem?

— Sim, obrigada, estou ótima.

Sinto um cutucão às minhas costas quando nosso vizinho se inclina em direção à nossa mesa.

— Ei, por um momento eu achei que você estivesse entrando em trabalho de parto! Não foi, Margaret? — Ele olha para a esposa e dá uma risada.

— Não — responde Margaret, seu sorriso desaparecendo e o rosto corando. — Não, Pat.

— Hã? — Ele fica confuso. — Bem, pelo menos *eu* achei. Parabéns, Conor. — Ele dá uma piscadela ao subitamente pálido Conor.

— Acabou o seu sono pelos próximos vinte anos, pode acreditar em mim. Bom jantar.

Ele se volta para a mesa dele e nós ouvimos uma briga sussurrada.

Conor faz uma expressão arrasada e pega minha mão por cima da mesa.

— Você está bem?

— Isso já aconteceu algumas vezes — explico, instintivamente colocando a mão sobre minha barriga. — Eu mal me olhei no espelho desde que voltei para casa. Não aguento olhar.

Conor emite sons apropriados de preocupação e eu ouço as palavras "linda" e "bonita", mas peço silêncio. Preciso que ele escute e não que tente resolver qualquer coisa. Quero que ele saiba que eu não estou tentando ser bonita ou linda, mas, pela primeira vez, estou tentando só ser como sou. Quero contar a ele como me sinto quando me forço a olhar no espelho e analisar meu corpo que agora parece uma carcaça.

— Ah, Joyce. — Ele aperta minha mão com mais força enquanto falo, esmagando a aliança contra minha pele e me machucando.

Uma aliança, mas nenhum casamento.

Contorço um pouco minha mão para que ele afrouxe o aperto. Em vez disso, ele a solta. Um sinal.

— Conor. — É tudo o que eu digo. Olho para ele e sei que ele sabe o que estou prestes a dizer. Ele já viu esse olhar antes.

— Não, não, não, não, Joyce, essa conversa agora não. — Ele tira as mãos da mesa e as ergue numa pose defensiva. — Você, *nós*, já passamos por coisas demais essa semana.

— Conor, chega de distrações. — Eu me inclino com urgência na voz. — Precisamos lidar com nossa relação *agora* ou, antes que percebamos, teremos passado mais dez anos nos perguntando, todo santo dia de nossas vidas miseráveis, o que *poderia* ter sido.

Já tivemos versões diferentes dessa conversa uma vez por ano pelos últimos cinco, e estou esperando a resposta repetida de Conor. Que ninguém disse que seria fácil, não podemos esperar que seja, nós fizemos uma promessa um ao outro, casamento é para o resto da vida e ele está determinado a se esforçar. Resgatar o que vale a pena ser salvo, prega meu marido itinerante. Eu me concentro no reflexo da vela em minha colher de sobremesa enquanto espero seus comentários de sempre. Percebo minutos depois que eles ainda não vieram. Ergo o olhar e o vejo lutando contra as lágrimas e balançando a cabeça no que parece ser uma concordância.

Respiro fundo. É isso.

Justin olha o menu de sobremesa.

— Você não pode comer nada disso, Al. — Doris arranca o menu das mãos do marido e o fecha com força.

— Por que não? Não tenho permissão nem para ler?

— Seu colesterol sobe só de ler.

Justin se distrai enquanto eles discutem. Ele também não deveria comer sobremesa. Desde o divórcio, parou de se cuidar, usando a comida como um conforto em vez de seu exercício diário de praxe. Ele realmente não deveria, mas os olhos dele pairam sobre um item do menu feito um abutre observando a presa.

— Alguma sobremesa para o senhor? — pergunta o garçom.

Vai nessa.

— Sim. Vou querer a…

— Torta *banoffee*, por favor — falo subitamente para o garçom, para minha própria surpresa.

O queixo de Conor cai.

Ai céus. Meu casamento acabou de chegar ao fim e eu estou pedindo sobremesa. Mordo o lábio e reprimo um sorriso nervoso.

A novos começos. À busca por… algo real.

DEZ

Uma badalada estrondosa me dá as boas-vindas à humilde casa do meu pai. É um som muito mais grandioso do que a casinha apertada de dois andares, mas, até aí, meu pai também é.

O som me transporta de volta à minha vida dentro dessas paredes e como eu identificava visitantes pelo som da campainha. Quando criança, pequenos sons estridentes me diziam que amigos, ainda baixos demais para alcançar, estavam pulando para golpear a campainha. Mais tarde, sons fragmentados, rápidos e fortes me alertavam para namorados esperando de rabo entre as pernas, morrendo de medo de anunciar sua simples existência, quanto mais sua chegada, ao meu pai. Toques incontáveis e instáveis tarde da noite cantarolavam que meu pai havia voltado do pub sem as chaves. Ritmos alegres e brincalhões eram familiares visitando em ocasiões especiais, e sons curtos, altos e contínuos, parecendo uma metralhadora, nos alertavam de vendedores itinerantes. Aperto a campainha de novo, mas não só porque são dez horas da manhã e a casa ainda está silenciosa; quero saber qual é o meu som.

Contrito, curto e interrompido. Quase não quer ser ouvido, mas precisa ser. Ele diz: sinto muito, pai, sinto muito por incomodar. Sinto muito que a filha de 33 anos da qual você pensou ter se livrado há muito tempo esteja de volta em casa depois que seu casamento desmoronou.

Finalmente escuto sons do lado de dentro e vejo o movimento do meu pai se aproximando, sombrio e sinistro no vidro distorcido.

— Desculpa, meu amor. — Ele abre a porta. — Não te ouvi da primeira vez.

— Se você não me ouviu, como sabe que eu toquei?

Ele me olha sem expressão, então baixa o olhar para as malas ao redor dos meus pés.

— O que é isso?

— Você... você me disse que eu poderia ficar por um tempo.

— Achei que você quisesse dizer até o fim do programa da noite.

— Ah... bem, eu estava esperando ficar um pouco mais do que isso.

— Até depois de eu bater as botas, pelo que parece. — Ele observa a entrada da casa. — Entre, entre. Cadê o Conor? Aconteceu alguma coisa com a casa? Vocês não estão com ratos de novo, estão? Está bem na época deles, vocês deveriam ter deixado as janelas e as portas fechadas. Bloquear todas as entradas, é isso que eu faço. Vou te mostrar depois que nos acomodarmos lá dentro. É bom Conor saber.

— Pai, eu nunca pedi para ficar aqui por causa de ratos.

— Tem uma primeira vez para tudo. Sua mãe costumava fazer isso. Odiava os bichinhos. Ficava na sua avó por alguns dias enquanto eu corria pela casa toda que nem aquele gato do desenho animado tentando pegá-los. Tom ou Jerry, qual dos dois? — Ele aperta os olhos com força para pensar, então os reabre, ainda sem saber. — Eu nunca soube a diferença, mas, meu Deus, eles sabiam quando eu estava atrás deles.

Ele ergue o punho, faz uma expressão feroz por um momento, tomado pela lembrança, então para de repente e carrega minhas malas para o hall de entrada.

— Pai? — digo, frustrada. — Achei que você tivesse me entendido no telefone. Eu e Conor nos separamos.

— Separaram o quê?

— Nos separamos.

— Do quê?

— Um do outro!

— Do que você está falando, Gracie?

— Joyce. Nós não estamos mais juntos. Nós terminamos.

Ele deixa as malas perto da parede de fotos, que existe para fornecer um curso rápido da família Conway a qualquer visitante que cruze a soleira da porta. Meu pai quando menino, minha mãe quando menina, os dois se cortejando, casados, meu batizado, primeira comunhão, baile de debutante e casamento. Capture, emoldure, exponha; era essa a filosofia dos meus pais. É engraçado como as pessoas registram a vida, os marcos que escolhem para decidir que um momento é mais memorável do que qualquer outro. Pois a vida é feita deles. Gosto de pensar que os melhores momentos estão todos na minha mente, que eles correm pelo meu sangue em seu próprio arquivo de memória para ninguém além de mim ter acesso.

Meu pai não para nem um segundo diante da revelação do meu casamento arruinado e, em vez disso, segue em direção à cozinha.

— Chá?

Fico no corredor olhando as fotos e inalo aquele cheiro. O cheiro que é carregado para todos os lados, todos os dias, em cada pontinho das costas do meu pai, como um caracol carrega sua casa. Sempre pensei que fosse o cheiro da comida da minha mãe, que se dispersava por todos os cômodos e penetrava em todas as fibras, inclusive no papel de parede, mas já faz dez anos desde que a mamãe morreu. Talvez o cheiro fosse ela; talvez ainda seja ela.

— Que cê tá fazendo cheirando as paredes?

Dou um pulo, assustada e envergonhada por ter sido pega, e vou para a cozinha. Não mudou nada desde que eu morava aqui, permanece como estava no dia em que minha mãe se foi, nada trocado de lugar, nem mesmo por conveniência. Observo meu pai se mover lentamente, descansando no pé esquerdo para acessar os armários baixos, então usando os centímetros extra da perna direita como um banquinho particular para alcançar mais alto. A chaleira apita alto demais para termos uma conversa, e eu fico satisfeita, pois meu pai está segurando a alça com tanta força que os nós dos dedos estão brancos. Tem uma colher de chá na mão esquerda dele, que está apoiada no quadril, e isso me lembra de como ele segurava o cigarro, protegido na mão manchada de amarelo pela nicotina. Ele olha para o jardim imaculado e cerra os dentes. Está com raiva, e eu me sinto uma adolescente de novo, esperando minha bronca.

— No que você está pensando, pai? — pergunto assim que a chaleira para de sacolejar feito um estádio lotado durante uma final de campeonato.

— No jardim — responde ele, o maxilar se contraindo novamente.

— No jardim?

— Aquele maldito gato do vizinho não para de mijar nas rosas da sua mãe. — Ele balança a cabeça com raiva. — Fofinho — ele joga as mãos para o alto —, é como ela o chama. Bem, Fofinho não será mais tão fofinho quando eu botar as mãos nele. Vou usar um daqueles chapéus peludos dos russos e dançar a *hopak* na frente do jardim da sra. Handerson enquanto ela embrulha *Carequinha* numa manta e o leva para dentro.

— É realmente nisso que você está pensando? — pergunto, incrédula.

— Bem, na verdade não, meu amor — confessa ele, se acalmando. — Nisso e nos narcisos. Falta pouco para a época de plantio para a primavera. E algumas flores de açafrão. Vou precisar comprar mudas.

Bom saber que o fim do meu casamento não é a prioridade número um do meu pai. Nem a número dois. Está na lista depois das flores de açafrão.

— Galanthus também — adiciona ele.

É raro que eu esteja por aqui tão cedo. Normalmente eu estaria trabalhando, mostrando propriedades pela cidade. Está tudo tão silencioso agora, no horário comercial, que eu me pergunto o que será que meu pai faz nesse silêncio.

— O que você estava fazendo antes de eu chegar?

— Há 33 anos ou hoje?

— Hoje. — Tento não sorrir porque sei que ele está falando sério.

— Quebra-cabeças. — Ele aponta com a cabeça para a mesa, onde há uma folha cheia de quebra-cabeças e palavras cruzadas. Metade deles está completa. — Estou preso no número seis. Dá uma olhada.

Ele leva as xícaras de chá para a mesa, conseguindo não derramar uma gota apesar do balanço dele. Sempre estável.

— "Qual das óperas de Mozart não foi bem recebida por um crítico especialmente influente que resumiu a obra como tendo 'notas demais'?" — li em voz alta.

— Mozart. — Ele dá de ombros. — Não sei nada sobre esse cara.

— Imperador José II — respondo.

— Como é que é? — As sobrancelhas de taturana do meu pai se erguem de surpresa. — Como você sabia disso, hein?

Franzo a testa.

— Devo ter ouvido em algum lug... Está sentindo cheiro de fumaça?

Ele se estica e fareja o ar feito um cachorro.

— Torrada. Fiz mais cedo. A torradeira estava numa potência muito alta e queimou o pão. Eram as últimas duas fatias.

— Odeio isso. — Balanço a cabeça. — Cadê a foto da mamãe que fica no corredor?

— Qual? Tem trinta fotos dela.

— Você contou? — Dou uma risada.

— Eu as preguei na parede, não foi? São 44 fotos no total, precisei de 44 pregos. Fui até a loja de construção e comprei um pacote de pregos. Vinha com quarenta. — Ele ergue quatro dedos e balança a cabeça. — Ainda tenho 36 sobrando na minha caixa de ferramentas. Onde esse mundo vai parar.

Esqueça terrorismo ou aquecimento global. A prova do declínio do mundo, aos olhos dele, são 36 pregos numa caixa de ferramenta. Ele provavelmente tem razão.

— Então, cadê?

— No lugar de sempre — responde ele de maneira nada convincente.

Olhamos para a porta fechada da cozinha, na direção da mesa do hall de entrada. Eu me levanto para sair e verificar. O tipo de coisa que fazemos quando estamos com tempo sobrando.

— Ah. — Ele balança a mão para mim. — Senta aí. — Ele se levanta. — Vou lá olhar. — Ele fecha a porta da cozinha ao passar, impedindo que eu o veja. — Ela está bem aqui — exclama ele para mim. — Oi, Gracie, sua filha estava preocupada com você. Achou que não tinha te visto, mas é claro que você estava aqui o tempo todo, observando enquanto ela cheirava as paredes, pensando que o papel de parede estava pegando fogo. Mas ela parece mesmo estar ficando cada vez mais doida, abandonou o marido e largou o trabalho.

Eu não mencionei nada sobre pedir licença do trabalho, o que significa que Conor falou com ele, o que significa que meu pai sabia exatamente das minhas intenções de ficar aqui desde o momento em que ouviu a campainha. Preciso dar o crédito, ele é muito bom em se fazer de burro. Quando volta à cozinha, eu tenho um vislumbre da foto na mesa do hall.

— Ah! — Ele olha para o relógio, alarmado. — 10h25! Vamos logo! — Ele se mexe mais rápido do que eu já vi em muito tempo, pega seu guia de programação semanal e sua xícara de chá e corre para a sala de TV.

— O que vamos assistir? — Eu o sigo até a sala de estar, observando-o, entretida.

— *Assassinato por escrito*, conhece?

— Nunca vi.

— Ah, espera só até ver, Gracie. Aquela Jessica Fletcher é craque em pegar os assassinos. Então, no próximo canal, vamos assistir a *Diagnosis Murder*, onde o dançarino soluciona os casos. — Ele pega uma caneta e circula o programa na página da TV.

Sou cativada pela empolgação do meu pai. Ele canta junto com a música de abertura, fazendo sons de trompete com a boca.

— Vem aqui e deita no sofá que eu vou te cobrir. — Ele pega uma manta xadrez pendurada nas costas do sofá de veludo verde e a posiciona delicadamente em cima de mim, prendendo-a tão firme ao redor do meu corpo que eu não consigo mexer os braços. É a mesma manta sobre a qual eu rolava quando bebê, a mesma com a qual eles me cobriam quando eu faltava à escola porque estava doente e ficava assistindo televisão no sofá. Observo meu pai com carinho, lembrando da ternura com que ele sempre me tratou quando criança, me sentindo de volta àquela época.

Até ele se sentar na ponta do sofá e esmagar meus pés.

ONZE

— O que acha, Gracie? Será que Betty vai ficar milionária até o fim do programa?

Assisti a uma quantidade infindável de programas matinais curtos nos últimos dias, e agora estamos vendo *Antiques Roadshow*. Betty tem setenta anos, é de Warwickshire, e naquele momento está esperando ansiosamente enquanto o comerciante tenta estabelecer um valor para o bule velho que ela levou consigo.

Enquanto observo o comerciante manusear o bule delicadamente, um sentimento confortável e familiar me domina.

— Sinto muito, Betty — digo para a televisão —, é uma réplica. Do século XVIII. Os franceses o usavam, mas o de Betty foi feito no começo do século XX. Dá para ver pelo formato da alça. Trabalho porco.

— É mesmo? — Meu pai me olha com interesse.

Olhamos para a tela com atenção e escutamos o comerciante repetir meus comentários. A coitada da Betty está devastada, mas tenta fingir que se tratava de um presente muito precioso da avó e que ela não venderia, de qualquer maneira.

— Mentirosa — grita meu pai. — Betty já tinha reservado o cruzeiro e comprado o biquíni. Como você sabe tudo isso sobre bules e os franceses, Gracie? Leu num dos seus livros, talvez?

— Talvez. — Eu não faço a menor ideia. Fico com dor de cabeça ao pensar nesse conhecimento recém-adquirido.

Meu pai percebe a expressão no meu rosto.

— Por que você não liga para uma amiga ou algo assim? Para bater um papo.

Não quero, mas sei que deveria.

— Eu deveria provavelmente ligar para Kate.

— Aquela grandona? A que te embebedou com poitín quando você tinha dezesseis anos?

— Essa Kate mesmo. — Dou uma risada. Ele nunca a perdoou por isso.

— Que tipo de nome é esse, por sinal? Ela era uma arruaceira, aquela garota. Ela deu em alguma coisa?

— Não, em nadinha. Ela só vendeu a loja que tinha na cidade por dois milhões para ser dona de casa. — Tento não rir da expressão chocada dele.

Vejo suas orelhas subirem.

— Ah, claro, dá uma ligada para ela. Bate um papo. Vocês, mulheres, gostam de fazer isso. É bom para a alma, sua mãe sempre dizia. Sua mãe adorava falar, estava sempre tagarelando sobre alguém ou alguma coisa.

— Fico me perguntando como ela começou isso — falo baixinho, mas, como se por milagre, as orelhas borrachudas do meu pai funcionam.

— Ela começou por causa do primo do touro, o signo dela. Asno. Falava um bando de asneira.

— Pai!

— O que foi? Falei com ódio? Não. De jeito nenhum. Eu a amava com todo o meu coração, mas a mulher falava um monte de asneira. Não bastava falar sobre um assunto, eu ainda tinha que ouvir como ela se sentia sobre ele. Dez vezes seguidas.

— Você não acredita em signos — digo, cutucando-o.

— Acredito, sim. Sou de libra. Balança com pesos. — Ele oscila de um lado para o outro. — Perfeitamente equilibrado.

Dou uma risada e me retiro para meu quarto a fim de ligar para Kate. O cômodo não mudou quase nada desde que saí de casa. Apesar das raras ocasiões em que eles receberam um hóspede depois que fui embora, meus pais nunca tiraram os restos dos meus pertences. Ainda havia adesivos do The Cure na porta, e partes do papel de parede estavam rasgadas pelas fitas que eu usara para colar meus pôsteres. Como punição por estragar as paredes, meu pai me forçou a cortar a grama do jardim dos fundos, mas enquanto eu fazia isso, passei o cortador de grama por cima de um arbusto no canteiro de flores. Ele se recusou a falar comigo pelo resto do dia. Aparentemente, era a primeira vez que o arbusto dera flores desde que ele o plantara. Eu não consegui entender a frustração dele na época, mas depois de passar anos trabalhando pesado para cultivar um casamento, apenas para vê-lo murchar e morrer, agora eu entendo sua tristeza. Mas aposto que ele não sentiu o alívio que estou sentindo agora.

Meu quartinho só cabe uma cama e um armário, mas era tudo para mim. Meu único espaço pessoal para pensar e sonhar, para chorar e rir e esperar até ter idade o bastante para fazer tudo o que eu não tinha permissão para fazer. Meu único espaço no mundo na época e meu único espaço agora, aos 33 anos. Quem diria que eu me encontraria aqui de novo sem nenhuma das coisas que queria e, ainda pior, ainda querendo-as? Não falo de ser integrante do The Cure ou a esposa de Robert Smith, mas de ter um filho e um marido. O papel de parede é floral e caótico; completamente inapropriado para um espaço de descanso. Milhões de florezinhas marrons amontoadas com minúsculos caules verdes desbotados. Não era de se espantar que eu tivesse coberto tudo com pôsteres. O carpete é marrom com redemoinhos de um tom mais claro, manchado de perfume e maquiagem derramados. As novas adições ao quarto são malas de couro marrom desbotadas e velhas em cima do armário, juntando poeira desde que minha mãe morreu. Meu pai nunca vai a lugar algum; uma vida sem minha mãe, ele decidiu há tempos, já bastava como jornada para ele.

O edredom é o outro novo acréscimo. Novo, no sentido de que tem mais de dez anos; minha mãe o comprou quando meu quarto se tornou quarto de hóspedes. Eu saí de casa um ano antes dela morrer, para morar com Kate, e me arrependo desde então, de ter perdido dias preciosos sem acordar com seus longos bocejos que viravam música, ouvindo-a falando consigo mesma enquanto fazia seu diário verbal com o programa de rádio de Gay Byrne ao fundo. Ela amava Gay Byrne; sua única ambição da vida era conhecê-lo. O mais perto que chegou desse sonho foi quando ela e meu pai compraram ingressos para a plateia do *The Late Show*, e ela falou disso por anos. Acho que tinha uma quedinha por ele. Papai o odiava. Acho que sabia da paixonite dela.

Ele gosta de ouvi-lo agora, sempre que seu programa está passando. Acho que se lembra de um tempo precioso passado com a mamãe, como se, enquanto todos ouvem a voz de Gay Byrne, ele ouve a da mamãe. Quando ela morreu, ele se rodeou de todas as coisas que ela adorava. Ouvia Gay no rádio toda manhã, assistia aos programas de televisão que ela gostava, comprava os biscoitos favoritos dela em suas compras semanais, mesmo que nunca os comesse. Ele gostava de vê-los na prateleira quando abria o armário da cozinha, gostava de ver as revistas dela ao lado do jornal dele. Gostava que seus chinelos ficassem junto da poltrona dele perto da lareira. Gostava de lembrar a si mesmo de que seu mundo não desmoronara por completo. Às vezes nós precisamos de toda a cola possível só para nos manter inteiros.

Aos 65 anos, ele era jovem demais para perder a esposa. Aos 23, eu era jovem demais para perder minha mãe. Aos 55, ela não deveria ter perdido a vida, mas o câncer, o ladrão de segundos, detectado tarde demais, roubou-a dela e de todos nós. Papai se casou tarde para a época, e só me teve aos 42 anos. Acho que ele teve o coração partido antes disso, mas nunca falou sobre e eu nunca perguntei. O que ele diz desse período é que passou mais dias de sua vida esperando pela mamãe do que de fato com ela, mas que cada segundo passado olhando para ela e, futuramente, lembrando dela, valeu por todos os outros.

Minha mãe nunca conheceu Conor, mas eu não sei se ela teria gostado dele, mesmo sendo educada demais para demonstrar. Mamãe amava todo tipo de pessoa, mas especialmente aquelas com animação e energia, as que viviam e radiavam vida. Conor é agradável. Apenas agradável. Nunca empolgado demais. Na verdade, nem um pouco empolgado. Só agradável, o que é apenas outra palavra para legal. Casar com um cara legal te dá um casamento legal, mas nada além disso. E "legal" é bom quando está entre outras coisas, mas nunca quando está sozinho.

Papai fala com qualquer pessoa em qualquer lugar e não julga ninguém, nem para o bem, nem para o mal. O único comentário negativo que ele já fez sobre Conor foi: "Claro, que tipo de homem gosta de *tênis*?" Entusiasta da Associação Atlética Gaélica (GAA) e de futebol, papai cuspira a palavra como se apenas dizê-la sujasse sua boca.

Nosso fracasso em produzir um filho não ajudou muito a mudar a opinião dele. Ele culpava o tênis, mas, particularmente, o shortinho branco que Conor usava às vezes, sempre que mais um teste de gravidez dava negativo. Sei que ele dizia isso tudo para me fazer sorrir; às vezes funcionava, outras não, mas era uma piada segura porque todo mundo sabia que o problema não era o short de tênis ou o homem que o vestia.

Eu me sento no edredom comprado pela mamãe, sem querer amassá-lo. Um conjunto de edredom e duas fronhas da Dunnes, com uma vela combinando, que nunca fora acesa e já perdera o aroma. Tem poeira acumulada na superfície, prova incriminadora de que papai não está cumprindo com seus afazeres, como se, aos 75 anos, tirar pó de qualquer lugar que não fosse sua prateleira de cacarecos devesse ser uma prioridade. Mas a poeira já assentou, então deixe ficar.

Ligo o celular, que está desligado há dias, e ele começa a apitar com dezenas de mensagens. Eu já fiz minhas ligações para os íntimos, os queridos e os enxeridos. Foi como arrancar um Band-Aid; não pense demais, puxe rápido e será quase indolor. Abra a lista de contatos e pá, pá, pá: três minutos cada. Ligações breves e enérgicas de uma mulher estranhamente otimista que habitara momentaneamente meu corpo. Uma mulher incrível, na verdade, positiva e animada, ainda que emotiva e sábia em todos os momentos certos. Seu timing impecável, seus sentimentos tão pungentes que eu quase tive vontade de anotá-los. Ela até tentou fazer piadinhas, alguns dos íntimos, queridos e enxeridos levaram numa boa e outros pareceram quase ofendidos; não que ela se importasse, pois a festa era dela e ela choraria se estivesse a fim. Eu já a conhecia, é claro; ela me faz uma visita rápida a cada trauma ocasional, me substitui e assume as partes difíceis. Ela vai voltar de novo, sem dúvida.

Sério, vai demorar muito até que eu consiga falar na minha própria voz com qualquer pessoa além da mulher para quem estou ligando agora.

Kate atende no quarto toque.

— Alô — grita ela, e eu tomo um susto.

Há barulhos maníacos ao fundo, como se uma miniguerra tivesse estourado.

— Joyce! — berra ela, e eu percebo que estou no viva-voz. — Estou te *ligando* e *ligando* sem parar. Derek, SENTA. A MAMÃE NÃO ESTÁ FELIZ! Desculpa, estou na função carona. Tenho que levar seis crianças para casa, depois dar lanche para elas antes de levar Eric para o basquete e Jayda para a natação. Quer me encontrar aqui às sete? Jayda vai ganhar sua medalha de dez metros hoje.

Jayda brada ao fundo sobre odiar medalhas de dez metros.

— Como você pode odiar algo que nunca teve? — retruca Kate. Jayda grita ainda mais alto e eu preciso afastar o telefone do ouvido. — JAYDA! DÁ UM DESCANSO PRA MAMÃE! DEREK, BOTA O CINTO! Se eu precisar frear de repente, você vai VOAR pelo para-brisa e CORTAR A CARA TODA. Calma aí, Joyce.

Faz-se silêncio enquanto eu espero.

— Gracie! — grita meu pai. Corro até o topo da escada em pânico, não o ouço gritar desse jeito desde que era criança e perdi o costume.

— Oi? Pai! Você está bem?

— Eu tenho sete letras — grita ele.

— Você tem o *quê*?

— Sete letras!

— Como assim?

— Em *Countdown*!

Paro de surtar e me sento no topo da escada, frustrada. De repente, a voz de Kate volta e parece que a calma foi restaurada.

— Certo, tirei você do viva-voz. Provavelmente serei presa por usar o celular, e expulsa da lista da carona, como se eu ligasse pra essa merda.

— Vou contar pra mamãe que você falou palavrão — ouço uma vozinha.

— Que bom. Eu venho querendo falar um para ela há anos — murmura Kate para mim, e eu rio.

— Merda, merda, merda, merda. — Ouço uma multidão de crianças entoar.

— Meu Deus, Joyce, é melhor eu ir. Te vejo no centro de lazer às sete? É minha única folga. Ou então amanhã. Tênis às três ou ginástica às seis? Posso ver se Frankie também está livre para nos encontrar.

Frankie. Batizada Francesca, mas se recusa a atender pelo nome. Papai estava errado sobre Kate. Ela pode ter fornecido o poitín, mas tecnicamente foi Frankie que segurou minha boca aberta e derramou-o na minha goela. Mas essa história nunca foi contada, então ele acha que Frankie é uma santa, para a profunda irritação de Kate.

— Aceito a ginástica amanhã. — Sorrio enquanto a cantoria das crianças fica mais alta. Kate desliga e o silêncio cai.

— Gracie! — chama meu pai de novo.

— É *Joyce*, pai.

— Desvendei a charada!

Volto para a cama e cubro a cabeça com um travesseiro.

Um tempo depois, meu pai chega à porta, quase me matando de susto.

— Eu fui o único a desvendar a charada. Os participantes não faziam ideia. Simon ganhou mesmo assim, passou para o programa de amanhã. Ele foi o vencedor dos últimos três dias e estou cansado de olhar para ele. Ele tem uma cara engraçada; você daria uma boa risada se visse. Acho que Carol também não gosta muito dele e ela está tentando emagrecer de novo. Quer um biscoito HobNob? Vou fazer mais chá.

— Não, obrigada. — Coloco o travesseiro em cima da cabeça de novo. Ele fala *tanto*.

— Bem, eu vou tomar um pouco. Tenho que comer com meus remédios. Deveria ter tomado um comprimido na hora do almoço, mas esqueci.

— Você tomou um comprimido no almoço, lembra?

— Aquele era para o meu coração. Esse é para a minha memória. Memória de curto prazo.

Tiro o travesseiro do rosto para ver se ele está falando sério.

— E você esqueceu de tomar?

Ele assente com a cabeça.

— Ah, pai. — Começo a rir enquanto ele me olha como se eu estivesse tendo um troço. — Você já é remédio o bastante para mim. Bem, você precisa tomar comprimidos mais fortes. Esses não estão funcionando, não é?

Ele dá meia-volta e segue pelo corredor, resmungando:

— Eles funcionariam bem pra caramba se eu me lembrasse de tomar.

— Pai — chamo, e ele para no topo da escada. — Obrigada por não perguntar nada sobre Conor.

— Claro, eu não preciso. Sei que vocês vão voltar logo.

— Não vamos, não — respondo suavemente.

Ele se aproxima um pouco do meu quarto.

— Ele está tendo um caso com alguém?

— Não está. Nem eu. Nós não nos amamos mais. Já faz muito tempo.

— Mas você se casou com ele, Joyce. Eu não te levei pessoalmente até o altar? — Ele parece confuso.

— O que isso tem a ver?

— Vocês dois fizeram promessas um ao outro na casa do Nosso Senhor, eu mesmo as ouvi com meus ouvidos. O que há com os jovens de hoje em dia, separando e casando de novo o tempo todo? O que aconteceu com cumprir promessas?

Suspiro. Como posso responder a isso? Ele começa a se afastar de novo.

— Pai.

Ele para, mas não se vira.

— Não acho que você esteja pensando na alternativa. Você preferiria que eu cumprisse a minha promessa de passar o resto da vida com Conor, mas sem o amar e sendo infeliz?

— Se você acha que eu e sua mãe tínhamos um casamento perfeito, você está enganada, porque isso não existe. Ninguém é feliz o tempo todo, meu amor.

— Eu entendo, mas e se você *nunca* estiver feliz. Nunca.

Ele pensa nisso pelo que parece ser a primeira vez, e eu prendo a respiração até que ele finalmente fale:

— Vou comer um HobNob.

No meio da escada, ele grita em tom rebelde:

— De *chocolate*.

DOZE

— Estou de férias, mano, por que você está me arrastando para uma academia? — Al meio anda, meio saltita ao lado de Justin, se esforçando para acompanhar as passadas largas do irmão.

— Tenho um encontro com Sarah na semana que vem — Justin sai em marcha atlética da estação do metrô —, e preciso voltar à forma.

— Eu não sabia que você estava *fora* de fora — diz Al com dificuldade, secando o suor da testa.

— A nuvem do divórcio estava me impedindo de malhar.

— A nuvem do divórcio?

— Nunca ouviu falar?

Al apenas nega com a cabeça.

— A nuvem assume o formato do seu corpo, se enrola bem apertadinho ao seu redor de forma que você mal consegue se mexer. Ou respirar. Ou se exercitar. Ou até mesmo *ir a encontros*, quanto mais *transar* com outra mulher.

— Sua nuvem do divórcio parece a minha nuvem do casamento.

— É, bem, essa nuvem já foi embora. — Justin ergue o olhar para o céu cinzento de Londres, fecha os olhos por um breve momento e inspira profundamente. — Está na hora de eu voltar à ação. — Ele abre os olhos e dá de cara num poste de luz. — Meu Deus, Al! — Ele se curva para a frente, com as mãos na cabeça. — Valeu pelo aviso.

O rosto vermelho feito beterraba de Al chia para ele, as palavras saindo com dificuldade. Ou simplesmente não saindo.

— Esquece a *minha* necessidade de malhar, olha só para você. Seu médico já disse para perder uns cem quilos.

— Vinte e cinco quilos... — Pega fôlego. — Não são exatamente... — Pega fôlego. — *Cem* quilos, e não vem você também. — Pega fôlego. — Doris já é chata o bastante. — Chia. Tosse. — O que ela sabe sobre nutrição eu não sei. A mulher não come. Tem medo de roer uma unha e ingerir calorias demais.

— As unhas de Doris são de verdade?

— As unhas e os cabelos, acaba por aí. Preciso me segurar em alguma coisa. — Al olha ao redor, arfando.

— Informação demais — diz Justin, entendendo errado a frase. — Não acredito que o *cabelo* da Doris também é de verdade.

— Tudo menos a cor. Ela é morena. Italiana, é claro. Cabeça zonza.

— É, ela é meio cabeça zonza mesmo. Todo aquele papo de vidas passadas sobre a mulher do salão. — Justin dá uma risada. *Então como você explica?*

— Quero dizer que *eu* estou com a cabeça zonza. — Al olha feio para ele e estende a mão para se segurar num corrimão próximo.

— Ah... eu entendi, estava brincando. Parece que estamos quase lá. Acha que consegue seguir por mais cem metros mais ou menos?

— Depende do "mais ou menos" — retruca Al.

— É quase igual às férias de *mais ou menos* uma semana que você e Doris pretendiam tirar. Parece que está virando um mês.

— Bem, nós queríamos te fazer uma surpresa, e Doug é bem capaz de cuidar da loja enquanto estou longe. O doutor me aconselhou a pegar leve, Justin. Com problemas cardíacos na família, eu realmente preciso descansar.

— Você disse ao médico que tem histórico de problemas cardíacos na família? — pergunta Justin.

— É, o papai morreu de infarto. De quem mais eu estaria falando?

Justin fica em silêncio.

— Além disso, não vai se arrepender, Doris vai deixar seu apartamento tão bonito que você vai ficar feliz em ter nos recebido. Sabia que ela fez o salão para cachorros sozinha?

Justin arregala os olhos.

— Pois é. — Al abre um sorriso orgulhoso. — Então, quantas aulas você vai dar em Dublin? Eu e Doris talvez acompanhemos você numa das suas viagens para lá, sabe, ver de onde o papai veio.

— O papai era de Cork.

— Ah. Ele ainda tem família lá? A gente poderia ir e buscar nossas origens, o que acha?

— Não é uma má ideia. — Justin pensa em sua agenda. — Tenho mais algumas aulas pela frente. Mas você provavelmente não vai ficar esse tempo todo. — Ele olha de soslaio para Al, testando-o. — E você não pode ir na semana que vem porque vou aproveitar a viagem e me encontrar com Sarah.

— Você está caidinho por essa garota?

O vocabulário do irmão de quase quarenta anos nunca deixa de impressioná-lo.

— Se eu estou caidinho por essa garota? — repete ele, entretido e confuso ao mesmo tempo. *Boa pergunta. Não muito, mas ela me faz companhia. Essa é uma resposta aceitável?*

— Ela ganhou você no "eu querro seu sangue"? — Al dá uma risadinha.

— Nossa, que desconcertante — diz Justin. — Sarah também é uma vampira da Transilvânia. Vamos fazer uma hora de academia. — Ele muda de assunto. — Não acho que "descansar" vá ajudar você em nada.

— *Uma hora?* — Al quase explode. — O que você pretende fazer no encontro, escalada?

— É só um almoço.

Al revira os olhos.

— E aí, você vai ter que caçar sua comida? Enfim, quando você acordar amanhã de manhã depois de seu primeiro exercício do ano inteiro, você nem vai conseguir *andar*, quanto mais trepar.

Acordo com o som de panelas e frigideiras batendo no andar de baixo. Espero estar no meu próprio quarto, em casa, e levo um momento para me lembrar. Então vem tudo de uma vez. Meu comprimido diário, difícil de engolir como sempre. Dia desses eu vou acordar e simplesmente saber. Não tenho certeza de qual cenário prefiro; os momentos de esquecimento são uma bênção enorme.

Não dormi bem na noite passada, por causa dos meus pensamentos e também pelo som constante da descarga depois das muitas idas do meu pai ao banheiro. Quando adormecia, os roncos dele chacoalhavam as paredes da casa.

Apesar das interrupções, os sonhos que tive durante o sono intermitente ainda estão vívidos em minha mente. Eles quase parecem reais, como lembranças, mas quem vai saber o quanto elas são mesmo reais, com todas as alterações que nossa mente faz? Eu me lembro de estar num parque, apesar de achar que não era eu. Eu girava uma menininha com cabelo loiro platinado nos meus braços enquanto uma mulher ruiva nos observava sorrindo, com uma câmera na mão. O parque era colorido com muitas flores e nós estávamos fazendo um piquenique... Tento lembrar da música que escutei a noite toda, mas ela me escapa. Em vez disso, ouço papai no andar de baixo cantando "The Auld Triangle", uma antiga canção irlandesa que ele cantou em festas a minha vida toda e provavelmente a maior parte da vida dele também. Ele ficava de pé, olhos fechados, cerveja na mão, a imagem da felicidade enquanto cantava *"the auld triangle went jingle jangle"*.

Estendo as pernas para fora da cama e solto um grunhido sofrido, sentindo uma súbita dor nas duas pernas desde o quadril, passando pelas coxas até os músculos das panturrilhas. Tento mexer o resto do corpo e está tudo doendo; meus ombros, bíceps, tríceps, músculos das costas e torso. Massageio os músculos com completa confusão e faço um lembrete mental de ir ao médico, só para garantir que não é nada com que me preocupar. Tenho certeza de que é meu coração buscando mais atenção, ou tão cheio de dor que precisa extravasar pelo resto do corpo só para se aliviar. Cada músculo latejante é uma extensão da dor que sinto por dentro, por mais que o médico vá me dizer que é culpa do colchão de trinta anos na qual eu dormi, fabricada antes da época em que as pessoas exigiam apoio lombar noturno como direito divino. Que seja.

Jogo um robe ao redor do corpo e lentamente, rígida feito uma tábua, sigo para o andar de baixo, tentando ao máximo não dobras as pernas.

O cheiro de queimado está presente no ar novamente e noto, enquanto passo pela mesa do hall, que a foto da mamãe não está lá de novo. Algo me impulsiona a abrir a gaveta sob a mesa e ali está ela, virada de rosto para baixo. Lágrimas brotam nos meus olhos, de raiva por algo tão precioso ter sido escondido. Ela sempre foi mais do que uma foto para nós; representa a presença dela na casa, em destaque, para nos recepcionar sempre que entrássemos em casa ou descêssemos a escada. Respiro fundo algumas vezes e decido não dizer nada por enquanto, presumindo que meu pai tenha seus motivos, por mais que eu não consiga pensar em nenhum que seja aceitável naquele momento. Fecho a gaveta e deixo-a onde papai a colocou, sentindo como se estivesse enterrando-a de novo.

Ao chegar mancando na cozinha, sou recebida pelo caos. Há panelas e frigideiras em todo canto, panos de prato, cascas de ovos e o que parece o conteúdo dos armários cobrindo as bancadas. Papai está usando um avental com a imagem de uma mulher de lingerie vermelha e suspensório por cima de seu costumeiro suéter, camisa e calça. Nos pés há pantufas do Manchester United, no formato de grandes bolas de futebol.

— Bom dia, meu amor. — Ele me vê e pisa com a perna esquerda para me dar um beijo na testa.

Percebo que é a primeira vez em anos que alguém faz café da manhã para mim, mas também é a primeira vez em muitos anos que meu pai tem alguém para quem cozinhar o café da manhã. De repente, a cantoria, a bagunça, as panelas e as frigideiras batendo, tudo faz sentido. Ele está empolgado.

— Estou fazendo waffles! — anuncia ele com sotaque americano.

— Uuh, delícia.

— É isso que o burro diz, não é?

— Que burro?

— Aquele... — Ele para de mexer seja lá o que está na frigideira e fecha os olhos para pensar. — A história com o homem verde.

— O Incrível Hulk?
— Não.
— Bem, eu não conheço mais nenhuma pessoa verde.
— Conhece sim, é aquele...
— A Bruxa Má do Oeste?
— Não! Não tem burro nessa! Pensa em histórias com burros.
— É uma história bíblica?
— Onde é que a Bíblia fala de burros, Gracie? Você acha que Jesus comia waffles? Meu Deus, entendemos tudo errado; foi waffle que ele partiu na santa ceia, e não pão!
— Meu nome é Joyce.
— Eu não lembro de Jesus comendo waffles, mas, sei lá, por que não perguntar à galera no Clube da Segunda? Talvez eu tenha passado a vida toda lendo a Bíblia errada. — Ele ri da própria piada.
Olho por cima do ombro dele.
— Pai, você nem está fazendo waffles!
Ele suspira irritado.
— Eu sou um burro? Eu pareço um burro para você? Burros fazem waffles, *eu* faço um bom café da manhã inglês.
Observo ele cutucando as linguiças na frigideira, tentando deixar todos os lados igualmente dourados.
— Vou comer linguiça também.
— Mas você é *vegetarianista*.
— Vegetariana. E não sou mais.
— Ah, é claro que não. Apenas é uma desde os 15 anos, depois de ver aquele programa sobre as focas. Amanhã vai acordar e me dizer que é um homem. Vi isso na TV um dia. A mulher, mais ou menos da sua idade, levou o marido para um programa ao vivo na frente de uma plateia para dizer que tinha decidido que queria transformar a...
Frustrada com ele, eu falo de repente:
— A foto da mamãe não está na mesa do hall.
Ele paralisa, uma reação de culpa, e isso me dá um pouco de raiva, como se antes eu acreditasse que um misterioso mexedor-de-
-fotos-da-madrugada tinha invadido a casa e feito o trabalho sujo por conta própria. Eu quase preferia isso.

— Por quê? — É tudo o que eu digo.

Ele se mantém ocupado, batendo pratos e talheres.

— Por que o quê? Por que você está andando assim é o que eu quero saber. — Papai observa meu caminhar com curiosidade.

— Não sei — retruco com rispidez, então manco pela cozinha para ocupar um lugar à mesa. — Talvez seja de família.

— Uau — gargalha papai, encarando o teto. — Olha só para ela, toda engraçadinha! Arrume a mesa como uma boa menina.

Ele me cortou na mesma hora, e não consigo evitar um sorriso. Então eu arrumo a mesa, meu pai faz o café da manhã e nós dois mancamos pela cozinha fingindo que tudo está como sempre foi e sempre será. Um ciclo sem fim.

TREZE

— Então, pai, quais são seus planos para o dia? Está ocupado?

Uma garfada cheia de linguiça, ovo, bacon, chouriço, cogumelo e tomate para antes de chegar à boca do meu pai. Olhos entretidos me espiam por baixo de sobrancelhas rebeldes e grossas.

— Planos? Bem, deixe-me ver, Gracie, enquanto eu olho minha boa e velha agenda de eventos do dia. Eu estava pensando que, depois de acabar meu café da manhã em aproximadamente quinze minutos, poderia tomar outra xícara de chá. Então, enquanto bebo meu chá, eu poderia me sentar nessa cadeira aqui, ou talvez na que você está, o local exato ainda a ser decidido, como diria na agenda. Então eu olharei as respostas das palavras cruzadas de ontem para ver o que acertamos e o que erramos, e descobrirei as respostas das questões que eu não consegui fazer ontem. Depois vou fazer o *Dusoku*, em seguida o jogo de palavras. Vejo que precisaremos tentar encontrar palavras *náuticas* hoje. *Navegação, marítimo, iate*, sim, eu vou conseguir, já até consigo ver a palavra "embarcação" ali na primeira linha. Daí vou cortar meus cupons, e tudo isso vai preencher o começo da minha manhã, Gracie. Acho que vou tomar outro chá depois de tudo isso, então meus programas começam. Se deseja marcar um horário, fale com Maggie. — Ele finalmente enfia a comida na boca, e ovo escorre pelo queixo. Ele não percebe e não limpa.

Dou uma risada.

— Quem é Maggie?

Ele engole e sorri, entretido consigo mesmo.

— Não sei por que falei isso. — Ele pensa profundamente, então ri. — Eu tinha um colega em Cavan, isso já faz sessenta anos, Brendan Brady o nome dele. Sempre que tentávamos marcar alguma coisa, ele dizia — engrossa a voz —: "Fale com Maggie", como se ele fosse alguém importantíssimo. Ela era esposa ou secretária dele, eu não fazia ideia. "Fale com Maggie." — repete. — Maggie devia ser a mãe dele. — Ele ri e come mais um pouco.

— Então, basicamente, de acordo com sua agenda, você vai fazer exatamente a mesma coisa de ontem.

— Ah, não, longe disso. — Ele folheia o guia de TV e cutuca a página do dia com o dedo engordurado. Ele olha para o relógio e desliza o dedo pela página. Pega seu marca-texto e marca outro programa. — Vai passar *Animal Hospital* em vez de *Antiques Roadshow*. Está longe de ser exatamente o mesmo dia de ontem, muito longe, veja só. Hoje serão cachorrinhos e coelhinhos em vez dos bules falsos da Betty. Talvez ela tente vender o cachorro da família por alguns trocados. Você pode acabar usando aquele biquíni no fim das contas, Betty. — Ele continua a desenhar ao redor dos programas no guia da TV, a língua no canto da boca em uma expressão concentrada, como se estivesse decorando um manuscrito.

— O Livro de Kells — falo do nada, apesar de isso não ser mais estranho ultimamente. Meus discursos aleatórios estão se tornando rotina.

— Como é? — Papai para de rabiscar e volta a comer.

— Vamos à cidade hoje. Fazer um tour, ir à Trinity College e olhar o Livro de Kells.

Papai me encara, mastigando. Não sei bem o que está pensando. Provavelmente o mesmo que eu.

— Você quer ir à Trinity College. A garota que nunca quis chegar nem perto de lá, seja para estudar ou fazer excursões comigo e com sua mãe, de repente do nada quer ir. Bem, "de repente" e "do nada" querem dizer a mesma coisa, não é? Você não deveria usar os dois na mesma frase, Henry — diz ele, corrigindo a si mesmo.

— Sim, eu quero ir. — De repente, do nada, eu quero muito ir à Trinity College.

— Se você não quer assistir a *Animal Hospital* é só falar. Não precisa correr para a cidade. Dá para mudar de canal.

— Tem razão, pai, eu tenho feito muito isso ultimamente.

— É mesmo? Eu não tinha notado, com o fim do seu casamento, você não sendo mais vegetarianista, sem falar uma palavra sobre seu trabalho e vindo morar comigo e tudo mais. Tem tanta coisa acontecendo por aqui, como é que alguém perceberia se um canal foi mudado ou se um novo programa começou?

— Eu preciso fazer alguma coisa nova — explico. — Tenho tempo para Frankie e Kate, mas as outras pessoas... eu simplesmente não estou pronta ainda. Precisamos de uma mudança na programação, pai. Estou com o grande controle remoto da vida nas mãos e quero apertar alguns botões.

Ele me encara por um momento e coloca uma linguiça na boca como resposta.

— Vamos de táxi até a cidade e pegar um daqueles ônibus de excursão, o que acha? MAGGIE! — grito com toda a força, assustando meu pai. — MAGGIE, MEU PAI VAI COMIGO NA CIDADE PARA DAR UMA PASSEADA. TUDO BEM?

Inclino a cabeça e espero por uma resposta. Tendo recebido uma, concordo com a cabeça e me levanto.

— Muito bem, pai, está decidido. Maggie disse que tudo bem você ir à cidade. Agora vou tomar uma chuveirada para não sair atrasada. Há! Rimou. — Saio mancando da cozinha, deixando meu pai confuso e com o queixo sujo.

— Duvido que Maggie tenha concordado em me fazer andar nessa velocidade, Gracie — diz papai, tentando me acompanhar enquanto desviamos de pedestres na Grafton Street.

— Desculpa, pai.

Desacelero e enlaço o braço no dele. Apesar do sapato corretor, ele ainda oscila, e eu oscilo com ele. Mesmo que ele fosse operado para igualar o comprimento das pernas, imagino que ainda oscilaria, de tanto que isso faz parte de quem ele é.

— Pai, você vai me chamar de Joyce em algum momento?

— Como assim? Claro, esse não é o seu nome?

Olho para ele espantada.

— Você não nota que sempre me chama de Gracie?

Ele parece ser pego de surpresa, mas não faz nenhum comentário e continua andando. Alto e baixo, alto e baixo.

— Vou te dar cinquinho toda vez que você me chamar de Joyce hoje. — Sorrio.

— Combinado, Joyce, Joyce, Joyce. Ah, como eu te amo, Joyce. — Ele dá uma risadinha. — Já são vinte paus! — Ele me dá uma cotoveladinha e diz, sério: — Não notei que estava te chamando assim, meu amor. Vou fazer o meu melhor.

— Obrigada.

— Você me lembra tanto dela, sabe.

— Ah, pai, jura? — Fico tocada; sinto os olhos formigarem com lágrimas. Ele nunca havia dito isso. — De que jeito?

— Vocês duas têm nariz de porquinho.

Reviro os olhos.

— Não sei por que estamos caminhando para longe da Trinity College. Não era lá que você queria ir?

— Sim, mas os ônibus de excursão saem de Stephen's Green. Vamos vê-la de passagem. Não quero entrar lá agora, de qualquer maneira.

— Por que não?

— Está na hora do almoço.

— E o Livro de Kells tira uma hora de intervalo, é? — Papai revira os olhos. — Um sanduba de presunto e um pouco de chá, então ele pula de volta para a vitrine, certeiro como chuva à tarde. É isso que você acha que acontece? Porque deixar de ir porque está na hora do almoço não faz nenhum sentido para mim.

— Bem, para mim faz. — E eu não sei por quê, mas simplesmente parece ser a direção certa a seguir. É o que diz minha intuição.

Justin atravessa correndo o arco de entrada da Trinity College e vira na Grafton Street. Almoço com Sarah. Ele briga com a voz interna irritante que lhe diz para cancelar o programa. *Dê uma chance a ela. Dê uma chance a você mesmo.* Ele precisa tentar, precisa encontrar seu equilíbrio, precisa lembrar que nem todo encontro com uma mulher será igual à primeira vez que viu Jennifer. O tum-tum, tum-tum em seu coração fazendo seu corpo inteiro vibrar, o frio glacial na barriga, o formigamento ao tocar a pele dela. Ele pensou no que sentira com Sarah. Nada. Nada além de lisonja por ela estar atraída por ele e empolgação por estar de volta ao mundo dos encontros. Um monte de sentimentos sobre ela e a situação, mas nada *por* ela. Ele teve uma reação mais intensa à mulher no salão algumas semanas trás, muito mais. *Dê uma chance a ela. Dê uma chance a você mesmo.*

A Grafton Street fica movimentada na hora do almoço, como se os portões do zoológico de Dublin tivessem se aberto e todos os animais tivessem saído, felizes em escapar do confinamento por uma hora. Ele já encerrara o dia de trabalho; a aula sobre sua especialidade, Pintura sobre Cobre: 1575-1775, foi um sucesso com os alunos do terceiro ano que escolheram ouvi-lo.

Ciente de que se atrasará para o encontro com Sarah, ele tenta dar uma corridinha, mas as dores do pós-exercício quase o paralisam. Odiando que os alertas de Al estivessem corretos, ele segue mancando atrás do que parecem ser as duas pessoas mais lentas da Grafton Street. Seu plano de ultrapassá-los por ambos os lados é frustrado pelo tráfego de pessoas, que o impede de mudar de rota. Com impaciência, ele desacelera, se rendendo à velocidade dos dois à sua frente, um dos quais está cantando alegremente para si mesmo e cambaleando.

Bêbado a essa hora, sinceramente.

Papai não se apressa, vaga pela Grafton Street como se tivesse todo tempo do mundo. Suponho que tenha, comparado às outras pessoas, por mais que alguém mais jovem pudesse pensar diferente. Às vezes ele para e aponta para coisas, se junta a círculos de espectadores para assistir a uma apresentação de rua e, quando continuamos, ele sai da fila para confundir de vez a situação. Como uma pedra num rio, ele faz a corrente de pessoas fluir ao redor dele; ele é um pequeno desvio e não faz ideia. Ele canta enquanto nos movemos para cima e para baixo, para baixo e para cima.

> Grafton Street é um tesouro,
> A magia está no ar,
> Moças com olhos de diamante e cabelos de ouro,
> E se não acredita em mim,
> Vá me ver lá,
> No verão ensolarado de Dublin.

Ele olha para mim, sorri e canta de novo, esquecendo algumas palavras e as trocando por murmúrios.

Durante meus dias mais ocupados no trabalho, 24 horas simplesmente não parecem bastar. Eu quase tenho vontade de estender as mãos e tentar agarrar os segundos e minutos como se pudesse impedi-los de avançar, feito uma menininha tentando pegar bolhas de sabão. Não se pode parar o tempo, mas de alguma forma meu pai parece fazê-lo. Eu sempre me perguntei como ele preenchia seus dias, como se o meu abrir de portas e as minhas falas sobre ângulos ensolarados, aquecimento central e espaço para guarda-roupa valesse muito mais do que a jardinagem dele. Na verdade, estamos todos só passando os minutos, ocupando o tempo que temos aqui, com a diferença de que gostamos de nos fazer sentir maiores ao criar hierarquias.

Então é isso o que se faz quando tudo desacelera e os minutos passados parecem um pouco mais longos do que antes. Você não se apressa. Respira devagar. Abre um pouco mais os olhos e observa tudo. Absorve tudo. Reavalia histórias antigas, lembra de pessoas, épocas e ocasiões passadas. Permite que tudo o que vê o lembre de algo. Fala sobre essas coisas. Para e tira um tempo para notar detalhes e fazer com que eles importem. Descobre as respostas que você não sabia das palavras-cruzadas de ontem. *Desacelera*. Para de tentar fazer tudo agora, agora, agora. Empata as pessoas atrás de você e não liga, sente-as chutando seus calcanhares mas mantém seu ritmo. Não deixa que ninguém dite sua velocidade.

Apesar de que, se a pessoa atrás de mim me chutar mais uma vez...

O sol brilha tanto que é difícil olhar para a frente. É como se ele estivesse sentado em cima da Grafton Street, outra bola de boliche pronta para nos derrubar. Finalmente nos aproximamos no fim da rua e poderemos fugir da corrente humana. Papai para de repente, cativado por um mímico. Como estou de braços dados com ele, sou forçada a parar de repente também, fazendo com que a pessoa atrás de mim me dê um encontrão. Um último grande chute nos meus calcanhares. Chega.

— Ei! — Dou meia volta. — Toma cuidado!

Ele resmunga para mim e sai andando depressa.

— "Ei" você! — exclama um sotaque americano.

Estou prestes a gritar de novo, mas a voz dele me silencia.

— Olha só — fala meu pai, maravilhado, assistindo ao mímico preso numa caixa invisível. — Será que eu dou uma chave invisível para ele sair dali? — Ele ri de novo. — Não seria engraçado, meu amor?

— Não, pai. — Avalio as costas do meu inimigo apressado, tentando lembrar daquela voz.

— Sabia que de Valera fugiu da prisão usando uma chave que alguém contrabandeou para ele dentro de um bolo de aniversário? Alguém deveria contar essa história para esse cara. E agora, aonde vamos? — Ele gira ao meu lado, olhando os arredores. Então sai andando, passando bem no meio de uma parada de Hare Krishnas, sem nem notar.

O cara com casaco bege de lã se vira de novo, me lança um último olhar feio antes de seguir apressado, batendo pé.

Ainda assim, o observo. Se eu pudesse reverter a carranca. Aquele sorriso. Familiar.

— Gracie, é aqui que vendem os ingressos. Eu encontrei — grita meu pai de longe.

— Calma aí, pai. — Observo o casaco de lã. Vire mais uma vez e me mostre seu rosto, imploro.

— Vou comprar os ingressos, então.

111

— Tá bom, pai. — Continuo observando o casaco de lã se afastando. Não desvio (correção, não *consigo* desviar) o olhar dele. Mentalmente, laço uma corda de caubói ao redor do corpo dele e começo a puxá-lo de volta na minha direção. A passada dele diminui, sua velocidade se reduz gradualmente.

Ele para. Irrá.

Por favor, vire-se. Puxo a corda.

Ele se vira, procurando alguém na multidão. Eu?

— Quem é você? — sussurro.

— Sou eu! — Papai está novamente ao meu lado. — Você só está parada no meio da rua.

— Sei o que estou fazendo — retruco com rispidez. — Toma, vai comprar os ingressos. — Estendo um pouco de dinheiro.

Eu me afasto dos Hare Krishnas, mantendo o olhar no cara do casaco, torcendo para ele me ver. A lã bege-clara da roupa dele quase reluz entre as cores escuras e sombrias dos passantes ao redor. Pigarreio e aliso meu cabelo curto.

Os olhos dele continuam a analisar a rua, então, bem lentamente, recaem sobre os meus. Lembro dele no segundo que seus olhos levam para me registrar. "Ele", do salão de cabeleireiro.

E agora? Talvez ele nem me reconheça. Talvez só esteja com raiva porque eu gritei com ele. Não sei bem o que fazer. Devo sorrir? Acenar? Nenhum de nós se mexe.

Ele ergue a mão. Acena. Olho para trás primeiro, para garantir que sua atenção está em mim. Mas eu já tinha certeza de que era para mim, apostaria meu pai nisso. De repente, a Grafton Street está vazia. E silenciosa. Só há eu e ele. Engraçado isso acontecer. Tão atencioso da parte de todo mundo. Aceno de volta. Ele balbucia alguma palavra para mim.

Sortuda? Tesuda? Não.

Desculpa. Ele está pedindo desculpa. Tento pensar no que responder, mas estou sorrindo. Não dá para dizer nada enquanto sorri, é tão impossível quanto assobiar sorrindo.

— Comprei os ingressos! — grita papai. — Vinte euros cada... é um crime, vou te contar. Ver é de graça, não sei como eles podem nos cobrar para usar os olhos. Pretendo escrever umas poucas e boas para alguém sobre isso. Da próxima vez que você me perguntar por que eu fico em casa e assisto aos meus programas, vou te lembrar que é de graça. Dois euros pelo meu guia de TV, 150 pela assinatura *anual* de canais tem um custo-benefício maior do que um *dia* na rua com você. — Ele bufa. — Táxis caros até a cidade, olhar para coisas num lugar onde vivi e para o qual olhei de graça por sessenta anos.

De repente, volto a ouvir o trânsito, vejo as pessoas se amontoando ao redor, sinto o sol e a brisa no meu rosto, meu coração batendo loucamente no peito enquanto meu sangue corre pelas veias numa empolgação frenética. Sinto meu pai puxando meu braço.

— Ele está saindo. Vamos, Gracie, ele está saindo. É uma pequena caminhada até lá, temos que ir. Perto do hotel Shelbourne. Você está bem? Parece que viu um fantasma, e não me diga que viu, porque eu já lidei com coisas o bastante por hoje. Quarenta euros — murmura ele para si mesmo.

Um fluxo estável de pedestres se aglomera ao fim da Grafton Street para atravessar a rua, bloqueando minha vista dele. Sinto papai me puxando para trás, então começo a acompanhá-lo pela Merrion Row, andando de costas, tentando mantê-lo à vista.

— Droga!

— O que houve, meu amor? Não é muito longe. O que você está fazendo, andando de costas?

— Não consigo vê-lo.

— Quem, meu amor?

— Um cara que acho que conheço. — Paro de andar de costas e entro na fila com papai, ainda olhando para o fim da rua e esquadrinhando a multidão.

— Bem, a não ser que você saiba que o conhece com certeza, eu não pararia para bater papo na cidade — diz ele em tom protetor. — Por sinal, que tipo de ônibus é esse, Gracie? Parece meio estranho, não sei não. Passo alguns anos sem vir à cidade e olha só o que o ministério de transportes faz.

Eu o ignoro e deixo que me guie para dentro do ônibus enquanto me mantenho ocupada olhando para o outro lado, procurando feito

113

louca pelas janelas, que curiosamente são de plástico. A multidão enfim sai da frente de onde ele estava e não há nada lá.

— Ele sumiu.

— É mesmo? Você não devia conhecê-lo direito, então, se ele simplesmente saiu correndo.

Volto a atenção ao meu pai.

— Pai, aconteceu um negócio estranhíssimo.

— Não importa o que você diga, nada é mais estranho do que isso. — Meu pai olha ao nosso redor, perplexo.

Eu finalmente observo o que há no ônibus. Todo mundo menos de nós está usando um capacete de viking, com coletes salva-vidas no colo.

— Muito bem, gente — fala o guia no microfone —, finalmente todo mundo está a bordo. Vamos mostrar aos novatos o que fazer. Quando eu mandar, quero ouvir todos vocês rugiiiiiirem como os vikings faziam! Agora!

Eu e meu pai tomamos um susto, e eu sinto ele se agarrar a mim quando o ônibus inteiro ruge.

CATORZE

— Boa tarde, gente, eu sou Olaf, o Branco, e sejam bem-vindos ao ônibus Viking Splash! Historicamente conhecido como DUKWS, ou Ducks, como foram carinhosamente apelidados. Estamos sentados na versão anfíbia do veículo da General Motors construído durante a Segunda Guerra Mundial. Projetado para entrar em praias e mares com quatro metros de profundidade e desembarcar cargas ou levar tropas de navios para a costa, atualmente eles são mais usados como veículos de resgate subterrâneo nos Estados Unidos, Reino Unido e outras partes do mundo.

— Podemos descer? — sussurro no ouvido do meu pai.

Ele me afasta com um gesto, encantado.

— Esse veículo em particular pesa sete toneladas e tem 9,5 metros de comprimento e 2,5 de largura. Ele tem seis rodas e pode ser dirigido com tração traseira ou em todas as rodas. Como podem ver, foi mecanicamente reformado e equipado com assentos confortáveis, um teto e painéis laterais retráteis para protegê-los das intempéries, porque, como vocês sabem, depois de vermos os pontos turísticos pela cidade, daremos um "tibum" na água e faremos um passeio fantástico pelo Grand Canal Docklands!

Todo mundo comemora e papai se vira para mim com os olhos arregalados, feito um menininho.

— Claro, não é de se espantar que tenha custado vinte euros. Um ônibus que entra na água. Um *ônibus*? Que entra na *água*? Eu nunca vi nada assim. Espera só até eu contar aos camaradas do Clube da Segunda. O linguarudo do Donal não vai conseguir superar essa história, finalmente.

Ele volta a atenção para o guia, que, assim como todos os outros passageiros, está usando um capacete de viking. Meu pai pega dois, coloca um na própria cabeça e me entrega o outro, que tem tranças loiras nas laterais.

— Olaf, conheça Heidi. — Visto o capacete e me viro para meu pai.

Ele ruge baixinho para mim.

— Nós vamos passar, dentre outros lugares, pelas famosas catedrais, St. Patrick e Santíssima Trindade, pela Trinity College, pelos Edifícios do Governo, pela área georgiana de Dublin...

— Uuh, você vai gostar dessa. — Papai me dá uma cotoveladinha.

— ... e, é claro, a área *viking*!

Todo mundo ruge de novo, incluindo meu pai, e não consigo segurar o riso.

— Não entendo por que estamos celebrando um bando de brutamontes que estuprava e saqueava por onde passava.

— Ah, dá pra pegar leve e se divertir?

— E o que faremos quando virmos um DUKW *rival* na estrada? — pergunta o guia.

Há uma mistura de vaias e rugidos.

— Muito bem, vamos lá! — diz Olaf com entusiasmo.

Justin procura freneticamente por cima das cabeças raspadas do grupo de Hare Krishnas que começou a desfilar perto dele e obstruiu sua vista da mulher de casaco vermelho. Um mar de togas laranja, sorriem para ele alegremente enquanto tocam seus sinos e tambores. Ele pula no mesmo lugar, tentando enxergar o restante da Merrion Row.

À sua frente, um mímico de collant preto, rosto pintado de branco, lábios vermelhos e chapéu listrado aparece de repente. Eles ficam se encarando, um esperando o outro fazer alguma coisa, Justin rezando para o mímico ficar entediado e ir embora. Ele não vai. Em vez disso, estufa o peito, faz cara de mau, afasta as pernas e sacode os dedos na altura da cintura.

Mantendo a voz baixa, Justin fala com educação:

— Ei, eu não estou muito no clima. Se importa de brincar com outra pessoa, por favor?

Com uma expressão triste, o mímico começa a tocar um violino invisível.

Justin ouve risadas e percebe que tem uma plateia. *Que ótimo.*

— Aham, engraçado. Tá bom, já chega.

Ignorando as palhaçadas, Justin se distancia da multidão crescente e continua a esquadrinhar a Merrion Row em busca do casaco vermelho.

O mímico reaparece ao lado dele, leva a mão à testa e olha para o horizonte como se estivesse no mar. Sua horda de espectadores o segue, falantes e empolgados. Um casal de idosos japoneses tira uma foto.

Justin cerra os dentes e fala baixinho, torcendo para ninguém além do mímico ouvir.

— Ei, seu babaca, eu pareço estar me divertindo?

Com boca de ventríloquo, um sotaque grosseirão de Dublin responde:

— Ei, seu babaca, eu pareço estar ligando pra isso?

— Quer brincar? Então tá. Não sei se você está tentando ser Marcel Marceau ou o palhaço Coco, mas esse seu showzinho de rua é ofensivo para ambos. Essa galera pode achar seu roteiro roubado do repertório de Marceau divertido, mas eu não acho. Ao contrário de mim, eles não sabem que você fracassou em perceber que Marceau usava seus roteiros para contar uma história ou esboçar um tema ou personagem. Ele não ficava só de bobeira na rua, tentando sair de uma caixa que ninguém conseguia ver. Sua falta de criatividade e técnica suja o nome de mímicos do mundo todo.

O mímico pisca e continua a andar contra uma ventania invisível.

— Estou aqui! — chama uma voz na multidão.

É ela! Ela me reconheceu!

Justin move o corpo, tentando avistar o casaco vermelho.

A multidão se afasta para revelar Sarah, que parece empolgada com a cena.

O mímico imita a óbvia decepção de Justin, fazendo uma expressão desolada e curvando as costas de forma que seus braços ficam dependurados e suas mãos quase encostam no chão.

— Aaaaaah — diz a plateia, e Sarah parece triste.

Justin substitui com nervosismo sua expressão desapontada por um sorriso. Ele atravessa a multidão, cumprimenta Sarah e leva-a depressa para longe da cena enquanto a multidão aplaude e algumas pessoas jogam moedas num potinho.

— Não acha que foi um pouco grosseiro? Talvez você devesse ter dado uns trocados para ele ou algo assim — diz ela, olhando com remorso por cima do ombro para o mímico, que está cobrindo o rosto e mexendo os ombros para cima e para baixo violentamente, numa falsa crise de choro.

— Acho que o cavalheiro de collant foi um pouco grosseiro.

Distraído, Justin continua olhando ao redor em busca do casaco vermelho enquanto eles seguem para o restaurante onde vão almoçar, o que Justin definitivamente não quer fazer agora.

Fale que você está se sentindo mal. Não. Ela é médica, vai fazer perguntas demais. Fale que, infelizmente, você cometeu um erro e que tem uma aula agora mesmo. Fale para ela, fale para ela!

Mas, em vez disso, ele se vê seguindo seu caminho, com a mente tão ativa quanto um vulcão em erupção, movendo os olhos para todos os lados feito um viciado precisando de uma dose. No restaurante de subsolo, eles são guiados para uma mesa tranquila num canto. Justin olha para a porta.

Grite "FOGO" e saia correndo!

Sarah sacode os ombros para tirar o casaco, revelando bastante pele, e puxa a cadeira para mais perto dele.

Que coincidência que ele tenha esbarrado, literalmente, com a mulher do salão. Apesar de que talvez não tenha sido grande coisa; Dublin é uma cidade pequena. Desde que chegou, ele já aprendeu que todo mundo meio que conhece todo mundo, ou alguém relacionado a alguém, que já conheceu outra pessoa. Mas a mulher... ele definitivamente deveria parar de chamá-la assim. Ele deveria lhe dar um nome. *Angelina*.

— No que você está pensando? — Sarah se debruça sobre a mesa e olha para ele.

Ou Lucille.

— Café. Estou pensando em café. Um café preto, por favor — diz ele para a garçonete que limpa a mesa deles. Ele olha para a placa com o nome dela. *Jessica*. Não, a mulher dele não era uma Jessica.

— Você não vai comer? — pergunta Sarah, desapontada e confusa.

— Não, não posso ficar tanto quanto gostaria. Preciso voltar para a faculdade antes do planejado. — Ele balança as pernas por baixo da mesa, batendo no tampo e chacoalhando os talheres. A garçonete e Sarah o olham com estranheza.

— Ah, tá bom. — Ela avalia o cardápio — Bem, eu vou querer a salada do chef e uma taça de vinho branco da casa, por favor — diz ela para a garçonete. Então adiciona para Justin: — Preciso comer ou vou desmaiar, espero que não se importe.

— Sem problemas. — Ele sorri. *Mesmo que você tenha pedido a maior salada da porra do menu. Que tal o nome Susan? A minha mulher tem cara de Susan? Minha mulher? O que há de errado comigo?*

— Estamos virando agora na Dawson Street, nomeada em homenagem a Joshua Dawson, que também projetou as ruas Grafton, Anne e Henry. À direita vocês verão a Mansion House, onde mora o Lorde-Mayor de Dublin.

Todos os capacetes chifrudos de viking se viram para a direita. Câmeras de vídeo, digitais e de celulares se erguem nas janelas abertas.

— Você acha que é isso que os vikings faziam naquela época, pai? Apontavam suas câmeras loucamente para prédios quem nem tinham sido construídos ainda? — sussurro.

— Ah, cala a boca — responde ele em voz alta, e o guia para de falar, chocado.

— Não você. — Papai balança a mão para ele. — Ela. — Ele aponta, e o ônibus inteiro olha para mim.

— À sua direita vocês verão a Igreja de St. Anne, que foi projetada por Isaac Wells em 1707. O interior remonta ao século XVII — continua Olaf para a tripulação de trinta vikings a bordo.

— Na verdade, a fachada romanesca só foi adicionada em 1868, e ela foi projetada por Thomas Newenham Deane — sussurro para meu pai.

— Ah — diz ele lentamente, arregalando os olhos. — Eu não sabia.
Me assusto com minha própria informação.
— Nem eu.
Papai dá uma risadinha.
— Chegamos agora à Nassau Street e passaremos pela Grafton Street à esquerda em um momentinho.
Papai começa a cantar "Grafton Street's a Wonderland". Alto.
A americana à nossa frente se vira com um sorriso radiante.
— Ah, você conhece essa música? Meu pai costumava cantá-la. Ele era irlandês. Ah, eu adoraria ouvi-la de novo; pode cantar para nós?
Um coro de "Ah, sim, por favor..." se ergue à nossa volta.
Acostumado a cantar em público, o homem que canta semanalmente no Clube da Segunda começa seu show, e o ônibus inteiro se junta a ele, movendo-se de um lado para o outro. A voz dele se estende para além das janelas retráteis de plástico do DUKW e chega aos ouvidos dos pedestres e do tráfego passageiro.
Tiro outra fotografia mental do meu pai sentado ao meu lado, cantando de olhos fechados, com dois chifres despontando do topo da cabeça.

Justin observa com crescente impaciência enquanto Sarah belisca lentamente a salada. O garfo dela espeta ludicamente um pedaço de frango; o frango se segura, cai, se agarra de novo e consegue permanecer ali enquanto ela o balança de um lado para o outro, usando-o como um martelo para derrubar pedaços de alface e ver o que há embaixo. Ela finalmente espeta um pedaço de tomate e, ao erguer o garfo para a boca, o mesmo pedaço de frango cai de novo. Era a terceira vez que ela fazia aquilo.
— Tem certeza de que não está com fome, Justin? Você parece estar estudando intensamente o meu prato. — Ela sorri, balançando outra garfada, derrubando cebola roxa e queijo cheddar no prato. Um passo para a frente, dois para trás.
— Ah, até que eu comeria um pouco. — Ele já pedira e terminara uma tigela de sopa no tempo que ela levara para comer cinco garfadas.

— Quer que eu te dê na boca? — pergunta ela, sedutora, fazendo movimentos circulares com o garfo em direção à boca dele.

— Bem, eu quero mais do que tem aí, para começar.

Ela espeta mais alguns pedaços de comida.

— Mais — diz ele, de olho no relógio. Quanto mais comida ele conseguir enfiar na boca, mais rápido essa experiência frustrante acabará. Ele sabe que a mulher dele, *Veronica*, já deve ter ido embora há muito tempo, mas ficar sentado ali, assistindo à Sarah gastar calorias brincando com a comida em vez de ingeri-la não serviria como confirmação para ele.

— Muito bem, aí vai o aviãozinho — cantarola ela.

— Mais. — Ao menos metade da garfada caíra de novo durante a "decolagem".

— Mais? Como é possível caber mais comida no garfo, quanto mais na sua boca?

— Aqui, deixa eu mostrar. — Justin pega o garfo dela e começa a espetar o máximo que consegue. Frango, milho, alface, beterraba, cebola, tomate, queijo; ele consegue pegar de tudo. — Agora, se a pilota quiser levar o avião ao destino dele...

Ela dá uma risadinha.

— Isso *não* vai caber na sua boca.

— Eu tenho uma boca bem grande.

Ela enfia tudo para dentro, rindo, mal conseguindo fazer tudo caber na boca de Justin. Quando finalmente engole, ele olha para o relógio e de novo para o prato dela.

— Pronto, agora é sua vez. — *Você é um merda, Justin.*

— Nem pensar. — Ela dá risada.

— Vamos lá. — Ele coleta o máximo de comida possível, incluindo o pedaço de frango que ela abandonou quatro vezes, e leva o "aviãozinho" até a boca aberta dela.

Ela ri enquanto tenta abocanhar tudo. Mesmo sem conseguir respirar, mastigar, engolir ou sorrir direito, ela continua bonita. Fica um bom tempo incapaz de falar, enquanto tenta mastigar com o máximo de elegância possível. Restos de comida e molho escorrem pelo queixo dela e, quando finalmente engole, sua boca de batom borrado sorri para ele e revela um grande pedaço de alface preso entre os dentes.

— Foi divertido — diz ela com um sorriso.

Helena. Como Helena de Troia, tão linda que poderia iniciar uma guerra.

— Terminou? Posso levar o prato? — pergunta a garçonete.

Sarah começa a responder "N...", mas Justin interrompe.

— Sim, terminamos, obrigado. — Ele evita o olhar de Sarah.

— Na verdade, eu ainda não terminei, obrigada — diz Sarah, e o prato é devolvido.

Justin mexe as pernas embaixo da mesa, cada vez mais impaciente. *Salma. Salma sexy.* Um silêncio constrangedor recai sobre eles.

— Desculpa, Salma, não quis ser grosseiro...

— Sarah.

— O quê?

— Meu nome é Sarah.

— Eu sei. É só que...

— Você me chamou de Salma.

— Ah. O quê? Quem é Salma? Meu Deus. Desculpa. Eu nem conheço nenhuma Salma, sério mesmo.

Ela começa a comer mais depressa, obviamente morrendo de vontade de sair de perto dele agora.

Ele diz, com a voz mais suave:

— É só que eu preciso voltar para a faculdade...

— Antes do planejado. Você disse. — Ela dá um leve sorriso, então volta a ficar séria assim que abaixa o olhar para o prato. Está espetando a comida com propósito agora. Acabou a brincadeira. Hora de comer. Sua boca se enche de alimento em vez de palavras.

Justin se encolhe por dentro, sabendo que se comportou de maneira anormalmente grosseira. *Agora fala com sinceridade, seu babaca.* Ele a encara: rosto lindo, corpo incrível, inteligente. Bem-vestida de calça social, pernas longas, lábios carnudos. Dedos longos elegantes, unhas com francesinhas, uma bolsa elegante combinando com os sapatos. Profissional, confiante, inteligente. Não há absolutamente nada errado com essa mulher. O único problema é a distração do próprio Justin, a sensação de que uma parte dele está em outro lugar. Uma parte que parece tão próxima que ele quase sai correndo para pegá-la. Neste momento, correr parece uma boa ideia, mas ele não sabe o que está tentando pegar, ou quem. Numa cidade de um milhão de pessoas, ele não pode pensar que vai sair do restaurante e encontrar a mesma mulher parada na calçada. E será que vale a pena largar aquela mulher linda sentada com ele ali só para perseguir uma boa ideia?

Ele para de mexer as pernas e se acomoda na cadeira, não mais na pontinha do assento nem pronto para correr porta afora no segundo em que ela acabasse de comer.

— Sarah. — Ele suspira, e está sendo sincero dessa vez ao dizer: — Me desculpa mesmo.

Ela para de enfiar comida na boca e ergue o olhar para ele, mastiga depressa, limpa os lábios com um guardanapo e engole. A expressão dela suaviza.

— Tudo bem.

Ela limpa as migalhas ao redor do prato, dando de ombros.

— Eu não estou buscando um casamento, Justin.

— Eu sei, eu sei.

— É só um almoço.

— Eu sei disso.

— Ou deveríamos dizer só café, caso a palavra "casamento" faça você sair correndo para a saída de incêndio gritando "fogo"? — Ela olha para o copo vazio dele e espana migalhas imaginárias agora.

Ele estende o braço para pegar a mão dela e interromper seus movimentos agitados.

— Desculpa.

— Tudo bem — repete ela.

O clima fica leve, a tensão evapora, o prato dela é retirado.

— Acho que é melhor pedirmos a conta...

— Você sempre soube que queria ser médica?

— Uau. — Ela para a meio caminho de abrir a carteira. — É oito ou oitenta com você, não é? — Mas está sorrindo.

— Desculpa. — Justin balança a cabeça. — Vamos tomar um café antes de ir. Com sorte, ainda terei tempo de impedir que esse seja o pior encontro da sua vida.

— Não é. — Ela balança a cabeça, sorrindo. — Mas está em segundo lugar. Quase foi o pior, mas você deu uma bela salvada com a pergunta sobre ser médica.

Justin sorri.

— Então. Você sempre soube?

Ela assente.

— Desde que James Goldin me operou quando eu estava no jardim de infância. Enfim, eu tinha cinco anos e ele salvou minha vida.

— Uau. Você era bem jovem para uma operação séria. Deve ter te afetado bastante.

— Demais. Eu estava no pátio na hora do almoço, caí enquanto brincava de amarelinha e machuquei o joelho. O resto dos meus amigos estava considerando amputar, mas James Goldin veio correndo e me deu logo um boca-a-boca. Simples assim, a dor foi embora. E foi aí que eu soube.

— Que você queria ser médica?

— Que eu queria me casar com James Goldin.

Justin sorri.

— E você se casou?

— Nah. Virei médica em vez disso.

— Você é boa nisso.

— Sim, isso dá para perceber por eu ter coletado seu sangue para doação uma vez. — Ela sorri. — Tudo certo nesse departamento?

— Meu braço está coçando um pouco, mas tudo bem.

— Coçando? Não deveria coçar, deixa eu ver.

Ele começa a enrolar a manga, então para.

— Posso te perguntar uma coisa? — Ele se mexe um pouco na cadeira. — Tem alguma forma de eu descobrir para onde meu sangue foi?

— Onde? Tipo, em que hospital?

— Bem, sim. Melhor ainda, você sabe para *quem* ele foi?

Ela nega com a cabeça.

— A beleza da coisa é ser completamente anônima.

— Mas alguém em algum lugar sabe, não sabe? Nos registros do hospital ou até mesmo nos *seus* registros?

— É claro. Os produtos num banco de sangue são sempre individualmente rastreáveis. Eles são registrados ao longo do processo inteiro de doação, testagem, separação em contêineres, armazenamento e administração ao receptor, mas...

— Taí uma palavra que eu odeio.

— Infelizmente, você não pode saber quem recebeu sua doação.

— Mas você acabou de falar que está tudo registrado.

— Essa informação não pode ser liberada. Mas todos os nossos detalhes são mantidos num banco de dados digital e seguro, onde ficam os detalhes do seu doador. Pela Lei de Proteção de Dados, você tem direto de acessar os registros do seu doador.

— Esses registros vão me dizer quem recebeu meu sangue?

— Não.

— Bem, então não quero vê-los.

— Justin, o sangue que você doou não foi transfundido para o corpo de alguém exatamente do jeito que saiu das suas veias. Ele foi separado em glóbulos vermelhos, glóbulos brancos, plaquetas...

— Eu sei, eu sei, eu sei disso tudo.

— Sinto muito por não poder fazer nada. Por que está tão interessado em saber?

Ele pensa por um tempo, joga um cubo de açúcar mascavo no café e o mexe.

— Eu só tenho interesse em saber quem ajudei, se é que eu ajudei alguém, e, em caso positivo, como ele está. Eu sinto como se... Não, parece idiota, você vai achar que eu sou louco. Não importa.

— Ei, não seja bobo — diz ela em tom tranquilizador. — Eu já acho que você é louco.

— Espero que esta não seja sua opinião médica.

— Me conta. — Os olhos azuis penetrantes dela o observam por cima da borda da xícara de café enquanto ela bebe.

— Essa é a primeira vez que eu digo isso em voz alta, então me perdoe por falar enquanto penso. A princípio, era uma *ego trip* de machão, ridícula. Eu queria saber de quem eu salvara a vida. Por qual sortudo eu sacrificara meu precioso sangue.

Sarah sorri.

— Mas nos últimos dias eu não consigo parar de pensar nisso. Eu me sinto diferente. Genuinamente diferente. Como se eu tivesse dado algo de mim. Algo precioso.

— É precioso mesmo, Justin. Nós estamos sempre precisando de mais doadores.

— Eu sei, mas não... não desse jeito. É só que eu sinto como se houvesse alguém andando por aí com algo dentro de si que eu dei e agora tem algo faltando em mim...

— O corpo recupera a parte líquida da doação em 24 horas.

— Não, quer dizer, eu sinto como se tivesse dado algo, uma parte de mim, e que outra pessoa tenha ficado completa por causa dessa parte de mim e... meu Deus, isso parece loucura. Eu só quero saber quem é essa pessoa. Sinto que tem uma parte de mim faltando e eu preciso ir lá e pegá-la.

— Você não pode pegar seu sangue de volta, sabe — diz Sarah em tom de brincadeira, mas fracassa e ambos se perdem em pensamentos profundos; Sarah olhando tristemente para o café, Justin tentando entender as próprias palavras desconexas.

— Acho que eu nunca deveria tentar discutir algo tão ilógico com uma médica — diz ele.

— Conheço muitas pessoas que falam como você, Justin. Você só é o primeiro que eu vejo culpando a doação de sangue.

Silêncio.

— Bem — Sarah estende o braço para as costas da cadeira a fim de pegar o casaco —, você está com pressa, então é melhor irmos embora.

Eles seguem pela Grafton Street num silêncio confortável ocasionalmente salpicado por conversas desimportantes. Eles param automaticamente de falar na estátua de Molly Malone, em frente à Trinity College.

— Você está atrasado para sua aula.

— Não, eu ainda tenho um tempinho antes de... — Ele olha para o relógio, então se lembra da desculpa anterior. Sente o rosto corar. — Desculpa.

— Tudo bem — repete ela.

— Sinto que esse almoço inteiro foi comigo pedindo desculpas e você dizendo que tudo bem.

— Está tudo bem mesmo. — Ela dá uma risada.

— E eu realmente peço...

— Para! — Ela coloca a mão sobre a boca dele para fazê-lo calar. — Já chega.

— Eu realmente adorei nosso encontro — diz ele, sem graça. — Será que deveríamos... Sabe de uma coisa, eu estou realmente desconfortável em ser observado por ela.

Eles olham para a direita, onde Molly os encara.

Sarah ri.

— Talvez possamos combinar alguma...

— Ráááááááááá!!

Justin quase morre do coração, assustado com o grito intenso vindo do ônibus parado no sinal ao lado deles. Sarah grita de medo e leva a mão ao peito. Mais de uma dezena de homens, mulheres e crianças, todos de capacetes de viking, balançam os punhos no ar e riem e rugem para os transeuntes. Sarah e as várias outras pessoas aglomeradas na calçada ao redor do grupo começam a rir, alguns rugem de volta, a maioria os ignora.

Justin, cuja respiração ficou presa na garganta, fica em silêncio, pois não consegue tirar os olhos da mulher que gargalha ruidosamente com um idoso; está com um capacete na cabeça, longas tranças loiras de cada lado.

— A gente pegou eles de jeito, Joyce. — O idoso ri, rugindo de leve para ela e balançando a mão fechada.

Ela parece surpresa a princípio, então lhe entrega uma nota de cinco euros, e ambos continuam a rir.

Olhe para mim, pensa Justin. O olhar dela permanece no idoso enquanto ele ergue a nota na luz para verificar sua autenticidade.

Justin olha para o sinal, que continua vermelho. Ainda dá tempo de ela olhar para ele. *Vire para cá! Olhe para mim rapidinho!* O sinal de pedestre começa a piscar. Ele não tem muito tempo.

Ela continua com a cabeça virada, totalmente entretida na conversa.

O sinal fica verde e o ônibus avança lentamente pela Nassau Street. Justin começa a acompanhá-lo, desejando com todas as forças que ela olhe para ele.

— Justin! — chama Sarah. — O que você está fazendo?

Ele continua andando ao lado do ônibus, acelerando o passo até finalmente passar para uma corridinha. Ouve Sarah chamá-lo às suas costas, mas não pode parar.

— Ei! — chama ele.

Não é alto o bastante; ela não o escuta. O ônibus pega velocidade e Justin começa a correr de verdade, a adrenalina fluindo depressa pelo corpo dele. O ônibus está ganhando dele, acelerando. Ele a está perdendo.

— Joyce! — grita ele de repente. O som surpreendente do próprio grito é o bastante para fazê-lo parar. O que ele pensa que está fazendo? Ele se curva para apoiar as mãos nos joelhos, tentando recuperar o fôlego, tenta recobrar o controle no redemoinho no qual se sente capturado. Ele olha para o ônibus uma última vez. Um capacete de viking aparece na janela, tranças loiras se movendo de um lado para o outro feito um pêndulo. Ele não consegue distinguir o rosto, mas, como é apenas uma cabeça, apenas uma pessoa olhando para fora daquele ônibus na direção dele, ele sabe que só pode ser ela.

O redemoinho para momentaneamente enquanto ele ergue a mão numa saudação.

Uma mão aparece para fora da janela e o ônibus faz a curva para a Kildare Street, deixando Justin, mais uma vez, a observá-la desaparecer de vista, o coração batendo tão loucamente que ele tem certeza de que o chão está pulsando sob seus pés. Pode não fazer ideia do que está acontecendo, mas tem uma coisa da qual ele tem certeza.

Joyce. O nome dela é Joyce.
Ele encara a rua vazia.
Mas quem é você, Joyce?

— Por que você está com a cabeça pendurada para fora da janela?
— Meu pai me puxa para dentro, louco de preocupação. — Você pode não ter muito motivo para viver, mas, pelo amor de Deus, é seu dever viver o que resta.
— Você ouviu alguém chamando meu nome? — sussurro para papai, com a cabeça rodando.
— Ih, ela está ouvindo vozes agora — resmunga ele. — *Eu* disse o seu bendito nome e você me deu cinquinho por isso, não lembra? — Ele estala a nota no rosto dela e volta sua atenção para Olaf.
— À sua esquerda está a Leinster House, o prédio que atualmente abriga o Parlamento Nacional da Irlanda.
Foto-foto, clique-clique, flash-flash, grava-grava.
— A Leinster House era conhecida originalmente como Kildare House, pois foi o Conde de Kildare que encomendou sua construção. Quando ele se tornou Duque de Leinster, ela foi renomeada. Parte do prédio, que antigamente era a Royal College of Surgeons...
— Science — digo em voz alta, ainda perdida em pensamentos.
— Perdão? — Ele para de falar, e cabeças se viram para mim.
— Eu só estava dizendo — meu rosto fica corado — que era a Royal College of Science.
— Sim, foi o que eu disse.
— Não, você disse "surgeons" — diz a americana na minha frente.
— Ah. — Ele fica corado. — Desculpe, me enganei. Parte do prédio, que antigamente era a... a Royal College of — ele olha diretamente para mim — *Science*, vem servindo como base do governo irlandês desde 1922...
Paro de prestar atenção.
— Lembra que eu te falei sobre o cara que projetou o hospital Rotunda? — sussurro para meu pai.

— Lembro. Ricardo alguma coisa.

— Richard Cassells. Ele também projetou esse prédio. Dizem que serviu de modelo para o projeto da Casa Branca.

— É mesmo? — responde papai.

— Jura? — A americana se vira no assento para me encarar. Ela fala alto. Muito alto. Alto demais. — Querido, você ouviu isso? Essa moça disse que o cara que projetou esse prédio também projetou a Casa Branca.

— Não, na verdade eu não...

Noto subitamente que o guia parou de falar e está me encarando com tanto amor quanto um dragão viking dedicaria a uma presa. Todo os olhos, ouvidos e chifres estão virados para nós.

— Bem, eu disse que *alegam* que ele serviu de *modelo* para o projeto da Casa Branca. Não há nenhuma certeza sobre o assunto — respondo baixinho, sem querer ser arrastada para a discussão. — É só que James Hoban, que venceu a competição pelo projeto da Casa Branca em 1792, era irlandês.

Os passageiros me encararam com expectativa.

— Bem, ele estudou arquitetura em Dublin e quase certamente estudou o projeto da Leinster House — concluo depressa.

As pessoas ao meu redor fazem *uuh*, *aah* e comentam uns com os outros sobre a informação.

— Não estamos ouvindo! — grita alguém na frente do ônibus.

— Levanta, Gracie. — Papai me empurra para cima.

— Pai... — Eu o afasto com um gesto.

— Ei, Olaf, entrega o microfone para ela! — grita a mulher para o guia. Contrariado, ele o entrega e cruza os braços.

— Hum, olá. — Eu dou batidinhas nele com o dedo e assopro.

— Você precisa dizer "Um, dois, três, testando", Gracie.

— Hã, um, dois...

— Estamos te ouvindo — retruca Olaf com rispidez.

— Certo, tá bom. — Eu repito meus comentários, e as pessoas da frente assentem com interesse.

— E isso tudo faz parte dos edifícios do governo também? — A americana aponta para os prédios de ambos os lados.

Olho com incerteza para meu pai e ele faz um gesto encorajador com a cabeça.

— Bem, na verdade não. O prédio à esquerda é a Biblioteca Nacional e à direita é o Museu Nacional. — Faço menção de me sentar de novo, mas papai me empurra de volta para cima. Eles continuam me olhando, esperando mais. O guia parece envergonhado.

— Bem, *talvez* uma informação interessante seja que a Biblioteca Nacional e o Museu Nacional eram originalmente a sede do Museu de Ciência e Arte de Dublin, que foi inaugurado em 1890. Ambos foram projetados por Thomas Newenham Deane e seu filho, Thomas Manly Deane, após uma competição organizada em 1885, e foram erguidos pelos empreiteiros J. e W. Beckett, que demonstraram o melhor da técnica irlandesa em sua construção. O museu é um dos melhores exemplos de cantaria, entalhes em madeira e azulejos de cerâmica decorativos na Irlanda. O detalhe mais impressionante da Biblioteca Nacional é a rotunda de entrada. Internamente, o espaço nos guia por uma escadaria impressionante até uma sala de leitura magnífica, com o teto abobadado. Como vocês podem ver, o exterior do prédio é caracterizado por seus conjuntos de colunas e pilastras em ordem coríntia, além da rotunda com terraço aberto e pavilhões de canto emoldurando a composição. No...

Palmas altas interrompem meu discurso; palmas solitárias, altas, vindo de uma única pessoa: meu pai. O resto do ônibus está em silêncio. Uma criança o quebra perguntando à mãe se eles podem rugir de novo. Uma bola de feno imaginária rola pelo corredor, parando no sorridente Olaf, o Branco.

— Eu, hum, não tinha terminado — falo baixinho.

Meu pai aplaude mais alto em resposta, e um homem, sentado sozinho na última fileira, se junta a ele com nervosismo.

— E... isso é tudo o que eu sei — concluo depressa, me sentando.

— Como você sabe tudo isso? — pergunta a mulher da frente.

— Ela é corretora de imóveis — responde meu pai com orgulho.

A mulher franze a testa, faz um "ah" com a boca e se vira novamente para Olaf, que agora parece muito satisfeito. Ele tira o microfone de mim.

— Agora, todo mundo, vamos rugiiiiiir!

O silêncio é quebrado quando todo mundo volta à ativa, e meu corpo inteiro se encolhe, envergonhado, em posição fetal.

Papai se inclina na minha direção e me esmaga contra a janela. Ele aproxima a cabeça da minha para sussurrar no meu ouvido e nossos capacetes se chocam.

— Como você sabia aquilo tudo, meu amor?

Como se todas as minhas palavras tivessem sido usadas naquele discurso, minha boca abre e fecha, sem emitir som. Como eu sabia aquilo tudo?

QUINZE

Meus ouvidos começam a chiar assim que entro no ginásio escolar durante a tarde e avisto Kate e Frankie encurvadas bem próximas uma da outra nas arquibancadas, imersas numa conversa com preocupação estampada nos rostos. Kate parece ter acabado de ouvir que o pai dela faleceu, uma expressão familiar, já que fui eu quem fiz aquela cara para ela ao dar essa exata notícia há cinco anos, na seção de desembarque do aeroporto de Dublin, quando ela voltara mais cedo das férias para estar com ele. Agora Kate está falando e Frankie parece ter descoberto que seu cachorro foi atropelado, uma expressão que eu também conheço, afinal também fui eu a responsável por dar a notícia — e pelo atropelamento, que quebrou três pernas do salsicha dela. Agora Kate está olhando para mim, com cara de quem foi pega no flagra. Frankie também congela. Olhares surpresos, depois culpa, então um sorriso para me fazer pensar que elas só estavam falando do tempo em vez da minha vida, ambos assuntos voláteis.

Espero que, como de costume, a Senhora do Trauma assuma meu lugar. Que ela me dê um descansinho enquanto oferece os comentários inspirados de sempre e mantém os questionadores à distância; explica como a perda recente é mais uma jornada contínua do que um ponto final, promovendo a oportunidade inestimável de ganhar força e aprender sobre mim mesma e, dessa forma, transformar essa terrível tragédia em algo incrivelmente positivo. A Senhora do Trauma não chega, sabendo que aquele trabalho não seria fácil. Ela tem total consciência de que as duas pessoas que me abraçam forte neste momento conseguem enxergar além de suas palavras, dentro do meu coração.

Os abraços das minhas amigas estão mais longos e mais fortes; têm mais apertos e gestos de carinho, que se alternam entre movimentos circulares com as mãos e uma sequência de tapinhas leves nas costas, ambos surpreendentemente reconfortantes. Seus olhares de pena enfatizam a minha grande perda, e me sinto enjoada e com dor de cabeça de novo. Percebo que me enclausurar num ninho com meu pai não tem os superpoderes curativos que eu esperava, pois toda vez que saio de casa e encontro outra pessoa, preciso passar por tudo de novo. Não apenas o mesmo falatório, mas eu preciso sentir tudo de novo, desde o começo, o que é bem mais cansativo do que ouvir as coisas de sempre. Acolhida nos braços de Kate e Frankie, eu poderia facilmente me transformar no bebê que elas estão ninando em suas mentes, mas não o faço porque, se começar agora, sei que não vou parar mais.

Nós nos sentamos distantes dos outros pais na arquibancada, onde alguns poucos se sentam juntos, mas a maioria tira esse tempo precioso e raro para ficar só e ler, ou pensar, ou assistir aos filhos darem cambalhotas sem graça no tatame azul. Avisto os filhos de Kate, Eric, de seis anos, e Jayda, minha afilhada de cinco anos, a fanática por O conto de Natal dos Muppets contra a qual eu jurei não guardar rancor. Eles estão saltitando de um lado para o outro e chilreando feito grilos, puxando as roupas de baixo para fora dos bumbuns e tropeçando em cadarços desamarrados. Sam, de onze meses, dorme ao nosso lado num carrinho de bebê, soprando bolhas de baba pelos lábios gorduchos. Eu o observo carinhosamente, então me recordo de tudo e desvio o olhar. Ah, as lembranças. Que chatice desnecessária.

— Como anda o trabalho, Frankie? — pergunto, desejando que tudo fosse como antes.

— Agitado como sempre — responde ela, e eu detecto culpa em sua voz, talvez até constrangimento.

Eu invejo a normalidade dela, possivelmente até o tédio dela. Invejo que ela seja, hoje, a mesma pessoa que era ontem.

— Ainda comprando na baixa e vendendo na alta? — intervém Kate.

Frankie revira os olhos.

— Doze anos, Kate.

— Eu sei, eu sei. — Kate morde o lábio e tenta não rir.

— Faz doze anos que eu tenho esse emprego e doze anos que você diz isso. Nem tem mais graça. Na verdade, eu acho que *nunca* teve, e ainda assim você insiste.

Kate dá uma risada.

— É só que eu não faço a menor ideia do que você faz. Alguma coisa no mercado de ações?

— Gerente, chefe adjunta da tesouraria corporativa e do departamento de soluções para investidores — responde Frankie.

Kate a encara sem expressão, então suspira.

— Tantas palavras para dizer que você trabalha num escritório.

— Ah, me desculpa, o que você faz o dia todo mesmo? Limpa bunda cagada e faz sanduíche de banana orgânica?

— Ser mãe envolve mais do que isso, Frankie. — Kate bufa. — É minha responsabilidade preparar três seres humanos para o caso de, Deus me livre, se algo acontecer comigo, ou quando forem adultos, eles poderem viver e agir bem e prosperar com responsabilidade no mundo por conta própria.

— E você amassa banana orgânica — adiciona Frankie. — Não, não, calma aí, isso é antes ou depois de preparar três seres humanos? Antes. — Ela assente para si mesma. — Sim, definitivamente amassar bananas e *então* preparar seres humanos. Entendi.

— Tudo o que eu estou dizendo é que você tem, o quê, *sete* palavras para descrever seu trabalho de escritório?

— Acredito que sejam oito.

— Eu tenho uma. *Uma.*

— Bem, não sei. "Limpa-bunda" é uma ou duas palavras? Joyce, o que você acha?

Não me meto.

— O que eu estou tentando falar é que a palavra "mãe" — diz ela, irritada —, uma palavrinha minúscula pela qual *toda* mulher com uma criança é chamada, não é capaz de descrever a abundância de deveres. Se eu fizesse tudo o que eu faço diariamente na sua empresa, eu seria presidente do lugar.

Frankie dá de ombros, indiferente.

— Desculpa, mas eu acho que não me importo. E não posso falar pelos meus colegas, mas eu pessoalmente gosto de fazer meus próprios sanduíches de banana e limpar minha própria bunda.

— Jura? — Kate ergue uma sobrancelha. — Fico surpresa por você ainda não ter um pobre coitado para fazer isso por você.

— Não, ainda estou procurando essa pessoa especial. — Frankie dá um sorriso dócil.

Elas vivem fazendo isso: implicando uma com a outra, num ritual estranho de união que parece aproximar as duas, mesmo que fosse fazer o oposto com quaisquer outras pessoas. No silêncio que se segue, as duas têm tempo para perceber do que exatamente estavam falando perto de mim. Dez segundos depois, Kate dá um chute em Frankie. Ah, é. Mencionaram filhos.

Quando uma tragédia acontece, você acaba descobrindo que você, a *vítima* da tragédia, se torna a pessoa que precisa deixar todas as outras confortáveis.

— Como está o Cagão? — Pergunto sobre o cachorro de Frankie para preencher o silêncio desconfortável.

— Está bem; as pernas dele estão se recuperando bem. Ainda chora quando vê sua foto, no entanto. Sinto muito por ter precisado tirá-la da lareira.

— Não tem problema. Na verdade, eu ia pedir para você tirá-la. Kate, você também pode se livrar da foto do meu casamento.

Papo de divórcio. Finalmente.

— Ah, Joyce — ela balança a cabeça e me olha com tristeza —, aquela é a minha foto preferida de mim mesma. Eu estava tão bonita no seu casamento. Não posso simplesmente cortar o Conor?

— Ou desenhar um bigodinho nele — adiciona Frankie. — Ou, melhor ainda, dar uma personalidade para ele. Como será que ficaria?

Mordo o lábio, culpada, para esconder o sorriso que ameaça brotar nos cantos na minha boca. Não estou acostumada a esse tipo de conversa sobre o meu ex. É desrespeitoso, e eu não sei se me deixa totalmente confortável. Mas é engraçado. Em vez de responder, eu olho para as crianças lá embaixo.

— Muito bem, gente. — O instrutor de ginástica bate palmas para chamar atenção, e os pulos e gritinhos se acalmam momentaneamente. — Deitem-se no tatame. Vamos fazer cambalhotas para trás. Coloquem as mãos esticadas no chão, com os dedos apontados para os ombros enquanto rolam para trás e se levantam. Assim.

— Ora, olha só nosso amiguinho flexível — comenta Frankie.

Uma por uma, as crianças rolam para trás e se levantam perfeitamente. Até chegar a Jayda, que rola pelo lado de um jeito estranhíssimo, chuta outra criança nas canelas, então fica de joelhos antes de enfim pular de pé. Ela faz uma pose Spice Girls em toda sua glória rosa brilhante, com dedinhos de vitória e tudo, pensando que ninguém notou seu erro. O instrutor a ignora.

— Preparando um ser humano para o mundo — repete Frankie, sarcástica. — Aham. Seria presidente do lugar, sim. — Frankie se vira para mim e suaviza o tom. — E aí, Joyce, como você está?

Eu venho debatendo comigo mesma se devo contar a elas ou a qualquer pessoa. Além de me mandarem para um manicômio, eu não faço ideia de como as pessoas vão reagir ao que vem acontecendo comigo, ou mesmo como elas deveriam reagir. Mas, depois da experiência de hoje, eu me junto à parte do meu cérebro que está ansiosa para falar.

— Isso vai parecer bem estranho, então prestem atenção.

— Não tem problema. — Kate segura minha mão. — Diga o que quiser. Só bota para fora.

Frankie revira os olhos.

— Valeu. — Deslizo lentamente a mão para longe. — Eu não paro de ver um cara.

Kate tenta registrar a informação. Consigo vê-la tentando conectá-la com a perda do meu bebê ou meu iminente divórcio, mas ela não consegue.

— Acho que o conheço, mas, ao mesmo tempo, sei que não o conheço. Já o vi três vezes até agora, a mais recente hoje mesmo, quando ele correu atrás do meu ônibus viking. E acho que ele chamou meu nome. Apesar de que talvez eu tenha imaginado isso, por que como ele saberia meu nome? A não ser que ele me conheça, mas tenho certeza de que não nos conhecemos. O que vocês acham?

— Calma aí, eu parei na parte do ônibus viking — diz Frankie, me desacelerando. — Você disse que tem um ônibus viking.

— Eu não *tenho* um ônibus viking. Eu estava dentro de um. Com meu pai. Ele entra na água também. Você usa capacetes com chifres e faz "rááááá" para todo mundo. — Eu me aproximo do rosto delas e balanço o punho.

Elas me encaram de volta, sem expressão.

Suspiro e deslizo de volta para o assento.

— Enfim, eu o vejo sempre.

— Certo — responde Kate lentamente, olhando para Frankie.

Um silêncio desconfortável se instala enquanto elas questionam a minha sanidade. Eu me junto a elas na preocupação.

Frankie pigarreia.

— E esse homem, Joyce, ele é jovem, velho ou um viking de verdade do ônibus mágico que viaja em alto-mar?

— Trinta e tanto, quase quarenta. Ele é americano. Cortamos o cabelo juntos. Foi quando eu o vi pela primeira vez.

— Ficou uma graça, por sinal. — Kate mexe delicadamente em algumas mechas da franja.

— Meu pai acha que eu pareço o Peter Pan. — Sorrio.

— Então talvez ele se lembre de você do salão — argumenta Frankie.

— Mas até no salão foi estranho. Houve um... reconhecimento ou *alguma coisa*.

Frankie sorri.

— Bem-vinda ao mundo dos solteiros. — Ela se vira para Kate, que faz uma expressão de discordância. — Qual foi a última vez que Joyce se permitiu uma paquerinha com alguém? Ela passou tanto tempo casada.

— Por favor — diz Kate para Frankie em tom condescendente. — Se você acha que é isso o que acontece quando se está casada, você está terrivelmente enganada. Não é de se espantar que tenha medo de se casar.

— Eu não tenho medo, só não concordo com a ideia. Sabe, hoje mesmo eu estava assistindo a um programa de maquiagem...

— Ih, lá vai.

— Cala a boca e escuta. E o especialista em maquiagem disse que, devido a pele ao redor dos olhos ser tão sensível, é preciso aplicar creme com o *dedo anelar* porque é o dedo com *menos poder*.

— Uau — retruca Kate com sarcasmo. — Você realmente desvendou como nós, casados, somos uns tolos.

Esfrego os olhos com exaustão.

— Sei que pareço louca, estou cansada e provavelmente imaginando coisas. O homem que deveria estar no meu cérebro é Conor, e ele não está. Não mesmo. Não sei se haverá uma reação atrasada e no mês que vem eu vou desmoronar, começar a beber e usar preto todo dia...

— Tipo a Frankie — intervém Kate.

— Mas, neste exato momento, eu não sinto nada além de alívio — continuo. — Não é horrível?

— Tudo bem se eu também me sentir aliviada? — pergunta Kate.

— Você o odiava? — pergunto, triste.

— Não. Ele era ok. Era legal. Eu só odiava não te ver feliz.

— Eu o odiava — adiciona Frankie alegremente.

— A gente se falou rapidinho ontem. Foi estranho. Ele queria saber se pode ficar com a máquina de espresso.

— Que babaca — diz Frankie.

— Eu realmente não me importo com a máquina de espresso. Ele pode ficar com ela.

— São jogos psicológicos, Joyce. Toma cuidado. Primeiro é a máquina de espresso, então é a casa e depois a sua alma. Daí é aquele anel de esmeralda que pertencia à avó dele que ele acusa você de ter roubado, mas você se lembra claramente de que, na primeira vez que foi almoçar na casa dele, ele disse "pegue o que quiser" e o anel estava ali. — Ela fecha a cara.

Olho para Kate em busca de ajuda.

— O término dela com Lee.

— Ah. Bem, não vai acabar igual ao seu término com Lee.

Frankie resmunga.

— Christian saiu para tomar uma cerveja com Conor ontem à noite — conta Kate. — Espero que não se importe.

— Claro que não. Eles são amigos. Ele está bem?

— Sim, ele parecia bem. Está chateado por causa do, você sabe...

— Bebê. Pode dizer a palavra. Eu não vou desmoronar.

— Ele está chateado por causa do bebê e desapontado porque o casamento não deu certo, mas acho que ele pensa que foi a decisão certa. Ele vai voltar ao Japão em alguns dias. Ele também disse que vocês vão vender a casa.

— Eu não gosto mais de ficar lá, e nós a compramos juntos, então é a decisão certa.

— Mas você tem certeza? Onde você vai morar? O seu pai não está te enlouquecendo?

Como vítima de tragédia e futura divorciada, você também vai descobrir que as pessoas questionarão as maiores decisões que você já tomou na vida, como se você não tivesse pensado antes de decidir, como se, por meio de suas dezenas de perguntas e expressões duvidosas, elas fossem evidenciar algo que você deixou passar da primeira ou centésima vez durante reflexões nos momentos mais sombrios.

— Curiosamente, não. — Sorrio ao pensar nele. — Na verdade, ele tem tido o efeito contrário. Apesar de só ter conseguido me chamar de Joyce uma vez na semana inteira. Vou ficar com ele até a casa ser vendida e eu encontrar outro lugar para morar.

— Aquela história sobre o homem... fora ele, como você está *de verdade*? Não te vemos desde o hospital e estávamos tão preocupadas.

— Eu sei. Peço desculpas. — Eu me recusei a vê-las quando elas foram me visitar no leito, e ainda mandei meu pai ir para o corredor e mandá-las para casa, o que ele, é lógico, não fez, então elas ficaram ao meu lado por alguns minutos enquanto eu encarava a parede cor-de-rosa, pensando no fato de estar encarando uma parede cor-de-rosa, então elas foram embora. — Mas, eu realmente fiquei feliz por vocês terem ido.

— Não ficou, não.

— Tá bom, eu não fiquei na hora, mas agora estou.

Penso nisso, em como eu estou agora, *de verdade*. Bem, elas perguntaram.

— Eu como carne agora. E bebo vinho tinto. Odeio anchovas e ouço música clássica. Adoro especialmente o programa *JK Ensemble* na Lyric FM, que não toca Kylie Minogue e eu não me importo. Ontem à noite eu ouvi "Mi restano de lagrime", de Handel, do Ato Três Cena Um de *Alcina* antes de dormir, e eu de fato sabia a letra, mas não faço ideia de como. Sei muito sobre arquitetura irlandesa, mas não tanto quanto sei sobre a francesa e a italiana. Li *Ulysses* e sou capaz de citá-lo inteiro, sendo que antes eu nem conseguia terminar o audiolivro. Hoje mesmo eu escrevi uma carta para o conselho dizendo que eles estão enfiando mais um condomínio moderno e feio numa área cujos prédios são em sua maioria mais antigos, e essas construções menos elegantes não apenas ameaçam profundamente a herança nacional, como também a sanidade dos seus cidadãos. Achava que meu pai era a única pessoa que escrevia cartas de reclamação. Isso por si não é grande coisa, a parada é que, duas semanas atrás, eu estaria *empolgada* com a ideia de mostrar essas propriedades. Hoje eu estou particularmente aborrecida com a demolição de um prédio centenário em Old Town, Chicago, então planejo escrever outra carta. Aposto que vocês estão se perguntando como eu sabia disso. Bem, eu li na edição mais recente da revista *Arte e Arquitetura pelo mundo*, a única publicação verdadeiramente internacional sobre arte e arquitetura. Sou assinante agora. — Ela pega fôlego. — Me perguntem qualquer coisa, porque eu provavelmente saberei a resposta e não faço a menor ideia de como.

Kate e Frankie se entreolham, chocadas.

— Talvez, agora que o estresse constante em relação ao seu casamento passou, você esteja conseguindo se concentrar melhor nas coisas — sugeriu Frankie.

Considero essa possibilidade, mas não por muito tempo.

— Eu sonho quase toda noite com uma menininha de cabelo loiro platinado que fica maior a cada vez. E ouço música; uma canção que não conheço. Quando não estou sonhando com ela, tenho sonhos vívidos de lugares onde nunca estive, comendo comidas que nunca provei e cercada de pessoas estranhas que eu pareço conhecer muito bem. Um piquenique num parque com uma mulher ruiva. Um homem de pés verdes. E sprinklers. — Penso intensamente. — Alguma coisa sobre sprinklers.

"Toda vez que acordo, preciso lembrar que meus sonhos não são reais e que minha realidade não é um sonho. Isso é quase impossível, mas não completamente, porque meu pai está lá com um sorriso no rosto e linguiças na frigideira, perseguindo um gato chamado Fofinho pelo jardim e, por algum motivo desconhecido, escondendo a foto da minha mãe na gaveta do hall. E depois dos primeiros momentos do meu dia, quando tudo é uma merda, todas essas outras coisas ocupam minha mente. E um homem que eu não consigo tirar da cabeça, que não é Conor, como seria esperado, o amor da minha vida de quem eu acabei de me separar. Não, eu não paro de pensar num homem americano que eu nem conheço."

Os olhos das meninas estão cheios de lágrimas, seus rostos uma mistura de compaixão, preocupação e confusão.

Não espero que elas digam nada — elas provavelmente acham que eu estou maluca —, então volto a olhar as crianças no ginásio e observo enquanto Eric sobe na trave de equilíbrio, que tem dez centímetros de espessura e é coberta de um couro fino. O instrutor fala para ele fazer braços de avião. O rosto de Eric está repleto de concentração nervosa. Ele para de andar enquanto ergue lentamente os braços. O instrutor diz palavras de encorajamento e um sorrisinho orgulhoso brota no rosto do menino. Ele ergue o olhar rapidamente para ver se a mãe está assistindo e, nesse pequeno momento, perde o equilíbrio e cai, aterrissando de maneira bem infeliz com a trave no meio das pernas. Ele faz uma expressão de terror.

Frankie ri pelo nariz mais uma vez. Eric berra. Kate corre para o filho. Sam continua a soprar bolhas.

Eu vou embora.

DEZESSEIS

Dirigindo de volta para a casa do meu pai, tento não olhar para minha casa no caminho. Meus olhos perdem a luta contra minha mente e eu vejo o carro de Conor estacionado no quintal. Desde a nossa última refeição juntos no restaurante, nós nos falamos algumas vezes, as conversas variando em graus de afeto um pelo outro, estando a última no ponto mais baixo. A primeira ligação chegou na noite depois da última refeição; Conor perguntou pela última vez se estávamos tomando a decisão certa. Suas palavras enroladas e voz suave flutuavam para dentro do meu ouvido enquanto, deitada na cama do meu quartinho de infância, eu encarava o teto, assim como fizera durante as ligações de horas na madrugada de quando nos conhecemos. Morando com meu pai aos 33 anos depois de um casamento fracassado, e um marido vulnerável do outro lado da linha… naquele momento seria tão fácil lembrar dos bons tempos que passamos juntos e voltar atrás na nossa decisão. Mas, de maneira bem frequente, as decisões fáceis são as erradas, e às vezes nós sentimos que estamos indo para trás quando na verdade estamos progredindo.

 A ligação seguinte foi um pouco mais austera, um pedido de desculpas envergonhado e uma menção de algo de cunho legal. Depois disso, um questionamento frustrado sobre por que meu advogado ainda não respondera o dele. Depois, ele me contou que sua irmã, que acabara de engravidar, ficaria com o berço, algo que me fez ter um acesso de raiva assim que desligamos, e joguei o telefone na lixeira. A última foi para me informar de que ele encaixotara tudo e viajaria para o Japão em alguns dias. E será que ele poderia ficar com a máquina de espresso?

Mas, cada vez que eu desligava o telefone, sentia que meu adeus fraco não era um adeus. Era mais um "até mais". Eu sabia que sempre havia uma chance de voltar atrás, que ele estaria ali por mais um tempinho, que nossas últimas palavras não eram definitivas.

Encosto o carro e ergo os olhos para a casa onde vivemos por mais de dez anos. Ela não merecia mais do que alguns adeuses fracos?

Toco a campainha e não recebo resposta. Pela janela da frente, consigo ver tudo em caixas, as paredes peladas, as superfícies vazias, o palco montado para a próxima família se mudar e construir a vida. Giro a chave na porta e entro, fazendo um barulho para não pegá-lo de surpresa. Estou prestes a chamar o nome dele quando ouço o tilintar suave de uma música vindo do andar de cima. Subo as escadas em direção ao quarto do bebê meio decorado e encontro Conor sentado no tapete macio, lágrimas escorrendo pelo rosto enquanto observa o rato correr atrás do queijo. Atravesso o quarto até alcançá-lo. No chão, eu o abraço apertado e o balanço suavemente. Fecho os olhos e começo a devanear.

Ele para de chorar e ergue os olhos para mim, devagar.

— O quê?

— Hum? — Saio de repente do meu transe.

— Você disse alguma coisa. Em latim.

— Não disse, não.

— Disse, sim. Agora mesmo. — Ele seca os olhos. — Desde quando você fala latim?

— Eu não falo.

— Certo — diz ele, ríspido. — Bem, o que significa essa única frase que você sabe?

— Não sei.

— Você tem que saber, acabou de dizê-la.

— Conor, eu não me lembro de dizer nada.

Ele me lança um olhar feio, algo bem próximo da raiva, e eu engulo em seco.

Um desconhecido me encara num silêncio tenso.

— Tá bom. — Ele se levanta e segue para a porta. Sem mais perguntas, sem mais tentar me entender. Ele não se importa mais. — Patrick atuará como meu advogado agora.

Fantástico, o irmão idiota dele.

— Tá bom — sussurro.

Ele para na porta e se vira, contrai a mandíbula enquanto olha para o quarto. Uma última olhada em tudo, inclusive em mim, e ele vai embora.

O último adeus.

Tenho uma noite inquieta na casa do meu pai conforme várias imagens piscam na minha mente feito relâmpagos, tão velozes e intensas que acendem minha cabeça com um raio urgente e depois se vão novamente. De volta à escuridão.

Uma igreja. Sinos tocando. Sprinklers. Um maremoto de vinho tinto. Prédios antigos com lojinhas na frente. Vitrais.

Uma visão por entre balaústres de um homem com pés verdes, fechando uma porta atrás de si. Um bebê nos meus braços. Uma menina de cabelo loiro platinado. Uma música familiar.

Um caixão. Lágrimas. Família vestida de preto.

Balanços de parque. Mais e mais alto. Minhas mãos empurrando uma criança. Eu balançando enquanto criança. Uma gangorra. Um garotinho gorducho me erguendo para o alto enquanto ele vai em direção ao solo. Sprinklers de novo. Risadas. Eu e o mesmo garoto de sunga. Subúrbio. Música. Sinos. Uma mulher de vestido branco. Ruas de paralelepípedo. Catedrais. Confete. Mãos, dedos, anéis. Gritos. Batidas.

Um homem com pés verdes fechando a porta.

Sprinklers de novo. Um garotinho gorducho correndo atrás de mim e rindo. Uma bebida na minha mão. Minha cabeça dentro de uma privada. Corredores de salas de aula. Sol e grama verde. Música.

O homem de pés verdes no jardim, segurando uma mangueira. Risadas. A menina de cabelo loiro platinado brincando na areia. A menina rindo num balanço. Sinos de novo.

Visão por entre balaústres do homem de pés verdes fechando uma porta. Uma garrafa em suas mãos.

Uma pizzaria. Sorvetes.

Comprimidos na mão dele também. Os olhos do homem vendo os meus antes de a porta se fechar. Minha mão na maçaneta. A porta se abrindo. Garrafa vazia no chão. Pés descalços com solas verdes. Um caixão.

Sprinklers. Balançando para a frente e para trás. Cantarolando aquela música. Cabelo loiro longo cobrindo meu rosto e na minha mãozinha. Sussurros de uma frase...

Abro os olhos e arquejo, o coração martelando no peito. Os lençóis estão molhados; meu corpo está encharcado de suor. Tateio na escuridão pelo abajur da cabeceira. Com os olhos cheios de lágrimas que eu me recuso a deixar cair, pego o celular e digito com dedos instáveis.

— Conor? — Minha voz sai trêmula.

Ele murmura incoerentemente por um tempinho até acordar.

— Joyce, são três da manhã — diz com a voz rouca.

— Eu sei, desculpa.

— O que houve? Você está bem?

— Sim, sim, estou bem, é só que, bem, eu... eu tive um sonho. Ou um pesadelo. Ou talvez nenhum dos dois, havia flashes de, bem... muitos lugares e pessoas e coisas e... — Eu paro e tento focar. — *Perfer et obdura; dolor hic tibi proderit olim*?

— O quê? — pergunta ele, grogue.

— A frase em latim que eu falei hoje em cedo... foi essa?

— É, acho que sim. Meu Deus, Joyce...

— Seja paciente e forte; um dia essa dor lhe será útil — falo de repente. — É isso o que significa.

Ele fica em silêncio, então suspira.

— Tá bom, obrigado.

— Alguém me disse isso, não sei se quando eu era criança, mas ao menos essa noite me disseram.

— Não precisa se explicar.

Silêncio.

— Vou voltar a dormir agora.

— Tá bom.

— Você está bem, Joyce? Quer que eu chame alguém para você ou...?

— Não, estou bem. Perfeita. — Minha voz entala na garganta. — Boa noite.

Ele desliga.

Uma única lágrima escorre pela minha bochecha, e eu a seco antes de chegar ao meu queixo. Não comece, Joyce. Não ouse começar agora.

DEZESSETE

Enquanto desço as escadas na manhã seguinte, avisto meu pai colocando a foto da mamãe de volta à mesa do hall. Ele me ouve se aproximando, puxa o lenço com um movimento rápido do bolso e finge que está tirando pó do porta-retrato.

— Ah, aí está ela. Levantou do coma.

— Sim, bem, a descarga de quinze em quinze minutos me deixou acordada quase a noite toda. — Beijo o topo da cabeça quase careca dele e entro na cozinha. Farejo o ar esfumaçado de novo.

— Sinto muito que a minha próstata esteja atrapalhando o *seu* sono. — Ele avalia meu rosto. — O que houve com seus olhos?

— Meu casamento acabou, então eu decidi passar a noite chorando — explico de maneira direta, com as mãos na cintura, farejando o ar.

Ele suaviza um pouco, mas enfia a faca mesmo assim.

— Achei que fosse o que você queria.

— É, pai, tem toda razão, as últimas semanas têm sido o sonho de qualquer mulher.

Ele vai até a mesa da cozinha, ocupa seu lugar de sempre sob o raio de sol, posiciona os óculos na base do nariz e continua seu Sudoku. Eu o observo por um momento, encantada com sua simplicidade, então continuo minha missão farejadora.

— Você queimou a torrada de novo? — Ele não me escuta e continua rabiscando. Verifico a torradeira. — Está no ajuste certo, não entendo como continua queimando. — Olho seu interior. Nenhuma migalha. Verifico a lixeira, nenhuma torrada descartada. Farejo o ar de novo, desconfiada, e observo papai pelo canto do olho. Ele se remexe.

— Você parece uma detetive, fuxicando tudo. Não vai encontrar nenhum cadáver por aqui — diz ele sem erguer os olhos do Sudoku.

— Sim, mas vou encontrar *alguma coisa*, não vou?

Ele ergue a cabeça depressa. Com nervosismo. Ahá. Estreito os olhos.

— O que você tem, hein?

Eu o ignoro e corro pela cozinha, abrindo os armários e investigando o interior de todos eles.

Ele parece preocupado.

— Você enlouqueceu? O que está fazendo?

— Você tomou seus remédios? — pergunto ao chegar ao armário de remédios.

— Que remédios?

Com uma resposta dessas, definitivamente tem alguma coisa rolando.

— O do coração, o da memória, as vitaminas.

— Não, não e... — ele pensa um pouco — não.

Eu os levo até ele, os enfileiro sobre a mesa. Ele relaxa um pouco. Então eu continuo investigando os armários e sinto que ele fica tenso. Puxo a maçaneta do armário de cereais...

— Água! — grita ele, e eu me assusto e bato a porta.

— Você está bem?

— Sim — diz ele calmamente. — Só preciso de um copo d'água para engolir os comprimidos. Os copos estão naquele armário ali. — Ele aponta para o outro lado da cozinha.

Desconfiada, encho um copo com água e entrego para ele. Volto para o armário de cereais.

— Chá! — grita ele. — Claro, vamos tomar uma xícara de chá. Senta aí que eu faço para você. Você passou por tanta coisa difícil e tem encarado tão bem. Tão corajosa. Merecia um troféu. Agora senta aí e eu faço um chá para você. Te dou uma fatia de bolo também. É da Battenburg; você gostava quando era pequenina. Sempre tentava tirar o marzipã quando ninguém estava olhando, comilona como sempre foi. — Ele tenta me distrair.

— Pai — alerto. Ele para de enrolar e suspira em rendição.

Abro o armário e olho seu interior. Nada estranho ou fora do lugar, só a aveia que eu como toda manhã e a caixa de cereal na qual nunca toco. Meu pai parece satisfeito, pigarreia alto e volta para a mesa. Calma aí. Abro o armário de novo e pego o cereal que eu nunca como e nunca vejo meu pai comer. Assim que levanto a caixa, percebo que está vazia. Olho para dentro.

— Pai!

— O que foi, meu amor?

— Pai, você me prometeu! — Eu seguro o maço de cigarros na frente do rosto dele.

— Eu só fumei um, meu amor.

— Você não fumou *só* um. O cheiro de toda manhã não é de torrada queimada. Você mentiu para mim!

— Um por dia não vai me matar.

— Pois vai sim. Você fez uma ponta de safena, não pode fumar nada! Faço vista grossa para os seus cafés da manhã ingleses, mas isso aqui é inaceitável.

Meu pai revira os olhos e gesticula com uma das mãos, abrindo e fechando-a no meu rosto enquanto me imita.

— É isso, vou ligar para sua médica.

Ele fica boquiaberto e levanta da cadeira.

— Não, meu amor, não faz isso.

Saio marchando pelo corredor, e ele vem atrás de mim. Alto, baixo, alto, alto, baixo. Se apoia na perna direita, dobra a esquerda.

— Ah, você não faria isso comigo. Se os cigarros não me matarem, ela vai. Aquela mulher é assustadora.

Pego o telefone ao lado da foto da minha mãe e disco o número de emergência que eu decorei. O primeiro número que me vem à mente quando preciso ajudar a pessoa mais importante da minha vida.

— Se a mamãe soubesse o que você está fazendo, ficaria furiosa... ah. — Faço uma pausa. — É por isso que você esconde a foto?

Meu pai olha para as mãos e concorda com a cabeça.

— Ela me fez prometer que iria parar. Se não por mim, por ela. Eu não queria que ela visse — adiciona ele baixinho, como se ela conseguisse nos ouvir.

— Alô? — Alguém atende do outro lado da linha. — Alô? É você, pai? — diz uma moça com sotaque americano.

— Ah. — Eu acordo dos meus devaneios e meu pai me lança um olhar suplicante. — Perdão — falo para o telefone. — Alô?

— Ah, me desculpa. Vi um número irlandês e achei que fosse meu pai — explica a voz.

— Tudo bem — digo, confusa.

Papai está parado na minha frente, as mãos juntas como em uma reza.

— Eu queria... — Meu pai nega cabeça loucamente e eu paro.

— Ingressos para o espetáculo? — pergunta a garota.

Aquilo me confunde.

— Que espetáculo?

— Da Royal Opera House.

— Desculpe, quem está falando? Estou confusa.

Papai revira os olhos e se senta na base da escada.

— Eu me chamo Bea.

— Bea. — Olho para meu pai interrogativamente, e ele dá de ombros. — Bea quem?

— Bem, quem é você? — O tom dela fica mais severo.

— Meu nome é Joyce. Desculpa, Bea, acho que disquei o número errado. Você disse algo sobre um número irlandês? Eu liguei para os Estados Unidos?

— Não, não se preocupe. — Feliz por não haver um stalker do outro lado da linha, seu tom volta a ser amigável. — Você ligou para Londres — explica ela. — Vi um número irlandês e pensei que fosse meu pai. Ele vai pegar um voo para cá essa noite para ir à minha apresentação amanhã e eu estava preocupada porque ainda sou aluna e essa apresentação vai ser muito importante e eu achei que ele estivesse... Desculpa, não faço a menor ideia de por que estou explicando isso para você, mas estou tão nervosa.

— Ela ri e respira fundo. — Tecnicamente, esse é o número de emergência dele.

— Que engraçado, eu também disquei meu número de emergência — digo com sinceridade.

Nós duas rimos.

— Que estranho — diz ela.

— Sua voz é familiar, Bea. Eu te conheço?

— Acho que não. Eu não conheço ninguém na Irlanda além do meu pai, que é homem e americano, então a não ser que você seja o meu pai tentando ser engraçadinho...

— Não, não, eu não estou tentando... — Sinto fraqueza nos joelhos. — Pode parecer uma pergunta idiota, mas você é loira?

Papai segura a cabeça entre as mãos e eu o ouço grunhir.

— Sou! Por que, eu tenho voz de loira? Talvez isso não seja muito bom. — Ela dá uma risada.

Sinto um nó na garganta e preciso parar de falar.

— Só um palpite bobo — falo com esforço.

— Bom palpite — diz ela em tom curioso. — Bem, espero que esteja tudo bem com você. Discou seu número de emergência, não foi?

— Sim, obrigada, está tudo bem.

Meu pai parece aliviado.

Ela ri.

— Bem, isso foi estranho. É melhor eu ir. Bom falar com você, Joyce.

— Bom falar com você também, Bea. Sucesso na sua apresentação de balé.

— Ah, que fofa, obrigada.

Nos despedimos e, com a mão trêmula, devolvo o fone ao gancho.

— Sua tolinha, você acabou de ligar pros americanos? — diz papai, tirando os óculos e apertando um botão no telefone. — Joseph, do fim da rua, me mostrou como fazer isso quando eu estava recebendo trotes. Dá para ver quem te ligou e para quem você ligou também. No fim era Fran me ligando sem querer pelo telefone móvel dela. Os netos compraram para ela no Natal passado e ela não faz nada com ele além de me ligar o tempo todo. Enfim, aí está. Os primeiros números são 0044. De onde é esse código?

— Do Reino Unido.

— Por que você fez isso? Estava tentando me enganar? Meu Deus, só isso já bastaria para me dar um infarto.

— Desculpa, pai. — Eu me sento no último degrau da escada, tremendo. — Não sei de onde tirei esse número.

— Bem, isso com certeza me ensinou uma lição — diz ele, insincero. — Nunca mais vou fumar. Nem pensar. Me dê esses cigarros para eu jogar fora.

Estendo a mão, me sentindo atordoada.

Ele pega o maço com um movimento rápido e o enfia no fundo do bolso da calça.

— Espero que você pague por essa ligação, porque minha pensão certamente não vai. — Ele estreita os olhos. — O que você tem?

— Eu vou a Londres — falo de repente.

— O quê? — Os olhos dele quase pulam para fora. — Deus do Céu, Gracie, você não para de inventar uma coisa atrás da outra.

— Preciso encontrar respostas para... algo. Preciso ir a Londres. Vem comigo — instigo, me levantando e indo na direção dele.

Ele começa a ir para trás, protegendo o bolso dos cigarros com as mãos.

— Não posso ir — responde ele, nervoso.

— Por que não?

— Ora, eu nunca saí daqui a minha vida toda!

— Mais motivo para sair agora — insisto. — Se você vai fumar, é melhor conhecer algo além da Irlanda antes de se matar.

— Existem números aos quais eu posso ligar por ser tratado dessa maneira. Acha que não ouvi falar daqueles filhos que maltratam os pais idosos?

— Não se faça de vítima, você sabe que eu estou cuidando de você. Vamos a Londres, pai. Por favor.

— Mas... mas... — Ele continua andando para trás, os olhos arregalados. — Eu não posso perder o Clube da Segunda.

— Nós vamos amanhã de manhã, voltaremos antes da próxima segunda-feira, eu prometo.

— Mas eu não tenho passaporte.

— Você só precisa de um documento com foto.

Estamos chegando à cozinha.

— Mas nós não temos nenhum lugar para ficar. — Ele entra.

— Vamos reservar um hotel.

— É caro demais.

— A gente divide um quarto.

— Mas eu não vou saber onde nada fica em Londres.

— Eu me viro; já estive lá várias vezes.

— Mas... mas... — Ele esbarra na mesa da cozinha e não tem mais como andar de ré. Está apavorado. — Eu nunca entrei num avião.

— Não é nada. Você provavelmente vai se divertir à beça lá em cima. E eu vou estar bem ao seu lado, conversando com você o tempo todo.

Ele parece hesitante.

— O que foi? — pergunto delicadamente.

— O que eu vou levar na mala? Do que vou precisar lá? Sua mãe fazia todas as minhas malas de viagem.

— Eu te ajudo a fazer a mala. — Sorrio, ficando empolgada. — Vai ser tão divertido... eu e você nas nossas primeiras férias além-mar!

Meu pai parece empolgado por um momento, então a empolgação desaparece.

— Não, eu não vou. Não sei nadar. Se o avião cair, eu não vou saber nadar. Não quero atravessar o mar. Posso pegar um avião com você, mas não além-mar.

— Pai, nós moramos numa ilha; *qualquer lugar* fora desse país é além-mar. E tem coletes salva-vidas no avião.

— É mesmo?

— É, você vai ficar bem — falo, tranquilizando-o. — Eles vão te mostrar o que fazer em caso de emergência, mas acredite, não vai haver nenhuma. Eu já peguei dezenas de voos sem problema algum. Você vai se divertir. E imagina a quantidade de coisas que vai poder contar à galera do Clube da Segunda? Eles mal vão acreditar, vão querer ouvir suas histórias o dia todo.

Um sorriso brota lentamente nos lábios de papai, e ele cede.

— O linguarudo do Donal vai ter que ouvir outra pessoa contar uma história interessante, para variar. Acho que Maggie deve conseguir abrir um horário na minha agenda, sim.

DEZOITO

— Fran está lá fora, pai. Temos que ir!

— Calma aí, meu amor, eu só estou conferindo se está tudo certo.

— Está tudo certo — garanto. — Você já checou cinco vezes.

— Certeza nunca é demais. Tem um monte de casos de televisões dando curto e torradeiras explodindo e as pessoas voltando das férias para uma pilha de cinzas em vez da casa delas. — Ele verifica as tomadas da cozinha pela enésima vez.

Fran toca a buzina de novo.

— Juro que qualquer dia desses eu vou estrangular essa mulher. Fon fon você — responde ele, e eu rio.

— Pai — eu pego a mão dele —, precisamos mesmo ir agora. A casa vai ficar bem. Todos os seus amigos que moram por perto vão ficar de olho nela. Qualquer barulhinho do lado de fora e eles já colam o nariz na janela. Você sabe disso.

Ele assente e olha em volta, com os olhos se enchendo de lágrimas.

— Vai ser muito divertido, prometo. Com que você está preocupado?

— Estou pensando que aquele maldito gato Fofinho vai entrar no meu jardim e mijar nas minhas plantas. Estou preocupado com as ervas-daninhas que vão sufocar minhas pobres petúnias e crânios-de-dragão, e não vai ter ninguém para ficar de olho nos meus crisântemos. E se ventar e chover enquanto estivermos fora? Eu ainda não os prendi nas estacas, e as flores ficam pesadas e podem quebrar. Sabe quanto tempo a magnólia levou para pegar? Eu a plantei quando você era criancinha, enquanto sua mãe pegava um sol nas pernas e ria do sr. Henderson, que Deus o tenha, que a espiava pelas cortinas da casa ao lado.

Fon, foooooon. Fran buzina com força.

— Serão só alguns dias, pai. O jardim vai ficar bem. Você pode voltar a trabalhar nele assim que voltar.

— Tá bom, então. — Ele passa o olhar em tudo pela última vez e segue para a porta.

Observo a silhueta dele. Está vestido em sua melhor roupa de domingo; um terno, camisa e gravata, sapatos especialmente polidos e sua boina de tweed, é claro, ele nunca sai de casa sem ela. É como se tivesse saído direto das fotos da parede às suas costas. Ele se demora na mesa do hall e pega a foto da mamãe.

— Sabe, sua mãe vivia insistindo para eu ir a Londres com ela. — Ele finge limpar uma mancha no vidro, mas na verdade passa o dedo sobre o rosto de mamãe.

— Leva ela com você, pai.

— Ah, não, seria bobo — diz ele com confiança, mas me olha com incerteza. — Não seria?

— Acho que seria uma ótima ideia. Nós três vamos nos divertir muito juntos.

Seus olhos se enchem de lágrimas novamente e, com um simples aceno de cabeça, ele guarda o porta-retrato no bolso do paletó e sai de casa ao som de mais buzinas de Fran.

— Ah, aí está você, Fran — exclama ele para ela ao caminhar pelo jardim. — Você está atrasada, estamos te esperando há séculos.

— Eu estava buzinando, Henry... Você não me ouviu?

— É mesmo? — Ele entra no carro. — Você deveria apertar com mais força da próxima vez; não ouvimos um pio lá de dentro.

Enquanto estou trancando a porta, o telefone começa a tocar no hall, bem do outro lado. Olho para o relógio. Sete horas. Quem estaria ligando às sete da manhã?

Fran buzina de novo e, quando me viro, irritada, vejo papai debruçado por cima do ombro dela, apertando o volante com força.

— Agora sim, Fran. Vamos te ouvir da próxima vez. Vamos, meu amor, temos um voo para pegar! — Ele dá uma gargalhada calorosa.

Ignoro o telefone e corro para o carro com as malas.

— Ninguém atende. — Justin anda de um lado para o outro da sala, em pânico. Ele tenta o número de novo. — Por que você não me contou sobre isso ontem, Bea?

Bea revira os olhos.

— Porque eu não achei que fosse nada demais. As pessoas ligam por engano o tempo todo.

— Mas não foi engano. — Ele para de andar e bate o pé no ritmo dos toques.

— Foi exatamente isso.

Secretária eletrônica. Droga! Será que deixo uma mensagem?

Ele desliga e começa a ligar de novo freneticamente.

Sem paciência para as maluquices dele, Bea se senta no móvel para área externa na sala de estar e olha em volta. O cômodo está coberto de mantas de proteção e as paredes com dezenas de testes de cor.

— Quando é que Doris vai terminar esse lugar?

— Depois que começar — retruca Justin com rispidez, discando de novo.

— Minhas orelhas estão queimando — cantarola Doris, aparecendo na porta de macacão com estampa de leopardo, o rosto maquiado como sempre. — Achei isso ontem, não é uma graça? — Ela dá uma risada. — Beazinha, querida, que adorável ver você! — Ela corre até a sobrinha, e as duas se abraçam. — Estamos tão animados para sua apresentação hoje, você nem imagina. Nossa pequena Beazinha toda crescida e se apresentando no *Royal Opera House.* — A voz dela se eleva a um guincho. — Ah, estamos tão orgulhosos, não estamos, Al?

Al entra no cômodo com uma coxa de frango na mão.

— Humm humm.

Doris o olha de cima a baixo com irritação, então de volta para a sobrinha.

— Ontem de manhã chegou uma cama para o quarto extra, então você vai ter um lugar de verdade para dormir quando ficar aqui, não é um luxo? — Ela lança um olhar feio para Justin. — Além disso, arrumei algumas amostras de tinta e tecido, então podemos começar a planejar a decoração do seu quarto, mas eu vou decorar seguindo as regras do feng shui. Não tem discussão.

Bea congela.

— Ah, nossa, legal.

— Vamos nos divertir muito!

Justin encara a filha.

— É isso que você ganha por omitir informação.

— Que informação? O que está havendo? — Doris amarra o cabelo com um lenço rosa-shocking e faz um laço no topo da cabeça.

— Meu pai está tendo um ataque de pelanca — explica Bea.

— Eu já falei para ele ir logo ao dentista. Ele está com um abcesso, tenho certeza — afirma Doris em tom sábio.

— Eu também já falei — concorda Bea.

— Não, não é isso. A mulher — diz Justin com intensidade. — Lembra da mulher de quem eu falei?

— Sarah? — pergunta Al.

— Não! — responde Justin, como se essa fosse a resposta mais ridícula do mundo.

— Quem consegue acompanhar você? — Al dá de ombros com desdém. — Certamente não é Sarah, considerando que você sai correndo atrás dos ônibus e a deixa para trás.

Justin se encolhe de vergonha.

— Eu pedi desculpas.

— Para a secretária eletrônica dela. — Ele dá uma risadinha. — Ela nunca mais vai te atender.

Não está errada.

— A mulher do *déjà vu*? — Doris arqueja ao lembrar.

— Sim. — Justin fica animado. — O nome dela é Joyce e ela ligou para Bea ontem.

— Pode *não* ter sido ela. — Os protestos de Bea entram por um ouvido e saem pelo outro. — *Uma* mulher chamada Joyce ligou ontem. Mas eu acredito que exista mais de uma Joyce no mundo.

Ignorando-a, Doris arfa de novo.

— Como pode ser? Como você sabe o nome dela?

— Eu ouvi alguém chamá-la num ônibus viking. E *ontem* Bea recebeu uma *ligação*, no número de *emergência* dela, que ninguém mais tem além de mim, de uma *mulher na Irlanda*. — Justin faz uma pausa para efeito dramático. — Chamada Joyce.

Ninguém fala nada. Justin mexe a cabeça com ar conhecedor.

— Pois é, Doris, eu sei. Assustador, não?

Imóvel, Doris arregala os olhos.

— Bota assustador nisso. Menos a parte do ônibus viking. — Ela se vira para Bea. — Você tem dezoito anos e deu um número de *emergência* ao seu pai?

Justin grunhe de frustração e começa a discar de novo.

As bochechas de Bea ficam cor-de-rosa.

— Antes dele se mudar, a mamãe não deixava ele ligar em certos horários por causa do fuso. Então eu arrumei outro número. Tecnicamente não um número de emergência, mas ele é o único que sabe dele, e toda vez que liga, parece que é por ter feito alguma besteira.

— Não é verdade — discorda Justin.

— Claro — responde Bea tranquilamente, folheando uma revista. — E eu não vou morar com Peter.

— Tem razão, não vai *mesmo*. Peter... — Ele cospe o nome. — Vive de colher morangos.

— Eu amo morango — fala Al, demonstrando seu apoio. — Se não fosse por Petey, eu não os comeria.

— Peter é *consultor de TI*. — Bea ergue as mãos, confusa.

Escolhendo esse momento para se intrometer, Doris se vira para Justin.

— Querido, você sabe que eu boto a maior fé nessa história com a moça do *déjà vu*...

— Joyce, o nome dela é Joyce.

— Que seja, mas você não tem nada além de uma coincidência. E eu boto a maior fé em coincidências, mas essa foi... bem, um tanto idiota.

— Eu não *não tenho* nada, Doris, e essa frase é errada em tantos níveis gramaticais que você nem acreditaria. Eu tenho um *nome* e agora tenho um *número*. — Ele se ajoelha em frente a Doris e esmaga o rosto dela com as mãos, apertando as bochechas uma contra a outra e formando um biquinho com os lábios dela. — E isso, Doris Hitchcock, significa que eu tenho algo!

— Também significa que você é um stalker — diz Bea baixinho.

Você está saindo de Dublin. Esperamos que tenha aproveitado a estadia.

As orelhas borrachudas do meu pai se mexem para trás e suas sobrancelhas grossas se erguem.

— Você vai mandar meus cumprimentos a todos, não vai, Fran? — diz meu pai, um pouco nervoso.

— Claro que vou, Henry. Você vai aproveitar muito. — Os olhos de Fran sorriem para mim com sabedoria no espelho retrovisor.

— Vou ver todos eles quando voltar — adiciona papai, observando atentamente um avião desaparecer no céu. — Ele entrou atrás das nuvens — diz ele, me olhando com incerteza.

— A melhor parte. — Sorrio.

Ele relaxa um pouco.

Fran encosta o carro na seção de despache, cheia de pessoas cientes de que não podem ficar ali por muito tempo e estão esvaziando rapidamente os porta-malas, se abraçando, pagando motoristas de táxi, orientando outros motoristas a seguir caminho. Meu pai fica imóvel, feito uma pedra jogada no rio, e absorve tudo enquanto eu tiro as malas do bagageiro. Em certo momento ele acorda e volta sua atenção para Fran, de repente cheio de carinho por uma mulher com quem ele normalmente não consegue parar de implicar. Então ele surpreende a todos nós oferecendo um abraço para ela, por mais sem jeito que seja.

Quando entramos, na correria de um dos aeroportos mais movimentados da Europa, meu pai segura com força meu braço com uma das mãos e, com a outra, puxa a mala de mão que eu emprestei para ele. Eu precisara de um dia e uma noite inteiros para convencê-lo de que malas de rodinhas não têm nada a ver com a bolsa xadrez que Fran e todas as outras senhoras usam para fazer compras. Ele olha ao redor e eu o vejo registrando homens com malas parecidas. Ele parece feliz, apesar de um pouco confuso. Vamos aos computadores para fazer check-in.

— O que você está fazendo? Sacando libras?

— Isso não é um caixa automático, pai, é o check-in.

— Não vamos falar com uma pessoa?

— Não, essa máquina faz tudo por nós.

— Eu não confiaria nessa bugiganga. — Ele olha para o homem ao nosso lado. — Com licença, a sua geringonça está funcionando para você?

— *Scusi?*

Papai dá uma risada.

— Iscusi-usi para você também. — Ele olha de volta para mim com um sorrisinho. — Iscusi. Essa é boa.

— *Mi dispiace tanto, signore, la prego di ignorarlo, è un vecchio sciocco e non sa cosa dice.* — Eu me desculpo com o italiano, que parece mais do que ofendido com os comentários do papai. Eu não faço ideia do que falei, mas ele sorri de volta para mim e continua fazendo o check-in.

— Você fala italiano? — Meu pai parece surpreso, mas eu não tenho tempo para responder porque ele me manda ficar quieta para ouvir um anúncio nos alto-falantes. — Shh, Gracie, pode ser para nós. É melhor corrermos.

— Ainda temos duas horas até nosso voo.

— Por que viemos tão cedo?

— Porque precisamos. — Eu já estou ficando cansada, e quanto mais cansada eu fico, mais curtas as respostas são.

— Quem disse?

— Segurança.

— Que segurança?

— A segurança do aeroporto. Por ali. — Viro a cabeça na direção do detector de metais.

— Aonde vamos agora? — pergunta ele quando tiro nossas passagens da máquina.

— Despachar as malas.

— Não podemos levá-las para o avião?

— Não.

— Olá. — A moça atrás do balcão sorri e pega meu passaporte e a identidade do papai.

— Olá — responde meu pai alegremente, um sorriso meloso se forçando por entre as rugas de seu rosto normalmente emburrado.

Reviro os olhos. Sempre um puxa-saco das mulheres.

— Quantas malas vocês vão despachar?

— Duas.

— Vocês fizeram as próprias malas?

— Sim.

— Não. — Meu pai me dá um cutucão. — Você fez a minha mala por mim, Gracie.

Suspiro.

— Sim, mas você estava comigo, pai. Nós arrumamos juntos.

— Não foi o que ela perguntou. — Ele se volta para a mulher. — Pode ser assim?

— Sim. — Ela continua: — Alguém pediu para vocês carregarem alguma coisa no avião?

— N...

— Sim — interrompe meu pai de novo. — Gracie colocou um par de sapatos na minha mala porque não caberia na dela. A gente só vai passar dois dias fora, sabe, e ela trouxe três pares. *Três.*

— Vocês têm alguma coisa afiada ou perigosa na mala de mão? Tesoura, pinça, isqueiro ou qualquer coisa do tipo?

— Não — digo.

Papai se contorce e não responde.

— Pai — dou uma cotovelada nele —, responde que não.

— Não — diz ele enfim.

— Muito bem — falo rispidamente.

— Tenham uma boa viagem. — Ela nos devolve nossas identidades.

— Obrigado. Seu batom é muito bonito — adiciona meu pai antes que eu o puxe para longe.

Respiro fundo enquanto nos aproximamos dos portões da segurança e tento me recordar de que essa é a primeira vez do papai num aeroporto e que, para alguém que nunca ouviu as perguntas antes, em especial aos 75 anos, elas realmente são bem estranhas.

— Está animado? — pergunto, tentando tornar o momento agradável.

— Delirante, meu amor.

Desisto e fico quieta.

Pego um saco plástico transparente e o encho com minha maquiagem e os remédios dele, então seguimos pelo labirinto da fila do detector de metais.

— Estou me sentindo um ratinho — comenta papai. — Vai ter queijo no final? — Ele dá uma risada chiada. Então chegamos ao detector.

— Só faz o que eu disser — peço a ele enquanto tiro meu cinto e casaco. — Você não vai causar nenhum problema, vai?

— Problema? Por que eu causaria qualquer problema? O que você está fazendo? Por que está tirando a roupa, Gracie?

Solto um grunhido baixo.

— Senhor, pode tirar seus sapatos, cinto, paletó e boina, por favor?

— O quê? — Papai ri para o homem.

— Tire seus sapatos, cinto, paletó e boina.

— Não vou fazer nada disso. Você quer que eu ande por aí de meias?

— Pai, só tira — falo para ele.

— Se eu tirar meu cinto, minha calça vai cair — responde ele com raiva.

— Você pode segurá-la com as mãos — retruco com rispidez.

— Deus do Céu — diz ele em voz alta.

O segurança olha ao redor para os colegas.

— Pai, tira logo — falo com mais firmeza. Uma fila extremamente longa de viajantes experientes já sem sapatos, cintos ou casacos se forma às nossas costas.

— Esvazie os bolsos, por favor. — Um funcionário mais velho e mais bravo intervém.

Meu pai parece em dúvida.

— Ai, meu Deus, pai, isso não é uma piada. Obedece.

— Posso esvaziar longe dela?

— Não, você vai esvaziar bem aqui.

— Eu não estou olhando. — Eu me viro para o outro lado, perplexa.

Ouço objetos tilintando enquanto meu pai esvazia os bolsos.

— O senhor foi avisado de que não podia trazer essas coisas consigo.

Dou meia-volta e vejo o funcionário segurando um isqueiro e um cortador de unhas; o maço de cigarros está na bandeja com a foto da mamãe. E uma banana.

— Pai! — exclamo.

— Não se meta, por favor.

— Não fale com a minha filha assim. Eu não sabia que não podia trazer isso. Ela disse tesouras e pinças e água e…

— Certo, senhor, nós entendemos, mas vamos ter que tirá-los do senhor.

— Mas esse é meu isqueiro bom, você não pode tirá-lo de mim! E o que eu vou fazer sem meu cortador de unha?

— A gente compra outro — falo entredentes. — Agora só obedece.

— Tá bom — ele balança a mão com grosseria para eles —, fiquem com essas porcarias.

— Senhor, por favor, tire sua boina, paletó, sapatos e cinto.

— Ele é idoso — falo para o funcionário em voz baixa para que a multidão crescente não escute. — Ele precisa de uma cadeira para tirar os sapatos. E ele não deveria precisar tirá-los porque são calçados corretores. Você não pode simplesmente deixá-lo passar?

— A natureza do sapato direito dele exige que nós o verifiquemos — começa a explicar o homem, mas meu pai ouve e explode.

— Você acha que eu tenho UMA BOMBA NO MEU SAPATO? Que tipo de imbecil faria isso? Você acha que eu tenho uma BOMBA na minha cabeça, embaixo da minha boina, ou no meu cinto? A minha banana na verdade é uma ARMA, é isso que você acha? — Ele balança a banana na direção dos funcionários, fazendo barulhos de tiro. — Vocês são todos malucos aqui dentro?

Meu pai estende a mão para a boina.

— Ou talvez eu tenha uma GRANADA embaixo da minha...

Ele não tem a oportunidade de concluir porque tudo vira uma loucura. Ele é levado embora num piscar de olhos e eu sou guiada para uma salinha que parece uma cela e ordenada a esperar.

DEZENOVE

Estou há quinze minutos sentada sozinha em uma sala de interrogatório sem nada além de uma mesa e uma cadeira. Escuto a porta da sala vizinha se abrir, então fechar. Ouço cadeiras se arrastando no chão e depois a voz do meu pai, mais alta do que a de todo mundo como sempre. Eu me aproximo da parede e pressiono o ouvido contra ela.

— Com quem o senhor está viajando?

— Gracie.

— Tem certeza disso, sr. Conway?

— É claro! Ela é minha filha, pode perguntar a ela!

— No passaporte dela o nome é Joyce. Ela está mentindo para nós, sr. Conway? Ou o senhor está mentindo?

— Eu não estou mentindo. Ah é, Joyce, eu quis dizer Joyce.

— Está mudando sua história?

— Que história? Eu confundi o nome, só isso. Minha esposa se chama Gracie, eu me confundo.

— Onde está sua esposa?

— Ela não está mais entre nós. Está no meu bolso. Quer dizer, a foto dela está no meu bolso. Ou ao menos *estava* no meu bolso antes dos caras lá fora a pegarem e a colocarem na bandeja. Acha que vou pegar meu cortador de unha de volta? Foi um pouquinho caro.

— Sr. Conway, o senhor foi informado de que objetos cortantes e fluído de isqueiro não são permitidos no avião.

— Eu sei, mas minha filha, Gracie, quer dizer, Joyce, ficou brava comigo ontem quando encontrou meu maço de cigarro escondido na caixa de cereal e eu não quis tirar o isqueiro do meu bolso ou ela ficaria doida de novo. Peço desculpas por isso. Eu não pretendia explodir o avião nem nada assim.

— Sr. Conway, por favor, evite usar esse tipo de linguajar. Por que se recusou a tirar os sapatos?

— Minhas meias tão furadas!

Há um momento de silêncio.

— Tenho 75 anos, rapaz. Por que eu preciso tirar meus sapatos? Você achou que eu iria explodir o avião com um sapato de borracha? Ou talvez esteja preocupado com as palmilhas. Talvez você tenha razão, nunca se sabe que tipo de estrago um homem pode fazer com uma boa palmilha...

— Sr. Conway, por favor não use esse tipo de linguajar e evite esse comportamento debochado ou não terá permissão para entrar no avião. Por que o senhor se recusou a tirar o cinto?

— Minha calça iria cair! Eu não sou que nem esses jovens de hoje em dia, não uso cinto para ficar *estiloso*, como dizem. De onde eu venho, a gente usa cinto para segurar as calças no lugar. E você estaria me prendendo por muito mais do que isso se eu não usasse, pode acreditar.

— O senhor não foi preso, sr. Conway. Só precisamos lhe fazer algumas perguntas. Comportamentos como o seu são proibidos neste aeroporto, então nós precisamos nos certificar de que o senhor não é uma ameaça à segurança dos nossos passageiros.

— Como assim, uma ameaça?

O oficial pigarreia.

— Bem, precisamos descobrir se o senhor é integrante de alguma gangue ou organização terrorista antes de reconsiderarmos sua entrada.

Ouço meu pai dar uma gargalhada estrondosa.

— O senhor precisa entender que aviões são espaços muito confinados e que não podemos permitir nenhum passageiro do qual desconfiamos. Temos o direito de escolher quem permitimos a bordo da nossa aeronave.

— A única ameaça que eu representaria num espaço confinado seria se tivesse comido um bom curry do restaurante perto de casa. E organizações terroristas? Sou de uma sim, pode apostar. O Clube da Segunda é o único grupo do qual sou integrante. Encontro todo mundo na segunda-feira, exceto quando tem feriado, aí nos encontramos na terça. Um bando de caras se juntando para umas cervejas e cantorias, só isso. Apesar de que, se estiver procurando podres, a família do Donal era metida até a cabeça no IRA.

Ouço o oficial pigarrear de novo.

— Donal?

— Donal McCarthy. Ah, deixa ele em paz, ele tem 97 anos e isso foi há muito tempo, quando o pai dele lutou. A única coisa rebelde que ele consegue fazer hoje em dia é acertar o tabuleiro de xadrez com a bengala, e só faz isso porque não pode jogar. Artrite nas duas mãos. Bem que ele podia ter uma na boca. Fala pelos cotovelos. Vive enchendo o saco de Peter, mas eles não se dão bem desde que Donal cortejou a filha dele e partiu o coração dela. Ela tem 72. Já ouviu alguma coisa mais ridícula? Lançava olhares, ela disse, mas é claro, ele é vesgo até dizer chega. Nem percebe para onde o olho dele está apontando. Eu não culparia o homem por isso, apesar dele realmente gostar de dominar as conversas. Não vejo a hora dele me escutar um pouco para variar. — Meu pai dá risada e suspira na longa pausa que se segue. — Será que alguém poderia me dar uma xícara de chá?

— Não vamos nos demorar muito mais, sr. Conway. Qual é a natureza da sua visita a Londres?

— Estou indo porque minha filha me arrastou para cá de última hora. Ela desligou o telefone ontem de manhã e me olhou com a cara branca que nem papel. Vou a Londres, disse ela, como se não fosse nada demais. Ah, talvez seja o que os jovens façam, decidir viajar de última hora, mas não eu. Não estou acostumado a isso, não mesmo. Nunca andei de avião, sabe. Aí ela me disse: não seria divertido se nós dois viajássemos? E normalmente eu diria que não, tenho um monte de trabalho para fazer no jardim. Tenho que plantar os lírios, as tulipas, os narcisos e os jacintos a tempo da primavera, sabe, mas ela disse pra eu viver um pouco e eu tive vontade de dar um sopapo nela porque eu ando vivendo mais do que ela. Mas, por causa de, bem, problemas recentes, digamos assim, eu decidi vir com ela. E isso não é crime, é?

— Que problemas recentes, sr. Conway?

— Ah, a minha Gracie...

— Joyce.

— Sim, obrigado. Minha Joyce tem passado por uma fase difícil. Perdeu o bebezinho dela há algumas semanas, sabe. Vem tentando engravidar há anos com um cara que joga tênis de shortinho branco e as coisas finalmente pareciam estar bem, mas ela sofreu um acidente, caiu, sabe, e perdeu o neném. Perdeu um pouco dela mesma também, para ser sincero. Perdeu o marido também, na semana passada, mas não sinta pena dela por isso. É verdade que ela perdeu algumas coisas, mas, veja bem, ela também ganhou uma coisinha que nunca teve. Não sei dizer exatamente o quê, mas seja lá o que for, eu não acho que é uma coisa ruim. As coisas num geral não estão bem para ela e, ora, que tipo de pai eu seria se a deixasse viajar sozinha nesse estado? Ela não tem emprego, bebê, marido ou mãe e, em breve, não terá uma casa, e se quer tirar uma folga em Londres, mesmo que seja de última hora, então ela tem todo o direito de ir sem ninguém a impedir de fazer o que bem entende.

"Aqui, toma minha maldita boina. Minha Joyce quer ir a Londres e vocês deveriam deixar. Ela é uma boa menina, nunca fez nada errado na vida. Ela não tem nada de bom agora além de mim e dessa viagem, até onde eu sei. Então aqui, toma. Se eu precisar ir sem boina, sapatos, cinto e paletó, que seja, tudo bem por mim, mas a minha Joyce não vai a Londres sem mim."

Ora, isso sim é uma boa maneira desestabilizar uma mulher.

— Sr. Conway, o senhor sabe que vai receber suas roupas de volta depois de passar pelo detector de metal?

— O quê? — grita ele. — Por que ela não me disse isso? Toda essa baboseira por nada. Sinceramente, às vezes parece que ela *quer* arrumar problema. Muito bem, camaradas, podem levar minhas coisas. Acha que ainda conseguimos pegar o voo?

Quaisquer lágrimas que tivessem caído secaram rapidinho.

Finalmente, a porta da minha cela se abriu e, com um único aceno de cabeça, sou liberta.

* * *

— Doris, você não pode mudar o fogão de lugar. Al, fala para ela.

— Por que não?

— Querida, em primeiro lugar porque é pesado, e em segundo, é a gás. Você não tem qualificação para mudar eletrodomésticos da cozinha de lugar — explica Al, então se prepara para morder um donut.

Doris o arranca da mão dele, deixando-o a lamber a geleia escorrida em seus dedos.

— Vocês dois não estão entendendo que não é bom para o feng shui ter um fogão de frente para a porta. A pessoa no fogão pode querer, por instinto, olhar a porta, o que cria uma sensação de inquietude que pode causar acidentes.

— Talvez jogar fora o fogão seja uma opção mais segura para meu pai.

— Você precisa relaxar. — Justin suspira, se sentando ao novo jogo de mesa e cadeiras da cozinha. — Esse lugar só precisa de mobília e uma demão de tinta, não que você o reestruture inteiro de acordo com Yoda.

— Não é de acordo com Yoda. — Doris bufa. — Donald Trump usa feng shui, sabia?

— Ah, *agora sim* — dizem Al e Justin em uníssono.

— É, agora sim. Talvez, se você fizesse o que ele faz, conseguiria subir um lance inteiro de escadas sem precisar parar no meio do caminho — retruca ela para Al.

Bea fica boquiaberta e Justin tenta não rir.

— Vamos, filhota, vamos sair daqui antes que fique violento.

— Aonde vocês estão indo? Posso ir? — pergunta Al.

— Eu vou ao dentista e Bea tem ensaio para hoje à noite.

— Boa sorte, loirinha. — Al bagunça o cabelo dela. — Vamos torcer por você.

— Obrigada. — Ela cerra os dentes e ajeita o cabelo. — Ah, por falar nisso. Lembrei de mais uma coisa sobre a mulher no telefone, a Joyce.

O quê, o quê, o quê?

— O que tem ela?

— Ela sabia que eu era loira.

— Como ela sabia? — perguntou Doris, surpresa.

— Ela disse que foi só um palpite. E tem outra coisa. Antes de desligar, ela disse: "Sucesso na sua apresentação de balé".

— Então ela acertou um palpite e é gentil. — diz Al, sem dar importância.

— Bem, depois eu fiquei pensando e não lembro de ter comentado nada sobre a minha apresentação ser *de balé*.

Justin olha imediatamente para Al, um pouco mais preocupado agora que sua filha está envolvida, mas ainda repleto de adrenalina.

— O que você acha?

— Eu acho que é melhor você tomar cuidado, mano. Talvez seja uma stalker doida.

Desanimado, Justin olha esperançosamente para a filha.

— Ela parecia doida?

— Não sei. — Bea dá de ombros. — Como a gente sabe quem é doida?

Justin, Al e Bea se viram para Doris.

— O quê? — pergunta ela, esganiçada.

— Não. — Bea nega freneticamente para o pai. — Não, parecia não.

— Para que serve isso, Gracie?

— É um saco de vômito.

— O que isso faz?

— É para pendurar seu paletó.

— Por que tem isso aqui?

— É uma mesa.

— Como faz para abaixá-la?

— Destravando ali em cima.

— Senhor, por favor, mantenha sua mesa fechada até depois da decolagem.

Silêncio.

— O que estão fazendo do lado de fora?

— Guardando as malas.

— O que é esse troço?

— É para ejetar pessoas que fazem três milhões de perguntas.

— Sério, o que é?

— É para reclinar sua poltrona.

— Senhor, pode se manter na posição vertical até depois da decolagem, por favor?

Silêncio.

— O que é isso?

— Ar-condicionado.

— E aquele?

— Uma luz.

— E o outro?

— Sim, senhor, posso ajudá-lo?

— Hum, não, obrigado.

— O senhor apertou o botão para assistência.

— Ah, é por isso que tem uma mulherzinha no botão? Eu não sabia. Pode me trazer uma água?

— Não podemos servir bebidas até depois da decolagem, senhor.

— Ah, certo. Foi legal a demonstração que você fez mais cedo. Ficou a cara da minha amiga Edna quando vestiu aquela máscara de oxigênio. Ela fumava três maços por dia, sabe.

A comissária de bordo fica boquiaberta.

— Estou me sentindo muito seguro agora, mas e se cairmos em terra firme? — Ele ergue a voz, e os passageiros ao redor olham na nossa direção. — Certamente os coletes salva-vidas seriam inúteis, a não ser que gritássemos enquanto voamos pelo céu, torcendo para alguém lá embaixo escutar e nos pegar. Não temos paraquedas?

— Não precisa se preocupar, senhor, não vamos cair em terra firme.

— Certo. Muito tranquilizador, de fato. Mas, se cairmos, fale para o piloto mirar numa pilha de feno ou algo assim.

Respiro fundo e finjo que não o conheço. Continuo lendo meu livro, *A era de ouro da pintura holandesa: Vermeer, Metsu e Terborch*, e tento me convencer de que essa viagem não vai ser tão ruim quanto parece.

— Onde ficam os banheiros?

— Na frente à esquerda, mas o senhor não pode ir até depois da decolagem.

Papai arregala os olhos.

— E quando vai ser isso?

— Em apenas alguns minutos.

— Em apenas alguns minutos, isso — ele tira o saco de vômito do bolso da poltrona — ganhará outro propósito.

— Estaremos no ar em apenas mais alguns minutos, eu garanto. — A comissária de bordo se afasta depressa antes que ele faça outra pergunta.

Eu suspiro.

— Não suspire até depois da decolagem — diz meu pai, e o homem ao meu lado ri e finge que foi uma tosse.

Papai olha pela janela e eu me deleito no momento de silêncio.

— Oh, oh — cantarola ele —, estamos nos mexendo, Gracie.

Assim que decolamos, ouvimos o som das rodas sendo recolhidas e ficamos leves no ar. Meu pai não fala nada. Ele se vira de lado na poltrona, a cabeça grudada na janela, observando enquanto nos aproximamos das nuvens, a princípio bem ralas. O avião chacoalha ao passar por elas. Meu pai se agita quando o avião é cercado de branco, vira a cabeça de um lado para o outro, olhando para todas as janelas possíveis, até que de repente tudo fica azul e calmo por cima do mundo fofo das nuvens. Papai faz o sinal da cruz. Ele pressiona o nariz contra a janela, seu rosto iluminado pelo sol tão próximo, e eu tiro uma foto mental para meu próprio corredor de lembranças.

O aviso de manter os cintos afivelados é apagado e a tripulação anuncia que podemos usar aparelhos eletrônicos, ir aos banheiros, e que comida e bebida serão servidas em breve. Meu pai abaixa a mesa, enfia a mão no bolso e pega a foto da mamãe. Ele a coloca sobre a mesa, de frente para a janela. Então reclina a poltrona, e ambos observamos o mar infinito de nuvens brancas desaparecer lá embaixo, sem dizer uma palavra por todo o restante do voo.

VINTE

— Ora, preciso dizer, isso foi totalmente estupendo. De fato estupendo. — Meu pai balança a mão do piloto para cima e para baixo com entusiasmo.

Estamos em frente à porta recém-aberta do avião, com uma fila de centenas de passageiros irritados bufando atrás de nós. Eles parecem cavalos de corrida cujas raias foram abertas, a buzina tocou e o que está bloqueando o caminho deles é, bem, meu pai. A famosa pedra no meio do caminho.

— E a *comida* — continua ele para a tripulação — estava excelente, simplesmente excelente.

Ele comeu um enroladinho de presunto e tomou uma xícara de chá.

— Estou sem acreditar que comi no céu. — Ele dá uma risada. — Estão de parabéns mesmo, foi estupendo. Nada menos do que milagroso, eu diria. Meu Deus. — Ele balança a mão do piloto de novo, como se estivesse conhecendo o presidente.

— Muito bem, pai, é melhor irmos agora. Estamos segurando todo mundo.

— Ah, é mesmo? Obrigado de novo, meus amigos. Tchauzinho. Talvez nos vejamos na volta — grita ele por cima do ombro enquanto eu o puxo para longe.

Seguimos pelo túnel que liga o avião ao terminal, e meu pai diz olá e inclina a boina para todo mundo por quem passamos.

— Você não precisa dar oi para todo mundo, sabe.

— É legal ser importante, Gracie, mas é mais importante ser legal. Especialmente quando se está em outro país — diz o homem que não sai da província de Leinster há dez anos.

— Pode parar de gritar?

— Não consigo. Meus ouvidos estão esquisitos.

— Boceja ou tampa o nariz e assopra. Vai ajudar a desentupir os ouvidos.

Ele para ao lado da esteira rolante com o rosto vermelho, as bochechas infladas e os dedos sobre o nariz. Ele inspira fundo e sopra. Então solta um pum.

A esteira entra em ação e, feito moscas ao redor de uma carcaça, as pessoas subitamente se metem na nossa frente e bloqueiam nossa visão, como se a vida delas dependesse de pegar suas malas naquele exato segundo.

— Ali sua mala. — Dou um passo à frente.

— Eu pego, meu amor.

— Não, eu pego. Você vai machucar as costas.

— Chega para lá, meu amor, eu consigo.

Ele passa pela faixa amarela e pega a mala, então percebe que a força que ele já teve não existe mais e se vê andando ao lado da mala enquanto a segura. Eu deveria correr para ajudá-lo, mas estou tendo uma crise de risos. Só consigo ouvir meu pai dizendo "Com licença, com licença" para as pessoas sobre a faixa amarela enquanto tenta acompanhar a mala fujona. Ele dá uma volta completa na esteira e, quando chega de volta aonde estou (ainda rindo), alguém tem o bom-senso de ajudar o velho resmungão sem fôlego.

Ele puxa a mala até mim, com o rosto vermelho e a respiração pesada.

— Vou deixar você pegar a própria mala — diz ele, abaixando a boina no rosto, constrangido.

Espero as outras malas, enquanto papai perambula pelo setor de retirada de bagagens, "se familiarizando com Londres". Desde o incidente no aeroporto de Dublin, há uma voz de GPS dentro da minha cabeça pedindo sem parar que eu faça um retorno *agora mesmo*, mas outra parte de mim está sob ordens estritas para segurar as pontas, convencida de que fazer essa viagem foi a decisão certa. Agora eu estou me perguntando do que exatamente *ela* se trata. Ao coletar minha mala da esteira, tomo consciência de que não há um propósito claro para essa viagem. Sou como um animal correndo atrás do rabo. Meu instinto, provocado por uma conversa confusa com uma garota chamada Bea, me fez voar para outro país com meu pai de 75 anos, que nunca havia saído da Irlanda na vida. De repente, o que antes me pareceu "a única coisa a se fazer" agora me parece um comportamento totalmente irracional.

Qual é o significado de sonhar com uma pessoa desconhecida quase toda noite e depois falar com ela por acaso no telefone? Eu tinha ligado para o número de emergência do meu pai; ela tinha atendido o telefone de emergência do pai dela. Qual é a mensagem? O que eu devo aprender? Será uma mera coincidência que alguém de mente sã ignoraria ou eu estou certa em pensar e sentir que tem algo mais nas entrelinhas? Minha esperança é que essa viagem me traga algumas respostas. Uma onda de pânico começa a crescer dentro de mim enquanto observo meu pai ler um pôster do outro lado do setor. Não faço ideia do que fazer com ele.

De repente, a mão do meu pai voa para a cabeça, então para o peito, e ele dispara na minha direção com um olhar maníaco. Pego correndo os remédios dele.

— Gracie — arqueja ele.

— Aqui, rápido, toma isso. — Minha mão treme enquanto eu lhe entrego os comprimidos e a garrafa d'água.

— Que droga é essa?

— Bem, você parecia...

— Eu parecia o quê?

— Que estava tendo um infarto!

— Pois é o que eu vou ter se não sairmos logo daqui. — Ele pega meu braço e começa a me puxar para fora.

— O que houve? Aonde estamos indo?

— Nós vamos para Westminster.

— O quê? Por quê? Não! Pai, temos que ir ao hotel deixar nossas malas.

Ele para e dá meia-volta, aproximando o rosto do meu de maneira quase agressiva. A voz dele treme de adrenalina.

— O *Antiques Roadshow* vai fazer um dia de avaliações hoje das 9h30 às 16h30 num lugar chamado Banqueting House. Se sairmos agora, podemos pegar a fila. Eu não vou perder o programa na TV e vir até Londres só para perder o programa ao vivo. Talvez a até consiga ver Michael Aspel. *Michael Aspel*, Gracie. Pelo amor de Deus, vamos dar o fora daqui.

As pupilas dele estão dilatadas, ele está eufórico. Dispara pelas portas automáticas, tomado de pura insanidade temporária, e vira à esquerda, confiante.

Fico parada e homens de terno me abordam com placas por todo lado. Suspiro e espero. Meu pai volta pelo mesmo lado, puxando sua mala a toda velocidade.

— Você podia ter me avisado que eu estava na contramão — diz ele, passando por mim e seguindo na direção oposta.

Papai corre pela Trafalgar Square com a mala, dispersando um bando de pombos para o céu. Ele não está mais interessado em se familiarizar com Londres; só pensa em Michael Aspel e os tesouros das velhas ricas e conservadoras. Erramos o caminho algumas vezes após sair da estação de metrô, então, finalmente, avistamos a Banqueting House, um antigo palácio real do século XVII, e por mais que eu nunca a tenha visitado, ela assoma à minha frente de maneira familiar.

Após já estarmos na fila há algum tempo, eu avalio a gaveta solta na mão do senhor à nossa frente. Atrás, uma mulher desenrola uma xícara de chá do embrulho de jornal para mostrar a outra pessoa da fila. Estamos cercados por conversas animadas, leves e educadas, e o sol brilha enquanto esperamos para entrar na área de recepção da Banqueting House. Há vans de TV, operadores de câmera e som entrando e saindo do prédio, e câmeras filmando a longa fila enquanto uma mulher com um microfone seleciona pessoas da multidão para entrevistar. Muitas pessoas na fila levaram cadeiras dobráveis, cestas de piquenique com doces e sanduichinhos, e cantis de chá e café, e enquanto meu pai olha em volta com a barriga roncando, eu me sinto uma mãe culpada que não preparou o filho direito. Também temo que não nos deixem passar da porta.

— Pai, não quero te preocupar, mas eu acho que deveríamos ter trazido algo.

— Como assim?

— Tipo um objeto. Todo mundo trouxe alguma coisa para ser avaliada.

Meu pai olha em volta e presta atenção pela primeira vez. Ele fica arrasado.

— Talvez eles abram uma exceção para nós — adiciono depressa, mas duvido.

— E isso aqui? — Ele baixa os olhos para nossas malas.

Tento não rir.

— Eu as comprei na TK Maxx; não acho que eles terão interesse em avaliá-las.

Meu pai dá uma risada.

— Talvez eu dê minha cueca para eles, Gracie, o que acha? Tem um bocado de histórias nela.

Faço uma careta e ele faz um gesto de dispensa.

Avançamos lentamente pela fila, e papai se diverte bastante papeando com todo mundo sobre sua vida e sua empolgante viagem com a filha. Depois de uma hora e meia, nós já fomos convidados para tomar chá da tarde em duas casas e meu pai já pegou dicas com o cavalheiro atrás de nós sobre como impedir a hortelã de tomar o espaço do alecrim. À frente, logo depois da porta, eu vejo um casal idoso sendo mandado embora por não ter nenhum item consigo. Meu pai também vê a cena e olha para mim, preocupado. Nós somos os próximos.

— Hum... — Olho ao redor depressa em busca de alguma coisa.

Há duas entradas abertas, por onde a multidão flui. Logo ali, atrás de uma das portas, há uma cesta de madeira fazendo as vezes de porta-guarda-chuva, ocupada por alguns guarda-chuvas esquecidos e quebrados. Quando ninguém está olhando, eu a pego e viro, jogando para fora algumas bolas de papel e guarda-chuvas amassados. Chuto tudo para trás da porta segundos antes de alguém falar "próximo".

Eu a carrego até a mesa de recepção, e os olhos do meu pai quase pulam para fora ao me ver.

— Bem-vindos à Banqueting House — cumprimenta a jovem.

— Obrigada. — Dou um sorriso inocente.

— Quantos objetos vocês trouxeram hoje? — pergunta ela.

— Ah, só um. — Eu coloco a cesta em cima da mesa.

— Ah, uau, fantástico. — Ela passa os dedos pela cesta e meu pai me olha de um jeito que, se por um segundo eu esqueci, me lembra rapidinho de que ele é o pai e eu sou a filha. — Vocês já estiveram num dia de avaliações?

— Não. — Meu pai balança loucamente a cabeça. — Mas eu vejo na TV o tempo todo. Sou um grande fã. Mesmo quando Hugh Scully era o apresentador.

— Maravilha. — Ela sorri. — Quando entrarem no saguão, vocês verão diversas filas. Por favor, entrem na fila com a classificação apropriada.

— Qual é a fila dessa coisa? — Papai olha o objeto como se fedesse.

—- Bem, o que é isso? — Ela sorri.

Meu pai olha para mim, perplexo.

— Esperávamos que você pudesse nos informar — respondo educadamente.

— Eu sugiro a de diversos, e por mais que esse seja o setor mais movimentado, nós temos quatro especialistas para tentar agilizar o máximo possível. Quando chegarem à mesa do especialista, basta mostrar seu objeto e ele ou ela vai informá-los tudo sobre ele.

— Qual a mesa de Michael Aspel?

— Infelizmente, Michael Aspel não é um especialista, ele é o apresentador, então não tem uma mesa própria, mas nós temos vinte especialistas disponíveis para responder às suas perguntas.

Meu pai parece devastado.

— Existe uma chance do seu objeto ser escolhido para aparecer na televisão — adiciona ela rapidamente, sentindo a decepção do meu pai. — O especialista mostra o objeto à produção e eles decidem se o objeto aparecerá no programa dependendo da raridade, qualidade, do que o especialista sabe dizer sobre o item e, é claro, do valor. Se o seu objeto for escolhido, vocês serão levados à sala de espera para serem maquiados e falarem com o especialista sobre seu objeto na frente das câmeras por uns cinco minutos. Nesse caso, vocês conhecerão Michael Aspel. E a notícia empolgante é que, pela primeira vez, nós vamos transmitir o programa ao vivo em, vejamos — ela olha o relógio —, uma hora.

Os olhos do papai se arregalam.

— Mas cinco *minutos*? Para falar desse negócio? — explode, e ela ri.

— Considere que precisamos ver os itens de duzentas pessoas antes do programa — diz ela para mim com um olhar sábio.

— Nós entendemos. Só estamos aqui para curtir o dia, não é, pai?

Ele não ouve; está ocupado procurando por Michael Aspel.

— Curtam mesmo seu dia — conclui a mulher, chamando a próxima pessoa da fila.

Assim que entramos no saguão movimentado, eu ergo os olhos para o teto, já sabendo o que esperar: nove telas enormes encomendadas por Charles I para preencher o teto de painéis.

— Aqui, pai. — Eu lhe entrego a cesta de lixo. — Vou dar uma olhada nessa construção linda enquanto você olha a tralha que as pessoas estão colocando dentro dela.

— Não é tralha, Gracie. Uma vez eu vi um programa no qual a coleção de bengalas de um homem foi avaliada em sessenta mil libras.

— Nossa, então você deveria mostrar seu sapato para eles.

Ele tenta não rir.

— Vai lá dar sua volta, nos encontramos aqui. — Ele começa a se afastar antes mesmo de terminar a frase. Doido para se livrar de mim.

— Divirta-se. — Dou uma piscadela.

Ele abre um sorriso largo e olha ao redor do saguão com tanta felicidade que eu tiro outra fotografia mental.

Enquanto perambulo pelos cômodos da única parte do Whitehall Palace que sobreviveu a um incêndio, a sensação de que eu já estive aqui antes me toma como uma onda gigantesca, então eu encontro um canto tranquilo e pego meu celular discretamente.

— Gerente, chefe adjunta da tesouraria corporativa e do departamento de soluções para investidores, Frankie falando.

— Meu Deus, você não estava mentindo. Quantas palavras.

— Joyce! Oi! — A voz dela está sussurrada e, no fundo, há vozes agitadas negociando ações no escritório do Irish Financial Services Centre.

— Pode falar?

— Um pouco. Como você está?

— Estou bem. Em Londres. Com papai.

— O quê? Com seu pai? Joyce, eu já te disse que não se deve vendar e amordaçar o pai. O que está fazendo aí?

— Eu decidi vir de última hora. — Para que, eu não faço ideia. — Estamos no *Antiques Roadshow* agora. Nem pergunte.

Deixo os cômodos silenciosos para trás e entro na galeria do saguão principal. Abaixo, consigo ver meu pai perambulando pelo saguão lotado com a lixeira nas mãos. Sorrio enquanto o observo.

— Nós já viemos à Banqueting House juntas?

— Refresque minha memória, onde ela fica, o que é e como é?

— Fica na Trafalgar Square, em Whitehall. É um antigo palácio do século XVII, projetado por Inigo Jones em 1619. Charles I foi executado num cadafalso em frente ao prédio. Estou num cômodo agora com um teto de painéis coberto por nove telas. — Como é o lugar? Fecho os olhos. — Pelo que me lembro, a linha do telhado é definida por uma balaustrada. A fachada da frente tem duas colunas, coríntia por cima da jônica, que se erguem sobre um porão rústico e, juntos, formam um conjunto harmonioso.

— Joyce?

— Oi? — Acordo do devaneio.

— Você está lendo um guia turístico?

— Não.

— Nossa última viagem para Londres consistiu de uma ida ao Madame Tussaud, uma noite na G-A-Y e uma festa no apartamento de um homem chamado Gloria. Está acontecendo de novo, é? Aquele negócio do qual você estava falando?

— É. — Eu me jogo numa cadeira no canto, sinto uma corda embaixo de mim e me levanto novamente. Eu me afasto depressa da cadeira antiga, procurando câmeras de segurança ao redor.

— Sua ida a Londres tem alguma coisa a ver com o americano?
— Sim — sussurro.
— Ah, Joyce...
— Não, Frankie, escute. Escute e você vai entender. Espero. Ontem eu entrei em pânico sobre uma coisa e liguei para a médica do meu pai, um número que eu decorei, como deve ser. Eu não teria como errar o número, certo?
— Certo.
— Errado. Eu acabei ligando para um número do Reino Unido e uma menina chamada Bea atendeu o telefone. Ela tinha visto um número da Irlanda e pensou que fosse o pai dela. Então, em uma breve conversa, eu descobri que o pai dela é americano, mas estava em Dublin e iria para Londres ontem para vê-la numa apresentação hoje. E ela era loira. Acho que Bea é a menininha que fica aparecendo nos meus sonhos brincando em parquinhos, em várias idades diferentes.

Frankie fica quieta.

— Eu sei que pareço louca, Frankie, mas é o que está acontecendo. Eu não tenho explicação.
— Eu sei, eu sei — responde ela depressa. — Eu te conheço praticamente a vida toda, isso *não* é algo que você inventaria, mas mesmo que eu te leve a sério, por favor, tenha em mente que você passou por um período traumático e que as experiências atuais podem estar sendo provocadas por altos níveis de estresse.
— Eu já pensei nisso. — Solto um grunhido e seguro a cabeça entre as mãos. — Preciso de ajuda.
— Só vamos considerar insanidade como último recurso. Deixa eu pensar por um segundo. — Parece que ela está escrevendo tudo.
— Então, basicamente, você viu essa garota, Bea...
— Talvez seja Bea.
— Tá bom, tá bom, vamos supor que seja Bea. Você a viu crescer?

— Sim.
— Até que idade?
— Do nascimento até, não sei...
— Adolescência, vinte e poucos, trinta e poucos?
— Adolescência.
— Certo, e quem mais está nas cenas com Bea?
— Outra mulher. Com uma câmera.
— Mas nunca o americano.
— Não. Então ele provavelmente não tem nada a ver com isso.
— Não vamos excluir nenhuma possibilidade. Então, quando você vê Bea e a mulher com a câmera, você faz parte da cena ou as vê como espectadora?

Fecho os olhos e reflito intensamente, vejo minhas mãos empurrando o balanço, segurando outras mãos, tirando foto da menina e da mãe dela no parque, sentindo a água dos sprinklers espirrar e fazer cócegas na minha pele...

— Não, eu faço parte. Elas conseguem me ver.
— Certo. — Ela fica em silêncio.
— O que foi, Frankie, o que foi?
— Estou pensando. Calma aí. Tá bom. Então você vê uma criança, uma mãe e ambas veem você?
— É.
— Você diria que, nos seus sonhos, está vendo essa menina crescer pelos olhos de um pai?

Minha pele se arrepia.

— Ai, meu Deus — sussurro. Seria o americano?
— Vou considerar isso como um sim — responde Frankie. — Certo, então estamos chegando em algum lugar. Não sei onde, mas é muito estranho, e eu nem acredito que estou sequer dando trela a esses pensamentos. Mas que se dane, eu só tenho mais um milhão de outras coisas para fazer. Sobre o que mais você sonha?
— É tudo muito rápido, só imagens piscando.
— Tente lembrar.
— Sprinklers num jardim. Um menininho gorducho. Uma mulher com cabelo comprido e ruivo. Eu ouço sinos. Vejo prédios antigos

com lojas na frente. Uma igreja. Uma praia. Estou num funeral. Então na universidade. Então com a mulher e a menininha. Às vezes ela está sorrindo e segurando minha mão, às vezes ela está gritando e batendo portas.

— Humm... ela deve ser sua esposa.

Afundo a cabeça entre as mãos.

— Frankie, isso é ridículo.

— E daí? Desde quando a vida faz sentido? Vamos continuar.

— Não sei, as imagens são todas tão abstratas. Não consigo entendê-las.

— O que você precisa fazer é: toda vez que tiver um flash de alguma coisa, ou subitamente souber algo que nunca soube, anote e me conte. Eu vou te ajudar a entender.

— Obrigada.

— Então, além do lugar onde está agora, sobre que tipo de coisas você passou a saber?

— Hum... basicamente arquitetura. — Olho ao redor e então para o teto. — E arte. Falei italiano com um homem no aeroporto. E latim, falei latim com Conor outro dia.

— Ai, céus.

— Eu sei. Acho que ele quer me internar.

— Bem, nós não vamos deixar. Ainda. Muito bem, então arquitetura, arte, línguas. Uau, Joyce, é como se você tivesse feito um cursinho intensivo de uma graduação inteira que você nunca fez. Cadê a garota culturalmente ignorante que eu conhecia e amava?

Sorrio.

— Continua aqui.

— Tá bom, mais uma coisa. Meu chefe me chamou para uma reunião essa tarde. É sobre o quê?

— Frankie, eu não tenho poderes psíquicos!

A porta da galeria se abre e entra uma jovem com um fone de ouvido, esbaforida. Ela aborda quase todas as mulheres pelo caminho, falando meu nome.

— Joyce Conway? — pergunta ela para mim, sem fôlego.

— Sim. — Meu coração está a cem por hora. Por favor, que o papai esteja bem. Por favor, Deus.

— Seu pai se chama Henry?

— Sim.

— Ele está chamando você na sala verde.

— Ele *o quê*? Na *o quê*?

— Ele está na sala verde. Vai entrar ao vivo com Michael Aspel em poucos minutos com o item dele e está chamando você porque diz que você sabe mais sobre o objeto. Realmente precisamos ir agora, falta pouquíssimo tempo e precisamos maquiar você.

— Ao vivo com Michael Aspel... — Eu paro. Percebo que ainda estou segurando o celular. — Frankie — digo, atônita —, liga na BBC, rápido. Você está prestes a me ver entrando num problemão.

VINTE E UM

Eu meio ando, meio corro atrás da garota com o fone de ouvido até a sala verde, e quando chego, arfando e nervosa, vejo papai sentado numa poltrona de maquiagem de frente a um espelho iluminado por bulbos, com lenço de papel preso na gola da camisa, xícara e pires na mão, o nariz bulboso sendo coberto de pó compacto para o close-up dele.

— Ah, aí está você, meu amor — diz meu pai, animado. — Gente, esta é minha filha, e é ela quem vai nos falar sobre minha linda cesta que chamou a atenção de Michael Aspel. — Ele dá uma risadinha e um gole no chá. — Tem bolo ali se você quiser.

Homenzinho cruel.

Olho ao redor da sala para todas as cabeças interessadas e aquiescentes e me forço a sorrir.

Justin se contorce desconfortavelmente em seu assento na sala de espera do dentista, a bochecha inchada e latejante, no meio de duas senhorinhas que conversam sobre alguém que elas conhecem chamada Rebecca, que deveria largar um homem chamado Timothy.

Cala a boca, cala a boca, cala a boca!

A televisão antiga no canto, coberta de um pano de renda e flores falsas, anuncia que o *Antiques Roadshow* está prestes a começar.

Justin solta um grunhido.

— Alguém se importa se eu trocar de canal?

— Eu estou assistindo — diz um menino de no máximo sete anos.

— Ótimo. — Justin sorri para ele com raiva, então olha para a mãe dele em busca de apoio.

Ela o ignora.

— Ele está assistindo.

Justin resmunga de frustração.

— Com licença. — Justin finalmente interrompe as mulheres que o cercam. — Uma das senhoras gostaria de trocar de lugar comigo para poderem continuar a conversa com mais privacidade?

— Não, não se preocupe, querido, não tem nada de privado sobre essa conversa, pode acreditar. Ouça o quanto quiser.

O cheiro do hálito dela se esgueira silenciosamente até as narinas dele de novo, faz cócegas nelas com um espanador e sai correndo com uma risadinha cruel.

— Eu não estava ouvindo. Seus *lábios* estavam literalmente no meu *ouvido*, e eu não sei bem se Charlie, Graham ou Rebecca gostariam disso. — Ele vira o nariz para o outro lado.

— Ah, Ethel — diz uma delas, rindo —, ele acha que estamos falando de pessoas *reais*.

Como eu sou idiota.

Justin volta a atenção para a televisão no canto, na qual as outras seis pessoas da sala estão vidradas.

— ... E sejam bem-vindos ao nosso especial *ao vivo* de *Antiques Roadshow...*

Justin suspira alto de novo.

O menininho olha feio para ele e aumenta o volume, o controle remoto firmemente apertado na mão.

— ... para vocês da Banqueting House, Londres.

Ah, eu já estive lá. Um belo exemplo de colunas coríntias e jônicas formando um conjunto harmonioso.

— Mais de duas mil pessoas passaram por nossas portas desde 9h30 da manhã, e há apenas alguns momentos essas portas foram fechadas, e agora vamos mostrar as melhores peças para vocês em casa. Nossos primeiros convidados vêm de...

Ethel se debruça sobre Justin e apoia o cotovelo na coxa dele.

— Enfim, Margaret...

Ele se concentra na televisão para não brigar com as duas.

— Então, o que temos aqui? — pergunta Michael Aspel. — Parece uma cesta de lixo de marca para mim — diz ele quando a câmera se aproxima da peça exposta sobre a mesa.

O coração de Justin dispara.

— Quer que eu mude agora, moço? — O garoto vai trocando os canais a toda velocidade.

— Não! — grita ele, interrompendo a conversa de Margaret e Ethel e esticando os braços dramaticamente, como se pudesse impedir as ondas de mudar de canal. Ele cai de joelhos no carpete em frente à televisão. Margaret e Ethel se assustam e ficam quietas. — Volta, volta, volta! — grita ele para o menino.

O lábio inferior do menino começa a tremer e ele olha para a mãe.

— Não precisa gritar com ele. — Ela segura o filho contra o peito de maneira protetora.

Justin pega o controle remoto do menino e volta os canais com rapidez. Para quando vê um close de Joyce, que olha para os lados com incerteza, como se tivesse acabado de aterrissar na jaula de um tigre de Bengala na hora da comida.

No Irish Financial Services Centre, Frankie corre pelas salas em busca de uma televisão. Ela encontra uma, cercada de dezenas de pessoas de terno estudando os números que passam depressa pela tela.

— Com licença! Com licença! — grita ela, passando aos empurrões. Ela corre até a TV e começa a mexer nos botões ao som de reclamações dos homens e mulheres ao redor dela.

— Só um minuto, a bolsa não vai quebrar nesses longos *dois minutos* de que preciso. — Ela zapeia até encontrar Joyce e Henry ao vivo na BBC.

Ela arfa e leva a mão à boca. Então ri apontando para a televisão.

— Vai, Joyce!

A equipe ao redor dela se afasta rapidamente em busca de outra tela, exceto por um homem que parece satisfeito com a mudança de canal e decide ficar e assistir.

— Ah, que bela peça — comenta ele, se reclinando para trás sobre a mesa e cruzando os braços.

— Hum... — diz Joyce. — Bem, nós a encontramos... Quer dizer, nós a *colocamos*, colocamos esse lindo... extraordinariamente... é, entalhado... balde, do lado de fora da nossa casa. Bem, não *do lado de fora*. — Ela rapidamente retira o que disse ao ver a reação do avaliador. — *Do lado de dentro*. Nós o colocamos na parte coberta da nossa varanda para protegê-lo do clima, sabe. Para guardar guarda-chuvas.

— Sim, e talvez já tenha sido usado para isso — concorda ele. — Onde você o arranjou?

Joyce balbucia por alguns segundos, e Henry vai ao resgate. Ele está de pé, com as mãos espalmadas na barriga. O queixo dele está erguido, há um brilho em seu olhar, e ele ignora o especialista e assume um sotaque pomposo ao direcionar suas respostas a Michael Aspel, que ele trata como se fosse o papa.

— Bem, Michael, eu ganhei isso do meu tataravô Joseph Conway, que era fazendeiro em Tipperary. Ele o passou para meu avô Shay, que também era fazendeiro. Meu avô passou para o meu pai, Paddy-Joe, que também era fazendeiro em Cavan e, quando ele morreu, eu o peguei.

— Entendo, e você faz ideia de como o seu tataravô possa ter arranjado isso?

— Ele provavelmente roubou dos ingleses — brinca Henry, que é o único no set a rir. Joyce dá uma cotovelada no pai, Frankie ri pelo nariz e, no chão da sala de espera de um dentista em Londres, Justin joga a cabeça para trás e gargalha alto.

— Bem, o motivo da minha pergunta é que vocês têm um item fabuloso. É um vaso *jardinière* vertical raro da era vitoriana inglesa do século XIX...

— Eu adoro jardinagem, Michael — diz Henry, interrompendo o especialista. — E você?

Michael sorri para ele com educação, e o especialista continua:

— Ele tem maravilhosas placas esculpidas à mão em estilo Floresta Negra na moldura de ébano vitoriano, em todos os quatro lados.

— Décor rural inglesa ou francesa, o que acha? — pergunta o colega de trabalho de Frankie para ela.

Ela o ignora, concentrada em Joyce.

— Seu interior parece ser forrado por uma chapa de estanho na pintura original. Excelente estado, padrões ornamentados esculpidos nos painéis de madeira maciça. Podemos ver aqui que duas das faces têm tema floral e as outras duas são figurativas, uma com uma cabeça de leão no centro e a outra com imagens de grifo. Muito impressionante de fato, e uma peça absolutamente maravilhosa para se ter à porta de casa.

— Vale uma grana, hein? — pergunta Henry, esquecendo o sotaque pomposo.

— Já chegaremos a essa parte — responde o especialista. — Por mais que esteja em boas condições, parece que ele já teve pés, muito provavelmente de madeira. Não há farpas nem está empenado nas laterais, há um forro de estanho removível, na pintura original, e as alças anelares nas laterais estão intactas. Com tudo isso em mente, quanto você acha que vale?

— Frankie! — ela escuta o chefe a chamando do outro lado do cômodo. — Que negócio é esse de você estar mexendo nos monitores?

Frankie se levanta, se vira e, enquanto bloqueia a tela com o corpo, tenta mudar de volta para o canal anterior.

— Ah. — O colega dela faz um muxoxo. — Eles estavam prestes a anunciar o valor. É a melhor parte.

— Chega para o lado. — O chefe dela franze a testa.

Frankie se afasta para exibir os números da bolsa correndo pela tela. Ela abre um sorriso brilhante, mostrando todos os dentes, e corre de volta para sua mesa.

Na sala de espera do cirurgião dentista, Justin está colado à televisão, colado ao rosto de Joyce.

— Ela é uma amiga, querido? — pergunta Ethel.

Justin examina o rosto de Joyce e sorri.

— É, sim. O nome dela é Joyce.

Margaret e Ethel fazem *uh* e *ah*.

Na tela, o pai de Joyce, ao menos é quem Justin presume ser, se vira para Joyce e dá de ombros.

— O que me diz, meu amor? Quantos mangos?

Joyce dá um sorriso tenso.

— Eu realmente não faço a menor ideia do quanto isso vale.

— O que acham de algo entre 1.500 e 1.770? — diz o especialista.

— Libras esterlinas? — pergunta o velho, estarrecido.

Justin dá uma risada.

A câmera dá um zoom no rosto de Joyce e do pai. Ambos estão atônitos, tão pasmos, na verdade, que não conseguem dizer nada.

— Ora, essa sim é uma reação impressionante. — Michael ri. — Boas notícias para esta mesa. Vamos à mesa da porcelana para ver se algum dos outros colecionadores aqui de Londres deu tanta sorte.

— Justin Hitchcock — anuncia a recepcionista.

O cômodo fica em silêncio. Todos se olham.

— Justin — repete ela, erguendo a voz.

— Deve ser ele ali no chão — diz Ethel. — Iuhuuu! — cantarola ela, e lhe dá um chute com seu sapato confortável. — Você é o Justin?

— Alguém está apaixonado, uuuhum-uuuhum — cantarola Margaret enquanto Ethel faz sons de beijo.

— Louise — diz Ethel para a recepcionista —, por que eu não entro agora enquanto esse rapaz corre até a Banqueting House para ver essa moça? Estou cansada de esperar. — Ela estica a perna esquerda e faz expressões de dor.

Justin se levanta e espana a sujeira do carpete da calça.

— Não sei por que vocês duas estão esperando aqui, na idade de vocês. Deveriam só deixar seus dentes e voltar mais tarde quando o dentista terminar de tratá-los.

Ele sai da sala enquanto um exemplar do ano passado de *Casas e Jardins* voa em direção à sua cabeça.

VINTE E DOIS

— Na verdade, não é uma má ideia. — Justin para de seguir a recepcionista em direção à sala de cirurgia, sentindo a adrenalina banhar seu corpo novamente. — É exatamente o que eu vou fazer.

— Vai deixar seus dentes aqui? — pergunta ela em tom seco, com um sotaque forte de Liverpool.

— Não, vou à Banqueting House — diz ele, saltitando de empolgação.

— Que ótimo, Dick. Anne pode ir junto? Só não deixe de perguntar à Tia Fanny primeiro. — Ela cita *The Famous Five* olhando feio para ele, acabando com sua empolgação. — Não estou nem aí para o que está acontecendo, você não vai escapar de novo. Venha logo. O dr. Montgomery não vai ficar feliz se faltar à consulta de novo — fala ela, apressando-o.

— Tá bom, tá bom, espera. Meu dente está ótimo agora. — Ele ergue as mãos e dá de ombros como se não fosse nada demais. — Passou. Sem dor. Na verdade, nhac, nhac, nhac — diz ele batendo os dentes. — Olha, passou completamente. O que eu sequer estou fazendo aqui? Não sinto nadinha.

— Seus olhos estão lacrimejando.

— Eu sou emotivo.

— Você é delirante. Vamos logo. — Ela continua a guiá-lo pelo corredor.

O dr. Montgomery o recebe com uma furadeira na mão.

— Olá, Clarisse — diz ele, rindo muito. — Brincadeira. Estava tentando fugir de mim de novo, Justin?

— Não. Bem, sim. Bem, não, não fugir exatamente, mas eu percebi que preciso ir a outro lugar e...

Durante toda sua explicação, com um firme aperto, o dr. Montgomery e sua assistente igualmente forte conseguem guiá-lo até a cadeira, e quando ele termina sua desculpa, se dá conta de estar usando uma roupa protetora e sendo reclinado.

— Blá-blá-blá... Foi só isso que eu ouvi, desculpe Justin — diz o dr. Montgomery animadamente.

Ele suspira.

— Não vai brigar comigo hoje? — O dr. Montgomery veste duas luvas cirúrgicas.

— Desde que não me peça para tossir.

O dentista ri enquanto Justin abre a boca com relutância.

A luz vermelha na câmera se apaga e eu agarro o braço do meu pai.

— Pai, a gente precisa ir agora — digo com urgência.

— Agora não — responde ele num sussurro alto, estilo David Attenborouhg. — Michael Aspel está bem ali. Consigo vê-lo atrás da mesa de porcelana, alto, carismático, mais bonito do que eu pensava. Ele está procurando alguém para conversar.

— Michael Aspel está muito ocupado em seu habitat natural, apresentando um programa de televisão ao vivo. — Enfio as unhas no braço de papai. — Não acho que falar com você esteja no topo da lista de prioridades dele neste momento.

Meu pai parece ligeiramente ferido, e não pelas minhas unhas. Ele ergue o queixo bem no alto, e devido aos anos de convivência eu sei que tem um barbante invisível ali, amarrado ao orgulho dele. Ele se prepara para abordar Michael Aspel, que está sozinho na mesa da porcelana com o dedo no ouvido.

— Deve ficar entupido com cera, que nem o meu — sussurrou meu pai. — Ele deveria usar aquele negócio que você comprou para mim. Pá! Sai tudinho.

— É um fone de ouvido, pai. Ele está escutando as pessoas na sala de controle.

— Não, acho que é um aparelho auditivo. Vamos até ele, mas lembre-se de falar alto e articular as palavras com clareza. Tenho experiência com isso.

Entro na frente dele e o encaro da maneira mais intimidadora que consigo. Meu pai pisa na perna esquerda e imediatamente se ergue quase até o nível dos meus olhos.

— Pai, se não sairmos desse lugar agora mesmo, vamos acabar numa cela. De novo.

Ele ri.

— Ah, não exagera, Gracie.

— Meu nome é Joyce, *droga* — sibilo.

— Tá bom, Joyce droga, não precisa dar um ataque de pelanca.

— Eu não acho que você entenda a gravidade da nossa situação. Nós acabamos de roubar um cesto de lixo vitoriano de 1.700 libras de um lugar que já foi um palácio e falar sobre isso ao vivo em rede nacional.

Meu pai me encara, suas sobrancelhas grossas erguidas até a metade da testa. Pela primeira vez em muito tempo, consigo ver os olhos dele. Parecem assustados. E um tanto lacrimosos e amarelos nos cantos, e eu faço um lembrete mental para perguntar sobre isso mais tarde, quando não estivermos fugindo da polícia. Ou da BBC.

A garota da produção que me levou para encontrar meu pai me lança um olhar desconfiado do outro lado do cômodo. Meu coração bate, em pânico, e olho ao redor depressa. Cabeças se viram para nos encarar. Eles sabem.

— Certo, precisamos ir agora. Acho que eles sabem.

— Não é nada demais. Vamos devolvê-lo ao lugar dele. — Ele fala como se fosse, *sim*, algo de mais. — Nós nem o tiramos da propriedade... não é crime.

— Certo, é agora ou nunca. Pega o negócio rápido para podermos colocá-lo de volta no lugar e sair daqui.

Avalio a multidão para me certificar de que não tem ninguém grande e forte vindo na nossa direção, estalando os dedos e balançando tacos de beisebol. Só a jovem com o fone de ouvido, e eu tenho certeza de que consigo cuidar dela, e, se não, meu pai pode bater na cabeça dela com o sapato ortopédico.

Meu pai pega o cesto de lixo da mesa e tenta escondê-lo dentro do casaco. O casaco mal cobre um terço da superfície, eu o encaro com uma expressão bizarra e ele tira o objeto dali. Seguimos pela multidão, ignorando parabéns e felicitações dos que parecem pensar que ganhamos na loteria. Também vejo a jovem com o fone de ouvido forçando passagem pela multidão.

— Rápido, pai, rápido.

— Estou indo o mais rápido que consigo.

Chegamos à porta do saguão, deixando a multidão para trás, e seguimos em direção à entrada principal. Olho para trás antes de fechar a porta e vejo a garota com o fone de ouvido, falando no microfone com urgência. Ela começa a correr, mas fica presa entre dois homens de macacão marrom carregando um guarda-roupa. Pego a lixeira de madeira das mãos do papai e nós aceleramos imediatamente. Descemos a escada, pegamos nossas malas no guarda-volumes, então alto e baixo, baixo e alto, pelo chão de mármore do corredor.

Quando meu pai alcança a maçaneta enorme na porta principal, nós ouvimos:

— Parem! Esperem!

Paramos abruptamente e nos entreolhamos, com medo. Sem emitir som, digo "corra" para meu pai. Ele suspira dramaticamente, revira os olhos e se apoia na perna direita, dobrando a esquerda, como se para me lembrar de suas dificuldades de andar, quanto mais correr.

— Aonde vocês dois vão com tanta pressa? — pergunta um homem, se aproximando.

Nós nos viramos lentamente, preparados para defender nossa honra.

— Foi ela — diz meu pai na mesma hora, com o dedão apontado para mim.

Fico boquiaberta.

— Sinto dizer que foram vocês. — Ele sorri. — Vocês ainda estão com o microfone e a bateria. Valem um bocado, esses negócios. — Ele mexe na parte de trás da calça do meu pai e solta a bateria dele.

— Poderiam ter se metido num belo problema se tivessem fugido com isso. — Ele dá uma risada.

Meu pai parece aliviado, até que eu pergunto, com nervosismo:

— Eles estavam ligados o tempo todo?

— Hum... — Ele analisa a bateria e vira o botão para a posição "desligado". — Estavam.

— Quem estava nos ouvindo?

— Não se preocupe, eles não transmitiriam o som de vocês enquanto passavam para o item seguinte.

Solto um suspiro de alívio.

— Mas, internamente, quem quer que estivesse de fone de ouvido no andar deve ter ouvido — explica ele, tirando o microfone do papai. Então adiciona: — Ah, e a sala de controle também.

Ele se vira para mim e eu entro num estado de confusão constrangida enquanto ele tira a bateria da cintura da minha calça e, ao fazê-lo, puxa a minha calcinha fio-dental, que foi presa junto por acidente.

— Aaaaaaau! — Meu grito ecoa por todo o corredor.

— Desculpa. — O rosto do operador de som fica vermelho enquanto eu me ajeito. — Dificuldade do trabalho.

— Vantagem, meu amigo, vantagem. — Meu pai sorri.

Depois que ele volta para dentro, nós devolvemos o porta-guarda-chuva à entrada quando ninguém está olhando, o enchemos com os guarda-chuvas quebrados e saímos da cena do crime.

— E aí, Justin, alguma novidade? — pergunta o dr. Montgomery.

Justin, que está reclinado na cadeira, com duas mãos em luvas cirúrgicas *e* objetos enfiados dentro da boca, não sabe como responder e decide piscar uma vez, como já vira na televisão. Então, incerto sobre o significado exato do sinal, pisca duas vezes para confundir as coisas.

O dr. Montgomery não pesca seu código e dá uma risadinha.

— O gato comeu sua língua?

Justin revira os olhos.

— Qualquer dia vou começar a ficar ofendido se as pessoas continuarem a me ignorar quando eu faço perguntas. — Ele dá outra risadinha e se inclina por cima de Justin, lhe dando uma bela vista do interior de suas narinas.

— Aaaaargh. — Ele se encolhe quando a ferramenta fria acerta o ponto dolorido.

— Não queria dizer que eu te avisei — continua o dr. Montgomery —, mas isso seria mentira. A cárie que você não me deixou olhar na última visita infeccionou, e agora o tecido está inflamado.

Ele cutuca mais ao redor.

— Aaaahh. — Justin emite uns gorgolejos no fundo da garganta.

— Eu deveria escrever um livro sobre linguagem odontológica. Todo mundo faz um monte de barulho que só eu entendo. O que acha, Rita?

Rita, com os lábios brilhosos de gloss, não dá muita atenção.

Justin gorgoleja alguns palavrões.

— Ora, ora. — O sorriso do dr. Montgomery desaparece por um momento. — Não seja grosseiro.

Surpreso, Justin se concentra na televisão suspensa no canto da sala. A faixa vermelha da Sky News na base da tela grita suas últimas notícias de novo, e por mais que esteja sem som e longe demais para ele conseguir ler exatamente qual é a última notícia, ela funciona como uma grata distração das piadas sem graça do dr. Montgomery e acalma sua ânsia de levantar da cadeira e pegar o primeiro táxi que encontrar, direto para a Banqueting House.

O repórter está em frente à abadia de Westminster, mas como Justin não consegue ouvir nada, ele não faz ideia do assunto da notícia. Ele avalia o rosto do homem e tenta ler seus lábios enquanto o dr. Montgomery se aproxima dele com o que parece ser uma agulha. Os olhos dele se arregalam quando ele avista algo na televisão. Suas pupilas se dilatam, e ele não consegue ver mais nada.

O dr. Montgomery sorri ao segurar o objeto na frente do rosto de Justin.

— Não se preocupe, Justin. Eu sei o quanto você odeia agulhas, mas é necessário para a anestesia. Você precisa de uma obturação em outro dente antes que forme mais um abcesso. Não vai doer, só vai dar uma sensação meio estranha.

Os olhos de Justin se arregalam mais enquanto ele encara a televisão, e ele tenta se levantar. Pela primeira vez, Justin não se importa com a agulha. Ele precisa tentar se comunicar o melhor possível. Incapaz de se mexer ou fechar a boca, ele começa a emitir sons graves com o fundo da garganta.

— Tá bom, não entre em pânico. Só mais um minuto. Estou quase lá.

Ele se inclina sobre Justin de novo, bloqueando a vista da televisão, e Justin se contorce na cadeira, tentando ver a tela.

— Minha Nossa, Justin, por favor, pare com isso. A agulha não vai te matar, mas talvez mate se você não parar de se contorcer. — diz ele com risadinhas.

— Ted, acho que talvez a gente deva parar — diz a assistente, e Justin fica grato.

— Ele está tendo um piripaque? — pergunta o dr. Montgomery para ela, então ergue a voz para Justin como se ele tivesse subitamente desenvolvido uma deficiência auditiva. — Eu perguntei se você está tendo um piripaque.

Justin revira os olhos e faz mais barulhos com o fundo da garganta.

— TV? Como assim? — O dr. Montgomery ergue os olhos para a televisão e finalmente tira os dedos da boca de Justin.

Os três olham para a tela da televisão, dois deles concentrados nas notícias enquanto Justin observa o plano de fundo, onde há Joyce e o pai em frente ao Big Ben. Parecendo não notar que estão na TV, eles se lançam no que parece ser uma conversa séria e acalorada, gesticulando loucamente.

— Olha aqueles dois idiotas ali no fundo. — O dr. Montgomery dá uma risada.

De repente, o pai de Joyce empurra a mala dele na direção de Joyce e se afasta batendo o pé, deixando Joyce sozinha com duas malas e jogando as mãos para o alto de frustração.

* * *

— É, valeu, muito maduro da sua parte — grito para as costas do meu pai, que acabou de sair batendo o pé, deixando a mala comigo. Ele está seguindo na direção errada. De novo. Está fazendo isso desde que saímos da Banqueting House, mas se recusa a admitir e também se recusa a pegar um táxi para o hotel pois está numa missão de economizar trocados.

Ele continua no meu campo de visão, então eu me sento na mala e espero que ele perceba o erro e volte. Já é noite, e eu só quero ir para o hotel e tomar um banho. Meu celular toca.

— Oi, Kate.

Ela está gargalhando histericamente.

— O que houve com você? — Dou um sorriso. — Bom saber que *alguém* está de bom humor.

— Ah, Joyce. — Ela pega fôlego, e eu a imagino secando lágrimas dos olhos. — Você é uma figura, de verdade.

— Como assim? — Consigo ouvir risadas de crianças no fundo.

— Me faz um favor e levante a mão direita.

— Por quê?

— Só levante. É uma brincadeira que as crianças me ensinaram. — Ela dá uma risadinha.

— Tá bom. — Suspiro e levanto a mão direita.

Ouço as crianças gargalhando alto ao fundo.

— Fala para ela balançar o pé direito — grita Jayda para o telefone.

— Tá bom. — Dou uma risada. Isso está melhorando bastante meu humor. Balanço o pé direito e elas riem de novo. Eu consigo ouvir até o marido de Kate gargalhando, o que me deixa subitamente desconfortável de novo. — Kate, que negócio é esse?

Kate não consegue responder de tanto que está rindo.

— Fala para ela dar pulinhos! — grita Eric.

— Não. — Estou irritada agora.

— Ela fez o que a Jayda pediu — choraminga ele, e eu sinto lágrimas chegando.

Eu me apresso a dar pulinhos.

Eles morrem de rir de novo.

— Por acaso — diz Kate, chiando de tanto gargalhar — alguém perto de você tem as horas?

— Do que você está falando? — Franzo a testa, olhando ao redor. Vejo o Big Ben atrás de mim, ainda incerta sobre a piada, e é só quando estou me virando de volta que vejo a equipe de câmera à distância. Paro de pular.

— O que aquela mulher está fazendo? — O dr. Montgomery se aproxima da televisão. — Ela está dançando?

— Orê rá reno ega? — diz Justin, sentindo os efeitos da boca dormente.

— É claro que estou vendo ela — responde ele. — Acho que ela está dançando o hokey cokey. Viu? — Ele começa a cantar e dançar. Rita revira os olhos.

Justin, aliviado por Joyce não ser fruto de sua imaginação, começa a quicar na cadeira com impaciência. *Vai logo! Preciso ir até ela.*

O dentista olha para ele com curiosidade, empurra Justin de volta para a cadeira e coloca os instrumentos de volta na boca dele. Justin gorgoleja e faz barulhos com a garganta.

— Não adianta dar desculpas, Justin, você não vai a lugar nenhum até ter terminado essa obturação. Você precisará tomar antibióticos para o abcesso, então, quando voltar, vou ter que extraí-lo ou fazer um tratamento de canal. O que me der na telha. — Ele dá risadinhas. — E seja lá quem for essa tal Joyce, você pode agradecê-la por curar seu medo de agulhas. Você nem notou quando eu dei a injeção.

— Eee ráa eei aan ee.

— Ora, muito bem. Eu já doei sangue também, sabe. É satisfatório, não é?

— Eeia rae one sane roi.

O dr. Montgomery joga a cabeça para trás e ri.

— Ah, não seja tolo, eles nunca dirão para quem o sangue foi. Além disso, ele é separado em diferentes partes, plaquetas, glóbulos vermelhos e muito mais.

Justin gorgoleja de novo.

O dentista dá outra risada.

— Que tipo de muffins você quer?

— Aa.

— Banana. — Ele pensa um pouco. — Pessoalmente, eu prefiro de chocolate. Ar, Rita, por favor.

A assistente, perplexa, coloca o tubo na boca de Justin.

VINTE E TRÊS

Consigo chamar um táxi e mando o motorista na direção do senhor bem-vestido que é facilmente localizado na calçada, oscilando feito um marinheiro bêbado em meio à corrente vertical da multidão. Feito um salmão, ele nada contra a corrente, forçando passagem por entre o bando de pessoas que segue na direção oposta. Ele não faz isso de propósito, nem para ser deliberadamente diferente, e nem mesmo nota que está se destacando.

Vê-lo agora me faz lembrar de uma história que ele me contava quando eu era tão pequena que ele me parecia gigante como o carvalho do nosso vizinho, que assomava sobre o muro do nosso jardim, derrubando bolotas no nosso gramado. Isso durante os meses em que a brincadeira no quintal era substituída por tardes passadas olhando o céu cinza pela janela e usando luvas penduradas por cordinhas às mangas do meu casaco ao sair de casa. O vento uivante soprava o carvalho gigante de um lado para o outro, as folhas farfalhantes oscilando da esquerda para a direita, igual ao meu pai, um pino balançando em uma pista de boliche. Mas nenhum dos dois caía com a força do vento. Diferente das bolotas, que saltavam dos galhos como paraquedistas assustados sendo empurrados para fora de surpresa, ou empolgados veneradores do vento caindo de joelhos.

Quando meu pai era forte como um carvalho e eu sofria bullying na escola por chupar o dedo, ele resgatou na memória uma fábula irlandesa na qual um salmão comum comera avelãs que tinham caído na Fonte da Sabedoria. Ao fazê-lo, o salmão recebera toda a sabedoria do mundo, e o primeiro a comer a carne do salmão receberia, por sua vez, esse conhecimento. O poeta Finneces passara sete longos anos tentando pescar esse salmão, e quando finalmente o capturou, instruiu seu jovem aprendiz, Fionn, a prepará-lo para ele. Gordura quente espirrou nele durante o cozimento, e Fionn chupou o dedo para aliviar a dor. Ao fazê-lo, ele recebeu incríveis conhecimentos e sabedoria. Pelo resto da vida, quando ele não sabia o que fazer, tudo o que precisava fazer era chupar o dedo, e o conhecimento lhe vinha.

Ele me contou essa história no tempo em que eu chupava o dedo e ele era grande como um carvalho. Quando os bocejos de mamãe pareciam músicas. Quando estávamos todos juntos. Quando eu não fazia ideia de que chegaria um momento em que não estaríamos mais. Quando papeávamos no jardim, sob o salgueiro-chorão. Onde eu sempre me escondia e ele sempre me encontrava. Quando nada era impossível e nós três estarmos juntos para sempre era um fato simples da vida.

Sorrio agora ao observar meu grande salmão do conhecimento subindo contra a corrente, serpenteando pelos pedestres que marcham sobre a calçada na direção dele.

Meu pai ergue o olhar para mim, ergue os dois dedos do meio e continua andando.

Ah.

— Pai — chamo pela janela aberta —, vem, entra no carro.

Ele me ignora e leva um cigarro à boca, inalando tão longa e profundamente que suas bochechas ficam côncavas.

— Pai, não faz isso. Só entra no carro para irmos para o hotel.

Ele continua andando, os olhos virados para a frente, teimoso que nem sei lá o quê. Eu já vi essa expressão tantas vezes, discutindo com a mamãe sobre ficar até muito tarde vezes demais no pub; discussões com a galera do Clube da Segunda sobre o estado político do país; num restaurante quando seu bife chegava sem parecer uma sola de sapato como ele queria. O olhar de "eu estou certo, você está errado" que colocava seu queixo em uma posição desafiadora, projetado para fora feito o litoral irregular de Cork e Kerry em relação ao resto do país. Um queixo desafiador, uma cabeça perturbada.

— Olha, a gente nem precisa se falar. Você pode me ignorar no carro também. E no hotel. Não fale comigo a noite toda, se for se sentir melhor.

— Você bem que gostaria, não é? — bufa ele.
— Sinceramente?
Ele olha para mim.
— Gostaria.

Ele tenta não sorrir. Coça o canto da boca com os dedos amarelados do cigarro para esconder sua expressão suavizada. A fumaça sobe até seus olhos e eu penso nos cantos amarelados de seus olhos, penso em como eles eram penetrantemente azuis quando, ainda menininha, com as pernas balançando e o queixo apoiado nas mãos, eu o observava sentado à mesa da cozinha enquanto ele desmontava um rádio, um relógio ou uma tomada. Olhos azuis penetrantes, alertas, ocupados, feito um aparelho de tomografia buscando doenças. O cigarro apertado entre os lábios, no canto da boca feito Popeye, a fumaça flutuando para seus olhos apertados, talvez manchando-os do amarelo através do qual enxerga agora. A cor da idade, feito jornais velhos mergulhados no tempo.

Eu o observava, fascinada, com medo de falar, com medo de respirar, com medo de quebrar o feitiço que ele lançara na geringonça que estava consertando. Como o cirurgião que cuidou do coração dele durante sua cirurgia de ponte de safena há dez anos, ali estava ele, com a juventude ao seu lado, conectando fios, limpando entupimentos, as mangas da camisa enroladas na altura dos cotovelos, os músculos dos braços bronzeados pela jardinagem, contraindo e relaxando enquanto seus dedos lidavam com o problema. Suas unhas, sempre com um pouco de terra sob a superfície. Seus dedos indicador e do meio da mão direita, amarelos da nicotina. Amarelos, mas firmes. Desiguais, mas firmes.

Finalmente, ele para de andar. Joga o cigarro no chão e pisa nele com o sapato pesado. O táxi para. Jogo a rede ao redor do corpo dele, e nós o puxamos para fora da corrente de insolência e para dentro do barco. Sempre disposto a arriscar, sempre sortudo, ele seria capaz de cair num rio e sair seco, com peixes nos bolsos. Agora, se senta no carro sem me dirigir uma palavra, suas roupas, hálito e dedos cheirando a fumaça. Mordo o lábio para me impedir de dizer qualquer coisa e aceito a derrota.

Ele quebra seu recorde pessoal de ficar quieto. Dez, talvez quinze minutos. Finalmente, palavras começam a se derramar para fora de sua boca, como se estivessem enfileiradas impacientemente dentro da boca durante o raro silêncio. Como se tivessem sido atiradas pelo coração, como de costume, e não pela cabeça, e catapultadas para a boca, apenas para, dessa vez, se chocarem contra lábios fechados. Em vez de terem permissão para sair para o mundo, elas se acumularam feito células adiposas paranoicas, com medo de a comida nunca chegar. Mas agora os lábios se abrem e as palavras voam para fora em todas as direções feito vômito.

— Você pode ter pegado um carango, mas espero que saiba que eu estou sem tutu. — Ele ergue o queixo, que puxa o barbante invisível preso ao seu orgulho. Parece satisfeito com a coleção de palavras que juntou para essa ocasião especial

— O quê?

— Você me ouviu.

— Sim, mas...

— Carango, carro. Tutu, dinheiro. — explica ele.

Tento entender o que ele está dizendo.

— São as gírias do momento — completa ele. — Ele sabe exatamente do que eu estou falando.

Aponta com a cabeça para o taxista.

— Ele não está te ouvindo.

— Por quê? Ele é mouco?

— O quê?

— Surdo.

— Não. — Viro a cabeça de lado, me sentindo confusa e cansada. — Quando a luz vermelha está apagada, ele não consegue te ouvir.

— Que nem o aparelho auditivo do Joe — responde meu pai. Ele se inclina para a frente e aperta o interruptor na traseira do táxi. — Consegue me ouvir? — grita ele.

— Sim, meu amigo. — O motorista olha para ele pelo retrovisor.

— Em alto e bom som.

Meu pai sorri e aperta o interruptor de novo.

— Consegue me ouvir agora?

O motorista não responde, o encara rapidamente pelo retrovisor, com a testa franzida de preocupação, enquanto tenta manter o olhar na estrada.

Meu pai dá uma risadinha.

Eu afundo o rosto nas mãos.

— A gente faz isso com Joe — diz ele, travesso. — Às vezes ele chega a passar o dia todo sem perceber que desligamos o aparelho auditivo dele. Ele só acha que ninguém está falando nada. A cada meia hora grita: "Jesus, como tá quieto aqui!" — Meu pai dá uma risada e aperta o interruptor de novo. — Fala, chefia — diz ele em tom agradável.

— Qual foi, velhote — responde o motorista.

Espero que meu pai tente socá-lo pela abertura da janela. Ele não tenta. Em vez disso, cai na gargalhada.

— Tô a fim de ficar a pampa hoje à noite. Me diz, sabe se tem uma boa baiuca perto do meu hotel onde eu possa tomar uma birra sem minha prole?

O jovem motorista analisa o rosto inocente do meu pai pelo retrovisor, sempre bem-intencionado, nunca querendo ofender. Mas ele não responde e continua dirigindo.

Desvio o olhar para não constranger meu pai, mas me sinto um tanto superior e me odeio por isso. Momentos depois, num sinal de trânsito, a portinhola se abre e o motorista passa um papel por ela.

— Toma aqui uma lista com alguns lugares, amigo. Sugiro o primeiro, é meu preferido. Tem um bom rega-bofe por agora, se é que me entende. — Ele sorri e dá uma piscadela.

— Obrigado. — O rosto do meu pai se ilumina. Ele analisa o papel de perto como se fosse a coisa mais preciosa que ele já recebeu, então o dobra com cuidado e o guarda no bolso do paletó, orgulhoso. — É só que essa aqui está agindo que nem uma mocoronga, se é que *você* me entende. É bom que ela te dê uns bons quebrados.

O motorista ri e para no nosso hotel. Eu o avalio de dentro do carro e fico positivamente surpresa. O hotel de três estrelas fica bem no coração da cidade, a apenas dez minutos dos principais teatros, da Oxford Street, da Piccadilly e do Soho. O suficiente para nos manter longe de problemas. Ou bem no meio deles.

Meu pai sai do carro e puxa a mala em direção às portas giratórias da entrada do hotel. Eu o observo enquanto espero meu troco. As portas estão girando muito rápido, e eu o vejo tentando calcular sua entrada. Feito um cachorro com medo de pular no mar gelado, ele dá um passinho para a frente, para, dá um impulso para a frente de novo e para. Ele finalmente entra, mas sua mala fica presa do lado de fora, travando as portas giratórias e o prendendo do lado de dentro.

Não me apresso para sair do táxi. Eu me debruço sobre a janela do passageiro ao som do meu pai batendo no vidro às minhas costas.

— Socorro! Alguém me ajuda! — Ouço ele gritar.

— Por sinal, do que ele me chamou? — pergunto ao motorista, calmamente ignorando os gritos atrás de mim.

— Mocoronga? — pergunta ele com um sorrisinho. — Você não quer saber.

— Fala. — Sorrio.

— Significa idiota. — Ele dá uma risada e vai embora, me deixando de queixo caído no meio-fio.

Noto que sons de batida pararam e, ao me virar, vejo que meu pai foi enfim liberto. Eu me apresso para dentro.

— Não posso te dar um cartão de crédito, mas posso te dar minha palavra — diz meu pai, numa voz lenta e alta, para a mulher na recepção. — E minha palavra vale tanto quanto a minha honra.

— Tudo bem, toma aqui. — Deslizo o cartão de crédito por cima do balcão para a moça.

— Por que as pessoas não podem mais pagar com dinheiro vivo hoje em dia? — pergunta papai, se debruçando ainda mais sobre o balcão. — Isso só está metendo os jovens de hoje em dia em mais problemas, dívida atrás de dívida porque eles querem isso, querem aquilo, mas não querem trabalhar por nada, então usam esses negocinhos de plástico. Bem, isso não é dinheiro de graça, eu te garanto. — Ele assente em conclusão. — Com esses negócios, você só perde.

Ninguém responde.

A recepcionista sorri para ele com educação e digita no computador.

— Vocês vão dividir um quarto? — pergunta ela.

— Sim — respondo apavorada.

— Duas jaças, eu espero?

Ela franze a testa.

— Camas — digo baixinho. — Ele quer dizer camas.

— Sim, são duas camas de solteiro.

— É uma suíte? — Ele se debruça para a frente, tentando ler a plaquinha com o nome dela. — Breda, é isso?

— Aakaanksha. E sim, senhor, todos os nossos quartos são suítes — responde ela com educação.

— Ah. — Ele parece impressionado. — Bem, espero que seus elevadores estejam funcionando, porque eu não tenho como pegar os escalões, minha cacunda está reclamando.

Semicerro os olhos com força.

— Escalões, degraus. Cacunda, costas — diz ele com a mesma voz com que costumava cantar cantigas de ninar para mim quando eu era criança.

— Entendi. Muito bom, sr. Conway.

Pego a chave e me encaminho para o elevador, ouvindo a vozinha dele repetindo uma pergunta sem parar enquanto ele me segue pelo saguão. Aperto o botão para o terceiro andar e as portas se fecham.

O quarto é básico e limpo, bom o bastante para mim. Nossas camas são afastadas o suficiente para o meu gosto, tem uma televisão e um frigobar, o que prende a atenção do meu pai enquanto eu preparo um banho de banheira.

— Eu não recusaria um espírito — diz ele, enfiando a cabeça no frigobar.

— Não vai encontrar aí dentro.

— Espírito, bebida.

Eu finalmente entro na água quente e relaxante da banheira, e a espuma se ergue feito chantilly num milkshake. Ela faz cócegas no meu nariz e cobre meu corpo, transborda e flutua para o chão, onde desaparece lentamente com um barulho crepitante. Eu me recosto para trás e fecho os olhos, sentindo bolhinhas minúsculas estourarem por todo o meu corpo assim que tocam minha pele... Ouço uma batida na porta.

Eu a ignoro.

Então outra batida, um pouco mais alta dessa vez.

Continuo sem responder.

Pou! Pou!

— O que foi? — grito.

— Ah, desculpa, achei que você tivesse dormido ou algo do tipo, meu amor.

— Estou na banheira.

— Eu sei. Tem que tomar cuidado com essas coisas. Poderia cochilar e escorregar para debaixo d'água e se afogar. Aconteceu com uma das primas da Amelia. Você conhece a Amelia. Visita Joseph de vez em quando, no fim da rua. Mas ela não passa mais tanto lá por causa do acidente com a banheira.

— Pai, agradeço a preocupação, mas estou bem.

— Tá bom.

Silêncio.

— Na verdade, não é isso, Gracie. Eu só estava me perguntando quanto tempo você vai ficar aí.

Pego o pato de borracha amarelo na lateral da banheira e o estrangulo.

— Meu amor? — chama ele baixinho.

Seguro o pato embaixo d'água, tentando afogá-lo. Então o solto, e ele flutua até a superfície de novo, os mesmos olhos tolos me encarando. Inspiro profundamente, expiro devagar.

— Uns vinte minutos, pai, tudo bem?

Silêncio.

Fecho os olhos de novo.

— Hum, meu amor? É só que você já está aí dentro há uns vinte minutos, e você sabe como minha próstata é...

Paro de ouvir, porque estou saindo da banheira com a graciosidade de uma piranha na hora da refeição. Meus pés guincham no chão do banheiro, água se espirra para todo lado.

— Tudo bem aí, Shamu? — Meu pai gargalha ruidosamente da própria piada.

Jogo uma toalha ao redor do corpo e abro a porta.

— Ah, Willy está livre. — Ele sorri.

Faço uma reverência e estendo o braço para a privada.

— Sua carruagem o aguarda, senhor.

Constrangido, ele entra arrastando os pés e tranca a porta.

Molhada e tremendo, dou uma olhada nas garrafas de vinho tinto no frigobar. Pego uma e analiso o rótulo. Imediatamente, uma imagem se acende em minha cabeça, tão vívida que eu sinto como se meu corpo tivesse sido transportado.

Uma cesta de piquenique com essa garrafa dentro, um rótulo idêntico, toalha xadrez branca e vermelha estendida sobre a grama, uma menininha loira girando e girando num tutu cor-de-rosa. O vinho girando e girando numa taça. O som da risada dela. Pássaros cantando. Risadas de criança a distância, cachorros latindo. Estou deitada na toalha quadriculada, sem sapatos, com a calça enrolada sobre os tornozelos. Tornozelos *peludos*. Sinto o sol quente na minha pele, a menininha dança e gira em frente a ele, às vezes bloqueando a luz forte, em outras gira para o outro lado e o brilho vem em meus olhos. A mão de alguém aparece à minha frente, segurando uma taça de vinho tinto. Olho para o rosto dela. Cabelo ruivo, leves sardas, sorriso amoroso. Direcionado a mim.

— Justin — cantarola ela. — Terra para Justin!

A menininha está rindo e girando, o vinho está girando, o longo cabelo ruivo voa na leve brisa…

Então tudo some. Estou de volta ao quarto de hotel, parada na frente do frigobar, meu cabelo pingando água no carpete. Meu pai está me analisando, me observando com curiosidade, mão suspensa no ar como se estivesse em dúvida sobre me tocar ou não.

— Terra para Joyce — cantarola ele.

Limpo a garganta.

— Acabou?

Meu pai assente e o olhar dele me segue até o banheiro. No caminho, eu paro e me viro.

— Aliás, eu reservei um espetáculo de balé para essa noite, se você quiser ir. Precisamos sair em uma hora.

— Tá bom, meu amor. — Ele assente suavemente e me observa com um olhar de preocupação familiar. Eu já vi aquele olhar quando criança, já vi quando adulta e um milhão de vezes no meio tempo. É como se eu tivesse acabado de tirar as rodinhas da bicicleta e ele estivesse correndo ao meu lado, me segurando firme, com medo de me soltar.

VINTE E QUATRO

Meu pai respira com dificuldade ao meu lado e se apoia em meu braço com firmeza enquanto nos aproximamos lentamente de Covent Garden. Com a mão livre, eu tateio meus bolsos em busca de seu remédio para o coração.

— Pai, a gente com certeza vai pegar um táxi na volta, e eu não aceito não como resposta.

Ele para e olha para a frente, respirando fundo.

— Você está bem? É o seu coração? É melhor nos sentarmos? Pararmos para descansar? Voltarmos para o hotel?

— Cala a boca e olha ao redor, Gracie. Não é só meu coração que tira meu fôlego, sabe.

Olho ao redor, e ali está, a Royal Opera House, suas colunas iluminadas para o espetáculo da noite, um tapete vermelho cobrindo a calçada e multidões em fila entrando pelas portas.

— Você precisa curtir os momentos, meu amor — diz papai, absorvendo a cena à frente. — Não saia entrando de cabeça em tudo que nem um touro na arena.

Como reservamos nossos ingressos muito em cima da hora, ocupamos os assentos baixos localizados quase no topo do enorme teatro. A posição não é boa, mas tivemos sorte só de conseguir ingressos. A vista do palco é limitada, mas a vista dos camarotes à nossa frente é perfeita. Estreitando os olhos nos binóculos posicionados ao lado do assento, eu espio as pessoas enchendo os camarotes. Nenhum sinal do americano. *Terra para Justin?* Ouço a voz da mulher na minha cabeça e me pergunto se a teoria de Frankie sobre ver o mundo pelos olhos dele estava correta.

Papai está encantado com a nossa vista.

— Conseguimos os melhores assentos da casa, meu amor, olha. — Ele se debruça por cima da sacada e sua boina quase cai da cabeça. Seguro o braço dele e o puxo para trás. Ele tira a foto da mamãe do bolso e a coloca no parapeito de veludo. — Melhores assentos da casa, sem dúvida — diz ele, os olhos se enchendo de lágrimas.

A voz nos alto-falantes faz uma contagem regressiva para os retardatários e, finalmente, a cacofonia da orquestra se conclui, as luzes diminuem e o silêncio se instala para que a magia comece. O maestro bate a batuta, e a orquestra toca as notas de abertura do balé de Tchaikovsky. Tirando a risada desdenhosa do meu pai quando o dançarino principal aparece no palco de legging, o espetáculo se desenrola tranquilamente, e nós dois estamos arrebatados pela história do *Lago dos Cisnes*. Desvio o olhar da festa do príncipe e analiso as pessoas sentadas nos camarotes. Estão felizes, seus olhos dançando ao acompanhar os dançarinos. É como se uma caixinha de música tivesse sido aberta, derramando melodia e luz, encantando todos que a assistem com sua mágica. Continuo a espiá-los pelos meus binóculos, seguindo de um lado para o outro pela fileira de rostos desconhecidos até que... Meus olhos se arregalam quando eu chego ao rosto familiar, o homem do salão, que agora eu sei, por meio da biografia de Bea no programa da peça, que é o Sr. Hitchcock. *Justin Hitchcock?* Ele observa o palco, encantado, tão inclinado sobre a sacada que parece que vai cair por cima da beirada.

Papai me dá uma cotovelada.

— Dá para parar de olhar ao redor e se concentrar no palco? Ele está prestes a matá-la.

Eu me viro para o palco e tento manter o olhar no príncipe saltitando com seu arco, mas não consigo. Como um ímã, meu olhar volta ao camarote, ansiosa para ver com quem o sr. Hitchcock está sentado. Meu coração martela tão alto que eu só percebo agora que as batidas não fazem parte da trilha de Tchaikovsky. Ao lado dele está a mulher de cabelo longo e ruivo e leves sardas, que segura a câmera nos meus sonhos. Ao lado dela tem um cavalheiro de aparência dócil e, atrás deles, apertados um contra o outro, há um rapaz puxando a gravata com desconforto, uma mulher de cabelo vermelho volumoso e um homem gordo. Folheio os arquivos da minha memória como um álbum de fotos. O menino gordinho da cena com o sprinkler e a gangorra? Talvez. Mas os outros dois eu não conheço. Levo o olhar de volta para Justin Hitchcock e sorrio, achando seu rosto mais interessante do que a ação no palco.

De repente a música muda, a luz refletida no rosto dele pisca e sua expressão se altera. Sei instantaneamente que Bea está no palco, e me viro para olhar. Lá está ela, em meio ao bando de cisnes, se movendo graciosamente em perfeita sincronia, usando um vestido branco justo com tutu branco longo e desfiado, que lembra penas. Seu cabelo loiro está preso num coque alto, coberto por uma redinha. Lembro da imagem dela no parque quando pequena, girando e girando em seu tutu, e me encho de orgulho. Como ela foi longe. Como está crescida. Meus olhos se enchem de lágrimas.

— Ah, olha, Justin — diz Jennifer ao lado dele, sem fôlego.

Ele está olhando. Não consegue tirar os olhos da filha, uma visão em branco, dançando em perfeita sincronia com o bando de cisnes, nem um movimento errado. Ela parece tão crescida, tão... como isso aconteceu? Parece que ontem mesmo ela estava girando para ele e Jennifer no parque em frente à casa deles, uma menininha sonhadora com um tutu, e agora... Seus olhos se enchem de lágrimas, e ele olha para Jennifer a fim de trocar um olhar, compartilhar o momento, mas, ao mesmo tempo, ela busca a mão de Laurence. Ele desvia o olhar depressa, de volta para a filha. Uma lágrima cai, e ele pega o lenço no bolso da frente.

Um lenço é erguido até meu rosto, capturando uma lágrima antes que pingue do meu queixo.

— Por que você está chorando? — pergunta meu pai em voz alta, secando meu queixo com força enquanto a cortina se fecha para o intervalo.

— Só estou muito orgulhosa de Bea.

— Quem?

— Ah, nada… Eu só acho que é uma bela história. O que acha?

— Eu acho que aqueles caras com certeza estão com meias enfiadas nas calças.

Dou uma risada e seco os olhos.

— Acha que a mamãe está gostando?

Ele sorri e encara a foto.

— Deve estar, ela não se virou nem uma vez desde o começo. Ao contrário de você, que não para quieta. Se eu soubesse que gosta tanto de binóculos já teria levado você para olhar os pássaros há muito tempo. — Ele suspira e olha ao redor. — Os caras do Clube da Segunda não vão nem acreditar nisso. Donal McCarthy, é melhor ficar de olho. — Ele dá uma risadinha.

— Você sente falta dela?

— Faz dez anos, meu amor.

A indiferença dele me magoa. Cruzo os braço e desvio o olhar, espumando de raiva silenciosamente.

Meu pai chega mais perto e me dá um empurrãozinho.

— E, todo dia, eu sinto mais falta dela do que no dia anterior.

Ah. Eu me sinto imediatamente culpada pelos meus sentimentos.

— É feito o meu jardim, meu amor. Tudo cresce. Inclusive o amor. E com esse crescimento diário, como você pode esperar que ela deixe de fazer falta? Tudo se fortalece, inclusive a nossa habilidade de lidar com isso. É assim que continuamos a viver.

Concordo com a cabeça, impressionada com as coisas que ele fala às vezes. As filosóficas e as outras. E isso vindo de um homem que está me chamando de prole desde que pousamos.

— E eu pensei que você só gostasse de mexer na terra. — Sorrio.

— Ah, mexer na terra é importante. Sabia que Thomas Berry disse que a jardinagem é uma participação ativa nos mistérios mais profundos do universo? Aprendemos lições ao mexer na terra.

— Tipo o quê? — Tento não sorrir.

— Bem, até num jardim há parasitas, amor. Eles crescem naturalmente, por conta própria. Chegam de fininho e sufocam as plantas que estão crescendo no mesmo solo que eles. Todos nós temos nossos demônios, nosso botão de autodestruição. Mesmo em jardins. Por mais bonitos que sejam. Se você não mexe na terra, não repara.

Ele me encara e eu desvio o olhar, preferindo limpar minha garganta já limpa.

Às vezes eu queria que ele ficasse apenas rindo de homens de leggings.

— Justin, nós vamos ao bar, você vem? — pergunta Doris.

— Não — diz ele, emburrado feito uma criança, os braços cruzados.

— Por que não? — Al se senta ao lado dele.

— Eu só não quero. — Ele pega os binóculos e começa a brincar com eles.

— Mas você vai ficar aqui sozinho.

— E daí?

— Sr. Hitchcock, quer que eu pegue uma bebida? — pergunta Peter, namorado de Bea.

— Sr. Hitchcock era meu pai, você pode me chamar de Al. Que nem a música. — Ele dá um soco brincalhão no ombro dele, que o empurra alguns passos para trás.

— Tá bom, Al, mas eu estava falando com Justin.

— *Você* pode me chamar de sr. Hitchcock. — Justin o olha como se ele estivesse fedendo.

— Nós não precisamos nos sentar com Laurence e Jennifer, sabe.

Laurence. Laurence de Ahernia, que tem elefantite no...

— Precisamos sim, Al, não seja ridículo — interrompe Doris.

Al suspira.

— Bem, responde o Pete, você quer que a gente traga uma bebida para você?

Sim. Mas Justin não consegue se forçar a falar e, em vez disso, assente de cara fechada.

— Certo, voltamos em quinze minutos.

Al dá um tapinha reconfortante no ombro do irmão antes de sair com o resto do grupo e deixá-lo sozinho no camarote, remoendo sobre

Laurence, Jennifer. Bea, Chicago. Londres, Dublin e agora Peter, se perguntando como sua vida acabara assim.

Dois minutos depois e já cansado de sentir pena de si mesmo, ele pega os binóculos e começa a espiar as pessoas sentadas abaixo dele que ficaram em seus assentos durante o intervalo. Ele avista um casal brigando, gritando um com o outro. Outro casal se beijando, pegando seus casacos e correndo para a saída. Espia uma mãe dando bronca no filho. Um grupo de mulheres rindo juntas. Um casal sem se falar, ou que não tem nada a dizer um ao outro. Ele preferiria a última opção. Nada de empolgante. Ele passa para os camarotes à sua frente. Estão vazios, todo mundo preferiu aproveitar suas bebidas reservadas no bar próximo. Ele vira o pescoço para olhar mais para cima.

Como alguém consegue ver qualquer coisa lá de cima?

Encontra algumas pessoas, como todo o resto, só papeando. Ele segue da direita para a esquerda. Então para. Esfrega os olhos. Só pode estar delirando. Semicerra os olhos de novo pelos binóculos e, de fato, ali está ela. Com o velho. Todas as cenas da vida dele estavam começando a parecer uma página de *Onde está Wally?*

Ela também está olhando pelos binóculos, escrutinando a multidão abaixo de ambos. Então ela ergue os binóculos, vira lentamente para a direita e... os dois paralisam, se encarando através das lentes. Ele ergue lentamente o braço. Acena.

Ela lentamente faz o mesmo. O senhor ao lado dela coloca os óculos e olha na direção dele, a boca se abrindo e fechando sem parar.

Justin mantém a mão levantada, tenta fazer um sinal de "espera". *Calma aí, eu vou até você.* Ele ergue o indicador, como se tivesse acabado de ter uma ideia. *Um minuto. Calma aí, só vou levar um minuto*, ele tenta sinalizar.

Ela faz um joinha para ele, que sorri.

Ele larga os binóculos e se levanta imediatamente, tomando nota do lugar exato onde ela está sentada. A porta do camarote se abre e Laurence entra.

— Justin, pensei que talvez a gente pudesse trocar uma palavrinha — diz ele com educação, batucando com os dedos nas costas da cadeira que os separa.

— Não, Laurence, agora não, desculpa. — Ele tenta passar por ele.

— Prometo não ocupar muito do seu tempo. Só alguns minutos enquanto estamos a sós. Para melhorar o clima, sabe? — Ele abre um botão do blazer, alisa a gravata e fecha o botão de novo.

— É, eu agradeço, amigão, de verdade, mas estou com muita pressa agora. — Ele tenta desviar dele, mas Laurence se mexe para bloqueá-lo.

— Pressa? — diz ele, erguendo a sobrancelha. — Mas o intervalo está prestes a terminar e... ah. — Ele para, chegando a uma conclusão. — Entendo. Bem, eu só pensei que não custava tentar. Se você ainda não está pronto para essa conversa, é compreensível.

— Não, não é isso. — Justin olha pelos binóculos e mira em Joyce, em pânico. Ela continua lá. — É só que eu realmente estou com pressa para encontrar uma pessoa. Preciso ir, Laurence.

Jennifer entra bem na hora em que ele fala isso. O rosto dela fica impassível.

— Sinceramente, Justin. Laurence só quis ser cavalheiro e conversar com você como um *adulto*. Às vezes parece que você se esqueceu como ser um. Apesar de eu não saber por que isso me surpreende.

— Não, não, olha, Jennifer. — *Eu costumava te chamar de Jen. Tão formal agora, muito diferente daquele memorável dia no parque, quando estávamos tão felizes, tão apaixonados.* — Eu *realmente* não tenho tempo para isso agora. Você não entende, eu preciso ir.

— Você não pode ir. O balé vai recomeçar em cinco minutos e sua filha estará no palco. Não me diga que também vai dar as costas para ela por causa de um orgulho masculino ridículo.

Doris e Al entram no camarote, enchendo completamente o espacinho e bloqueando o caminho dele até a porta. Al segura um copão de refrigerante e um saco enorme de batatas chips.

— Fala para ele, Justin. — Doris cruza os braços e tamborila no braço fino com as longas unhas postiças cor-de-rosa.

Justin grunhe.

— Falar o quê?

— *Lembre* seu irmão da doença cardíaca na sua família para que ele pense duas vezes antes de comer e beber essa porcaria.

— Que doença cardíaca? — Justin põe as mãos na cabeça enquanto, ao seu lado, Jennifer tagarela sem parar no que parece a voz da professora do Charlie Brown. Só o que ele ouve é *wah, wah, wah*.

— Seu *pai*, que morreu de um *infarto* — fala ela com impaciência. Justin paralisa.

— O médico não disse que isso necessariamente aconteceria comigo — resmunga Al para a esposa.

— Ele disse que havia uma bela chance. Se houver histórico na família.

A voz de Justin lhe soa como se viesse de outro lugar.

— Não, não, eu realmente não acho que você precisa se preocupar com isso, Al.

— Viu? — Ele olha para Doris.

— Não foi isso que o médico disse, querido. Temos que tomar mais cuidado se houver histórico na família.

— Não, não tem histórico na... — Justin se interrompe. — Olha, eu realmente preciso ir agora. — Ele tenta sair do camarote lotado.

— Não precisa coisa nenhuma. — Jennifer o bloqueia. — Você não vai a alugar algum até *pedir desculpas* para Laurence.

— Está tudo bem, Jen — diz Laurence, sem graça.

Eu a chamo de Jen, não você!

— Não está não, querido.

Eu sou o querido dela, não você!

Vozes vêm de todos os lados, *wah*, ele é incapaz de distinguir as palavras. Está com calor, suado, tonto.

De repente, as luzes diminuem e a música começa e ele não tem opção a não ser se sentar de novo, ao lado de uma Jennifer enfurecida, um Laurence ofendido, um Peter silencioso, uma Doris preocupada e um Al faminto, que decide devorar o pacote de batatas chips ruidosamente de seu lado esquerdo.

Ele suspira e ergue o olhar para Joyce.

Socorro.

* * *

Parece que o bate-boca no camarote do sr. Hitchcock acabou, mas, ao apagar das luzes, eles continuam de pé. Quando as luzes se acendem de novo, todos estão sentados com expressões pétreas, com exceção do homem nos fundos, que come um grande saco de batatas. Eu passei os últimos minutos ignorando meu pai, optando por investir meu tempo num curso intensivo em leitura labial. Se entendi bem, a conversa deles envolveu shows de comédia e bananas grelhadas.

Bem no fundo, meu coração ressoa feito um tambor, batidas graves e agudas chegando ao fundo do meu peito. Sinto-as na base da garganta, latejando, e tudo porque ele me viu, ele queria vir até mim. Fico aliviada em saber que seguir meus instintos, apesar de confusos, valeu a pena. Levo algum tempo para conseguir me concentrar em qualquer coisa além de Justin, mas quando acalmo um pouco os nervos, volto minha atenção para o palco, onde Bea tira meu fôlego e me faz fungar durante toda a apresentação feito uma tia orgulhosa. Neste momento, sou tomada por uma forte consciência de que as únicas pessoas que têm essas lembranças maravilhosas e felizes no parque são Bea, sua mãe, seu pai... e eu.

— Pai, posso te perguntar uma coisa? — sussurro, me inclinando para perto dele.

— Ele acabou de dizer para aquela garota que a ama, mas ela é a garota errada. — Ele revira os olhos. — Tapado. A garota cisne estava de branco e essa está de preto. Elas não têm nada a ver uma com a outra.

— Ela poderia ter trocado de roupa para o baile. Ninguém usa a mesma coisa todo dia.

Ele me olha de cima a baixo.

— Você só tirou o seu roupão *um dia* na semana passada. Enfim, o que você quer?

— Bem, é que eu, hum, aconteceu uma coisa e, bem...

— Desembucha, caramba, antes que eu perca mais uma parte.

Desisto de sussurrar no ouvido dele e me viro para encará-lo.

— Eu recebi uma coisa, ou melhor, uma coisa muito especial foi *compartilhada* comigo. É completamente inexplicável e não faz

sentido nenhum, de um jeito meio Nossa Senhora de Knock, sabe?
— Dou uma risada nervosa e paro depressa ao ver o rosto dele.

Não, ele não sabe. Meu pai parece bravo por eu ter usado a aparição de Maria no Condado de Mayo durante os anos 1870 como um exemplo de disparate.

— Ok, talvez tenha sido um exemplo ruim. O que eu quero dizer é: isso é diferente de tudo que já vi. Eu simplesmente não entendo *por que* aconteceu.

— Gracie. — Papai ergue o queixo. — Knock, assim como o resto da Irlanda, passou por muito sofrimento ao longo dos séculos por causa de invasões, despejos e fome, e o Nosso Senhor mandou Sua Mãe, a Virgem Santa, para visitar Seus filhos oprimidos.

— Não. — Eu espalmo a mão sobre o rosto. — Não me refiro ao porquê de Maria ter aparecido, me refiro ao porquê de essa... essa *coisa* ter acontecido comigo. Essa coisa que eu recebi.

— Ah. Bem, ela está fazendo mal a alguém? Porque, se não estiver e se você a recebeu, eu pararia logo de chamar de "coisa" e começaria a falar "presente". Olha os dois dançando. Ele acha que ela é a garota cisne. Não é possível que não esteja vendo o rosto dela. Ou será que é como o Super-Homem quando tira os óculos e de repente fica completamente diferente, mesmo que esteja óbvio que é a mesma pessoa?

Um presente. Eu nunca pensei desse jeito. Olho para os pais de Bea, cheios de orgulho, e penso em Bea antes do intervalo, flutuando pelo palco com seu bando de cisnes. Nego com a cabeça. Não. Não está fazendo mal a ninguém.

— Então pronto. — Papai dá de ombros.

— Mas eu não entendo *por que* e *como* e...

— Qual é a das pessoas hoje em dia? — sibila ele, e o homem ao meu lado se vira. Sussurro um pedido de desculpas.

— Na minha época, as coisas *simplesmente eram*. Nada de analisar tudo uma centena de vezes. Nada desses cursos de faculdade com pessoas se graduando em Por Quês e Comos e Por Quais Motivos. Às vezes, meu amor, você precisa esquecer todas essas palavras e se matricular numa aulinha chamada "Gratidão". Olha só essa história. — Ele aponta para o palco. — Você está ouvindo alguém reclamando do fato de *ela*, uma *mulher*, ter sido transformada num *cisne*? Você já ouviu algo mais absurdo do que isso?

Balanço a cabeça, sorrindo.

— Você conheceu alguém nos últimos tempos que por acaso foi transformado num cisne?

Dou uma risada e sussurro:

— Não.

— Ainda assim, olha só para isso. Essa droga é famosa no mundo inteiro há séculos. Temos descrentes, ateus, intelectuais, céticos, *ele*. — Ele aponta com a cabeça para o homem que nos silenciou. — Todo tipo de gente aqui essa noite, mas todos eles querem ver aquele cara de calça justa ficar com a garota cisne no final, para ela poder sair daquele lago. Só com o amor de quem nunca amou antes o feitiço pode ser quebrado. Por quê? Quem liga para um *por quê*? Você acha que a mulher com as penas vai perguntar *por quê*? Não. Ela vai dizer *obrigada*, porque aí poderá seguir em frente, usar belos vestidos e sair para caminhar, em vez de ter que bicar pão molhado num lago fedido todos os dias até o fim da vida.

Fico num silêncio atônito.

— Agora, *shh*, estamos perdendo o espetáculo. Ela quer se matar agora, viu? Isso sim é ser dramática. — Ele apoia os cotovelos no parapeito e se inclina mais para a frente, sua orelha esquerda mais inclinada na direção do palco do que os olhos, quase como se estivesse ouvindo uma fofoca.

VINTE E CINCO

Durante os aplausos de pé, Justin espia o pai de Joyce a ajudando a vestir um casaco vermelho, o mesmo que usava quando se esbarraram na Grafton Street. Ela começa a avançar para a saída mais próxima junto com o pai.

— Justin — diz Jennifer, repreendendo o ex-marido, que se ocupa olhando para cima com os binóculos em vez da filha se curvando no palco.

Ele baixa os binóculos e aplaude alto, gritando.

— Ei, gente, vou até o bar e pegar uns lugares bons para nós. — Ele começa a se mover na direção da porta.

— Já está reservado — grita Jennifer para ele por cima dos aplausos.

Ele leva a mão ao ouvido e balança a cabeça.

— Não consigo ouvir.

Ele escapa e corre pelos corredores, tentando encontrar a escada para os assentos de cima. As cortinas devem ter baixado pela última vez, pois as pessoas começam a sair de seus camarotes, lotando os corredores e impossibilitando a passagem de Justin.

Ele muda de planos: vai correr até a saída e esperar por ela lá. Assim não vai perdê-la.

— Vamos tomar alguma coisa, meu amor — diz meu pai enquanto seguimos lentamente a multidão em direção à saída. — Eu vi um bar neste andar.

Paramos para ler algumas instruções.

— Tem o Amphitheatre, por aqui — informo, tentando localizar Justin Hitchcock.

Uma lanterninha anuncia que o bar é aberto apenas para elenco, equipe e familiares.

— Que ótimo, assim vamos ter um pouco de sossego — diz meu pai para ela ao passar, tirando a boina para cumprimentá-la. — Ah, você devia ter visto minha neta lá em cima. Nunca senti tanto orgulho — conclui ele, levando a mão ao coração.

A mulher sorri e permite que entremos.

— Vamos, pai. — Depois de comprarmos nossas bebidas, eu o arrasto até o fundo do cômodo para ocupar uma mesa no canto mais distante, longe da multidão crescente.

— Se eles tentarem nos expulsar, Gracie, eu não vou deixar minha cerveja. Acabei de me sentar.

Mexo as mãos com nervosismo e me agito na beira do assento, procurando por ele. *Justin*. O nome dele gira na minha cabeça, brinca na minha língua feito pinto no lixo.

As pessoas vão saindo do bar até que só sobra familiares, equipe e elenco. Ninguém volta a nos abordar para nos guiar para fora, talvez uma das vantagens de estar com um idoso. A mãe de Bea entra com as duas pessoas desconhecidas do camarote e o homem que eu reconheço. Mas nada de sr. Hitchcock. Meus olhos disparam pelo cômodo.

— Ali está ela — sussurro.

— Quem?

— Uma das bailarinas. Ela era um dos cisnes.

— Como você sabe? Elas parecem todas iguais. Até aquele idiota achou que elas fossem iguais. Ora, ele não professou seu amor para a mulher errada? Que tapado.

Não há sinal de Justin, e eu começo a temer que essa tenha sido outra oportunidade desperdiçada. Talvez ele tenha ido embora mais cedo e nem mesmo venha para o bar.

— Pai — digo com urgência —, eu só vou dar uma volta para procurar alguém. Por favor, *não* saia daí. Já volto.

— O único movimento que eu vou fazer é esse aqui. — Ele pega o copo e leva aos lábios. Dá um gole na cerveja, fecha os olhos e aprecia o sabor, deixando um bigode branco ao redor da boca.

Saio correndo do bar e perambulo pelo enorme teatro, sem saber ao certo onde começar a procurar. Espero alguns momentos em frente ao banheiro masculino mais perto, mas ele não aparece. Olho na direção do assento dele, mas está vazio.

Justin desiste de esperar na saída quando as últimas pessoas passam por ele. Ele deve tê-la perdido e foi idiota em pensar que só havia uma saída. Suspira de frustração. Deseja poder voltar no tempo para o dia do salão e reviver o momento direito dessa vez. O bolso dele vibra, despertando-o de seu devaneio.

— Mano, cadê você?
— Oi, Al. Eu vi a mulher de novo.
— A mulher da Sky News?
— É!
— A viking?
— É, é, ela.
— A mulher do *Antiques Roads*...
— Sim! Pelo amor de Deus, a gente precisa passar por isso de novo?
— Ei, você já pensou que ela pode ser uma stalker?
— Como ela pode ser uma stalker se eu que vivo atrás dela?
— Ah, é. Bem, talvez você seja o stalker e não saiba.
— Al... — Justin range os dentes.
— Que seja, volta para cá correndo antes que Jennifer dê um chilique. Outro.

Justin suspira.
— Estou indo.

Ele fecha o celular com um estalo e dá uma última olhada na rua. Algo chama sua atenção na multidão, um casaco vermelho. Ele é banhado por adrenalina. Corre para o lado de fora, empurrando as pessoas na multidão que se dispersa lentamente, o coração martelando, os olhos fixos no casaco.

— Joyce! — chama ele. — Joyce, espera! — grita ele mais alto.

Ela continua andando, incapaz de ouvi-lo.

Ele empurra e esbarra, é xingado e cotovelado por todos ao passar, até que finalmente chega a centímetros dela.

— Joyce — diz ele sem fôlego, estendendo a mão e pegando o braço dela. Ela dá um giro, o rosto contorcido de surpresa e medo. Um rosto desconhecido.

Ela bate na cabeça dele com a bolsa de couro.

— Ai! Ei! Meu Deus!

Ele pede desculpas e volta lentamente para o teatro, tentando recuperar o fôlego, esfregando a cabeça dolorida, xingando e resmungando de frustração. Chega à porta principal. Ela não abre. Ele tenta de novo com delicadeza, então a sacode de leve algumas vezes. Em seguida, puxa e empurra a porta com toda a força, chutando-a de frustração.

— Ei, ei, ei! Estamos fechados! O teatro está fechado! — informa um funcionário do outro lado do vidro.

Quando volto para o bar, fico grata por ver meu pai sentado no canto onde eu o deixei. Só que desta vez ele não está sozinho. Sentada na cadeira ao lado dele, com a cabeça próxima da dele como se estivessem numa conversa intensa, está Bea. Entro em pânico e corro até eles.

— Oi. — Eu me aproximo deles, aterrorizada com as possibilidades do que já poderia ter saído da boca de papai.

— Ah, aí está você, meu amor. Achei que tivesse me abandonado. Essa moça gentil veio ver se eu estava bem, já que tentaram me expulsar de novo.

— Eu sou a Bea. — Ela sorri, e eu não consigo me impedir de notar como ela está crescida. Como está segura e confiante. Quase tenho vontade de dizer que, da última vez que eu a vi, ela era "desse tamanho", mas me impeço de fazer alarde sobre sua extraordinária transformação em adulta.

— Olá, Bea.

— Eu te conheço? — Linhas de expressão aparecem em sua testa de porcelana.

— Bem…

— Essa é minha filha, Gracie — intervém meu pai, e, dessa vez, eu não o corrijo.

— Ah, Gracie. — Bea balança a cabeça. — Não. Eu estava pensando em outra pessoa. Prazer em conhecê-la.

Trocamos um aperto de mão, e talvez eu tenha me prolongado um pouquinho, encantada pela sensação da pele dela, agora real, não só numa lembrança. Eu a solto depressa.

— Você estava maravilhosa essa noite. Fiquei tão orgulhosa — digo, sem ar.

— Orgulhosa? Ah, sim, seu pai me disse que você criou os figurinos. — Ela sorri. — Estavam lindos. Estou surpresa por nunca ter te conhecido, era Linda que estava conosco durante as provas.

Meu queixo cai, papai dá de ombros com nervosismo e toma um gole do que parece ser um novo copo de cerveja. Uma nova mentira para uma nova cerveja. O preço da alma dele.

— Ah, eu não os criei... Eu só... — Você só o quê, Joyce? — Eu só supervisionei — digo estupidamente. — O que mais ele anda te dizendo? — Eu me sento, nervosa, e olho ao redor em busca do pai dela, torcendo para ele não escolher aquele momento para entrar e me cumprimentar bem no meio dessa mentira ridícula.

— Bem, logo antes de você chegar ele estava me contando que já salvou a vida de um cisne. — Ela sorri.

— Sozinho — adicionam os dois em uníssono e riem.

— Ha-ha. — Forço, e a risada soa falsa. — É mesmo? — pergunto a ele, desconfiada.

— Ah, mulher de pouca fé. — Papai dá outro gole. Tem 75 anos e já tomou um conhaque e meio litro de cerveja; será expulso já. Só Deus sabe o que dirá. Temos que ir embora logo.

Ele continua com ar de superioridade:

— Ah, meninas, é ótimo salvar uma vida, de verdade. Só quem já salvou uma sabe.

— Meu pai, o herói. — Sorrio.

Bea ri do meu pai.

— Você fala igualzinho ao meu pai.

Meus ouvidos se aguçam.

— Ele está aqui?

Ela olha ao redor.

— Não, ainda não. Eu não sei *onde* ele se meteu. Provavelmente está se escondendo da minha mãe e do novo namorado dela, para não falar do meu namorado. — Ela dá uma risada. — Mas essa é outra história. Enfim, ele se acha o Super-Homem...

— Por quê? — interrompo, e tento me controlar.

— Há mais um menos um mês, ele doou sangue. — Ela sorri e ergue as mãos. — Tcharam! Só isso! — Ela ri. — Mas ele acha que é algum tipo de herói que salvou a vida de alguém. Quer dizer, sei lá, talvez tenha salvo. Ele *só* fala disso. Doou numa unidade móvel na faculdade onde estava dando uma aula... vocês provavelmente conhecem, fica em Dublin. Trinity College. Enfim, eu não ligaria para isso, mas ele só doou porque a médica era bonitinha e por causa daquele negócio chinês, como se chama? O negócio no qual você salva a vida de alguém e ele deve a você para sempre ou algo assim?

Papai dá de ombros.

— Eu não falo chinês. Nem conheço nenhum. Mas ela come a comida deles o tempo todo. — Ele aponta com a cabeça para mim. — Arroz com ovos ou algo assim. — Ele faz uma careta.

Bea dá uma risada.

— Enfim, ele acha que, ao salvar a vida de alguém, merecia receber gratidão todo dia para o resto da vida da pessoa que *salvou*.

— E como a pessoa faria isso? — Papai se debruça para a frente.

— Mandando uma cesta de muffins, buscando a roupa dele na lavanderia, jornal e café na porta dele toda manhã, carro com motorista, ingressos de primeira fila para a ópera... — Ela revira os olhos, então franze a testa. — Não lembro mais o quê, mas a lista era ridícula. De qualquer maneira, eu disse a ele que faria mais sentido ele contratar alguém se quisesse esse tipo de tratamento, não salvar uma vida. — Ela ri, e meu pai também.

Faço um *oh* com a boca, mas nada sai.

— Não me leve a mal, ele é um cara muito legal — adiciona, interpretando mal meu silêncio. — E eu fiquei orgulhosa dele por doar sangue, já que ele tem um pavor absoluto de agulhas. Uma fobia *enorme* — explica ela para papai, que assente em concordância. — É ele aqui. — Ela abre o medalhão que tem no pescoço, e se eu havia recuperado a fala, rapidamente a perco de novo.

De um lado do medalhão há uma foto de Bea com a mãe, e do outro uma foto dela quando pequena com o pai, naquele dia de verão no parque que está arraigado com clareza na minha memória. Eu me lembro de como ela deu pulinhos de empolgação e de como levara tempo para fazê-la sentar e ficar parada. Eu me lembro do cheiro do cabelo dela quando ela se sentou no meu colo e grudou a cabeça na minha e gritou "xiiiiis!" tão alto que quase me deixou surda. Ela não tinha feito nada daquilo comigo, é claro, mas eu lembro com o mesmo carinho que sinto pelo dia que passei pescando com meu pai quando criança, sinto as sensações do dia com tanta nitidez quanto sinto a bebida que agora enche minha boca e desce pela garganta. O frio do gelo, o frescor da água mineral. É tudo tão real quanto os momentos passados com Bea no parque.

— Preciso pôr meus óculos para ver isso — diz meu pai, se aproximando e pegando o medalhão dourado entre os dedos. — Onde foi isso?

— No parque perto de nossa antiga casa. Em Chicago. Tinha cinco anos aqui, com meu pai, mas eu amo essa foto. Foi um dia muito especial. — Ela a olha com carinho. — Um dos melhores.

Sorrio também, me lembrando.

— Foto! — exclama alguém no bar.

— Pai, vamos sair daqui — sussurro enquanto Bea se distrai com a comoção.

— Tá bom, meu amor, logo depois dessa cerveja...

— Não! Agora! — sibilo.

— Foto em grupo! Vamos! — diz Bea, pegando o braço do meu pai.

— Ah! — Ele parece satisfeito.

— Não, não, não, não, não, não. — Tento sorrir para esconder o pânico. — A gente realmente precisa ir agora.

— Só uma foto, Gracie. — Ela sorri. — Temos que registrar a responsável por todos esses belos figurinos.

— Não, eu não sou...

— *Supervisora* de figurinos. — Bea se corrige em tom de quem pede desculpas.

Uma mulher do outro lado do grupo me lança um olhar horrorizado ao escutar isso. Meu pai ri. Fico tensa ao lado de Bea, que passa um braço ao meu redor e o outro ao redor da mãe dela.

— Todo mundo diz Tchaikovsky! — grita papai.

— Tchaikovsky! — Todos vibram e riem.

Reviro os olhos.

O flash da câmera pisca.

Justin entra no cômodo.

A multidão se dispersa.

Seguro meu pai e corro.

VINTE E SEIS

De volta ao hotel, está na hora de dormir, para meu pai, que sobe na cama com seu pijama marrom com estampa paisley, e para mim, que estou indo dormir com mais roupas do que costumo usar.

    O quarto está escuro, denso de sombras e nada se mexe, exceto os dígitos vermelhos luminosos informando a hora no painel na base da televisão. Deitada de barriga para cima, eu tento processar os acontecimentos do dia. Meu corpo é novamente tomado por um batuque à medida que meu coração acelera. Sinto suas batidas ricocheteando contra as molas do colchão embaixo de mim. Então a pulsação no meu pescoço vibra tão loucamente que ecoa nos meus tímpanos. Abaixo da minha caixa torácica, sinto como se houvesse dois punhos me esmurrando, querendo sair, e observo a porta do quarto, esperando a chegada de guerreiros tribais, prontos para entrar na festa dando pisadas sincronizadas ao pé da minha cama.

    O motivo desse tambor interno? Minha mente não para de repassar a bomba que Bea soltou há apenas algumas horas. As palavras caíram da sua boca feito um prato caindo de uma bateria. Desde então ele vem rolando pelo chão, e só está parando agora, aterrissando de cara para baixo com um estrondo, dando fim à minha orquestra. A revelação de que o pai de Bea, Justin, doou sangue há um mês em Dublin, o mesmo mês em que eu caí da escada e minha vida mudou para sempre, repassa sem parar na minha mente. Coincidência? Um sim retumbante. Algo mais? Uma possibilidade trêmula. Uma possibilidade *promissora*.

    Mas como saber se uma coincidência é só uma coincidência? E quando, se é que tem alguma vez, ela deve ser vista como algo mais? Seria em um momento como esse? Quando estou perdida e desesperada, sofrendo pela perda de um filho que nunca nasceu e sarando minhas feridas depois de um casamento fracassado? Este, eu descobri, é o momento em que o que antes era nítido tornou-se turvo, e o que antes era considerado bizarro tornou-se possível.

É durante momentos difíceis como este que as pessoas veem com clareza, por mais que outros as observem com preocupação e tentem convencê-las de que elas não são capazes. Mentes pesadas ficam assim por causa de todos os seus novos pensamentos. Quando alguém que passou por problemas, os superou e começou a aceitar suas novas crenças de peito aberto, é visto pelos outros com descrença. Por quê? Porque quando você está com problemas, procura por respostas com mais afinco do que aqueles que estão bem, e são essas respostas que nos ajudam a seguir em frente.

Essa transfusão de sangue... será ela a resposta *correta* ou apenas algo no qual quero acreditar? Eu acho que, em geral, as respostas se apresentam. Elas não estão escondidas embaixo de pedras ou camufladas entre árvores. Estão bem aqui, no nosso nariz. Mas se você não se dá ao trabalho de procurar, então é claro que provavelmente nunca as encontrará.

Então, a explicação para a súbita chegada de lembranças desconhecidas, o motivo de eu ter uma conexão tão profunda com Justin — eu a sinto correndo pelas minhas veias. Será isso que meu coração está gritando dentro de mim? Ele saltita, tentando chamar minha atenção, tentando me alertar de um problema. Inspiro devagar e expiro, fecho os olhos suavemente e coloco as mãos sobre o peito, sentindo o tum-tum, tum-tum que ressoa dentro de mim. Agora é hora de desacelerar tudo, hora de conseguir respostas.

Busco aceitar o absurdo como verdade só por um momento, como pessoas com problemas fazem: se eu de fato recebi o sangue de Justin durante minha transfusão, então agora meu coração está bombeando o sangue dele pelo meu corpo. Parte do sangue que já fluiu pelas veias dele, mantendo-o vivo, agora corre pelas minhas, ajudando a me manter viva. Algo que veio do coração dele, que bate dentro dele, que o fez ser quem é, agora é parte de mim.

A princípio eu estremeço com o pensamento, minha pele se arrepia, mas ao pensar melhor, eu me aconchego na cama e abraço meu corpo. De repente, não me sinto tão solitária, fico satisfeita com a companhia interna. Será essa a razão para a conexão que sinto com ele? Será que o sangue, ao fluir dos canais dele para os meus, me permitiu sintonizar na frequência dele e vivenciar suas lembranças e paixões?

Solto um suspiro cansado, sabendo que nada mais na minha vida faz sentido, e não só desde o dia em que eu caí da escada. Eu já vinha caindo havia muito tempo antes disso. Aquele dia... aquele foi o dia em que eu aterrissei. O primeiro dia do resto da minha vida, e bem possivelmente, graças a Justin Hitchcock.

Hoje foi um dia longo. O problema no aeroporto, o *Antiques Roadshow*, então finalmente a bomba na Royal Opera House. Um tsunami de emoções invadiu minha cabeça em apenas 24 horas, me afogou e me tirou o chão. Sorrio agora, lembrando dos acontecimentos, os momentos preciosos com papai, de chá na mesa da cozinha dele a uma miniaventura em Londres. Abro um sorriso enorme para o teto e agradeço aos céus.

Da escuridão eu ouço um chiado, grasnidos curtos flutuando na atmosfera.

— Pai? — sussurro. — Você está bem?

O chiado fica mais alto, e meu corpo congela.

— Pai?

Então ele solta um riso pelo nariz. E uma grande gargalhada.

— Michael Aspel — fala ele em meio à risada. — Deus do Céu, Gracie.

Sorrio com alívio enquanto sua risada se intensifica, tornando-se tão intensa que ele quase não aguenta. Dou risadinhas da gargalhada dele. Ele ri com mais vontade ao me ouvir e vice-versa. Nossos sons instigam um ao outro. As molas do colchão guincham com o sacodir do meu corpo, nos fazendo gargalhar ainda mais. Lembranças do porta-guarda-chuva, nossa aparição ao vivo na televisão com Michael Aspel, o grupo gritando "Tchaikovsky!" para a câmera, a hilaridade cresce a cada cena.

— Ai, minha barriga — geme ele.

Rolo de lado, com as mãos na barriga.

Meu pai continua a chiar e bate com a mão repetidamente na mesinha de cabeceira que nos separa. Tento parar, o pânico de meu abdômen rígido é dolorido e hilário ao mesmo tempo. Não consigo parar, e os chiados agudos do meu pai me incitam ainda mais. Acho que nunca o ouvi rir tanto e com tanta vontade. Pela luz pálida que entra pela janela ao lado do meu pai, vejo as pernas dele se erguerem no ar e se mexerem com alegria.

— Minha. Nossa. Não. Consigo. Parar.

Chiamos, gritamos e gargalhamos, nos sentamos, nos deitamos, rolamos e tentamos recuperar o fôlego. Paramos momentaneamente e tentamos nos recompor, mas a crise de riso toma nosso corpo de novo, e ficamos rindo na escuridão, de nada e de tudo.

Então nos acalmamos e fazemos silêncio. Papai solta um pum e começamos de novo.

Lágrimas quentes rolam dos meus olhos e escorrem pelas minhas bochechas, que doem de tanto rir, e eu as aperto com as mãos para tentar parar. Penso em como a felicidade e a tristeza são próximas. Enlaçadas uma na outra. Uma linha muito fina as separa, como uma linha de costura que, em meio às emoções, treme, acabando com a fronteira dos opostos. O movimento é suave, feito a linha fina de uma teia de aranha que estremece sob uma gota de chuva. Agora, no meu momento de incontrolável risada, com a barriga e as bochechas doendo, meu corpo rolando de um lado para o outro, abdômen contraído, todos os músculos tensos, meu corpo sacode, atormentado pela emoção e, dessa forma, ultrapassa ligeiramente o limite para dentro da tristeza. Lágrimas tristes escorrem pelas minhas bochechas enquanto minha barriga continua a chacoalhar e doer de felicidade.

Penso em mim e Conor; na rapidez com que um momento de amor era transformado num de ódio. Um comentário bastava. Reflito sobre como o amor e a guerra residem na mesmíssima base. Em como as minhas fases mais sombrias, meus momentos mais assustados, quando enfrentados, se tornavam os de mais coragem. Quando você se sente mais fraca, acaba mostrando mais força, quando está no seu momento mais baixo você é subitamente elevada mais alto do que jamais esteve. Eles todos fazem fronteira um com o outro, esses opostos, e podem mudar depressa. O desespero pode ser alterado por um simples sorriso de um desconhecido; a confiança pode se tornar medo diante da chegada de uma presença desconfortável. Assim como o filho de Kate oscilara sobre a trave de equilíbrio e, num instante, sua empolgação se tornara dor. Tudo está no limite, sempre a ponto de transbordar, um leve tremor, uma trepidação manda tudo para fora. As emoções são similares.

Meu pai para de rir tão abruptamente que eu fico preocupada e estendo a mão para a luz.

O breu se torna claridade num estalo.

Ele olha para mim como se tivesse feito algo errado, mas estivesse com medo de admitir. Afasta as cobertas do corpo e arrasta os pés para o banheiro, pegando sua mala e esbarrando em tudo pelo caminho, se recusando a me olhar. Desvio o olhar. Como um momento tão bom com alguém pode se transformar em constrangimento tão rápido? Como, bem no segundo em que você chega a um beco sem saída, os momentos em que você se convenceu de que sabia exatamente aonde está indo são alterados. Uma percepção em menos de um segundo. Um estalo.

Meu pai volta para a cama usando outra calça de pijama e com uma toalha enfiada embaixo do braço. Apago a luz, ambos estamos quietos agora. A luz se transforma em escuridão de forma rápida novamente. Continuo encarando o teto, me sentindo perdida de novo, quando apenas momentos antes eu fora encontrada. Minhas respostas de minutos atrás voltam a virar perguntas.

— Não consigo dormir, pai. — Minha voz soa infantil.

— Feche os olhos e encare a escuridão, meu amor — responde ele com a voz sonolenta, também soando trinta anos mais novo.

Momentos depois, ouço seus leves roncos. Estava acordado... agora não mais.

Um véu pende entre os dois opostos, uma mera faixa translúcida que nos alerta ou reconforta. Você sente ódio agora, mas olha por esse véu e vê a possibilidade de amor; está triste agora, mas olha para o outro lado e vê felicidade. Da compostura mantida a uma zona completa; tudo acontece num piscar de olhos.

VINTE E SETE

— Muito bem, chamei vocês aqui hoje porque...
— Alguém morreu.
— Não, Kate. — Suspiro.
— Bem, é o que parece... Ai — geme ela quando Frankie, eu presumo, a machuca fisicamente por sua falta de tato.
— E aí, já tiveram overdose de ônibus vermelho? — pergunta Frankie.

Estou sentada à escrivaninha do meu quarto de hotel, ao telefone com as meninas, que estão debruçadas no telefone da casa de Kate, me ouvindo no viva-voz. Eu passara a manhã passeando por Londres com meu pai, tirando fotos dele posando sem jeito em frente a qualquer coisa que lembrasse a Inglaterra: ônibus vermelhos, caixas de correio, cavalos policiais, pubs, o Buckingham Palace e uma travesti totalmente distraída, já que ele estava tão animado em ver "uma de verdade", que não tinha nada a ver com o padre local que enlouquecera e vagava pelas ruas de vestido na cidade natal dele, Cavan, quando ele era jovem.

Enquanto estou sentada à escrivaninha, ele está deitado na cama dele assistindo a uma reprise de *Strictly Come Dancing*, bebendo um conhaque e lambendo o farelo de cebola e *sour cream* de uma caixa de Pringles antes de jogar as batatas moles na lixeira.

— BOA! — grita ele para a televisão, respondendo ao bordão de Bruce Forsyth.

Eu convoquei uma reunião por telefone para contar as últimas notícias, ou para pedir ajuda e tentar confirmar que não estou maluca. Talvez eu tenha sido ambiciosa demais, mas não custa sonhar. Kate e Frankie estão amontoadas em volta do telefone fixo de Kate.

— Um dos seus filhos acabou de vomitar em mim — diz Frankie.
— Seu *filho* vomitou em mim.
— Ah, isso não é vômito, é só um pouco de baba.
— Não, *isso* é baba...
Silêncio.
— Frankie, você é nojenta.
— Tá bom, meninas, meninas, vocês podem parar por favor, só dessa vez?
— Desculpa, Joyce, mas eu não tenho como continuar essa conversa enquanto isso não sair daqui. Está engatinhando por aí, mordendo as coisas, escalando as coisas, babando nas coisas. Está me distraindo. Christian não pode cuidar disso?
Tento não rir.
— Não chame meu filho de "isso". E não, Christian está ocupado.
— Ele está vendo futebol.
— Ele não gosta de ser perturbado, especialmente por você. Nunca.
— Bem, você está ocupada também. Como eu faço isso vir comigo?
Faz-se silêncio.
— Vem cá, menininho — diz Frankie, incerta.
— O nome dele é Sam. Você é madrinha dele, caso também tenha se esquecido.
— Não, eu não esqueci *dessa parte*. Só do nome dele. — A voz dela sai com dificuldade, como se ela estivesse levantando pesos. — Nossa, o que você dá para isso comer?
Sam guincha feito um porquinho.
Frankie dá uma risada pelo nariz.
— Frankie, dá ele para mim. Vou levá-lo para Christian.
— Certo, Joyce — começa Frankie na ausência de Kate. — Pesquisei um pouco sobre a informação que você me deu ontem e trouxe uns papéis comigo, calma aí. — Ouço barulhos de papel.
— Que negócio é esse? — pergunta Kate, voltando.
— É sobre o fato de Joyce ter entrado na mente de um americano e ter pego suas lembranças, habilidades e inteligência — respondeu Frankie.

— O quê? — diz Katie, esganiçada.

— Eu descobri que o nome dele é Justin Hitchcock — informo com empolgação.

— Como? — pergunta Kate.

— O sobrenome dele estava na biografia da filha no programa de balé da noite passada, e o primeiro nome dele, bem, eu ouvi num sonho.

Faz-se silêncio. Reviro os olhos ao imaginá-las trocando *aquele* olhar.

— O que está acontecendo aqui? — pergunta Kate, confusa.

— Pesquisa o nome na internet, Kate — ordena Frankie. — Vamos ver se ele existe.

— Pode acreditar, ele existe — confirmo.

— Não, meu bem, sabe o que é, essas histórias funcionam assim: nós precisamos pensar que você está louca por um tempo antes de acreditar em você. Então deixa a gente pesquisar sobre ele, e partimos daí.

Apoio o queixo na mão e espero.

— Enquanto Kate faz isso, eu dei uma pesquisada no conceito de lembranças compartilhadas...

— O quê? — guincha Kate de novo. — Lembranças compartilhadas? Vocês duas enlouqueceram?

— Não, só eu — respondo em tom cansado, deitando a cabeça na escrivaninha.

— Na verdade, por mais surpreendente que pareça, você não está maluca. Nesse quesito, pelo menos. Fiz umas pesquisas. Pelo visto, você não é a única a se sentir assim.

Me estico na cadeira, subitamente alerta.

— Encontrei sites com entrevistas de pessoas que admitiram ter vivenciado lembranças de outra pessoa e que também adquiriram suas habilidades e seus gostos.

— Ah, vocês duas estão me zoando. Eu sabia que era uma pegadinha, sabia que não era do seu feitio me visitar, Frankie.

— Não é uma pegadinha — afirmo para Kate.

— Então você está realmente tentando me dizer que adquiriu num passe de mágica as habilidades de *outra* pessoa.

— Ela fala latim, francês e italiano — explica Frankie. — Mas nós não falamos nada de mágica. *Isso* seria ridículo.

— E quanto aos gostos? — Kate não está convencida.

— Ela come carne agora — afirma Frankie.

— Mas por que você acha que essas características são de outra pessoa? Por que ela não pode ter aprendido latim, francês e italiano por conta própria e decidido que gosta de carne por conta própria, como uma pessoa normal? Eu agora gosto de azeitona e tenho aversão a queijo, isso significa que meu corpo foi possuído por uma oliveira?

— Não acho que você esteja entendendo. O que te faz pensar que oliveiras não gostam de queijo?

Silêncio.

— Olha, Kate, eu concordo com você sobre a mudança de dieta ser natural, mas, sendo justa, Joyce realmente aprendeu três línguas da noite para o dia sem *de fato* estudá-las.

— Ah.

— E eu tenho sonhos de momentos privados da infância de Justin Hitchcock.

— Onde eu estava enquanto tudo isso acontecia?

— Me fazendo dançar a macarena na Sky News — bufo.

Coloco o telefone no viva-voz e passo os minutos seguintes andando pacientemente de um lado para o outro do quarto e olhando a hora na televisão enquanto Frankie e Kate gargalham com vontade do outro lado da linha.

Meu pai congela no meio da ingestão de Pringles enquanto me acompanha com os olhos.

— Que barulho é esse? — pergunta ele enfim.

— Kate e Frankie rindo — respondo.

Ele revira os olhos e continua comendo suas Pringles, voltando a atenção para o repórter de meia-idade dançando a rumba.

Depois de três minutos, a risada para e eu tiro a ligação do viva-voz.

— Então, como eu estava dizendo — diz Frankie, recuperando o fôlego como se nada tivesse acontecido —, o que você está vivenciando é bem normal... bem, não normal, mas existem outros, hum...

— Doidos? — sugere Kate.

—... *casos* nos quais pessoas relataram coisas parecidas. A única questão é que todas elas fizeram transplantes de coração, o que não tem nada a ver com o que aconteceu com você, o que estraga a teoria.

Tum-tum, tum-tum. Na minha garganta de novo.

— Calma aí — intervém Kate —, uma pessoa diz aqui que é porque ela foi abduzida por alienígenas.

— Para de ler minhas notas, Kate — sibila Frankie. — Eu não ia falar disso.

— Escutem — digo, interrompendo o bate-boca —, ele doou sangue. No mesmo mês em que eu fui parar no hospital.

— E daí? — pergunta Kate.

— Ela recebeu uma transfusão de sangue — explica Frankie. — Não é tão diferente da teoria do transplante de coração que acabei de mencionar.

Ficamos quietas.

Kate quebra o silêncio.

— Certo, eu continuo não entendendo. Alguém explica.

— Bem, é praticamente a mesma coisa, não é? — digo. — Sangue vem do coração.

Kate arqueja.

— Veio direto do coração dele — diz ela em tom sonhador.

— Ah, então agora transfusões de sangue são românticas para você — comenta Frankie. — Deixa eu contar o que encontrei na internet. Devido a relatos de diversos receptores de transplantes de coração alegando efeitos colaterais inesperados, o Channel Four fez um documentário sobre a possibilidade de, ao receber um órgão transplantado, um paciente herdar algumas das lembranças, gostos, desejos e hábitos do doador. O documentário acompanha essas pessoas entrando em contato com as famílias dos doadores em um esforço de entender a nova vida dentro deles. Ele questiona o que a ciência sabe sobre o funcionamento da memória, mostrando cientistas pioneiros na pesquisa sobre a inteligência do coração e a base bioquímica da memória em nossas células.

— Então, se eles acham que o coração carrega mais inteligência do que pensamos, então o sangue, que é bombeado pelo coração de alguém, pode carregar essa inteligência. Então, ao transfundir seu sangue, ele também transfundiu suas lembranças? — diz Kate. — E seu amor por carne e línguas — adiciona ela com certa aspereza.

Ninguém quer dizer sim a essa pergunta. Todo mundo quer negar. Menos eu, que tive uma noite inteira para me acostumar com a ideia.

— *Star Trek* tem um episódio sobre isso? — pergunta Frankie. — Porque, se não tem, deveria ter.

— Isso pode ser facilmente resolvido — diz Kate com empolgação. — Você pode simplesmente descobrir quem foi o seu doador.

— Não pode nada. — Frankie, como sempre, corta o barato dela. — Esse tipo de informação é confidencial. Além disso, não é como se ela tivesse recebido todo o sangue dele. Ele pode ter doado menos de meio litro. Então o sangue foi separado em glóbulos brancos, glóbulos vermelhos, plasma e plaquetas. O que Joyce teria recebido, se é que o recebeu, seria apenas uma fração do sangue dele. Ele poderia até mesmo estar misturado com o de outra pessoa.

— O sangue dele está correndo pelo meu corpo — completo. — Não importa quanto. E eu me lembro de me sentir claramente estranha assim que abri os olhos no hospital.

Minha afirmação ridícula é recebida com silêncio enquanto todas nós pensamos no fato de que minha sensação "claramente estranha" não teve nada a ver com a minha transfusão, mas sim com a tragédia indescritível de perder meu bebê.

— Temos resultados para o sr. Justin Hitchcock no Google — anuncia Kate, preenchendo o silêncio.

Meu coração bate depressa. Por favor, me diz que eu não estou inventando tudo isso, que ele existe, que ele não é uma criação da minha mente delirante. Que os planos que eu implementei não vão assustar uma pessoa aleatória.

— Certo, Justin Hitchcock era um fabricante de chapéus em Massachusetts. Hum. Bem, ao menos é americano. Você tem algum conhecimento sobre chapéus, Joyce?

Penso intensamente.

— Touca, chapéu balde, fedora, chapéu de pescador, boné, chapéu *pork pie*, boina de tweed.

Meu pai para de comer mais uma vez e me olha.

— Chapéu panamá.

— Chapéu panamá — repito para as meninas.

— Boina com aba, gorro — adiciona Kate.

— Cartola — diz meu pai, e eu repasso de novo para o telefone.

— Chapéu de caubói — fala Frankie, parecendo perdida em pensamentos. Ela acorda do devaneio. — Calma aí, o que estamos fazendo? Qualquer um pode nomear chapéus.

— Tem razão, não é esse. Continua lendo — peço.

— Justin Hitchcock se mudou para Deerfield em 1774, onde serviu como soldado e tocador de pífaro na Revolução... É melhor eu parar de ler. Acima de duzentos anos é provavelmente *sugar daddy* demais para você.

— Calma aí — intervém Frankie, sem querer que eu perca as esperanças. — Tem outro Justin Hitchcock embaixo desse. Departamento sanitário de Nova York...

— Não — digo, frustrada. — Eu já sei que ele existe. Isso é ridículo. Adiciona Trinity College na pesquisa; ele deu aula lá.

Tap-tap-tap.

— Não. Nada em Trinity College.

— Você tem certeza de que falou com a filha dele? — pergunta Kate.

— Sim — respondo entre dentes.

— Alguém te viu falando com essa garota? — diz ela em tom doce.

Eu a ignoro.

— Estou adicionando as palavras arte, arquitetura, francês, latim e italiano à pesquisa — anuncia Frankie por cima do barulho das teclas, então comemora. — Ahá! Te peguei, Justin Hitchcock! Professor *convidado* na Trinity College, em Dublin. Faculdade de Artes e Humanidades. Departamento de arte e arquitetura. Bacharelado, Universidade de Chicago, mestrado em Chicago, Ph.D. na Universidade de Sorbonne. Interesses especiais em história do Renascimento italiano e escultura barroca, pintura europeia entre 1600-1900. Responsabilidades externas incluem fundador e editor da revista *Arte e arquitetura pelo mundo*. Ele é coautor de *A Era de Ouro da pintura holandesa: Vermeer, Metsu e Terborch*, autor de *Cobre como tela: pintura sobre cobre em 1575-1775*. Já escreveu mais de cinquenta artigos em livros, revistas, compêndios e congressos.

— Então ele existe — diz Kate como se tivesse acabado de encontrar o Santo Graal.

Mais confiante agora, eu peço:

— Tente o nome dele com a National Gallery em Londres.

— Por quê?

— Tenho um pressentimento.

— Você e seus pressentimentos. — Kate continua lendo. — Ele é curador de Arte Europeia na National Gallery, em Londres. Ai, meu Deus, Joyce, ele trabalha em Londres. Você deveria ir vê-lo.

— Segura a onda, Kate. Ela pode assustá-lo e acabar num quarto de hospício. Ele pode nem ser o doador — argumenta Frankie. — E mesmo que seja, isso não explica nada.

— É ele — afirmo, confiante. — E se ele foi meu doador, isso tem significado para mim.

— Temos que descobrir uma maneira de confirmar — sugere Kate.

— É ele — repito.

— E o que você vai fazer agora? — pergunta Kate.

Sorrio de leve e relanceio para o relógio de novo.

— O que faz vocês pensarem que eu já não fiz algo?

Justin segura o telefone contra o ouvido e anda de um lado para o outro do pequeno escritório da National Gallery, esticando o fio o máximo possível a cada ida e volta, o que não é muito. Três passos e meio para um lado, cinco passos para o outro.

— Não, não, Simon, eu disse retratos *holandeses*, apesar de você ter razão sobre haver muitos retratos *desses* nessa época. — Ele ri. — A era de Rembrandt e Frans Hals. Eu já escrevi um livro sobre esse assunto, então estou bem familiarizado com ele.

Um livro pela metade no qual você parou de trabalhar há dois anos, mentiroso.
— A exibição incluirá sessenta obras, todas pintadas entre 1600 e 1680.

Há uma batida na porta.

— Um minuto — exclama ele.

A porta se abre mesmo assim e sua colega, Roberta, entra. Apesar de jovem, com trinta e poucos, as costas delas são encurvadas, o queixo pressionado contra o peito como se ela fosse décadas mais velha. Os olhos dela, geralmente voltados para baixo, às vezes relanceiam em direção aos dele antes de baixarem de novo. Ela está nervosa com tudo, como sempre, constantemente pedindo desculpas ao mundo, como se a simples presença dela fosse ofensiva. Ela tenta manobrar pela pista de obstáculo que é o escritório entulhado dele para chegar à mesa. Ela o faz do jeito que vive sua vida, da forma mais silenciosa e invisível possível, o que Justin acharia admirável se não fosse tão triste.

— Desculpa, Justin — sussurra, carregando uma pequena cesta. — Eu não sabia que estava no telefone, desculpa. Isso estava na recepção para você. Vou só deixar aqui. Desculpa. — Ela se afasta, quase sem fazer barulho ao sair da sala na ponta dos pés e fechar a porta silenciosamente. Um redemoinho silencioso, que gira tão graciosa e lentamente que mal parece se mexer, e não abala o que está ao redor.

Ele apenas assente para ela, então tenta se concentrar na conversa, continuando de onde parou.

— Ela vai abranger desde pequenos retratos individuais feitos para casas particulares aos retratos de grupo em larga escala de membros de instituições de caridade e guardas cívicas.

Ele para de andar de um lado para o outro e encara a cesta com desconfiança, como se alguma coisa ali estivesse prestes a saltar na direção dele.

— Sim, Simon, na Sainsbury Wing. Se precisar de qualquer outra coisa, por favor, me contate aqui no escritório.

Ele apressa o colega para concluir a conversa e desliga. Faz uma pausa segurando o telefone, sem saber se deve ligar para a segurança.

A pequena cesta parece estranha e dócil em seu escritório velho, feito um recém-nascido num moisés deixado nos degraus sujos de um orfanato. Embaixo da alça de vime, o conteúdo está coberto por um pano quadriculado. Ele se afasta e o levanta lentamente, pronto para correr para longe a qualquer momento.

Há uma dúzia de muffins o encarando.

O coração dele se agita, e rapidamente olha ao redor do pequeno escritório quadrado, sabendo que não há ninguém com ele, mas seu desconforto ao receber essa surpresa adiciona uma presença sinistra. Vasculha a cesta em busca de um bilhete. Colado do outro lado há um envelope branco. Com as mãos que só agora notou que estavam tremendo, ele o tira sem jeito da cesta. Não está selado, então desliza o cartão para fora. No centro do cartão, numa caligrafia caprichada, simplesmente se lê:

Agradeço...

VINTE E OITO

Justin avança em marcha atlética pelos corredores da National Gallery, ao mesmo tempo obedecendo e desobedecendo a regra de "não correr nos corredores", correndo três passos e andando mais três, correndo três passos e desacelerando de novo. O anjinho e o diabinho disputando dentro dele.

Ele avista Roberta andando na ponta dos pés pelo corredor, seguindo feito uma sombra para a biblioteca particular onde trabalha há cinco anos.

— Roberta! — O diabinho vence; ele desobedece a regra de "não gritar nos corredores", e a voz dele ecoa e ricocheteia nas paredes e no teto alto, ensurdecendo todo mundo nos retratos, alto o bastante para murchar as margaridas de van Gogh e rachar o espelho no retrato de Arnolfini.

Também é o bastante para fazer Roberta congelar e se virar devagar, os olhos arregalados e aterrorizados feito um cervo diante de faróis. Ela cora quando a meia dúzia de visitantes se vira para encará-la. Justin a vê engolindo em seco de onde está e se arrepende imediatamente de ter quebrado as leis dela, de colocá-la em evidência enquanto ela tenta ser invisível. Ele interrompe sua marcha atlética e tenta caminhar silenciosamente, deslizar como ela faz, numa tentativa de compensar o barulho que fizera. Ela fica parada, tensa feito uma tábua e grudada na parede feito um escalador elegante, se agarrando ao que está próximo, preferindo abrigo e não notando sua própria beleza. Justin se pergunta se ela é assim por causa do trabalho, ou se veio para a National Gallery por ser assim. Ele acha que é a segunda opção.

— Sim — sussurra ela, de olhos arregalados e assustada.

— Desculpa por gritar seu nome — diz ele o mais baixo que consegue.

A expressão dela suaviza e seus ombros relaxam um pouco.

— Onde você pegou essa cesta? — Ele a estende para ela.

— Na recepção. Eu estava voltando do almoço quando Charlie me pediu para entregar a você. Algum problema?

— Charlie. — Ele reflete. — Ele fica na entrada sir Paul Getty? Ela assente.

— Certo, obrigado, Roberta, me desculpe por gritar. — Ele dispara para a ala leste, o diabinho e o anjinho dentro dele disputando de novo, em sua combinação incrivelmente confusa de corrida e caminhada, enquanto a cesta balança em sua mão.

— Já acabou por hoje, Chapeuzinho Vermelho? — Ele escuta uma risada rouca.

Justin, notando que estava saltitando com a cesta, para abruptamente e dá meia-volta para encarar Charlie, um segurança de mais de 1,80 metro de altura.

— Nossa, Vovó, que cabeça feia que você tem.

— O que você quer?

— Eu queria saber quem te entregou essa cesta.

— Um entregador da... — Charlie vai até sua mesinha e mexe nuns papéis. Ele pega uma prancheta. — Harrods. Zhang Wei — lê ele. — Por quê? Algum problema com os muffins? — Ele passa a língua pelos dentes e limpa a garganta.

Justin semicerra os olhos.

— Como você sabia que eram muffins?

Charlie se recusa a olhar para ele.

— Tive que verificar, não tive? Estamos na National Gallery. Você não pode esperar que eu aceite uma encomenda sem saber o que há dentro.

Justin avalia Charlie, cujo rosto ficou corado. Ele identifica migalhas nos cantos da boca dele e vestígios no uniforme dele. Tira o pano quadriculado da cesta e conta. Onze muffins.

— Você não acha estranho mandar onze muffins para uma pessoa?

— Estranho? — Olhos inquietos, ombros agitados. — Sei não, cara. Nunca mandei muffins pra ninguém.

— Não seria mais lógico mandar uma *dúzia* de muffins?

Ele dá de ombros. Mexe os dedos. Observa quem entra na galeria com muito mais atenção do que o normal. A linguagem corporal dele diz a Justin que ele encerrou a conversa.

Justin pega o celular ao sair para a Trafalgar Square.

— Alô?

— Bea, é o papai.

— Eu não estou falando com você.

— Por que não?

— Peter me disse o que você falou para ele no balé ontem à noite — responde ela com rispidez.

— O que eu falei?

— Passou a noite toda perguntando as *intenções* dele.

— Eu sou seu pai, esse é meu trabalho.

— Não, o que você fez é o trabalho da Gestapo. — Ela está bufando de raiva. — Juro, eu não vou falar com você até você *pedir desculpas* a ele.

— Pedir desculpas? — Ele dá uma risada. — Pelo quê? Eu só fiz algumas perguntas sobre o passado dele a fim de descobrir qual o objetivo por trás dessa relação.

— Objetivo por trás? Ele *não tem* nenhum objetivo por trás!

— Eu fiz algumas perguntas para ele, e daí? Bea, ele não é bom o bastante para você.

— Não, ele não é bom o bastante para *você*. Bem, eu não me importo com o que você pensa dele, sou eu quem devo ser feliz.

— Ele vive de colher *morangos*.

— Ele é *consultor de TI*!

— Então quem colhe morangos? — *Alguém colhe morangos*. — Bem, querida, você sabe a minha opinião sobre consultores. Se eles são tão *incríveis* assim em algo, por que não o fazem pessoalmente, em vez de ganhar dinheiro dizendo às pessoas como fazê-lo?

— Você é palestrante, curador, revisor, *sei lá*. Se sabe tanto, por que não constrói logo um prédio ou pinta uma maldita tela? — grita ela. — Em vez de só se gabar para todo mundo como sabe sobre o assunto?

Hum.

— Querida, vamos lá, não vamos perder o controle.

— Não, é que você que está sem controle. Você vai pedir desculpas para Peter, e se não pedir, eu não vou atender às suas ligações e você pode lidar com seus draminhas sozinho.

— Calma, calma, calma. Só uma pergunta.

— Pai, eu...

— Você-me-mandou-uma-cesta-com-uma-dúzia-de-muffins-de-canela? — pergunta ele, apressado.

— O quê? Não!

— Não?

— Nenhum muffin! Nenhuma conversa, nenhum *nada*...

— Ora, ora, querida, não precisa partir para duplas negativas.

— Não vou falar mais com você até você pedir desculpas — conclui ela.

— Tá bom. — Ele suspira. — Desculpa.

— Não para *mim*. Para *Peter*.

— Tá bom, mas isso quer dizer que você não vai buscar minha roupa na lavanderia amanhã? Você sabe onde fica, é aquela do lado da estação do metrô...

A ligação é encerrada. Ele encara o celular, confuso. *Minha própria filha desligou na minha cara? Eu sabia que esse Peter era um problema.*

Ele pensa de novo sobre os muffins e disca outro número. Limpa a garganta.

— Alô.

— Jennifer, é o Justin.

— Oi, Justin. — A voz dela está fria.

Costumava ser quente. Feito mel. Não, feito caramelo quente. Costumava pular de oitava em oitava quando ela ouvia o nome dele, assim como a música que ele a ouvia tocar no piano ao acordar aos domingos. Mas agora?

Ele escuta o silêncio do outro lado da linha.

Gelo.

— Só estou ligando para saber se você me mandou uma cesta de muffins. — Assim que ele disse a frase, se deu conta de como essa ligação era ridícula. É claro que ela não mandara nada para ele. Por que mandaria?

— Como é?

— Eu recebi uma cesta de muffins no meu trabalho hoje com um bilhete de agradecimento, mas o bilhete não revelava a identidade do remetente. Fiquei me perguntando se foi você.

A voz dela assume um tom divertido. Não, não divertido, debochado.

— E eu te agradeceria pelo quê, Justin?

É uma pergunta simples, mas conhecendo-a como ele conhece, tem implicações muito além das palavras, então Justin morde a isca. O gancho corta seu lábio e traz de volta o Justin amargurado, a voz à qual ele ficou tão acostumado durante o fim de... bem, durante o fim *deles*. Ela o pegou direitinho.

— Ah, não sei, vinte anos de casamento, talvez. Uma filha. Uma vida boa. Um teto sobre sua cabeça. — Ele sabe que esta é uma afirmação idiota. Que, antes dele, depois dele e até sem ele, ela tinha e sempre teria um teto, dentre todas as coisas, sobre sua cabeça, mas o discurso está jorrando e ele não consegue e não vai parar, porque ele está certo e ela está errada e a raiva está incitando todas a suas palavras, feito um cavaleiro chicoteando o cavalo ao se aproximarem da linha de chegada. — Viagens pelo mundo todo. — *Chicote!* — Roupas, roupas e mais roupas. — *Chicote!* — Uma cozinha nova desnecessária, um *jardim de inverno*, pelo amor de Deus... — E ele continua, feito um homem do século XIX que acostumara a esposa a uma vida boa que ela não teria sem ele, ignorando o fato de que ela própria tinha feito um bom dinheiro, tocando numa orquestra que viajava pelo mundo, fazendo diversas viagens às quais ele a acompanhara.

No começo do casamento, eles não tiveram escolha a não ser morar com a mãe de Justin. Eles eram jovens e tinham um bebê para criar, o motivo para o casamento apressado deles, e como Justin ainda fazia faculdade de dia, servia num bar à noite e trabalhava num museu de arte nos fins de semana, Jennifer trabalhava tocando piano num restaurante caro em Chicago. Nos fins de semana, ela chegava em casa de madrugada, com dor nas costas e tendinite no dedo do meio, mas tudo isso escapou da mente dele quando ela jogou a isca com aquela pergunta aparentemente inocente. Ela sabia que ele faria um discurso raivoso, e ele mastiga, mastiga, mastiga e engole a isca que encheu sua boca. Quando a lista de coisas que eles passaram os últimos vinte anos fazendo se esgota, juntamente à sua energia, ele para.

Jennifer fica em silêncio.

— Jennifer?

— Sim, Justin? — Gélida.

Justin suspira de exaustão.

— E aí, foi você?

— Deve ter sido uma das suas outras mulheres, porque certamente não fui eu.

A ligação se encerra com um clique.

A raiva borbulha dentro dele. Outras mulheres. *Outras mulheres! Um* caso quando ele tinha vinte anos, uns amassos no escuro com Mary-Beth Dursoa na faculdade, *antes* mesmo de ele e Jennifer se casarem, e ela o trata como se ele fosse um mulherengo. Ele até colocara no quarto deles uma cópia de *Um sátiro de luto por uma Ninfa*, de Piero di Cosimo, que Jennifer sempre odiara, mas ele tinha esperanças de que pudesse mandar mensagens subliminares para ela. A pintura mostra uma jovem seminua que, à primeira vista, parece dormir, mas num olhar mais atento, está sangrando pelo pescoço. Um sátiro está de luto por ela. A interpretação de Justin da pintura é que a mulher, desconfiando da fidelidade do marido, o seguiu para a floresta. Ele estava caçando, não a traindo como ela pensava, e atirou nela por acidente, pensando que o farfalhar nas árvores fosse causado por um bicho. Às vezes, durante os momentos mais sombrios dele e de Jennifer, quando o ódio dominava as discussões mais difíceis, quando suas gargantas estavam em vermelho-vivo, seus olhos ardendo com lágrimas, seus corações partindo de dor, suas cabeças latejando de tantas análises, Justin apenas encarava a pintura, invejando o sátiro.

Bufando, ele dispara escada abaixo para o North Terrace, se senta perto de uma das fontes, coloca a cesta no chão e morde um muffin, engolindo-o tão depressa que mal tem tempo de sentir o gosto. Migalhas caem aos seus pés, atraindo um bando de pombos com olhinhos pretos e redondos cheios de intenção. Ele estende a mão para outro muffin, mas é cercado por um bando de pombos entusiasmados demais, que bicam o conteúdo de sua cesta com ganância. Bica, bica, bica; ele observa enquanto dezenas deles se aglomeram em sua direção, dando rasantes feito aviões de caça. Com medo de ser alvo de algum míssil dos que sobrevoam sua cabeça, ele pega a cesta e os espanta com a dureza de uma criança.

Ele entra tranquilamente pela porta de casa, deixando-a aberta ao passar, e é imediatamente recepcionado por Doris, que está segurando uma paleta de cores de tinta.

— Certo, eu dei uma filtrada — começou ela, empurrando dezenas de cores para ele.

Suas longas unhas com estampa de oncinha estão decoradas com uma pedra brilhante em cada uma. Ela usa um macacão de pele de cobra, e os pés oscilam perigosamente numa bota de couro brilhoso com cano alto e salto fino. O cabelo dela continua no tom vermelho de sempre, os olhos com delineador gatinho, e os lábios pintados no mesmo tom do cabelo o lembra de Ronald McDonald. Ele os observa com intensa irritação enquanto eles se abrem e fecham.

As palavras aleatórias que ele ouve são:

— Groselha, Floresta Celta, Névoa Inglesa e Pérola do Bosque, todos tons *calmos*, ficariam ótimos nessa sala, *ou* Cogumelo Selvagem, Brilho Nômade e Tempero de Sultana. Bala de Cappuccino é uma das minhas favoritas, mas não acho que vá funcionar perto daquela cortina, o que você acha?

Ela balança um tecido na frente do rosto dele e faz cócegas em seu nariz, que formiga com intensidade, pressentindo a briga que está prestes a começar. Ele não responde, mas respira fundo e conta até dez mentalmente. Quando isso não funciona e ela continua listando cores de tinta, ele conta até vinte.

— Alô? Justin? — Ela estala os dedos na frente do rosto dele. — Alô-ô?

— Talvez você deva dar um tempo para Justin, Doris. Ele parece cansado. — Al olha com nervosismo para o irmão.

— Mas...

— Traz seu tempero de sultana aqui para trás — provoca ele, e ela sorri.

— Tá bom, mas só mais uma coisa. Bea vai amar o quarto dela em Renda de Marfim. E Pete também. Imagina como vai ser romântico para...

— Chega! — grita Justin com toda a força, não querendo que o nome da filha e a palavra "romântico" dividam a mesma frase.

Doris se assusta e para de falar imediatamente. Ela leva a mão ao peito. Al para de beber, congelando com a garrafa logo abaixo dos lábios, a respiração pesada dele acima da borda produzindo um assobio. Fora isso, o silêncio é absoluto.

— Doris — Justin respira fundo e tenta falar com a maior calma possível —, chega desse papo, por favor. Chega de Noite de Cappuccino...

— Bala de Cappuccino — interrompe ela, então se silencia rapidamente.

— Que seja. Isso é uma casa vitoriana do século XIX, não uma daquelas casinhas coloridas de um episódio de *Changing Rooms*. — Ele tenta controlar as emoções, tendo tomado as dores da casa. — Se você tivesse mencionado Chocolate de Cappuccino...

— Bala de Cappuccino — sussurra ela.

— Que seja! Se falasse isso para qualquer um naquela época, você teria sido queimada na fogueira na mesma hora!

Ela dá um gritinho agudo e ofendido.

— Ela precisa de *sofisticação*, precisa ser *pesquisada*, precisa de móveis *da* época, cores *da* época, não um cômodo parecido com o cardápio de jantar do Al.

— Ei! — protesta Al.

— Acho que ela precisa — Justin respira fundo e continua delicadamente — de outra pessoa para o trabalho. Talvez seja apenas um trabalho maior do que você pensou, mas eu agradeço pela ajuda, de verdade. Por favor, diga que entende.

Ela assente lentamente e ele suspira de alívio.

De repente, as paletas de cores voam pelo cômodo e Doris explode:

— Seu babaquinha pretensiosoooo!

— Doris! — Al se levanta da poltrona o mais rápido que consegue.

Justin recua enquanto ela avança agressivamente na direção dele, o dedo indicador esmaltado erguido para ele feito uma arma.

— Escuta aqui, seu imbecil. Eu passei as duas últimas semanas pesquisando sobre essa espelunca em todo tipo de biblioteca e lugares que você nem pensaria que *existem*. Fui a masmorras escuras e sujas onde as pessoas cheiram a coisas... velhas. — As narinas dela se abrem e a voz engrossa de maneira ameaçadora. — Comprei todos as apostilas sobre tinta de períodos históricos que encontrei e apliquei as cores de acordo com as regras cromáticas do fim do século XIX. Troquei apertos de mãos com pessoas que você nem gostaria de ouvir falar, vi partes de Londres das quais *eu* nem gostaria de ouvir falar. Estudei livros tão antigos e com ácaros tão grandes que eles próprios tiravam os livros das prateleiras e os entregavam para mim. Escolhi as cores mais próximas possíveis das suas tintas de época e fui a brechós, bazares e lojas de *antiguidades* e vi móveis em estado tão precário e nojento que eu quase chamei a Sociedade Protetora dos *Móveis*. Vi coisas rastejando em mesas de jantar e me sentei em cadeiras tão antigas que dava para sentir o cheiro da peste negra que matou a última pessoa que havia sentado ali. Venho lixando tanta madeira que estou com farpas em lugares que você não quer ver. Então. — Ela o cutuca no peito com a unha de adaga ao enfatizar cada palavra, até que finalmente o empurra de costas contra a parede. — Não. Me. Diga. Que *isso* é trabalho demais para mim.

Ela limpa a garganta e ajeita a postura. A raiva na voz dela é substituída por um tremer vulnerável de "pobre de mim".

— Mas, apesar do que você disse, eu vou concluir esse projeto. Vou seguir em frente, implacável. Vou fazer isso apesar de você e pelo seu irmão, que pode morrer no mês que vem e você nem se importa.

— Morrer? — Os olhos de Justin se arregalam.

Com isso, ela dá meia-volta e sai batendo o pé em direção ao quarto.

Ela coloca a cabeça para fora.

— Aliás, só para você saber, eu teria batido a porta com MUITA FORÇA ao passar, para mostrar como estou irritada, mas ela está atualmente no quintal, pronta para ser lixada e preparada antes de eu pintá-la de... — ela cospe o resto da frase com rebeldia — Renda de Marfim.

Então desaparece de novo, sem nenhuma batida.

Mudo o peso de um pé para o outro com nervosismo em frente à porta aberta da casa de Justin. Devo tocar a campainha? Simplesmente chamar o nome dele? Será que ele ligaria para a polícia e mandaria me prender por invasão? Ah, que decisão péssima. Frankie e Kate tinham me convencido a vir aqui, a me apresentar para ele. Elas tinham me pilhado tanto que eu entrei no primeiro táxi que passou em direção à Trafalgar Square, para pegá-lo na National Gallery antes que ele fosse embora. Ficara tão perto dele enquanto ele estava no telefone que ouvira suas ligações para perguntar sobre a cesta. Eu me senti estranhamente confortável apenas observando-o, sem o conhecimento dele, incapaz de desviar os olhos, me deleitando na emoção secreta de poder vê-lo por quem ele é em vez de ver sua vida por meio das lembranças dele.

A raiva direcionada à pessoa no telefone — muito provavelmente a ex-esposa, a mulher ruiva de sardas — me convenceu de que era o momento errado para abordá-lo, então eu o segui. *Segui*, não persegui. Fui com calma, tentando juntar coragem para falar com ele. Deveria mencionar a transfusão ou não? Será que ele pensaria que eu era louca ou estaria disposto a escutar ou, ainda melhor, disposto a acreditar?

Mas, quando entramos no metrô, o timing ficou errado de novo. Estava lotado, as pessoas se esbarravam e se empurravam, evitavam contato visual, quanto mais primeiros contatos ou conversas a respeito de estudos sobre a possível inteligência do sangue. Então, depois de andar de um lado para o outro da rua dele, me sentindo tanto uma adolescente apaixonada quanto uma stalker, eu agora me encontro em frente à porta dele, com um plano. Mas meu plano é prejudicado de novo quando Justin e seu irmão, Al, começam a falar sobre algo que eu não deveria estar ouvindo, um segredo de família com o qual eu estou mais do que familiarizada.

Afasto o dedo da campainha, fico escondida das janelas e espero.

VINTE E NOVE

Justin olha para o irmão, em pânico, e procura rapidamente um lugar para se sentar. Ele puxa uma lata gigante de tinta e se senta, sem notar o círculo de tinta branca molhada ao redor da tampa.

— Al, do que ela está falando? Sobre você morrer no mês que vem.

— Não, não, não. — Al dá uma risada. — Ela disse *pode* morrer. É bem diferente. Ei, ela até que pegou leve. Bom para você. Acho que o calmante está realmente ajudando. Viva. — Ele estende a garrafa no ar e vira o resto do seu conteúdo.

— Calma, calma. Al, do que você está falando? Tem alguma coisa que você não me contou? O que o médico disse?

— O médico me disse exatamente o que eu venho te falando nas duas últimas semanas. Se qualquer integrante no núcleo familiar de uma pessoa desenvolveu doença arterial coronariana precoce, ou seja, com menos de 55 anos, bem, então nós temos um risco aumentado de ter doença arterial coronariana.

— Você tem pressão alta?

— Um pouco.

— Você tem colesterol alto?

— Muito.

— Então você só precisa mudar seu estilo de vida, Al. Isso não significa que você vai ter uma morte fulminante que nem... que nem...

— O papai?

— Não. — Ele franze a testa e balança a cabeça.

— Doença arterial coronariana é a principal causa de mortes de homens *e* mulheres nos Estados Unidos. A cada 33 segundos um americano vai sofrer algum tipo de síndrome coronariana e quase a cada minuto alguém morrerá disso. — Ele olha para o relógio de pêndulo da mãe deles meio coberto com uma manta protetora. O ponteiro dos minutos avança. Al coloca a mão no coração e começa a gemer. Seus barulhos se transformam em risada.

Justin revira os olhos.

— Quem te disse essa baboseira?

— Os panfletos do consultório médico.

— Al, você não vai ter um infarto.

— Semana que vem eu faço quarenta anos.

— É, eu sei. — Justin dá um tapinha brincalhão no joelho dele. — Esse é o espírito, vamos fazer um festão.

— O papai tinha essa idade quando morreu. — Ele baixa o olhar e começa a descascar o rótulo da cerveja.

— Então a questão é essa? — A voz de Justin suaviza. — Caramba, Al, a questão é essa? Por que você não disse alguma coisa mais cedo?

— Eu só pensei em passar um tempo com você antes, sabe, só para garantir... — Os olhos dele se enchem de lágrimas e ele desvia o olhar.

Conte a verdade para ele.

— Al, escuta, tem uma coisa que você precisa saber. — A voz dele treme, e ele limpa a garganta, tentando controlá-la. *Você nunca contou a ninguém.* — O papai estava sofrendo uma pressão enorme no trabalho. Ele tinha muitas dificuldades, financeiras e outras, que ele não contava para ninguém. Nem para a mamãe.

— Eu sei, Justin. Eu sei.

— Você sabe?

— É, eu entendo. Ele não caiu morto sem motivo. Ele estava louco de estresse. E eu não estou, eu sei. Mas desde que eu era criança, a sensação de que isso também vai acontecer comigo me assombra. Ela ronda meus pensamentos desde que eu me entendo por gente, e agora que meu aniversário está chegando e eu não estou na minha melhor forma... As coisas têm estado bem agitadas no trabalho e eu não tenho cuidado de mim mesmo. Nunca consegui ser como você, sabe?

— Ei, você não precisa se justificar para mim.

— Lembra daquele dia que passamos com ele no jardim da frente? Com os sprinklers? Poucas horas antes da mamãe encontrá-lo... Bem, lembra da família inteira brincando?

— Bons tempos. — Justin sorri, reprimindo as lágrimas.

— Você lembra? — Al ri.

— Como se fosse ontem — diz Justin.

— Papai estava segurando a mangueira e espirrando água em nós dois. Ele parecia estar com um humor tão bom. — Al franze a testa com confusão e pensa um pouco, então volta a sorrir. — Ele tinha trazido um monte de flores para a mamãe... lembra que ela prendeu a flor grande no cabelo?

— O girassol. — Justin assente.

— E estava muito quente. Lembra de como estava quente?

— Lembro.

— E o papai tinha enrolado a calça até os joelhos e tirado os sapatos e as meias. E a grama estava ficando toda molhada e os pés dele estavam todo cobertos de grama e ele ficava correndo atrás da gente em círculos... — Ele sorri para o nada. — Foi a última vez que eu o vi.

Não foi a minha.

A imagem do pai de Justin fechando a porta da sala de estar pisca na mente dele. Ele havia corrido para dentro de casa para ir ao banheiro; estava quase explodindo depois de toda aquela brincadeira com água. Até onde ele sabia, todos os membros da família continuavam brincando lá fora. Ele ouvia a mãe perseguindo e provocando Al, e Al, com apenas cinco anos, dando risadinhas estridentes. Mas, quando ele estava descendo a escada, avistou o pai saindo da cozinha e seguindo pelo corredor. Justin, querendo dar um susto nele, se agachou e o observou-o por trás do balaústre.

Mas então ele viu o que o pai segurava. Ele viu a garrafa de líquido que vivia trancada no armário e só era retirada em ocasiões especiais, quando a família paterna vinha visitar da Irlanda. Quando bebiam daquela garrafa, eles mudavam, cantavam músicas que Justin nunca ouvira, mas que seu pai sabia de cor, riam e contavam histórias e às vezes choravam. Ele não sabia bem por que aquela garrafa estava nas mãos do pai agora. Será que ele queria cantar e rir e contar histórias hoje? Será que queria chorar?

Então Justin viu o frasco de comprimidos que também estava na mão dele. Sabia que eram comprimidos porque estavam num frasco igual ao do remédio que ele e a mãe tomavam quando estavam doentes. Ele torceu para o pai não estar doente e torceu para ele não querer chorar. Observou enquanto o pai fechava a porta atrás de si com os comprimidos e a garrafa de álcool nas mãos. Ele deveria saber o que o pai ia fazer, mas não sabia. Pensa muito naquele momento e tenta se forçar a chamá-lo e impedi-lo. Mas o Justin de nove anos nunca o ouve. Ele fica agachado na escada, esperando o pai sair para poder pular e dar um susto nele. À medida que o tempo passava, ele começou a sentir que havia alguma coisa errada, mas não sabia bem por que se sentia daquele jeito e não queria estragar a surpresa entrando para ver como o pai estava.

Depois de minutos que pareceram horas em que nada além de silêncio veio do outro lado da porta, Justin engoliu em seco e se levantou. Ele ainda ouvia Al gargalhando alto do lado de fora. Ele ainda ouvia as gargalhadas do irmão quando entrou e viu os pés verdes no chão. Tem uma lembrança tão vívida desses pés, do pai deitado feito um grande gigante verde. Ele se lembra de seguir esses pés e encontrar o pai no chão, encarando o teto com olhos sem vida.

Ele não disse nada. Não gritou, não o tocou, não o beijou, não tentou ajudá-lo porque, por mais que não entendesse muito na época, sabia que era tarde demais para ajudar. Ele apenas recuou lentamente para fora do quarto, fechou a porta e correu para o jardim da frente em direção à mãe e ao irmão mais novo.

Eles tiveram cinco minutos. Mais cinco minutos nos quais tudo continuou exatamente igual. Ele era um menino de nove anos num dia ensolarado com uma mãe, um pai e um irmão, e ele era feliz e sua mãe era feliz e os vizinhos sorriam para ele normalmente como faziam com todas as outras crianças, toda a comida que eles comiam no jantar era feita pela mãe dele e quando ele se comportava mal na escola os professores brigavam com ele, como se deve. Mais cinco minutos nos quais tudo continuou igual, até a mãe entrar em casa e tudo ficar completamente diferente, tudo mudar. Cinco minutos depois, ele não era mais um menino de nove anos com uma mãe, um pai e um irmão. Ele não era feliz, nem sua mãe, e os vizinhos sorriam para ele com tamanha tristeza que ele desejava que eles nem se dessem ao trabalho de tentar sorrir. Tudo o que comiam vinha de potes trazidos pelas mulheres da rua, que também pareciam tristes, e quando ele se comportava mal na escola os professores apenas o olhavam com aquela mesma expressão. Todo mundo tinha a mesma cara. Os cinco minutos a mais não foram longos o suficiente.

A mãe disse a eles que o pai sofrera um infarto. Ela disse isso à família inteira e a qualquer um que passasse para levar uma refeição ou torta caseira.

Justin nunca conseguiu se forçar a contar a verdade para ninguém, em parte porque ele queria acreditar na mentira e em parte porque achava que a mãe também havia começado a acreditar nela. Então ele guardou para si. Nunca contara nem para Jennifer, porque dizer o segredo em voz alta o tornava verdade, e ele não queria confirmar que seu pai morrera daquele jeito. E agora que a mãe deles morrera, ele era o único que sabia a verdade sobre o pai. A história sobre a morte do pai que fora criada para ajudá-los acabara assomando sobre Al como uma nuvem negra e sendo um fardo para Justin.

Ele queria contar tudo a Al, queria mesmo. Mas como isso poderia ajudá-lo? Com certeza seria muito pior saber a verdade, e ele teria que explicar como e por que a escondera dele por todos esses anos... Mas então ele não precisaria mais carregar o fardo sozinho. Talvez finalmente sentisse algum alívio. Melhoraria o medo que Al tem de um infarto, e eles poderiam lidar com isso juntos.

— Al, preciso te contar uma coisa — começa Justin.

A campainha toca de repente. Um toque agudo e incisivo que desperta os dois de seu devaneio com um susto, espatifando o silêncio como um martelo no vidro. Todos os pensamentos deles se estilhaçam e caem no chão em pedacinhos.

— Alguém vai atender? — grita Doris.

Justin anda até a porta com um círculo de tinta branca ao redor do traseiro. A porta já está entreaberta, e ele a abre mais. À sua frente, sua roupa lavada a seco na lavanderia está pendurada no corrimão. Seus ternos, camisas e suéteres, todos cobertos de plástico. Não há ninguém ali. Ele sai e sobe a escada do porão correndo para ver quem as deixou ali, mas, exceto pela caçamba de entulho, o jardim da frente está vazio.

— Quem é? — pergunta Doris.

— Ninguém — responde Justin, confuso. Ele tira as roupas do corrimão e as carrega para dentro.

— Você está me dizendo que esse terno barato acabou de tocar a campainha? — pergunta ela, ainda com raiva dele.

— Não sei. É estranho. Bea ia buscá-las amanhã. Eu não tinha combinado uma entrega com a lavanderia.

— Talvez seja uma entrega especial por você ser um cliente tão bom, porque, pelo que parece, eles lavaram seu armário inteiro. — Ela encara as roupas dele com desgosto.

— É, e aposto que a entrega especial veio com uma bela conta — resmunga ele. — Eu tive uma discussão com Bea mais cedo, talvez ela tenha feito isso como um pedido de desculpas.

— Nossa, como você é teimoso. — Doris revira os olhos. — Você já parou para pensar por um segundo que é *você* quem deveria pedir desculpas?

Justin estreita os olhos.

— Você falou com Bea?

— Ei, olha, tem um envelope desse lado — observa Al, interrompendo o começo de outra briga.

— Aí sua conta — diz Doris, rindo.

Justin sente o coração saltar para a boca imediatamente ao ver o envelope familiar. Ele joga a pilha de roupas sobre uma manta protetora e rasga o envelope.

— Toma cuidado! Isso acabou de ser passado. — Doris pega as roupas e as pendura no batente da porta.

Ele abre o envelope e engole em seco, lendo o bilhete.

— O que diz? — pergunta Al.

— Deve ser uma ameaça de morte, olha só a cara dele — fala Doris com empolgação. — Ou uma carta pedindo dinheiro para

265

alguma causa. Tem algumas divertidíssimas. Qual é a causa e quanto eles querem? — Ela dá uma risadinha.

Justin pega o cartão que recebeu mais cedo na cesta de muffins, então segura os dois cartões juntos para que formem uma frase completa. Ler as palavras causa um arrepio pelo corpo dele.

Agradeço... por salvar minha vida.

TRINTA

Eu estou dentro da caçamba, deitada, sem fôlego, o coração batendo na velocidade das asas de um beija-flor. Pareço uma criança brincando de pique-esconde, com borboletas se revirando no estômago; feito um cachorro de barriga para cima tentando se livrar das pulgas. Por favor, não me encontre, Justin, não me encontre assim, deitada no fundo da caçamba do seu jardim, coberta de gesso e poeira. Ouço os passos dele se afastarem, descerem pelos degraus que levam ao apartamento dele no subsolo e a porta se fechar.

Que porcaria eu me tornei? Uma covarde. Eu amarelei e toquei a campainha para impedir Justin de contar a história sobre o pai para Al e então, com medo de brincar de Deus com dois desconhecidos, corri, saltei e aterrissei no fundo de uma caçamba. Que poético. Não sei se algum dia vou conseguir falar com ele. Não sei se um dia encontrarei palavras para descrever como estou me sentindo. O mundo não é um lugar paciente: histórias como essa servem basicamente para um jornal de fofoca ou uma matéria de duas páginas em certas revistas femininas. Ao lado da história haveria uma foto minha, na cozinha do meu pai, olhando para a câmera com desalento. Sem maquiagem. Não, Justin nunca acreditaria em mim se eu contasse para ele; mas ações valem mais do que palavras.

Deitada de barriga para cima, eu encaro o céu. Deitadas de bruços, as nuvens me encaram de volta. Elas passam sobre a mulher na caçamba com curiosidade, chamando as amigas do fim da fila para ver. Mais nuvem se reúnem, ansiosas para ver do que as outras estão cochichando. Então elas também passam, me deixando para encarar o azul e um fiapo branco ocasional. Quase escuto as risadas de minha mãe, imagino-a cutucando as amigas e chamando-as para dar uma olhada na filha. Eu a imagino espiando por cima de uma nuvem, se pendurando de muito longe, como papai na sacada da Royal Opera House. Sorrio com satisfação.

Agora, enquanto espano pó, tinta e madeira das minhas roupas e escalo para fora da caçamba, eu tento lembrar quais outras coisas Bea mencionou que o pai queria que a pessoa que ele salvou fizesse.

— Justin, se acalma, pelo amor. Você está me deixando nervosa. — Doris se senta numa escada dobrável e observa Justin andar de um lado ao outro do cômodo.

— Não consigo me acalmar. Você não entende o que isso significa? — Ele entrega os dois cartões para ela.

Os olhos dela se arregalam.

— Você salvou a vida de alguém?

— É. — Ele dá de ombros e para de andar. — Não é nada demais. Às vezes a gente precisa cumprir nosso dever.

— Ele doou sangue — conta Al, interrompendo a tentativa fracassada de modéstia do irmão.

— *Você* doou sangue?

— Foi como ele conheceu a Vampira, lembra? — Al refresca a memória da esposa. — Na Irlanda, quando eles dizem "Topa meio litro?", *cuidado*.

— O nome dela é *Sarah*, não Vampira.

— Então você doou sangue para arrumar um encontro. — Doris cruza os braços. — Tem alguma coisa que você faça pelo bem da humanidade, ou é *tudo* só por você mesmo?

— Ei, eu tenho coração.

— Apesar de ele ter meio litro a menos de sangue hoje em dia — adiciona Al.

— Eu já doei muito do meu tempo para ajudar organizações, como faculdades, universidades e galerias, que precisam da minha expertise. Algo que eu não *tenho* que fazer, mas que concordei em fazer por *eles*.

— É, e aposto que você cobra deles por palavra. É por isso que diz "upa-lá-lá" em vez de "merda" quando dá uma topada com o dedão.

Al e Doris caem na gargalhada, dando tapinhas um no outro durante a crise de riso.

Justin respira fundo.

— Vamos voltar ao assunto do momento. *Quem* está me mandando esses bilhetes e fazendo essas coisas?

Ele volta a andar de um lado para o outro e rói as unhas.

— Talvez seja Bea me pregando uma peça. Ela é a única pessoa com quem eu conversei sobre merecer agradecimentos em troca de salvar uma vida.

Por favor, que não seja Bea.

— Cara, como você é egoísta — comenta Al, rindo.

— Não. — Doris balança a cabeça, seus longos brincos batem em suas bochechas a cada movimento, mas o cabelo penteado para trás e cheio de laquê permanece tão imóvel quanto uma cabeça de microfone. — Bea não quer saber de você até que peça desculpas. Não há palavras para descrever o quanto ela te odeia nesse momento.

— Bem, graças a Deus. — Justin continua andando de um lado para o outro. — Mas ela deve ter contado para alguém, ou isso não estaria acontecendo. Doris, descubra com quem Bea falou sobre isso.

— Hã. — Doris ergue o queixo e desvia o olhar. — Você me disse umas coisas horríveis mais cedo. Não sei se posso ajudá-lo.

Justin cai de joelhos e se arrasta até ela.

— Por favor, Doris, eu imploro. Peço mil desculpas pelo que disse. Não fazia ideia de quanto tempo e esforço você estava dedicando a esse lugar. Subestimei você. Sem você, eu ainda estaria bebendo de um porta-escovas de dentes e comendo de uma tigela para gatos.

— É, eu queria te perguntar sobre isso — diz Al, interrompendo a súplica dele. — Você nem tem gato.

— Então eu sou uma boa designer de interiores? — Doris ergue o queixo.

— Você é *incrível*.

— Quão incrível?

— Mais incrível que... — Ele arrasta a frase. — Andrea Palladio.

Ela olha da esquerda para a direita.

— Ele é melhor do que Ty Pennington?

— Ele foi um arquiteto italiano do século XVI, considerado por muitos a pessoa mais influente da história da arquitetura ocidental.

— Ah. Tá bom. Está perdoado. — Ela estende a mão. — Me dá seu telefone e eu ligo para Bea.

Momentos mais tarde, eles estavam todos sentados ao redor da mesa nova da cozinha escutando a parte de Doris do telefonema.

— Certo, Bea contou a Pete e à supervisora de figurinos do *Lago dos Cisnes*. E ao pai dela.

— Supervisora de figurinos? Vocês ainda têm o programa?

Doris desaparece dentro do quarto dela e volta com o programa do balé. Ela folheia as páginas.

— Não. — Justin balança a cabeça ao ler a biografia dela. — Eu conheci essa mulher naquela noite, e não é ela. Mas o pai dela estava lá? Eu não vi o pai dela.

Al dá de ombros.

— Bem, essas pessoas não estão envolvidas nessa história, eu certamente não salvei a vida dela nem do pai dela. A pessoa deve ser irlandesa ou ter recebido cuidados médicos num hospital irlandês.

— Talvez o pai dela seja irlandês, ou estivesse na Irlanda.

— Me dá o programa, vou ligar para o teatro.

— Justin, você não pode ligar para ela do nada. — Doris mergulha em direção ao programa na mão dele, mas ele se desvia. — O que vai dizer?

— Eu só preciso saber se o pai dela é irlandês ou esteve na Irlanda no mês passado. Vou improvisar o resto.

Al e Doris se olham com preocupação enquanto ele sai da cozinha para fazer a ligação.

— Foi você? — pergunta Doris a Al, baixinho.

— De jeito nenhum.

Justin volta cinco minutos depois.

— Ela lembrou de mim da noite passada, e não, não é ela nem o pai dela. Então ou Bea contou para outra pessoa ou... deve ser Peter de gracinha. Vou pegar aquele garoto e...

— Se manca, Justin. Não foi ele — diz Doris em tom severo. — Comece a procurar em outros lugares. Ligue para a lavanderia, ligue para o cara que entregou os muffins.

— Já liguei. Eles foram pagos com um cartão de crédito e não podem liberar os dados do titular.

— Sua vida é um grande mistério. Entre a tal de Joyce e essas entregas misteriosas, você deveria contratar um detetive particular — responde Doris. — Ah! Acabei de lembrar. — Ela enfia a mão no bolso e lhe entrega um papel. — Por falar em detetive particular, eu peguei isso para você. Estou com isso há alguns dias, mas não falei nada porque não queria que você saísse numa caçada louca e fizesse papel de bobo. Mas como você está escolhendo fazer isso de qualquer forma, toma aqui.

Ela lhe entrega o papel com as informações pessoais de Joyce.

— Liguei para o International Directory Enquiries e passei o número da tal Joyce que apareceu no celular da Bea na semana passada. Eles me deram o endereço cadastrado. Acho que seria melhor procurar essa mulher, Justin. Esquece essa outra pessoa. Parece um comportamento bem estranho. Vai saber quem está mandando esses bilhetes? Concentre-se na mulher; um bom relacionamento saudável é o que você precisa.

Ele mal lê o papel antes de guardá-lo no bolso da jaqueta, totalmente desinteressado, com a mente em outro lugar.

— Você simplesmente pula de uma mulher para a próxima, não é? — Doris o observa.

— Ei, pode ser a tal da Joyce que está mandando os bilhetes — sugere Al.

Doris e Justin olham para ele e reviram os olhos.

— Não seja ridículo, Al — diz Justin, dispensando-o. — Eu a conheci num salão de beleza. Por sinal, quem disse que é uma mulher que está fazendo isso?

— Bem, é óbvio — responde Al. — Porque você recebeu uma *cesta de muffins.* — Ele franze o nariz. — Só uma mulher pensaria em mandar uma cesta de muffins. Ou um cara bem fresco. E seja lá quem for, a pessoa sabe caligrafia, o que confirma mais a minha teoria. Mulher ou um cara fresco — resume ele.

— Fui *eu* quem pensei na cesta de muffins! — Justin bufa. — *E* eu faço caligrafia.

— Pois é, como eu disse. Mulher ou cara fresco. — Ele dá um sorrisinho.

Justin joga as mãos para o alto em exasperação e desaba na cadeira.

— Vocês não ajudam em nada.

— Ei, eu sei quem poderia ajudar você. — Al endireita a coluna.

— Quem? — Justin apoia o queixo no punho, entediado.

— Vampira — diz ele em tom assombroso.

— Eu já pedi ajuda a ela. Só o que pude ver foram os detalhes do meu sangue no banco de dados. Nada sobre o receptor da minha doação. Ela não me diz para onde meu sangue foi e nunca mais vai falar comigo também.

— Porque você a largou e saiu correndo atrás de um ônibus viking?

— Algo assim.

— Nossa, Justin, você realmente leva muito jeito com mulheres.

— Bem, pelo menos *alguém* acha que eu estou fazendo alguma coisa certa. — Ele encara os dois cartões que deixou no centro da mesa.

Quem é você?

— Você não precisa perguntar direto para Sarah. Talvez possa dar uma bisbilhotada no escritório dela. — Al se anima.

— Não, isso seria errado — diz Justin de um jeito pouco convincente. — Eu poderia me meter em problemas. Eu poderia causar problemas para *ela*, e já a tratei tão mal.

— Então, uma atitude realmente adorável — sugere Doris marotamente — seria passar no escritório e pedir desculpas. Como amigo.

Um sorriso brota lentamente no rosto dos três.

— Mas você pode tirar um dia de folga na semana que vem para ir a Dublin? — pergunta Doris, quebrando o momento malicioso deles.

— Eu já aceitei um convite da National Gallery de Dublin para dar uma palestra sobre *Mulher Escrevendo uma Carta*, de Terborch.

— Sobre o que é a pintura? — pergunta Al.

— Sobre uma mulher escrevendo uma carta, Sherlock. — Doris ri de desdém.

— Que história chata. — Al franze o nariz. Então ele e Doris ficam quietos e observam enquanto Justin relê sem parar os bilhetes, esperando decifrar um código secreto.

— *Homem lendo um bilhete* — diz Al em tom grandioso. — Discorram.

Ele e Doris caem na gargalhada de novo enquanto Justin se retira da sala.

— Ei, aonde você vai?

— Homem marcando um voo. — Ele dá uma piscadela.

TRINTA E UM

Às 7h15 da manhã seguinte, logo antes de Justin sair de casa para trabalhar, ele para na porta da frente com a mão na maçaneta.

— Justin, cadê o Al? Ele não estava na cama quando eu acordei. — Doris sai do quarto arrastando os pés, de pantufas e roupão. — Que diabos você está fazendo agora, seu homenzinho esquisito?

Justin leva um dedo aos lábios, calando-a, e aponta com a cabeça para a porta.

— A pessoa do sangue está lá fora? — sussurra ela com empolgação, chutando as pantufas para longe e andando em direção à porta na ponta dos pés feito um personagem de desenho animado.

Ele assente com empolgação.

Eles pressionam o ouvido contra a porta, e os olhos de Doris se arregalam.

— *Estou ouvindo!* — articula ela silenciosamente.

— Tá bom, no três — sussurra ele, e os dois articulam juntos "*Um, dois...*", então ele puxa a porta com toda a força. — Rá! Peguei você! — grita ele, fazendo uma pose de ataque e apontando o dedo com mais agressividade do que pretendia.

— Aaaah! — grita o carteiro com medo, largando envelopes aos pés de Justin. Ele joga um pacote em Justin e segura outro perto da cabeça em defesa.

— Aaaah! — grita Doris.

Justin se curva para a frente quando o pacote o atinge no meio das pernas. Ele cai de joelhos, com o rosto vermelho e sem fôlego.

Todos levam a mão ao peito, arfando.

O carteiro continua acovardado, com os joelhos dobrados e a cabeça coberta por um pacote.

— Justin — Doris pega um envelope e bate no braço dele —, seu idiota! É o carteiro.

— Sim — responde ele com a voz rouca, soando como se estivesse asfixiado. — Percebi. — Ele tira um momento para se recompor. — Está tudo bem, senhor, pode baixar seu pacote agora. Peço desculpas por tê-lo assustado.

O carteiro baixa o pacote lentamente, ainda com medo e confusão no olhar.

— O que foi isso?

— Achei que você fosse outra pessoa. Desculpa, eu estava esperando... outra coisa. — Ele olha para os envelopes no chão. Contas. — Não tem mais nada para mim?

Seu braço esquerdo começa a coçar de novo. Formiga como se um mosquito o tivesse mordido. Ele começa a coçar. De leve a princípio, então dá tapinhas na parte interna no cotovelo, tentando se livrar da coceira. O formigamento se torna mais intenso e ele enfia as unhas na pele, coçando sem parar. Gotas de suor brotam em sua testa.

O carteiro balança a cabeça e começa a recuar.

— Alguém te pediu para me entregar alguma coisa? — Ele se levanta e dá um passo para a frente, parecendo ameaçador sem intenção.

— Não, eu disse que não. — O carteiro desce os degraus da entrada correndo.

Justin olha para ele, confuso.

— Deixe o homem em paz. Você quase o matou do coração. — Doris continua catando os envelopes. — Se você agir assim com a pessoa certa, vai assustá-la também. Se você um dia conhecer essa pessoa, aconselho que repense essa estratégia do "Rá! Peguei você!".

Justin levanta a manga da camiseta e examina o braço, esperando ver calombos vermelhos ou uma irritação, mas não há nada na pele exceto pelas marcas de coceira que ele próprio causara.

— Você bebeu? — Doris estreita os olhos.

— Não!

Ela volta para a cozinha com um "hunf".

— Al? — A voz dela ecoa pela cozinha. — Cadê você?

— Socorro! Socorro! Alguém me ajuda!

Eles ouvem a voz de Al à distância, abafada como se estivesse com a boca cheia de meias.

Doris arfa.

— Amor? — Ela enfia a cabeça na geladeira. Então volta para a sala, balançando a cabeça, avisando a Justin que o marido dela não estava na geladeira, no fim das contas.

Justin revira os olhos.

— Ele está lá fora, Doris.

— Então, por favor, para de ficar me olhando e vá ajudá-lo!

Ele abre a porta e encontra Al caído na base da escada. Ele usa uma das faixas de cabelo laranja de Doris ao redor da cabeça suada, sua camiseta está encharcada, gotas de suor escorrem pelo rosto dele, suas pernas envolvidas por Lycra emboladas embaixo do seu corpo, na mesma posição que ficaram quando ele caiu.

Doris passa esbarrando agressivamente em Justin e corre para Al. Ela se ajoelha.

— Amor? Você está bem? Caiu da escada?

— Não — diz ele com a voz fraca, o queixo duplo apoiado no peito.

— Não, você não está bem ou não, você não caiu da escada? — pergunta ela.

— A primeira — responde ele com exaustão. — Não, a segunda. Calma aí, qual era a primeira?

Ela grita como se ele fosse surdo.

— A primeira foi: você está bem? E a segunda foi: você caiu da escada?

— Não — responde ele, apoiando a cabeça na parede às costas dele.

— Não para qual? É para chamar uma ambulância? Você precisa de um médico?

— Não.

— Não o quê, amor? Vamos lá, não durma, não ouse dormir. — Ela dá um tapa no rosto dele. — Você precisa ficar consciente.

Justin se recosta no batente da porta e cruza os braços, observando os dois. Ele sabe que o irmão está bem, seu único problema é falta de preparo físico. Ele vai à cozinha buscar água para Al.

— Meu coração... — Al está entrando em pânico quando Justin volta. Ele coça o peito e respira com dificuldade, esticando as mãos para cima e puxando o ar em goles, feito um peixinho dourado esperando comida na superfície do aquário.

— Você está tendo um infarto? — guincha Doris.

Justin suspira.

— Ele não está tendo um...

— Para com isso, Al! — Justin é interrompido pela voz estridente de Doris. — Não ouse ter um infarto, está me ouvindo? — Ela pega um jornal do chão e começa a bater no braço de Al a cada palavra. — Não. Ouse. Nem. *Pensar.* Em. Morrer. Antes. De. Mim. Al. Hitchcock.

— Ai. — Ele esfrega o braço. — Isso dói.

— Ei, ei, ei! — Justin aparta a briga. — Me dá esse jornal, Doris.

— Não!

— Onde você arrumou isso? — Ele tenta arrancá-lo das mãos dela, mas ela se desvia dele.

— Estava bem aqui, do lado do Al. — Ela dá de ombros. — Foi o entregador.

— Não tem entregadores por aqui — explica ele.

— Então acho que é do Al.

— Tem um café para viagem também — consegue dizer Al depois de recuperar o fôlego.

— Um café para quê? — Doris grita tão alto que uma janela do apartamento de cima se fecha com força. Isso não a detém. — Você comprou um café? — Ela começa a bater nele com o jornal de novo. — É claro que está morrendo!

— Ei — ele cruza os braços por cima do corpo de maneira defensiva —, não é meu. Estava na frente da porta com o jornal quando eu cheguei.

— É meu. — Justin arranca o jornal das mãos de Doris e pega copo fechado de café que está no chão ao lado de Al.

— Não tem bilhete nenhum. — Ela estreita os olhos e olha de um irmão para o outro. — Tentar defender seu irmão só vai matá-lo a longo prazo, sabe.

— Talvez eu faça isso com mais frequência, então — resmunga ele, balançando o jornal e torcendo para que um bilhete caísse. Ele procura uma mensagem no copo de café. Nada. Ainda assim, ele tem certeza de que é para ele, e seja lá quem deixou aquilo ali não pode estar muito longe. Ele foca na primeira página. Acima da manchete, no canto da página, ele nota a instrução: "pg. 42".

Ele abre o jornal o mais rápido que consegue e luta com as páginas grandes até chegar ao lugar certo. Finalmente, chega aos classificados. Passa os olhos pelos anúncios e desejos de feliz aniversário e está prestes a fechar o jornal de vez e se juntar a Doris para culpar Al por alimentar seu hábito de beber cafeína, quando encontra:

"Recebente em gratidão eterna deseja agradecer a Justin Hitchcock, doador e herói, por salvar sua vida. Agradeço."

Ele joga a cabeça para trás e gargalha ruidosamente. Doris e Al olham para ele com surpresa.

— Al — Justin se ajoelha na frente do irmão —, preciso que me ajude agora. — A voz dele é urgente, desafinada com a empolgação. — Você viu alguém quando estava correndo de volta para cá?

— Não. — Al joga a cabeça de um lado para o outro com exaustão. — Não consigo pensar.

— Pense. — Doris dá um tapa de leve no rosto dele.

— Isso foi desnecessário, Doris.

— É o que fazem nos filmes quando querem alguma informação. Vai, amor, conta para ele. — Ela o cutuca com um pouco mais de delicadeza.

— Eu não sei — choraminga Al.

— Você me enoja — rosna ela no ouvido dele.

— Sinceramente, Doris, isso não está ajudando.

— Então tá. — Ela cruza os braços. — Mas funciona para Horatio.

— Eu nem conseguia respirar quando cheguei aqui, quanto mais enxergar. Não lembro de ninguém. Foi mal, mano. Cara, eu fiquei tão assustado. Minha visão ficou cheia de pontos pretos e eu não conseguia mais enxergar e fiquei tonto e...

— Beleza. — Justin se levanta num salto e anda em direção ao jardim. Ele corre até a entrada de carros e olha de um lado para o outro da rua. Está mais agitada agora; às 7h30 há mais vida conforme as pessoas saem de casa em direção ao trabalho e o barulho do tráfego aumenta.

— Obrigado! — grita Justin com toda a força, a voz dele quebrando a tranquilidade.

Algumas pessoas se viram para olhar, mas a maioria mantém a cabeça baixa enquanto um chuvisco de outubro em Londres começa a cair e outro homem enlouquece numa manhã de segunda-feira na cidade.

— Não vejo a hora de ler! — Ele acena o jornal no ar, gritando para todos os lados da rua, para ser escutado de todos os ângulos.

O que você diz a alguém cuja vida você salvou? Diga alguma coisa profunda. Diga alguma coisa engraçada. Diga alguma coisa filosófica.

— Que bom que você ESTÁ BEM! — grita ele.

— Hã, valeu. — Uma mulher passa apressada por ele com a cabeça baixa.

— ENTÃO, eu não estarei aqui amanhã! — Pausa. — Caso esteja planejando fazer isso de novo. — Ele levanta o café no alto e acena com ele, fazendo gotículas pularem do buraquinho da tampa e queimarem sua mão. Ainda está quente. Seja lá quem tenha sido, não faz muito tempo.

— Hum. Vou pegar o primeiro voo para Dublin amanhã de manhã. Você é de lá? — grita ele para o vento. A brisa faz mais folhas secas de outono flutuarem de seus galhos para o chão, onde elas pousam correndo, fazendo um estalinho, e seguem raspando pelo chão até ser seguro parar.

— Enfim, obrigado de novo. — Ele balança o jornal no ar e se vira de volta para casa.

Doris e Al estão no topo da escada de braços cruzados e rostos repletos de preocupação. Al recuperou o fôlego e se recompôs, mas está apoiado no corrimão de ferro.

Justin enfia o jornal embaixo do braço, estufa o peito e tenta parecer o mais respeitável possível. Ele coloca a mão no bolso e volta tranquilamente para casa. Sente um pedaço de papel na mão, puxa-o para fora e o lê rapidamente antes de amassá-lo e jogá-lo na caçamba. Assim como pensara, ele tinha salvado a vida de alguém; ele precisa se concentrar no assunto mais importante do momento. Ele segue em direção ao apartamento, tentando manter a dignidade.

Do fundo da caçamba, embaixo de rolos de carpetes velhos e fedorentos, azulejos quebrados, latas de tinta e placas de gesso, deitada na banheira descartada, eu escuto as vozes recuarem e a porta do apartamento finalmente se fechar.

Uma bola de papel amassado aterrissou por perto, e quando estendo o braço para ela, meu ombro derruba um banco de duas pernas, que tombou em cima de mim quando entrei apressada na caçamba. Encontro o papel e o abro, alisando as beiradas. Meu coração retoma sua batida de rumba quando leio meu primeiro nome, o endereço do papai e o número do telefone dele.

TRINTA E DOIS

— Onde você estava? O que aconteceu com você, Gracie?

— Joyce — respondo ao entrar de supetão no quarto do hotel, sem fôlego e coberta de tinta e pó. — Não tenho tempo para explicar.

Corro pelo quarto, jogando minhas roupas na mala, pegando uma muda de roupas e passando apressada por papai, que está sentado na cama, a fim de chegar ao banheiro.

— Tentei te ligar no seu telefone móvel — exclama ele para mim.

— É mesmo? Não ouvi tocar. — Eu me espremo com dificuldade para dentro da calça jeans, pulando num pé só enquanto a puxo para cima e escovo meus dentes ao mesmo tempo.

Ouço a voz dele dizendo algo. Murmúrios, mas nenhuma palavra.

— Não consigo te ouvir, estou escovando os dentes!

Faz-se silêncio enquanto eu termino de me arrumar e volto para quarto, então ele continua como se não tivéssemos passado cinco minutos sem falar.

— É porque, quando liguei para ele, ouvi-o tocando aqui dentro do quarto. Estava em cima do seu travesseiro. Igual àqueles chocolates que aquelas moças gentis deixam aqui.

— Ah. Certo. — Pulo por cima das pernas dele para chegar à penteadeira e reaplicar a maquiagem.

— Eu estava preocupado com você — diz ele baixinho.

— Não precisava. — Pulo pelo quarto com um pé calçado, procurando pelo outro sapato em todo lugar.

— Então eu liguei lá para a recepção para ver se eles sabiam onde você estava.

— É mesmo? — Desisto de procurar o sapato e me concentro em colocar os brincos. Meus dedos tremem de adrenalina por toda essa situação com Justin, e se tornam grandes demais para a tarefa. A tarraxa de um dos brincos cai no chão. Fico de quatro para procurar.

— Então eu andei para cima e para baixo pela rua, passando em todas as lojas de que sei que gosta, perguntando a todo mundo se eles tinham visto você.

— Ah, é? — falo, distraída, sentindo o carpete queimar através da calça jeans enquanto me arrasto pelo chão de joelhos.

— Sim — responde ele em voz baixa de novo.

— Ahá! Achei! — Estava ao lado da lixeira, embaixo da cômoda. — Cadê a droga do meu sapato?

— E, no caminho — continua papai, e eu controlo minha irritação —, eu encontrei um policial e disse a ele que estava muito preocupado, e ele me acompanhou de volta ao hotel e me disse para esperar aqui por você, mas para ligar para esse número se você não voltasse em 24 horas.

— Ah, que gentil da parte dele. — Abro o guarda-roupa, ainda procurando meu sapato, e o encontro ainda com roupas do papai. — Pai! — exclamo. — Você esqueceu seu outro terno. E seu melhor suéter!

Olho para ele pelo que percebo ser a primeira vez desde que entrei no quarto, e só então noto como ele está pálido. Como parece velho nesse quarto de hotel novo e sem alma. Encarapitado na beira da cama, ele está vestido com seu terno completo, boina ao seu lado na cama, a mala feita ou meio feita e já fechada ao lado dele. Numa das mãos ele segura a foto da mamãe, na outra o cartão que o policial lhe deu. Seus dedos tremem, seus olhos estão vermelhos e inchados.

— Pai — digo, me enchendo de pânico —, você está bem?

— Eu estava preocupado — repete ele de novo naquela vozinha que eu basicamente ignorei desde entrei no quarto. Ele engole em seco com esforço. — Não sabia onde você estava.

— Eu estava visitando um amigo — respondo suavemente, me sentando ao lado dele.

— Ah. Bem, esse amigo aqui estava preocupado. — Ele abre um sorrisinho. Um sorriso que me choca com sua fragilidade. Ele parece um velhinho. Seu jeito de sempre, sua natureza jovial desapareceu. O sorriso dele desaparece depressa, e suas mãos trêmulas, em geral estáveis como rochas, forçam a foto da mamãe e o cartão do policial de volta para o bolso do paletó.

Olho para a mala dele.

— Você fez a mala sozinho?

— Tentei. Pensei que tinha pego tudo. — Ele desvia o olhar do guarda-roupa aberto, constrangido.

— Certo, bem, vamos dar uma olhadinha dentro dela e ver o que temos. — Ouço minha voz e me assusto ao perceber que estou falando com ele como se me dirigisse a uma criança.

— Não estamos sem tempo? — pergunta ele. A voz dele é tão baixa que sinto que preciso baixar a minha para não machucá-lo.

— Não. — Meus olhos se enchem de lágrimas e eu falo com mais força do que pretendia. — Nós temos todo o tempo do mundo, pai.

Desvio o olhar, ergo a mala para cima da cama e tento me recompor, distraindo as lágrimas para que não caiam. O dia a dia, o ordinário, o mundano é o que mantém o motor funcionando. O ordinário é na verdade extraordinário, uma ferramenta que todos nós usamos para seguir em frente, um modelo para a sanidade.

Quando abro a mala, sinto minha compostura escorregar de novo, mas continuo falando, parecendo uma mãe delirante do subúrbio num programa de TV dos anos 1960, repetindo o mantra hipnótico de que tudo está supimpa e tranquilo. Solto uns "minha nossa" e "eita" enquanto mexo na mala dele, que está uma zona, por mais que eu não devesse estar surpresa, já que meu pai nunca teve que fazer uma mala na vida. Acho que o que me incomoda é a possibilidade de que, aos 75 anos, depois de dez anos sem a esposa, ele simplesmente não saiba como, ou então que meu sumiço por algumas horas o tenha impedido de ser bem-sucedido na tarefa. Uma tarefa simples dessa, e meu pai grande-como-um-carvalho, firme-como-uma-rocha não consegue fazer. Em vez disso, ele fica sentado na beira da cama, torcendo a boina com os dedos nodosos, com manchas hepáticas feito a pele de uma girafa, dedos tremendo no ar como se tocassem um instrumento de corda, controlando o vibrato dentro de minha cabeça.

As peças que ele tentou dobrar, mas fracassou estão amassadas em bolinhas desordenadas, como se tivessem sido guardadas por uma criança. Encontro meu sapato dentro de algumas toalhas. Tiro meu sapato e o calço sem dizer nada, como se fosse a coisa mais normal do mundo. Coloco as toalhas de volta no banheiro. Começo a dobrar e guardar tudo do zero. As cuecas sujas dele, meias, pijamas, coletes, nécessaire. Viro de costas para pegar as roupas do armário e respiro fundo.

— Temos todo o tempo do mundo, pai — repito. Mas, dessa vez, digo isso para mim.

No metrô a caminho do aeroporto, meu pai não para de olhar o relógio e se remexer no assento. Toda vez que o trem para numa estação, ele empurra o assento à frente com impaciência como se para apressá-lo.

— Tem algum compromisso? — Sorrio.

— O Clube da Segunda. — Ele me lança um olhar preocupado. Nunca perdeu uma semana, nem quando eu estava no hospital.

— Mas hoje é segunda-feira.

Ele se remexe.

— Eu só não quero perder o voo. Podemos ficar presos aqui.

— Ah, acho que vamos conseguir. — Faço meu melhor para esconder meu sorriso. — E tem mais do que um voo por dia, sabe.

— Que bom. — Ele parece aliviado e até impressionado. — Talvez eu chegue até para a missa da noite. Ah, eles não vão acreditar em tudo o que eu vou contar para eles — diz ele com empolgação. — Donal vai cair duro quando todo mundo der ouvidos a mim em vez de a ele para variar.

Ele se acomoda de volta no assento e observa a escuridão do subterrâneo passar veloz pela janela. Ele encara o negrume, vendo não o próprio reflexo, mas qualquer outra coisa muito distante no espaço-tempo. Enquanto está em outro mundo, ou nesse mesmo mundo, mas num tempo diferente, eu pego meu celular e começo a planejar meu próximo passo.

— Frankie, sou eu. Justin Hitchcock vai pegar o primeiro avião para Dublin amanhã de manhã e eu preciso saber o que ele vai fazer o mais rápido possível.

— Como eu saberia isso, dra. Conway?

— Achei que tivesse seus esquemas.

— E tenho. Mas pensei que você fosse a vidente.

— Eu certamente não sou vidente e não sei nada sobre aonde ele pode estar indo.

— Seus poderes estão desaparecendo?

— Eu não tenho poderes.

— Que seja. Me dê uma hora, já te ligo.

Duas horas depois, bem quando eu e papai estamos prestes a embarcar, eu recebo uma ligação de Frankie.

— Ele estará na National Gallery amanhã às 10h30. Vai dar uma palestra sobre uma pintura chamada *Mulher Escrevendo uma Carta*. Parece fascinante.

— Ah, é fascinante mesmo, é um dos melhores quadros de Terborch. Na minha opinião.

Silêncio.

— Você estava sendo sarcástica, não estava? — digo, percebendo.

— Certo, bem, o seu tio Tom ainda tem aquela empresa? — Dou um sorriso travesso, e papai me olha com curiosidade.

— O que você está planejando? — pergunta ele com desconfiança quando desligo o celular.

— Vou me divertir um pouquinho.

— Você não deveria voltar ao trabalho? Já faz semanas. Conor ligou para o seu telefone móvel quando você estava fora hoje de manhã, esqueci de avisar. Ele está no Japão, mas eu o escutei muito bem — diz ele, impressionado com Conor ou com a companhia telefônica, não sei dizer exatamente qual. — Ele queria saber por que ainda não havia uma placa de "Vende-se" no jardim da casa. Ele disse que você ficou de fazer isso.

Ele parece preocupado, como se eu tivesse quebrado uma regra sagrada e a casa fosse explodir se não tivesse uma placa de "Vende-se" fincada no solo.

— Ah, eu não esqueci. — Fico agitada com a ligação de Conor. — Estou vendendo-a por conta própria. A primeira visita é amanhã.

Ele parece hesitante, e tem razão para isso, porque eu estou mentindo descaradamente, mas tudo que eu preciso fazer é olhar a agenda e ligar para os clientes da minha lista que sei que estão procurando uma propriedade parecida. Consigo pensar em alguns nomes de imediato.

— Sua empresa sabe disso? — Ele estreita os olhos.

— Sim. — Abro um sorriso tenso. — Eles podem tirar as fotos e colocar a placa em questão de horas. Conheço algumas pessoas do mercado imobiliário.

Ele revira os olhos.

Desviamos o olhar com irritação, e, enquanto avançamos pela fila de embarque, só para sentir que não estou mentindo, mando mensagens para alguns clientes que mostrei propriedades antes de sair de licença, perguntando se eles têm interesse numa visita. Então peço ao meu fotógrafo de confiança para tirar fotos da casa. Quando nos sentamos no avião, já providenciei as fotos e a placa de "Vende-se" para hoje à tarde e uma visita amanhã. Um casal de professores da escola local visitará a casa na hora do almoço. Ao fim da mensagem da mulher está o obrigatório "Fiquei muito triste ao saber o que aconteceu. Tenho pensado em você. Nos vemos amanhã. Beijos, Linda."

Eu a deleto na mesma hora.

Papai olha para meus dedões trabalhando nas teclas do celular com rapidez.

— Está escrevendo um livro?

Eu o ignoro.

— Vai ficar com artrite nos dedões, e isso não é muito divertido, acredite em mim.

Envio a mensagem e desligo o celular.

— Você realmente não estava mentindo sobre a casa? — pergunta ele.

— Não — respondo, com confiança agora.

— Bem, eu não sabia disso, né? Não sabia o que dizer.

Um ponto para mim.

— Tudo bem, pai, você não precisa se sentir envolvido nisso tudo.

— Bem, eu estou.

Um ponto para ele.

— Bem, você não precisaria estar se não tivesse atendido o *meu* celular.

Dois a um.

— Você passou a manhã toda desaparecida; o que eu deveria fazer, ignorar?

Dois a dois.

— Ele estava preocupado com você, sabe. Disse que você deveria conversar com alguém. Um profissional.

Passou do limite.

— É mesmo? — Cruzo os braços, com vontade de ligar imediatamente para ele e desabafar sobre tudo que eu odeio nele e que sempre me irritou. Como ele cortava as unhas do pé na cama, como ele assoava o nariz toda manhã com tanta força que quase balançava a casa, a inabilidade dele de deixar as pessoas concluírem suas frases, o truque idiota da moeda do qual eu fingi rir toda vez que ele fazia, incluindo a primeira, a inabilidade dele de se sentar e ter uma conversa adulta sobre nossos problemas, a constante mania dele de se afastar durante nossas brigas... Meu pai interrompe minha tortura silenciosa de Conor.

— Ele disse que você ligou para ele no meio da noite, falando latim.

— Jura? — Sinto uma onda de raiva. — O que você respondeu?

Ele olha pela janela enquanto ganhamos velocidade na pista.

— Eu disse a ele que você dá uma boa viking fluente em italiano também. — Vejo as bochechas dele se erguerem e dou uma gargalhada.

Empatado.

Ele pega minha mão de repente.

— Obrigado por tudo, meu amor. Eu me diverti muito. — Ele aperta minha mão e volta a olhar pela janela enquanto os campos verdes ao redor da pista se tornam um borrão.

Ele não me solta, então eu descanso a cabeça no ombro dele e fecho os olhos.

TRINTA E TRÊS

Justin atravessa a área de desembarque do aeroporto de Dublin na manhã de terça-feira com o celular colado ao ouvido, escutando mais uma vez à mensagem da caixa postal de Bea. Ele suspira e revira os olhos antes do sinal para deixar recado, se sentindo mais do que um pouco irritado agora com o comportamento infantil dela.

— Oi, querida, sou eu. Seu pai. De novo. Olha, eu sei que você está brava comigo e que na sua idade tudo é super dramático, mas se você apenas ouvir o que eu tenho a dizer, há grandes chances de concordar comigo e me agradecer por isso quando for velha e grisalha. Eu só quero o melhor para você e não vou desligar esse telefone até ter te convencido de... — Ele desliga imediatamente.

Atrás da barreira do desembarque há um homem de terno escuro segurando um grande cartaz branco com o sobrenome de Justin escrito em letras maiúsculas grandes. Abaixo, aquelas palavras mágicas: "AGRADEÇO".

O verbo *agradecer* vêm capturando a atenção dele em outdoors, jornais, anúncios no rádio e na televisão dia e noite, desde que o primeiro bilhete chegou. Sempre que o verbo ou alguma de suas variações escapava dos lábios de um transeunte, ele o olhava melhor, seguindo-o como se estivesse hipnotizado, como se houvesse algum tipo de código criptografado especial só para ele. Essas palavras flutuavam no ar feito o aroma de grama recém-cortada num dia de verão; mais do que cheiro, elas carregavam um sentimento, um lugar, uma época do ano, uma felicidade, uma celebração de mudança, de superação. Elas o transportam assim como uma música especial da juventude o faz, quando a nostalgia, assim como a maré, avança e alcança você na areia, puxando-o para dentro e para baixo quando menos espera, frequentemente quando menos queria.

Aquelas palavras estavam constantemente na cabeça dele, *agradeço, agradeço, agradeço*. Quanto mais ele as ouvia e relia os curtos bilhetes, mais estranhos eles se tornavam, como se ele estivesse vendo aquela sequência particular de letras pela primeira vez na vida; feito notas musicais, tão familiares, tão simples, mas, se organizadas de uma forma diferente, se tornava pura obra de arte.

A transformação de coisas comuns do dia a dia em algo mágico, a compreensão crescente de que as percepções dele podiam ser transformadas, faz com que ele se lembre de quando era criança e passava longos momentos silenciosos encarando o próprio rosto no espelho. De cima de um banquinho, para dar altura, quanto mais intensamente ele encarava, mais o rosto se metamorfoseava em outro totalmente desconhecido para ele. Não era o rosto que a mente dele o convencera de maneira tão teimosa de que ele tinha, mas sim sua verdadeira versão: olhos mais afastados do que ele pensara, uma pálpebra mais baixa do que a outra, uma narina ligeiramente mais baixa, um dos cantos da boca curvado para baixo, como se houvesse uma linha cortando o centro do seu rosto que, ao ser puxada, arrastou tudo para baixo, feito uma faca num bolo de chocolate melado. A superfície, antes lisa, tornava-se caída e dependurada. Numa olhada rápida, era imperceptível. Uma análise cuidadosa, antes de escovar os dentes à noite, revelava que ele usava o rosto de um estranho.

No presente, ele se afasta um pouco da palavra, a circula algumas vezes e a olha por todos os ângulos. Tal qual pinturas numa galeria, as próprias palavras ditam a altura na qual precisam ser exibidas, o ângulo pelo qual devem ser abordadas e a posição da qual devem ser mais bem contempladas. Ele encontrou o ângulo certo agora. Agora consegue ver o peso que carregam, como pombos, *e* a mensagem que carregam, feito ostras com suas pérolas, abelhas em guarda obediente de sua rainha e seu mel, com seus ferrões afiados. Elas têm um senso de propósito, a força da beleza e da munição. Em vez de uma expressão educada ouvida milhares de vezes por dia, "agradecer" agora tem significado.

Sem pensar mais em Bea, ele fecha o celular e se aproxima do homem com o cartaz.

— Olá.

— Sr. Hitchcock? — As sobrancelhas do homem de 1,80 metro são tão escuras e grossas que ele mal consegue ver seus olhos.

— Sim — confirma ele com desconfiança. — Esse carro é para um *Justin* Hitchcock?

O homem consulta um papel no bolso.

— Sim, senhor. Ainda é o senhor, ou não?

— S-sim — responde ele lentamente. — Sou eu.

— O senhor não parece ter muita certeza — diz o motorista, abaixando o cartaz. — Aonde vai esta manhã?

— Você não deveria saber?

— Eu sei. Mas da última vez que deixei alguém incerto como o senhor entrar no meu carro, eu levei um ativista pelos direitos animais direto para uma reunião da IMFHA.

Sem saber o significado da sigla, Justin pergunta:

— Isso é ruim?

— O presidente da Associação Irlandesa de Caçadores de Raposas achou. Ele ficou preso no aeroporto sem carro enquanto o lunático que eu busquei jogava tinta vermelha pela sala de reunião. E ainda fiquei sem gorjeta.

— Bem, pior que ficar sem gorjeta é ficar sem motorista — comenta Justin em tom brincalhão.

O motorista olhou para ele sem expressão.

Justin fica corado.

— Bem, eu vou para a National Gallery. — Pausa. — Eu sou *a favor* da National Gallery. Vou falar sobre pintura, e não transformar as pessoas em telas como forma de lidar com a frustração. Apesar de que, se minha ex-esposa estivesse na plateia, eu daria uma pincelada nela.

Ele dá uma risada, e o motorista responde com outro olhar inexpressivo.

— Eu não esperava que ninguém viesse me receber — tagarela Justin enquanto segue o motorista para fora do aeroporto e em direção ao dia cinzento de outubro. — Ninguém da galeria me informou que você estaria aqui — fala ele, o testando, enquanto os dois avançam apressados pela passagem de pedestres em meio a gotas de chuvas que caem como saltadores de paraquedas, puxando a cordinha de emergência ao mergulhar em direção à cabeça e aos ombros de Justin.

— Também não sabia que viria até tarde da noite de ontem, quando recebi uma ligação. Eu tinha ficado de ir ao funeral da tia da minha esposa hoje. — Ele revira os bolsos em busca do bilhete de estacionamento e o enfia na máquina para validá-lo.

— Ah, sinto muito. — Justin para de limpar as vítimas paraquedistas que se chocaram com um "splash" nos ombros de sua jaqueta de veludo marrom e olha para o motorista com tristeza, respeitoso.

— Eu também. Odeio funerais.

Resposta interessante.

— Bem, você não é o único.

Ele para de andar e se vira para olhar Justin com uma intensa seriedade no rosto.

— Eles sempre me dão crise de riso — diz ele. — Isso já aconteceu com você?

Justin não tem certeza se deve levá-lo a sério ou não, mas o motorista não está rindo. Justin imagina o funeral do pai, quando ele tinha nove anos. As duas famílias reunidas no cemitério, vestidas dos pés à cabeça de preto feito besouros ao redor do buraco aberto no solo onde o caixão fora colocado. A família do pai dele fora de avião da Irlanda, trazendo a chuva consigo, que não era normal para o verão quente de Chicago. Todos ficaram embaixo de guarda-chuvas, ele próximo de sua tia Emelda, que segurava o guarda-chuva numa das mãos e o ombro dele com firmeza na outra, Al e a mãe ao lado sob outro guarda-chuva. Al levara consigo um caminhão de bombeiro, com o qual brincou enquanto o padre falava sobre a vida do pai deles. Isso irritou Justin. Na verdade, tudo e todos irritaram Justin naquele dia.

Ele odiava que a mão da tia Emelda estivesse ali no ombro dele, por mais que soubesse que ela estava tentando ajudar. Era pesada e apertada, como se o mantivesse no lugar, temendo que ele fugisse dela, com medo de que ele corresse para dentro do grande buraco no solo onde o pai estava.

Ele a recebera naquela manhã, vestido em seu melhor terno, como sua mãe pedira em sua voz nova, baixa, que Justin precisou levar o ouvido aos lábios dela para escutar. Tia Emelda tinha fingido ser vidente assim como sempre fazia quando eles se encontravam depois de longos períodos sem se ver.

"Eu sei exatamente o que você quer, meu soldadinho", dissera ela em seu forte sotaque de Cork, que Justin mal entendia e nunca sabia ao certo se ela estava começando a cantar ou falando com ele. Ela revirou a bolsa gigantesca e escavou um soldado com um sorriso de plástico e uma saudação de plástico, arrancando depressa a etiqueta de preço e, com ela, apagando o nome do soldado, antes de entregá-lo a ele. Justin encarou o Coronel Sem Nome, que o saudava com uma das mãos e segurava uma arma de plástico com a outra, e desconfiou dele imediatamente. A arma de plástico se perdeu na pilha pesada de casacos pretos na porta da frente assim que ele a tirou da embalagem. Como de praxe, os poderes psíquicos da tia Emelda tinham se sintonizado com os desejos do menino errado, porque Justin não queria aquele soldado de plástico justo naquele dia, e ele não pôde evitar imaginar um garotinho do outro lado da cidade esperando um soldado de plástico de aniversário e, em vez disso, recebendo o pai de Justin. No entanto, ele aceitou o presente atencioso com um sorriso tão grande e sincero quanto o do Coronel Sem Nome. Mais tarde naquele dia, ao lado do buraco no solo, talvez pela primeira vez a tia Emelda conseguisse ler os pensamentos dele enquanto o segurava com força e afundava as unhas no ombro ossudo dele como se o segurasse no lugar. Porque Justin pensara em pular naquele buraco escuro e úmido.

Ele pensou em como seria o mundo lá embaixo. Se ele conseguisse fugir do aperto forte da tia irlandesa e pular no buraco antes de alguém conseguir pegá-lo, talvez, quando o solo se fechasse acima deles, feito um tapete de grama sendo desenrolado, eles fossem ficar juntos. Ele se perguntou se teriam seu próprio mundinho aconchegante no subsolo. Ele poderia ter o pai só para si, sem precisar dividi-lo com mamãe ou Al, e lá eles poderiam brincar e rir juntos, onde era mais escuro. Talvez o papai só não gostasse da luz; talvez ele só quisesse que a luz fosse embora para que ela não o fizesse semicerrar os olhos nem queimasse, fizesse coçar e criasse sardas em sua pele clara, como sempre acontecia em dias ensolarados. O pai dele ficava aborrecido quando o sol quente estava no céu, e tinha que se sentar na sombra enquanto Justin, a mãe e Al brincavam do lado de fora, mamãe ficando mais morena a cada dia, papai ficando mais branco e mais irritado com o calor. Talvez ele só quisesse um descanso do verão; que a coceira e a frustração da luz fossem embora.

Quando o caixão foi baixado para dentro do buraco, a mãe dele soltou gritos sofridos que fizeram Al chorar também. Justin sabia que Al não estava chorando porque sentia falta do pai, mas sim por estar assustado com a reação da mãe. Ela começara a chorar quando as fungadas da avó, mãe do pai dele, se transformaram em altos prantos, e quando Al começou a chorar, a congregação inteira ficou de coração partido ao ver o filhinho órfão em lágrimas. Até mesmo o irmão do papai, Seamus, que sempre estava risonho, estava com o lábio trêmulo e uma veia se projetava de seu pescoço feito as de um fisiculturista, o que fez Justin pensar que havia outra pessoa dentro do tio, desesperada para sair se ele deixasse.

As pessoas nunca deveriam começar a chorar. Porque se começam... Justin quis gritar para eles deixarem de ser tão idiotas; que Al não estava chorando por causa do pai. Ele queria lhes dizer que Al não fazia ideia do que estava acontecendo de verdade. Ele passara o dia concentrado em seu caminhão de bombeiro e olhava ocasionalmente para Justin, com uma expressão tão cheia de dúvidas que ele precisava virar o rosto.

Homens de terno carregaram o caixão do pai dele até aquele lugar. Eles não eram tios dele nem amigos do pai. Não choravam como o resto, mas também não sorriam. Não pareciam entediados nem interessados. Eles pareciam já ter estado no funeral do papai uma centena de vezes e não se importarem muito com o fato de que ele morrera de novo, nem com fazer outro buraco, carregá-lo de novo e enterrá-lo de novo. Ele observou enquanto os homens sem sorrisos jogavam punhados de terra sobre o caixão, fazendo barulhos de tambor na madeira. Ele se perguntou se o barulho acordaria o pai de seu cochilo de verão. Ele não chorou como os outros porque sentiu que seu pai finalmente escapara da luz. Ele não precisaria mais se sentar sozinho na sombra.

Justin percebe que o motorista o encara intensamente. Ele aproxima a cabeça, esperando a resposta a uma pergunta muito pessoal sobre uma urticária e se Justin já tivera uma.

— Não — responde ele em voz baixa, pigarreando e ajustando os olhos ao mundo de 35 anos depois. Viagem mental no tempo; uma coisa poderosa.

— Ali o nosso. — O motorista aperta o botão da chave e as luzes de um Mercedes Classe S se acendem.

O queixo de Justin cai.

— Você sabe quem organizou isso?

— Não faço ideia. — O motorista abre a porta para ele. — Eu só sigo ordens do meu chefe. Apesar de ter sido incomum precisar escrever "agradeço" no cartaz. Faz algum sentido para o senhor?

— Faz, sim, mas... é complicado. Você tem como descobrir com seu chefe quem está pagando por isso? — Justin se senta no banco traseiro do carro, a pasta no chão ao seu lado.

— Posso tentar.

— Seria ótimo. — *Aí eu vou te pegar!* Justin relaxa no assento de couro, estica totalmente as pernas e fecha os olhos, mal conseguindo conter um sorriso.

— Meu nome é Thomas, por sinal — apresenta-se o motorista. — Ficarei disponível para o senhor o dia todo, então seja lá aonde queira ir depois, é só me avisar.

— O dia todo? — Justin quase engasga com sua garrafa de água gratuita, que o esperava no descanso de braço. Ele salvou a vida de uma pessoa rica. Isso! Ele deveria ter mencionado mais para Bea do que muffins e jornais. Uma casa no sul da França. Como ele fora idiota por não pensar mais rápido.

— Não foi sua empresa que organizou isso para o senhor? — pergunta Thomas.

— Não. — Justin balança a cabeça. — Definitivamente não.

— Talvez o senhor tenha uma fada madrinha e não saiba — diz Thomas, sério.

— Bem, vamos ver a potência dessa abóbora — comenta Justin, rindo.

— Não vamos conseguir testá-la nesse trânsito — responde o motorista, freando ao entrar no trânsito de Dublin, piorado pela manhã cinza e chuvosa.

Justin aperta o botão na porta para aquecer os bancos e se recosta ao sentir as costas e o traseiro esquentando. Ele tira os sapatos, reclina o encosto e relaxa confortavelmente enquanto observa os rostos miseráveis dos passageiros dos ônibus, olhando sonolentos pelas janelas embaçadas.

— Depois da National Gallery, você se importa em me levar à D'Olier Street? Preciso visitar uma pessoa na clínica de doação de sangue.

— Sem problemas, chefe.

O vento de outubro sopra e bufa e tenta arrancar as últimas folhas das árvores próximas. Elas se seguram firme, feito as babás em *Mary Poppins*, que se agarram aos postes de luz da Cherry Tree Lane numa tentativa desesperada de impedir que sua competição voadora as sopre para longe da grande entrevista na casa dos Banks. As folhas, assim como muitas pessoas neste outono, ainda não estão prontas para desistir. Elas se agarram com força ao ontem, incapazes de controlar sua mudança de cor, mas, por Deus, brigando com unhas e dentes antes de abrir mão do lugar que foi seu lar por duas estações. Observo enquanto uma delas se solta e dança pelo ar antes de cair no chão. Eu a pego e a giro lentamente pelo cabo. Não sou fã do outono. Não sou fã de observar coisas tão vigorosas murcharem ao perderem para a natureza, a força maior que elas não podem controlar.

— Aí vem o carro — comento com Kate.

Estamos do outro lado da rua do National Gallery, atrás de carros estacionados, sombreadas pelas árvores que se erguem pelos portões da Merrion Square.

— Você pagou por *isso*? — pergunta Kate. — Você é doida mesmo.

— Me conta uma novidade. Na verdade, eu paguei metade. Quem está dirigindo é o tio da Frankie; ele é dono da empresa. Finge que não o conhece se ele olhar para cá.

— Eu não o conheço.

— Muito bem, foi convincente.

— Joyce, eu nunca vi o homem na minha vida.

— Uau, isso foi *muito* bom.

— Por quanto tempo você vai continuar com isso, Joyce? O negócio em Londres pareceu divertido, mas, sério, só o que sabemos é que ele doou sangue.

— Para mim.

— Nós não sabemos disso.

— Eu sei.

— Você não tem como saber.

— Tenho, sim. Aí que está.

Ela parece desconfiada e me encara com tanta pena que meu sangue ferve de raiva.

— Kate, ontem eu comi carpaccio e funcho no jantar e passei a noite cantando de cor praticamente todas as letras do *Ultimate Collection* de Pavarotti.

— Ainda não entendo como você acha que o responsável por isso é esse tal Justin Hitchcock. Lembra daquele filme *Fenômeno*? John Travolta simplesmente virou gênio da noite pro dia.

— Ele teve um tumor no cérebro que de alguma forma aumentou sua habilidade de aprendizado — retruco com rispidez.

A Mercedes encosta em frente aos portões da National Gallery. O motorista sai do carro para abrir a porta para Justin e ele emerge, de pasta na mão, sorriso de orelha a orelha, e fico feliz em ver que o pagamento da hipoteca do mês que vem foi bem utilizado.

Me preocuparei com isso, e com tudo mais na minha vida, quando for o momento.

Ele ainda tem a aura que eu senti no dia em que o vi pela primeira vez, no salão de cabeleireiro; uma presença que faz meu estômago subir alguns lances de escada e depois escalar os degraus para a plataforma de dez metros de mergulho na final das Olimpíadas. Ele ergue os olhos para a galeria, para os arredores do parque, e sorri com aquele maxilar forte, um sorriso que faz meu estômago pular uma, duas, três vezes antes de tentar o mergulho mais difícil de todos, um salto mortal para trás, então uma, duas, três piruetas e meia antes de entrar na água, de barriga. Minha entrada pouco sofisticada mostra que eu não sou uma pilha de nervos experiente. O mergulho, apesar de aterrorizante, foi bem agradável, e estou disposta a subir aqueles degraus de novo.

Outra brisa suave passa, mexendo as folhas, e não tenho certeza se estou imaginando, mas ela carrega até mim o cheiro da loção pós-barba dele, o mesmo aroma do salão. Tenho um vislumbre dele pegando um pacote embrulhado em papel esmeralda, que reluz sob as luzes de uma árvore de Natal e de velas ao redor. Está amarrado com um grande laço vermelho e por um instante minhas mãos se transformam nas dele enquanto ele o desfaz lentamente, arranca a fita adesiva com delicadeza, tomando cuidado para não rasgar. Fico impressionada com a atenção dele pelo pacote, que foi embrulhado com carinho, até que seus pensamentos se tornam momentaneamente meus e eu descubro seus planos de usar o papel nos presentes sem embrulho que ele deixou no carro. Do lado de dentro há um frasco de loção pós-barba e um kit de barbear. Um presente de Natal de Bea.

— Ele é bonito — sussurra Kate. — Apoio cem por cento sua perseguição, Joyce.

— Eu não estou perseguindo ele — sibilo —, e faria isso mesmo que ele fosse feio.

— Posso entrar e assistir à palestra dele? — pergunta Kate.

— Não!

— Por que não? Ele nunca me viu, não vai me reconhecer. Por favor, Joyce, minha melhor amiga acredita que tem uma conexão com um completo estranho. Eu posso pelo menos ouvi-lo para ver como ele é.

— E o Sam?

— Você cuida dele rapidinho?

Congelo.

— Ah, esquece — diz ela, depressa. — Eu levo ele comigo. Vou ficar bem no fundo e sair se ele perturbar.

— Não, não, tudo bem. Eu posso cuidar dele. — Engulo em seco e me forço a sorrir.

— Tem certeza? — Ela não parece convencida. — Não vou assistir ao negócio todo. Só quero ver como ele é.

— Vou ficar bem. Vá. — Eu a empurro delicadamente. — Vá lá e divirta-se. Vamos ficar bem aqui, não vamos?

Em resposta, Sam coloca o dedão do pé na boca.

— Prometo que não vou demorar. — Kate se debruça por cima do carrinho, dá um beijo no filho, atravessa a rua correndo e entra na National Gallery.

— Então... — Olho ao redor com nervosismo. — Somos só nós, Sean.

Ele me encara com seus grandes olhos azuis e os meus se enchem instantaneamente de lágrimas.

Olho ao redor para me certificar de que ninguém me ouviu. Quer dizer, não ouviram Sam.

Justin assume sua posição no pódio do auditório no porão da National Gallery. Uma sala lotada o encara de volta, e ele está em sua zona de conforto. Uma moça retardatária entra na sala, pede desculpas e ocupa rapidamente um assento em meio à plateia.

— Bom dia, senhoras e senhores, muito obrigado por estarem aqui nesta manhã chuvosa. Estou aqui para falar sobre essa pintura. *Mulher Escrevendo uma Carta*, por Terborch, um artista barroco holandês do século XVII que foi amplamente responsável pela popularização do tema carta. Essa pintura... bem, não só essa pintura, mas o gênero epistolar é um dos meus favoritos, especialmente nos tempos atuais, quando cartas pessoais parecem ter se tornado quase extintas. — Ele para.

Quase, mas não totalmente, pois há alguém me mandando bilhetes.

Ele se afasta do pódio, caminha em direção à plateia e olha para a multidão, com expressão desconfiada. Ele estreita os olhos enquanto analisa a audiência. Esquadrinha as fileiras, sabendo que alguém ali pode ser o misterioso autor dos bilhetes.

Alguém tosse, acordando-o do transe, e ele volta a si. Está levemente afobado, mas continua de onde parou.

— Numa época em que as cartas pessoais se tornaram quase extintas, isso é um lembrete de como os grandes mestres da Era de Ouro retrataram o sutil espectro das emoções humanas, afetados por um aspecto aparentemente tão simples do cotidiano. Terborch não foi o único artista responsável por essas imagens. Não posso me aprofundar mais neste assunto sem demonstrar minha apreciação por Vermeer, Metsu e de Hooch, que produziram pinturas de pessoas lendo, escrevendo, recebendo e enviando cartas, sobre os quais eu escrevi em meu livro *A Era de Ouro da pintura holandesa: Vermeer, Metsu e Terborch.* As pinturas de Terborch usam o ato de escrever cartas como um pivô ao redor do qual giram dramas psicológicos complexos, e as obras dele estão entre as primeiras a conectar amantes pelas epístolas.

Enquanto fala, ele analisa a mulher que chegou um pouco atrasada e outra jovem atrás dela durante a segunda metade, se perguntando se elas estão buscando significados mais profundos em suas palavras. Ele quase ri alto de si mesmo por sua suposição de que, primeiro, a pessoa cuja vida ele salvou estaria naquela sala, e segundo, de que seria uma mulher jovem, e terceiro, atraente. Isso o faz se questionar... o que exatamente ele vem esperando que resulte daquele drama?

Empurro o carrinho de Sam até a Merrion Square, e somos instantaneamente transportados do centro georgiano da cidade para outro mundo, sombreado por árvores maduras e cercado de cor. O laranja queimado, o vermelho e o amarelo da folhagem do outono sujam o chão e, a cada brisa, saltitam ao nosso lado feito passarinhos curiosos. Escolho um banco na alameda tranquila e viro o carrinho de Sam de frente para mim. Nas árvores que ladeiam a passagem, ouço galhos se partindo enquanto ninhos são construídos e o almoço é preparado.

Observo Sam por um tempo enquanto ele estica o pescoço para as últimas folhas que se recusam a desistir de seus galhos, bem acima dele. Ele aponta com o dedinho para o céu e faz barulhos.

— Árvore — digo a ele, o que o faz sorrir, a cara da mãe dele.

A visão tem o mesmo efeito de levar um chute na barriga. Tiro um momento para recuperar o fôlego.

— Sam, enquanto estamos aqui, nós precisamos ter uma conversa — falo.

O sorriso dele se amplia.

— Preciso pedir desculpas. — Limpo a garganta. — Não tenho te dado muita atenção, não é? Sabe o que é... — Espero um homem terminar de passar por nós antes de continuar. — Sabe o que é... — Abaixo a voz. — Eu não suportava olhar para você... — Eu me interrompo quando o sorriso dele se amplia ainda mais.

"Ah, tá bom. — Eu me inclino para a frente, tiro a coberta dele e aperto o botão para soltar o cinto de segurança. — Vem cá comigo. — Eu o levanto do carrinho e o coloco sentado no meu colo. O corpo dele está quente e eu o abraço forte. Sinto o cheiro da cabeça dele, uma delícia, o cabelo ralo tão macio quanto veludo, o corpinho tão gorducho e macio nos meus braços, sinto vontade de apertá-lo com mais força. — A questão é — falo baixinho para o topo da cabeça dele — que eu ficava devastada ao olhar para você, ao abraçá-lo como eu fazia, porque toda vez que eu o via, me lembrava do que perdi. — Ele ergue o olhar para mim e balbucia em resposta. — Mas como eu pude alguma vez ter medo de te olhar? — Beijo o nariz dele. — Eu não devia ter descontado em você, mas você não é meu, e isso é tão difícil. — Meus olhos se enchem de lágrimas, e deixo que elas caiam. — Eu queria ter um menininho ou menininha para que, assim como acontece quando você sorri, as pessoas pudessem dizer, olha só, você é a cara da sua mamãe, ou talvez que o bebê tivesse meu nariz ou meus olhos porque é isso o que as pessoas dizem para mim. Elas dizem que eu me pareço com a minha mãe. E eu amo ouvir isso, Sam, amo muito, porque eu sinto saudade dela e quero me lembrar dela todo santo dia. Mas olhar para você era diferente. Eu não queria ser lembrada todo dia de que eu perdi meu bebê."

— Be-be — diz ele.

Fungo.

— Be-be se foi, Sam. Sean para um menino, Grace para uma menina. — Seco meu nariz.

Sam, desinteressado em minhas lágrimas, desvia o olhar e observa um pássaro. Ele volta a apontar com o dedinho gorducho.

— Passarinho — falo em meio às lagrimas.

— Be-be — responde ele.

Sorrio e enxugo os olhos à medida que mais lágrimas escorrem para fora.

— Mas não tem mais Sean ou Grace. — Eu o aperto com mais força e deixo as lágrimas caírem, sabendo que Sam não conseguirá reportá-las a ninguém.

O passarinho dá alguns pulinhos para a frente e decola, desaparecendo no céu.

— Be-be foi — diz Sam, estendendo as mãos.

Observo-o voar para longe, ainda visível, um pontinho no céu azul-claro. Minhas lágrimas param de cair.

— Be-be se foi — repito.

— O que vemos nessa pintura? — pergunta Justin.

Silêncio enquanto todo mundo olha para a imagem projetada.

— Bem, vamos começar pelo mais óbvio. Um moça está sentada a uma mesa num cômodo tranquilo. Ela está escrevendo uma carta. Vemos uma pena avançando por uma folha de papel. Não sabemos o que ela está escrevendo, mas seu sorriso suave sugere que ela está escrevendo para uma pessoa amada, talvez um amante. A cabeça dela está inclinada para a frente, expondo a elegante curva do pescoço...

*   *   *

Com Sam de volta ao carrinho, desenhando círculos num papel com seu giz de cera azul, ou, mais provável, golpeando pontos no papel, espalhando estilhaços de cera por todo canto, eu pego minha própria caneta e papel na bolsa. Seguro minha caneta de caligrafia e imagino que estou ouvindo Justin do outro lado da rua. Não preciso ver a *Mulher escrevendo uma carta* ao vivo, pois ela está gravada em minha mente depois dos anos de estudo intenso de Justin na faculdade e novamente durante as pesquisas para seu livro. Começo a escrever.

Como parte de uma tentativa de conexão entre mãe e filha aos meus dezessete anos, durante minha fase gótica, quando eu tinha o cabelo pintado de preto, o rosto de branco e os lábios de vermelho, vítimas de um *piercing*, minha mãe nos inscreveu numa aula de caligrafia na escola primária local. Toda quarta-feira às sete da noite.

Mamãe leu num livro bem *new-age* do qual meu pai discordava que participar de atividades com seu filho faria com que ele se abrisse mais facilmente e compartilhasse coisas sobre a vida dele por vontade própria, em vez de ser forçado a conversas formais e em estilo quase interrogatório, com as quais papai estava mais acostumado.

As aulas funcionaram, e por mais que eu resmungasse e bufasse enquanto aprendia essa tarefa nada descolada, eu me abria e contava tudo para ela. Bem, quase tudo. Ela tinha a intuição de adivinhar o resto. Eu desenvolvi um amor, respeito e compreensão mais profundos pela minha mãe como pessoa, mulher e não só como mãe. E também aprendi caligrafia.

Percebo que, quando encosto a caneta no papel e entro no ritmo das rápidas pinceladas para cima, assim como fomos ensinadas, sou levada de volta àquelas aulas, transportada para as salas de aula onde me sentei com minha mãe.

Ouço a voz dela, sinto o cheiro dela e repasso nossas conversas, às vezes sem jeito por que, como tenho dezessete anos, não nos aprofundamos nas questões pessoais, mas conversamos sobre elas do nosso próprio jeito, encontrando uma forma de falar sobre apesar de tudo. Foi uma atividade perfeita para ela escolher para mim aos dezessete anos, melhor do que ela poderia imaginar. Caligrafia tinha ritmo, raízes no estilo gótico, era escrita no vigor do momento e tinha atitude.

Um estilo uniforme de escrita, mas que era único. Uma lição para me ensinar que conformidade talvez não significasse exatamente o que eu já pensara que significava, pois há muitas maneiras de se expressar num mundo com limites, sem ultrapassá-los.

Ergo os olhos da página subitamente.

— *Trompe l'oeil* — falo em voz alta com um sorriso.

Sam para de bater o giz de cera e me olha com interesse.

— O que isso quer dizer? — pergunta Kate.

— *Trompe l'oeil* é uma técnica artística que envolve a criação de imagens extremamente realistas a fim de criar a ilusão ótica de que os objetos retratados realmente estão ali, em vez de serem uma pintura bidimensional. O nome é derivado do francês, *trompe* significa "enganar" e *l'oeil*, "olho" — diz Justin à sala. — Enganar o olho — repete ele, olhando para todos os rostos na plateia.

Cadê você?

TRINTA E QUATRO

— E aí, como foi? — pergunta Thomas, o motorista, no momento em que Justin entra no carro após a palestra.

— Eu vi você de pé no fundo do auditório. Você que me diga.

— Bem, eu não sei muito sobre arte, mas você fala muito bem sobre uma garota escrevendo uma carta.

Justin sorri e pega outra garrafa d'água. Ele não está com sede, mas ela está ali e é de graça.

— Você estava procurando alguém? — pergunta Thomas.

— Como assim?

— Na plateia. Eu o notei olhando ao redor algumas vezes. Uma mulher, é? — Ele dá um sorrisinho.

Justin sorri e balança a cabeça.

— Não faço ideia. Você acharia que eu sou louco se eu te contasse.

— E aí, o que você acha? — pergunto a Kate enquanto damos voltas pela Merrion Square e ela me conta sobre a palestra de Justin.

— O que eu acho? — repete ela, caminhando lentamente com o carrinho de Sam. — Acho que não importa se ele comeu carpaccio e funcho ontem, porque ele parece ser adorável mesmo assim. Acho que não importa quais sejam seus motivos para se sentir conectada ou atraída por ele. Você deveria parar de ficar correndo em volta dele e simplesmente se apresentar.

Balanço a cabeça.

— Não vai rolar.

— Por que não? Ele parecia interessado quando correu atrás do seu ônibus e no dia que te viu no balé. O que mudou?

— Ele não quer nada comigo.

— Como você sabe?

— Eu sei.

— *Como?* E não diga que é por causa de alguma baboseira que você viu em suas folhas de chá.

— Eu bebo café agora.

— Você odeia café.

— *Ele* obviamente não odeia.

Ela tenta ao máximo não ser negativa, mas desvia o olhar.

— Ele está ocupado demais procurando a mulher cuja vida salvou; não está mais interessado em mim. Ele tinha meu contato, Kate, e nunca ligou. Nem uma vez. Na verdade, ele chegou ao ponto de jogá-lo numa caçamba de lixo, e não me pergunte como sei disso.

— Eu te conheço, você provavelmente estava deitada no fundo dela.

Mantenho a boca bem fechada.

Kate suspira.

— Por quanto tempo você vai continuar com isso?

Dou de ombros.

— Não muito.

— E o trabalho? E Conor?

— Eu e Conor terminamos. Não há mais nada a ser dito. Quatro anos de separação, então estaremos divorciados. Quanto ao trabalho, eu já disse a eles que vou voltar na semana que vem, já estou com a agenda cheia de compromissos, e a casa... merda! — Puxo a manga da blusa para encontrar o relógio. — Preciso voltar. Vou mostrar uma casa daqui a uma hora.

Um beijo rápido e eu corro para pegar um ônibus para casa.

— Certo, é aqui. — Justin olha pela janela do carro para o segundo andar, onde fica a clínica de doação de sangue.

— Você vai doar sangue? — pergunta Thomas.

— De jeito nenhum. Só vou visitar uma pessoa. Não devo demorar muito. Se vir algum carro de polícia se aproximando, ligue o motor. — Ele sorri, mas de forma pouco convincente.

Na recepção, ele pede para falar com Sarah, e lhe pedem para esperar ali. Ao seu redor, homens e mulheres em roupas formais leem os jornais em seu horário de almoço, esperando serem chamados para doar sangue.

Ele se aproxima ligeiramente da mulher ao seu lado, que está folheando uma revista. Ele se inclina por cima de seu ombro e, quando sussurra, ela dá um pulo.

— Tem certeza de que quer fazer isso?

Todo mundo na sala abaixa seus jornais e revistas para encará-lo. Ele tosse e desvia o olhar, fingindo que outra pessoa disse aquilo. As paredes da sala estão cheias de pôsteres encorajando quem está esperando para doar, além de pôsteres de agradecimentos com criancinhas, sobreviventes de leucemia e outras doenças. Ele está há meia hora esperando e olha o relógio a cada minuto, ciente de que tem um voo a pegar. Quando a última pessoa o deixa sozinho na sala, Sarah aparece na porta.

— Justin. — Ela não é fria, nem grosseira ou irritada. Sua voz é baixa. Magoada. Isso é pior. Ele preferiria que ela estivesse irritada.

— Sarah.

Ele se levanta para cumprimentá-la e eles começam uma sequência estranha de meio-abraço e um beijo na bochecha, que vira dois, então um terceiro, que é abortado e quase se torna um beijo na boca. Ela se afasta, encerrando o cumprimento ridículo.

— Não posso demorar, tenho que pegar um voo, mas queria dar uma passada e te ver pessoalmente. Podemos conversar por alguns minutos?

— Sim, claro. — Ela entra na recepção e se senta, ainda com os braços cruzados.

— Ah. — Ele olha ao redor. — Você não tem uma sala ou algo assim?

— Aqui está ótimo.

— Onde fica a sua sala?

Os olhos dela se estreitam com desconfiança, então ele desiste da pergunta e rapidamente ocupa um assento ao lado dela.

— Estou aqui, na verdade, para pedir desculpas por meu comportamento da última vez que nos vimos. Bem, em todas as vezes que nos vimos e todos os momentos seguintes. Eu realmente sinto muito.

Ela assente, esperando mais.

Droga, isso era tudo o que eu tinha! Pense, pense. Você sente muito e...

— Eu não queria te magoar. Fiquei muito distraído com aqueles vikings malucos naquele dia. Na verdade, ando me distraindo com vikings malucos já faz uns dois meses e, hum... — *Pense!* — Posso usar o banheiro? Se não se importar. Por favor.

Ela parece um pouco surpresa, mas responde.

— Claro, fica bem no fim do corredor.

Na frente da casa, que exibe um cartaz recém-pregado de "Vende-se" na fachada, Linda e o marido, Joe, pressionam o rosto contra a janela e espiam a sala de estar. Um sentimento protetor me domina. Então, logo em seguida, desaparece. Lar não é um lugar; não este lugar, pelo menos.

— Joyce? É você? — Linda abaixa os óculos escuros lentamente.

Abro um sorriso largo e oscilante, enfiando a mão no bolso para pegar o chaveiro, que já não conta mais com minhas chaves do carro e a joaninha de pelúcia que era de mamãe. Mesmo este molho de chaves perdeu seu coração, sua leveza; só lhe sobrou a função.

— Seu cabelo, você está tão diferente.

— Oi, Linda. Oi, Joe. — Estendo a mão para cumprimentá-los.

Linda tem outros planos e se aproxima para me oferecer um grande e forte abraço.

— Ah, sinto muito por você. — Ela me aperta. — Coitadinha.

Seria um belo gesto se eu não a conhecesse há apenas um mês, quando lhe mostrei três casas, e ela havia feito o mesmo, colocando as mãos na minha barriga praticamente lisa ao descobrir que eu estava grávida. Durante o único mês em que pude falar sobre isso, achei extremamente irritante que meu corpo de repente tivesse se tornado propriedade de todo mundo.

Ela reduz a voz a um sussurro.

— Eles fizeram isso no hospital? — Ela olha para meu cabelo.

— Hum, não. — Dou uma risada. — Foi no salão mesmo — digo com a voz aguda, minha Senhora do Trauma de volta para salvar o dia como sempre. Giro a chave na fechadura e permito que entrem primeiro.

— Oh — exclama com empolgação, e o marido dela sorri e segura sua mão. Tenho um flashback de mim e Conor há dez anos, vindo ver a casa, que tinha acabado de ser desocupada por uma velhinha que morara sozinha pelos últimos vinte anos. Sigo nossas versões mais jovens para dentro e, de repente, eles são reais e eu sou o fantasma, lembrando do que vimos e escutando nossa conversa, vivendo o momento novamente.

A casa fedia por dentro, tinha carpetes velhos, chãos rangentes, janelas apodrecidas e papéis de parede tão velhos que já haviam saído de moda pela terceira vez. Era nojenta e uma fonte infinita de gastos, e nós a amamos assim que pisamos onde Linda e o marido estão agora.

Tínhamos tudo pela frente naquela época, quando Conor era o Conor que eu amava e eu era minha versão antiga; uma combinação perfeita. Então Conor se tornou quem é agora e eu me tornei a Joyce que ele não ama mais. À medida que a casa ficava mais bonita, nossa relação ficava mais feia. Nas nossas primeiras noites em casa, nós poderíamos nos deitar num tapete infestado de pelo de gato e seríamos felizes, mas então, a cada detalhezinho errado com nosso casamento, nós tentávamos consertar comprando um sofá novo, consertando as portas, trocando as janelas mal vedadas. Se ao menos tivéssemos investido tanto tempo e concentração em nós mesmos; reformar o relacionamento em vez da casa. Nenhum dos dois pensou em consertar a vedação do nosso casamento. Correntes de ar passarem pelas rachaduras dele, cada vez maiores sem que reparássemos, até que acordamos numa manhã com os pés frios.

— Vou te mostrar o térreo, mas, hum... — Ergo o olhar para a porta do quarto do bebê, não mais vibrando como estivera da primeira vez que eu voltei para casa. É apenas uma porta, silenciosa e imóvel. Fazendo o que portas fazem. Nada. — Vou deixar que circulem pelo andar de cima por conta própria.

— Os donos ainda moram aqui? — pergunta Linda.

Olho ao redor.

— Não. Não, eles se mudaram há muito tempo.

Enquanto Justin avança pelo corredor a caminho do banheiro, ele avalia todos os nomes nas portas, procurando a sala de Sarah. Ele não faz ideia de por onde começar, mas talvez, se encontrar a pasta com a informações sobre o sangue retirado da Trinity College no começo do outono, estará mais perto de descobrir.

Ele vê o nome dela numa porta, dá uma batidinha leve. Ao não escutar resposta, entra e a fecha com cuidado. Ele lança um rápido olhar pelo cômodo, e vê pastas empilhadas nas prateleiras. Corre imediatamente para os arquivos e começa a folheá-los. Momentos depois, a maçaneta é girada. Ele joga a pasta de volta no arquivo, se vira para a porta e congela. Sarah o encara, chocada.

— Justin?

— Sarah?

— O que você está fazendo na minha sala?

Você é um homem estudado, pense numa resposta inteligente.

— Entrei por engano.

Ela cruza os braços e diz:

— Agora me conte a verdade.

— Eu estava a caminho do banheiro e vi seu nome na porta e pensei em entrar e dar uma olhada, ver como é a sua sala. Eu tenho uma teoria, sabe, de que um escritório representa como uma pessoa é de verdade, e pensei que, se um dia tivermos um futuro jun...

— Não vamos ter um futuro.

— Ah. Entendo. Mas se *um dia*...

— Não.

O olhar de Justin percorre a mesa e recai sobre uma foto de Sarah com os braços ao redor de uma menininha loira e um homem. Eles posam alegremente numa praia.

Sarah segue o olhar dele.

— É minha filha, Molly. — Ela aperta os lábios, irritada consigo mesma por ter dito qualquer coisa.

— Você tem uma filha? — Ele estende a mão para o porta-retrato, pausa antes de tocá-lo e olha para ela em busca de permissão.

Ela assente, relaxando os lábios, e ele o pega.

— Ela é linda.

— É mesmo.

— Quantos anos ela tem?

— Seis.

— Eu não sabia que você tinha filha.

— Há muita coisa que você não sabe sobre mim. Nunca ficou tempo suficiente nos nossos encontros para falar sobre qualquer coisa além de você.

Justin se encolhe, desolado.

— Sarah, me desculpe.

— Foi o que você disse, cheio de sinceridade, logo antes de entrar na minha sala e começar a fuxicar tudo.

— Eu não estava fuxicando...

O olhar dela basta para impedi-lo de contar outra mentira. Ela tira o porta-retrato das mãos dele com delicadeza. Nada nela é ríspido ou agressivo. Está apenas decepcionada; não é a primeira vez que um idiota feito Justin a desaponta.

— O homem na foto?

Ela faz uma expressão triste ao observá-la, então a devolve para a mesa.

— Eu teria todo o prazer em te contar sobre ele antes — diz ela suavemente. — Na verdade, eu lembro de ter tentado te contar em pelo menos duas ocasiões.

— Desculpa — repete ele, se sentindo tão pequeno que mal a enxerga por cima da mesa. — Estou ouvindo agora.

—Você disse que tinha um voo para pegar — responde ela.

— Certo. — Ele assente e segue para a porta. — Mil desculpas, de verdade. Estou profundamente envergonhado e decepcionado comigo mesmo. — Ele percebe que de fato as palavras estão vindo do fundo do coração. — Estou passando por umas coisas estranhas.

— E quem não está? Todos temos merdas com as quais lidar, Justin. Só faça o favor de não me arrastar para dentro das suas.

— Certo. — Ele assente de novo e oferece outro sorriso arrependido e envergonhado antes de sair da sala, descer as escadas e entrar correndo no carro, se sentindo minúsculo.

TRINTA E CINCO

— O que é isso?

— Não sei.

— Só dá uma esfregada.

— Não, dá você.

— Você já viu algo assim antes?

— Já, talvez.

— Como assim, talvez? Ou você viu ou não viu.

— Não vem dar uma de espertinha para cima de mim.

— Não estou, só estou tentando entender. Você acha que vai sair?

— Não faço ideia. Vamos perguntar à Joyce.

Ouço Linda e Joe murmurando no corredor. Deixei-os sozinhos e vim para a cozinha, onde estou bebendo café puro, encarando o arbusto de rosas da minha mãe no quintal e vendo os fantasmas de Joyce e Conor tomando sol na grama durante um verão quente com o rádio nas alturas.

— Joyce, podemos te mostrar uma coisa rapidinho?

— Claro.

Coloco o café na bancada, passo pelo fantasma de Conor fazendo sua receita especial de lasanha na cozinha, pelo fantasma de Joyce sentada de pijama em sua poltrona favorita, comendo uma barra de chocolate, e sigo para o corredor. Eles estão de cócoras, examinando a mancha perto da escada. Minha mancha.

— Acho que é vinho — diz Joe, erguendo os olhos para mim. — Os donos comentaram alguma coisa sobre isso aqui?

— Hã... — Minhas pernas fraquejam um pouco e, por um momento, penso que meus joelhos vão ceder. Eu me inclino para segurar no corrimão e finjo que quero olhar a mancha mais de perto. Fecho os olhos. — Já foi limpa algumas vezes, até onde eu sei. Vocês teriam interesse em manter o carpete?

Linda faz uma careta enquanto pensa, olha para cima e para baixo da escada, para o resto da casa, examinando minhas escolhas de decoração com o nariz franzido.

— Não, acho que não. Acho que um piso de madeira ficaria lindo. Não acha? — pergunta ela para Joe.

— Aham. — Ele assente. — Um belo carvalho claro.

— Isso — concorda ela. — Não, não acho que ficaríamos com esse carpete. — Ela franze o nariz de novo.

Não estou omitindo informações sobre os proprietários de propósito; isso não faria sentido, já que eles verão o nome no contrato de qualquer maneira. Presumi que eles soubessem que a propriedade era minha, mas eles tinham entendido errado, e quando começaram a achar defeito na decoração, na disposição dos móveis e em barulhos e cheiros aos quais não estavam acostumados, mas que eu já nem reparo mais, pensei que não deveria constrangê-los ao falar disso agora.

— Vocês parecem animados. — Sorrio, observando seus rostos se iluminarem de ternura e empolgação ao finalmente encontrarem uma propriedade na qual se sentem em casa.

— Estamos. — Ela dá um sorrisinho. — Temos sido muito exigentes até agora, como você sabe. Mas a situação mudou, e precisamos sair daquele apartamento e encontrar um lugar maior assim que possível, já que estamos expandindo, ou melhor, eu estou expandindo — brinca ela com nervosismo, e é só então eu noto a barriguinha dela sob a camisa, o umbigo duro e protuberante contra o tecido.

— Ah, nossa... — Nó na garganta, joelhos trêmulos de novo, olhos cheios de lágrimas, por favor, que esse momento passe logo, por favor, que eles desviem o olhar de mim. Eles têm tato, então o fazem. — Que incrível, parabéns — diz minha voz com alegria, mas até eu consigo ouvir como ela está oca, tão carente de sinceridade, as palavras vazias quase ecoando em si mesmas.

— Então aquele quarto lá em cima seria perfeito. — Joe indica o quarto do bebê com a cabeça.

— Ah, é claro, maravilhoso. — A dona de casa suburbana dos anos 1960 retorna, e eu passo o resto da conversa soltando exclamações, vivas e risadinhas.

— Não acredito que eles não queiram nenhum móvel — diz Linda, olhando ao redor.

— Bem, os dois vão se mudar e seus pertences não vão mais caber.

— Mas eles não vão levar *nada*?

— Não. — Sorrio, olhando ao redor. — Nada além das rosas no quintal dos fundos.

E uma mala de lembranças.

Justin entra no carro com um enorme suspiro.

— O que houve?

— Nada. Pode me levar direto para o aeroporto agora, por favor? Estou um pouco atrasado. — Justin apoia os cotovelos na beira da janela e cobre o rosto com a mão, se odiando, odiando o egoísta miserável que se tornou. Ele e Sarah não combinavam, mas que direito ele tinha de usá-la daquele jeito, de arrastá-la consigo para seu poço de desespero e egoísmo?

— Tenho uma coisa que vai te animar — diz Thomas, abrindo o porta-luvas.

— Não, eu realmente não estou no... — Justin para ao ver Thomas tirar um envelope familiar do compartimento e entregá-lo a ele.

— Onde você arrumou isso?

— Meu chefe me ligou, me disse para te entregar isso antes de você chegar no aeroporto.

— Seu chefe. — Justin estreita os olhos. — Qual é o nome dele?

Thomas fica em silêncio por um tempo.

— João — responde ele finalmente.

— João da Silva? — diz Justin, com a voz transbordando sarcasmo.

— Ele mesmo.

Sabendo que não vai conseguir nenhuma informação com o motorista, ele volta a atenção para o envelope. Ele o gira lentamente na mão, tentando decidir se o abre ou não. Poderia deixá-lo fechado e acabar com isso tudo agora, reorganizar sua vida, parar de tentar usar pessoas, tirar vantagem. Conhecer uma boa mulher, tratá-la bem.

— E aí? Não vai abrir? — pergunta Thomas.

Justin continua a girá-lo na mão.

— Não sei.

Meu pai abre a porta e para com fones nos ouvidos e o iPod na mão. Ele olha minha roupa de cima a baixo.

— Você está linda hoje, Gracie — grita ele com toda a força, e um homem passeando com o cachorro do outro lado da rua se vira em nossa direção. — Estava em algum lugar especial?

Sorrio. Enfim um pouco de alívio. Levo o dedo aos lábios e tiro os fones dos ouvidos dele.

— Eu estava mostrando a casa para alguns clientes.

— Eles gostaram?

— Voltarão em alguns dias para tirar medidas. O que é um bom sinal. Mas voltar lá me fez perceber que eu ainda tenho muito o que pensar.

— Você já não pensou demais? Não precisa chorar por semanas só para tentar se sentir bem sobre o que houve.

Sorrio.

— Quis dizer que preciso pensar sobre *objetos*. Coisas que deixei para trás. Acho que eles não vão querer grande parte da mobília. Teria problema se eu a guardasse na sua garagem?

— Minha oficina de marcenaria?

— Onde você não entra há dez anos.

— Eu entro lá — diz ele na defensiva. — Ah, tá bom, pode colocar as coisas lá dentro. Será que eu vou me livrar de você algum dia, será? — Ele abre um sorrisinho.

Eu me sento à mesa da cozinha e papai imediatamente se ocupa, enchendo a chaleira como faz com qualquer um que entre na cozinha.

— E aí, como foi o Clube da Segunda ontem? Aposto que Donal McCarthy ficou de boca aberta com sua história. Qual foi a reação dele? — Eu me inclino para a frente, empolgada para ouvi-lo.

— Ele não estava lá — diz papai, se virando de costas para mim ao pegar uma xícara e pires para si e uma caneca para mim.

— O quê? Por que não? E você, com sua grande história para contar a ele! Que ousadia. Bem, você vai contar na semana que vem, não vai?

Ele se vira lentamente.

— Ele morreu no fim de semana. O funeral dele é amanhã. Nós passamos a noite falando dele e das histórias que ele contou uma centena de vezes.

— Ah, pai, sinto muito.

— É, bem. Se não tivesse partido no fim de semana, ele cairia duro ao escutar que eu conheci Michael Aspel. Talvez tenha sido melhor assim. — Ele dá um sorriso triste. — Ah, ele não era tão mal. A gente se divertia, mesmo que gostássemos de implicar um com o outro.

Fico triste pelo meu pai. É algo tão banal comparado à morte de um amigo, mas ele estava tão empolgado para contar suas histórias a seu grande rival.

Ficamos em silêncio.

— Você vai ficar com as rosas, não vai? — pergunta papai enfim.

Sei imediatamente do que ele está falando.

— É claro que sim. Pensei que ficariam bem no seu jardim.

Ele olha pela janela e avalia o ambiente, provavelmente decidindo onde colocá-las.

— Precisa tomar cuidado na mudança, Gracie. Choque demais pode enfraquecer bastante.

Abro um sorriso triste.

— Meio dramático, mas eu vou ficar bem, pai. Obrigada por se importar.

Ele continua de costas.

— Eu estava falando das rosas.

Meu celular toca, vibra no tampo da mesa e quase cai da beirada.

— Alô?

— Joyce, é o Thomas. Acabei de deixar seu rapaz no aeroporto.

— Ah, muito obrigada. Ele pegou o envelope?

— Hã, então. Sobre isso: eu o entreguei, mas acabei de olhar para o banco traseiro e continua lá.

— O quê? — Eu me levanto da cadeira num pulo. — Volta lá, volta lá! Faz um retorno! Você precisa devolver para ele. Ele esqueceu!

— Então, a questão é que ele não tinha muita certeza se queria abri-lo ou não...

— O quê? Por quê?

— Não sei, querida! Eu dei o envelope para ele antes de chegarmos ao aeroporto, como você pediu. Ele parecia bem para baixo, então pensei que ia se animar um pouco.

— Para baixo? Por quê? O que ele tinha?

— Joyce, minha querida, eu não sei. Eu só sei que ele entrou no carro um pouco chateado, então eu lhe dei o envelope e ele ficou parado olhando para o papel e eu perguntei se ele iria abri-lo e ele disse que não sabia.

— Talvez — repito. Será que eu fizera algo para chateá-lo? Será que Kate dissera algo para ele? — Ele estava chateado quando saiu da National Gallery?

— Não, lá não. Paramos numa clínica de doação de sangue na D'Olier Street antes do aeroporto.

— Ele foi doar sangue?

— Não, ele disse que tinha que encontrar uma pessoa.

Ai, meu Deus, talvez ele tivesse descoberto que fui eu quem recebi o sangue e não tenha se interessado.

— Thomas, você sabe se ele abriu o envelope?

— Você o selou?

— Não.

— Então não tenho como saber. Eu não o vi abrindo. Sinto muito. Quer que eu passe na sua casa na volta do aeroporto para devolver?

— Por favor.

Uma hora depois, eu encontro Thomas na porta e ele me entrega um envelope. Sinto os ingressos ainda lá dentro e fico arrasada. Por que Justin não o abriu e o levou consigo?

— Toma, pai. — Deslizo o envelope pelo tampo da mesa da cozinha. — Presente para você.

— O que é isso?

— Ingressos de primeira fila para a ópera semana que vem — digo com tristeza, apoiando o queixo na mão. — Era um presente para outra pessoa, mas ele não quer ir.

— Ópera. — Papai faz uma cara engraçada, e eu rio. — Eu fui criado bem longe de óperas.

Mas ele abre o envelope mesmo assim enquanto me levanto para fazer mais café.

— Ah, acho que vou passar o convite para a ópera, meu amor, mas obrigado mesmo assim.

Me viro para ele.

— Ué, pai, por quê? Você gostou do balé e achou que não fosse gostar.

— Sim, mas eu fui com você. Eu não iria sozinho.

— Você não precisa. Tem dois ingressos.

— Não tem, não.

— Tem sim. Olha de novo.

Ele vira o envelope de cabeça para baixo e o sacode. Um único papel cai e flutua até a mesa.

Meu coração dá um salto.

Papai equilibra os óculos na ponta do nariz e lê o bilhete.

— "Me acompanha" — diz ele devagar. — Ah, meu amor, é tão gentil da sua parte…

— Deixa eu ver isso. — Tiro o papel das mãos dele, incrédula, e o leio por conta própria. Então o releio. E de novo e de novo.

"Me acompanha? Justin."

TRINTA E SEIS

— Ele quer me conhecer — conto a Kate com nervosismo enquanto enrosco um fio da bainha da minha blusa em volta do dedo.

— Você vai cortar a circulação aí, cuidado — diz ela de um jeito maternal.

— Kate! Você não me escutou? Ele disse que quer me conhecer!

— E deveria. Você não achou que isso iria acontecer alguma hora? Sinceramente, Joyce, você está provocando o homem há semanas. Se ele tiver mesmo salvo a sua vida, como você diz, vai querer conhecer a pessoa cuja vida ele salvou, não vai? Alimentar o ego masculino dele? Ah, por favor, isso é o cavalo branco e uma armadura brilhante dele.

— Não é nada.

— É, sim, nos olhos de homem dele. Os olhos *perambulantes* de homem dele — solta ela com agressividade.

Estreito os olhos ao observá-la com atenção.

— Está tudo bem? Você está começando a falar que nem Frankie.

— Pare de morder o lábio, está começando a sangrar. Sim, está tudo ótimo. Tudo supimpa.

— Pronto, cheguei — anuncia Frankie ao passar suavemente pela porta e se juntar a nós na arquibancada.

Estamos sentadas acima da piscina do clube de Kate. Abaixo, Eric e Jayda espirram água ruidosamente em sua aula de natação. Sam está no carrinho ao nosso lado, olhando ao redor.

— Ele nunca faz nada? — Frankie o observa com desconfiança.

Kate a ignora.

— A questão número um de hoje é por que precisamos sempre nos reunir nesses lugares com todas essas *coisas* engatinhando por aí? — Ela olha para todos os bebês. — O que aconteceu com bares legais, restaurantes novos, inaugurações de lojas? Lembra que a gente costumava sair e se *divertir*?

— Eu me divirto pra caralho — diz Kate num tom um pouco defensivo e alto demais. — Eu sou a rainha da diversão — ela desvia o olhar.

Frankie não percebe o tom incomum na voz de Kate, ou percebe e decide insistir mesmo assim.

— Sim, vai a jantares com outros casais que também não saem de casa há um mês. Isso não soa muito divertido para mim.

— Você vai entender quando tiver filhos.

— Eu não planejo ter nenhum. Está tudo bem?

— Sim, ela está "supimpa" — digo a Frankie, fazendo aspas com os dedos.

— Ah, entendi — responde Frankie lentamente, e articula "Christian" silenciosamente para mim.

Dou de ombros.

— Quer desabafar sobre alguma coisa? — pergunta Frankie.

— Na verdade, sim. — Kate se vira para ela com fogo nos olhos. — Estou cansada de seus comentariozinhos sobre a minha vida. Se você não está feliz aqui ou na minha companhia, então vaza, mas saiba que irá sem mim. — Ela vira o rosto, com as bochechas vermelhas de raiva.

Frankie fica em silêncio por um momento enquanto observa a amiga.

— Tá bom — diz ela animadamente, e se vira para mim. — Meu carro está estacionado aqui em frente, podemos ir ao bar novo na avenida.

— Nós não vamos a lugar algum — protesto.

— Desde que você largou seu marido e sua vida desmoronou, não está nada divertida — diz ela para mim, emburrada. — E quanto a você, Kate, desde que arrumou aquela babá sueca nova e seu marido começou a ficar de olho nela, *você* tem estado absolutamente infeliz. Quanto a mim, estou cansada de viver tendo noites de sexo casual com belos desconhecidos e de ter que jantar comida de micro-ondas sozinha toda noite. Pronto, falei.

Meu queixo cai. O de Kate também. Percebo que ambas estamos fazendo o máximo para sentir raiva dela, mas seus comentários são tão precisos que chegam a ser meio engraçados. Ela me cutuca com o cotovelo e dá uma risadinha travessa no meu ouvido. Os cantos da boca de Kate também se curvam ligeiramente para cima.

— Eu deveria ter arrumado um cara como babá — diz Kate finalmente.

— Ah, eu continuaria não confiando no Christian — responde Frankie. — Você está paranoica, Kate — garante ela, séria. — Eu já estive por lá, já o vi. Ele adora você e ela é zero bonita.

— Você acha?

— Aham. — Ela faz que sim com a cabeça, mas, quando Kate olha para o outro lado, articula "lindíssima" para mim.

— Você estava falando sério sobre tudo? — pergunta Kate, se animando.

— Não. — Frankie joga a cabeça para trás e ri. — Eu *amo* sexo casual. Mas preciso fazer alguma coisa sobre as comidas de micro--ondas. Meu médico disse que preciso de mais ferro. Muito bem — ela bate palmas, fazendo Sam pular de susto —, qual é o tema da reunião de hoje?

— Justin quer conhecer Joyce — explica Kate, então dispara para mim: — Pare de morder o lábio.

Eu paro.

— Uau, que ótimo — responde Frankie com empolgação. — E qual é o problema?

Ela vê minha cara de pavor.

— Ele vai saber que eu sou eu.

— Em vez de você ser...?

— Outra pessoa. — Mordo o lábio de novo.

— Isso realmente está me lembrando os velhos tempos. Você tem 33 anos, Joyce, por que está agindo que nem uma adolescente?

— Porque ela está apaixonada — diz Kate, impaciente, se virando para a piscina e aplaudindo a filha Jayda, que está tossindo com metade do rosto para dentro d'água.

— Ela não pode estar apaixonada. — Frankie franze o nariz de nojo.

— Vocês acham que isso é normal? — Kate, começando a ficar preocupada com Jayda, tenta chamar nossa atenção.

— É claro que não é normal — responde Frankie. — Ela mal conhece o cara.

— Meninas, hã, calma aí — diz Kate, tentando nos interromper.

— Eu sei mais sobre ele do que qualquer outra pessoa — retruco, me defendendo. — Além dele mesmo.

— Hã, salva-vidas. — Kate desiste de nós e chama suavemente a mulher sentada alguns degraus abaixo. — Você acha que ela está bem?

— Você está apaixonada? — Frankie olha para mim como se eu tivesse acabado de falar um absurdo.

Dou um sorriso no mesmo momento em que a salva-vidas pula na água para salvar Jayda e algumas crianças gritam.

— Você vai ter que nos levar para a Irlanda com você — diz Doris com empolgação, colocando um vaso no parapeito da janela da cozinha. O apartamento está quase terminado e ela está dando os toques finais. — Essa pessoa pode ser uma louca e você nunca saberia. Precisamos estar por perto só para o caso de algo acontecer. Talvez seja um assassino, um stalker em série que sai em encontros com pessoas e depois as mata. Eu vi algo assim na *Oprah*.

Al começa a tamborilar com as unhas na parede, e Justin se junta ao ritmo, batendo suave e repetidamente com a cabeça na mesa da cozinha.

— Eu não vou levar vocês à ópera comigo — diz Justin.

— Você me levou junto num encontro com Delilah Jackson. — Al para de tamborilar e se vira para ele. — Por que seria diferente agora?

— Al, eu tinha doze anos.

— Mesmo assim. — Ele dá de ombros, voltando a tamborilar.

— E se ela for uma celebridade? — diz Doris com empolgação.

— Ai meu Deus, ela pode ser! Acho que é! Jennifer Aniston poderia estar sentada na primeira fila da ópera com um lugar vago ao lado.

Ai meu Deus, imagina! — Ela se vira para Al com olhos arregalados. — Justin, você *precisa* dizer a ela que eu sou a maior fã.

— Ei, ei, ei, calma aí, você está começando a hiperventilar. *Como* você chegou a essa conclusão? Nós nem sabemos se é uma mulher. Você é obcecada por celebridades. — Justin suspira.

— É, Doris — concorda Al. — Deve ser só uma pessoa normal.

Justin revira os olhos.

— É — repete ele, imitando o tom do irmão —, porque celebridades não são pessoas normais, são monstros do submundo com chifres e três pernas.

Tanto Al quanto Doris param o que estão fazendo para encará-lo.

— Nós vamos a Dublin amanhã — diz Doris com um ar resoluto. — É aniversário do seu irmão, e um fim de semana em Dublin, num hotel bem legal tipo o Shelbourne, onde eu, quer dizer, *Al* sempre quis se hospedar, seria um presente de aniversário perfeito seu para ele.

— Eu não posso pagar o hotel Shelbourne, Doris.

— Bem, vamos precisar de um lugar próximo a um hospital, caso ele tenha um infarto. De qualquer forma, vamos todos! — Ela bate palmas com animação.

TRINTA E SETE

Estou indo encontrar Kate e Frankie no centro da cidade — preciso que me ajudem a escolher o que vestir hoje à noite — quando meu celular toca.

— Alô?

— Joyce, é o Steven. — Meu chefe. — Acabei de receber outra ligação.

— Que ótimo, mas você não precisa me ligar toda vez que isso acontecer.

— É outra reclamação, Joyce.

— De quem e sobre o quê?

— Aquele casal para quem você mostrou o chalé ontem?

— Sim?

— Eles desistiram.

— Ah, que pena — digo, sem nenhuma sinceridade. — Eles disseram por quê?

— Sim, disseram. Parece que certa pessoa da nossa empresa os alertou de que, para recriar corretamente a estética de um chalé de época, eles deveriam exigir que os construtores mudassem algumas coisas no projeto. Adivinha só? Os construtores não ficaram muito interessados na lista deles, que incluía... — Ouço barulho de papel, e ele começa a ler: — "Vigas expostas, tijolos expostos, fogão à lenha, lareira aberta" e várias outras coisas. Então eles desistiram.

— Me parece razoável. Os construtores estavam recriando chalés de época sem nenhuma característica de época. Você acha que isso faz sentido?

— Quem se importa? Joyce, você só tinha que deixá-los entrar para medir o espaço do sofá. Douglas já tinha vendido o lugar para eles quando você estava... fora.

— Ele claramente não tinha.

— Joyce, você precisa parar de afastar nossa clientela. Preciso lembrá-la de que seu trabalho é *vender*, e se você não está fazendo isso, então...

— Então o quê? — digo com arrogância, de cabeça quente.

— Então nada. — Ele suaviza. — Eu sei que você passou por um momento difícil — começa ele, sem jeito.

— Esse momento já passou e não tem nada a ver com minha habilidade de vender uma casa — retruco com rispidez.

— Então venda uma casa — conclui ele.

— Tá. — Fecho o celular com força e olho feio para a vista da cidade na janela do ônibus. Uma semana de volta ao trabalho e já preciso de um descanso.

— Doris, isso é realmente necessário? — resmunga Justin do banheiro.

— Sim! — exclama ela. — É para isso que estamos aqui. Temos que garantir que você estará bem-vestido hoje. Vai logo, você demora mais do que eu para se trocar.

Doris e Al estão sentados ao pé da cama deles em um hotel de Dublin, não o Shelbourne, para a decepção de Doris. É mais popular, mas fica próximo da cidade e das ruas de comércio, o que é o suficiente para ela. Assim que eles pousaram, mais cedo naquela manhã, Justin estivera pronto para lhes mostrar os pontos turísticos, os museus, as igrejas e os castelos, mas Doris e Al tinham outros planos. Compras. O máximo de programa cultural que eles fizeram foi o tour viking, e Doris gritara quando a água espirrou no rosto dela enquanto o ônibus entrava no rio Liffey. Eles acabaram correndo para o banheiro mais próximo para que Al pudesse limpar o rímel do olho dela.

Só faltavam algumas horas para a ópera, quando ele finalmente descobriria a identidade da pessoa misteriosa. Ele estava um poço de ansiedade, empolgação e nervosismo só de pensar sobre. Seria uma noite de pura tortura ou muito agradável, dependendo da sorte dele. Ele precisava pensar num plano de fuga caso o pior acontecesse.

— Ai, vai logo, Justin — grita Doris de novo.

Ele ajeita a gravata e sai do banheiro.

— Desfila, desfila, desfila! — vibra Doris enquanto ele caminha de um lado ao outro do quarto em seu melhor terno. Ele para na frente deles e se remexe, sem graça, se sentindo um menininho em seu terno de primeira comunhão.

Ninguém fala nada.

— O que foi? — diz ele, ansioso. — Algum problema? Alguma coisa no meu rosto? Alguma mancha? — Ele olha para baixo, se analisando.

Doris revira os olhos e balança a cabeça.

— Ha-ha, muito engraçado. Agora é sério, para de enrolar e mostra o terno de verdade.

— Doris! — exclama Justin. — Esse é o terno de verdade!

— Esse é o seu melhor terno? — pergunta ela, prologando as vogais e o olhando de cima a baixo.

— Acho que o reconheço do nosso casamento. — Al estreita os olhos.

Doris se levanta e pega sua bolsa.

— Tira isso — diz ela calmamente.

— O quê? Por quê?

Ela respira fundo.

— Só tira isso. Agora.

— Esses são formais demais, Kate. — Faço cara feia para os vestidos que ela escolheu. — Não é um baile, eu só preciso de algo...

— Sexy — diz Frankie, balançando um vestido curtíssimo na minha frente.

— É uma ópera, não uma boate. — Kate o arranca das mãos dela. — Tá bom, olha esse. Nem formal nem periguete.

— É, você poderia ser uma freira — comenta Frankie com sarcasmo.

As duas se viram de costas e continuam vasculhando as araras.

— Ahá! Achei — anuncia Frankie.

— Não, eu encontrei um perfeito.

As duas se viram com o mesmo modelo nas mãos, na de Kate um vermelho, com Frankie um preto. Mordo o lábio.

— Para com isso! — dizem elas em uníssono.

— Ai, meu Deus — sussurra Justin.

— O quê? Você nunca viu um terno risca de giz rosa? É divino. Com essa camisa rosa e essa gravata rosa, ah, ficaria perfeito. Ah, Al, queria que você usasse ternos assim.

— Prefiro o azul — discorda Al. — O rosa é meio gay. Ou talvez essa seja uma boa ideia, caso o encontro acabe sendo um desastre. Você pode dizer que seu namorado está te esperando. Posso confirmar a história — oferece ele.

Doris olha para ele com desprezo.

— Viu, não é muito melhor do que aquela coisa que você estava vestindo? Justin? Alô, Terra para Justin? O que diabos você está olhando? Uau, que bonita.

— É a Joyce — sussurra ele. Uma vez ele lera que o batimento cardíaco dos beija-flores é de 1.260 batidas por minuto, e ele se perguntara como qualquer criatura poderia sobreviver àquilo. Ele entendia naquele momento. A cada batida, o coração dele bombeava sangue para o resto do corpo. Ele sentia o corpo inteiro latejar, o pulsar no pescoço, nos pulsos, no peito, no estômago.

— Essa é a Joyce? — pergunta Doris, chocada. — A mulher do telefone? Ah, ela parece... *normal*, Justin. O que você acha, Al?

Al a olha de cima a baixo e cutuca o irmão.

— É, ela parece bem *normal*. Você deveria chamá-la para sair de uma vez por todas.

— Por que vocês estão tão surpresos que ela pareça normal? — Tum-tum. Tum-tum.

— Ora, docinho, o simples fato de que ela existe é uma surpresa. — Doris ri com desdém. — O fato de ela ser *bonita* é quase um milagre. Vai lá, chame-a para jantar hoje à noite.

— Eu não posso hoje à noite.

— Por que não?

— Tenho a ópera!

— Que mané ópera. Quem se importa com isso?

— Você está há mais de uma semana falando sobre isso sem parar. E agora é "que mané ópera"? — Tum-tum. Tum-tum.

— Bem, eu não queria te assustar mais cedo, mas fiquei pensando durante o voo para cá e... — ela respira fundo e toca delicadamente no braço dele — não pode ser Jennifer Aniston. Vai ter só uma senhorinha esperando por você na primeira fila com um buquê de flores que você nem quer, ou algum cara com mau hálito. Desculpa, Al, não me refiro a você — Ela toca no braço dele de um jeito arrependido.

Al não percebe o insulto, de tanto que está chateado com a bomba que ela acabou de soltar.

— O quê? Mas eu trouxe meu livro de autógrafos!

O coração de Justin bate na mesma velocidade que o de um beija-flor, a mente dele tão veloz quanto as asas. Ele mal consegue pensar, tudo acontece rápido demais. Joyce, muito mais bonita de perto do que ele se lembra, o cabelo recém-cortado emoldurando o rosto com suavidade. Ela começa a se afastar. Ele precisa agir rápido. *Pense, pense, pense!*

— Chame-a para sair amanhã à noite — sugere Al.

— Não posso! Amanhã é minha exibição.

— Não vá. Fale que está doente.

— Não posso, Al! Estou trabalhando nisso há meses, eu sou o curador, *preciso* estar lá. — Tum-tum, tum-tum, tum-tum.

— Se você não a chamar para sair, eu vou. — Doris o empurra.

— Ela está ocupada com as amigas.

Joyce começa a se afastar.

Faça alguma coisa!

— Joyce! — chama Doris.

— Deus do céu. — Justin tenta se virar e fugir para o outro lado, mas Al e Doris o bloqueiam.

— Justin Hitchcock — diz uma voz alta, e ele para de tentar fugir e se vira lentamente. A mulher parada ao lado de Joyce lhe é familiar. Ao seu lado, há um bebê no carrinho.

— Justin Hitchcock. — A moça estende a mão e aperta a dele com firmeza. — Kate McDonald. Semana passada estive em sua palestra na National Gallery. Foi muito interessante. — Ela sorri. — Não sabia que você conhecia Joyce. — Ela abre um sorriso animado e dá uma cotovelada na amiga. — Joyce, você nunca comentou! Eu fui à palestra do Justin bem na semana passada! Lembra que eu te contei? O quadro da mulher e a carta? Que ela escrevia?

Os olhos de Joyce estão arregalados e assustados. Ela olha alternadamente da amiga para Justin.

— Ela não me conhece, na verdade. — Justin finalmente se pronuncia, sentindo um leve tremor na voz. A adrenalina corre pelo seu corpo de tal maneira que é como se ele estivesse prestes a decolar feito um foguete pelo teto da loja de departamento. — Nós nos cruzamos em várias ocasiões, mas nunca tivemos a oportunidade de nos apresentar apropriadamente. — Ele estende a mão. — Joyce, eu sou o Justin.

Ela estende a mão para apertar a dele, e a eletricidade estática faz com que eles levem um breve choque um com o outro.

Eles se soltam imediatamente.

— Ai! — Joyce segura a mão com a outra, como se tivesse se queimado.

— Uuuh — cantarola Doris.

— É eletricidade estática, Doris. Acontece quando o ar e os materiais estão secos. Eles deveriam usar um umidificador aqui — diz Justin como um robô, sem tirar os olhos do rosto de Joyce.

Frankie inclina a cabeça e tenta não rir.

— Encantador.

— Eu falo isso para ele o tempo todo — comenta Doris, irritada.

Depois de um momento, Joyce estende a mão de novo para concluir o cumprimento.

— Desculpa, é que eu levei um...

— Tudo bem, eu também levei. — Ele sorri.

— Prazer te conhecer, finalmente — diz ela.

Eles permanecem de mãos dadas, apenas se encarando. A fileira formada por Doris, Justin e Al está de frente para o trio de Joyce.

Doris pigarreia alto.

— Eu sou a Doris, cunhada dele.

Ela estende a mão diagonalmente, por cima do aperto de mão de Justin e Joyce, para cumprimentar Frankie.

— Eu sou a Frankie.

Elas apertam as mãos. Enquanto isso, Al estende a mão diagonalmente para cumprimentar Kate. Eles todos se cumprimentam ao mesmo tempo como numa maratona de apertos de mãos, e Justin e Joyce finalmente se soltam.

— Você gostaria de sair para jantar hoje com Justin? — fala Doris de repente.

— Hoje? — Joyce fica boquiaberta.

— Ela *amaria* — responde Frankie por ela.

— Mas *hoje*? — Justin se vira para Doris com olhos arregalados.

— Ah, não tem problema, eu e Al queremos comer sozinhos mesmo. — Ela o cutuca. — Não tem por que ficar de vela. — Ela sorri.

— Tem certeza de que você não prefere manter seus *outros* planos para hoje? — diz Joyce, ligeiramente confusa.

— Ah, não. — Justin balança a cabeça. — Eu amaria jantar com você. A não ser, é claro, que *você* tenha planos?

Joyce se vira para Frankie.

— Hoje à noite? Eu tenho aquele *negócio*, Frankie...

— Ah, não, não seja boba. Não faz diferença agora, faz? — Ela ergue as sobrancelhas. — Podemos sair para beber outro dia. — Frankie faz um gesto de dispensa. — Onde você a levará? — Ela abre um sorriso meigo para Justin.

— O hotel Shelbourne? — diz Doris. — Às oito?

— Ah, eu sempre quis comer lá. — Kate suspira. — Oito está ótimo.

Justin sorri e olha para Joyce.

— Está mesmo?

Joyce parece refletir, sua mente tiquetaqueando no mesmo ritmo no coração dele.

— Você tem certeza *absoluta* de que está tudo bem em desmarcar seu outro plano da noite? — Ela franze a testa.

Ela o encara profundamente, e ele é tomado pela culpa ao pensar em seja lá quem ele está planejando dar um bolo.

Ele assente uma única vez, sem saber se pareceu muito convincente.

Ao perceber isso, Doris começa a puxá-lo para longe.

— Bem, foi maravilhoso encontrar todas vocês, mas nós realmente precisamos voltar às compras. Prazer conhecê-las, Kate, Frankie, Joyce querida. — Ela lhe dá um breve abraço. — Aproveite o jantar. Às oito. No Shelbourne. Não se esqueça.

— Vermelho ou preto? — Joyce ergue os dois vestidos para Justin antes de ele ser puxado para longe.

Ele os examina com cuidado.

— Vermelho.

— Então será o preto. — Ela sorri, reproduzindo a primeira e única conversa deles no salão de cabeleireiro, no dia em que eles se conheceram.

Ele sorri e permite que Doris o arraste para longe.

TRINTA E OITO

— Por que você fez isso, Doris? — pergunta Justin enquanto eles caminham de volta para o hotel.

— Você passou semanas falando sem parar dessa mulher e agora finalmente marcou um encontro com ela. Qual é o problema?

— Eu tenho *planos* para hoje à noite! Não posso simplesmente dar um bolo na pessoa.

— Você nem sabe quem ela é!

— Não importa, é grosseiro mesmo assim.

— Justin, sério, me escuta. Essa história toda dos bilhetes de "agradeço" pode apenas ser alguém pregando um peça cruel.

Ele estreita os olhos com suspeita.

— Será?

— Eu sinceramente não sei.

— Não faço a menor ideia. — Al dá de ombros, começando a respirar com dificuldade.

Doris e Justin desaceleram imediatamente, dando passinhos de formiga.

Justin suspira.

— Você prefere se arriscar e ir a um programa sem fazer ideia do que esperar? Ou ir jantar com uma mulher bonita, que está te deixando maluco e em quem vem pensando há semanas?

— Vamos lá — adiciona Al —, quando foi a última vez que você se sentiu assim por alguém? Eu acho que você não era assim nem com Jennifer.

Justin sorri.

— E aí, mano, qual vai ser?

* * *

— Você realmente deveria tomar alguma coisa para essa azia, sr. Conway — ouço Frankie dizer ao meu pai na cozinha.

— Tipo o quê? — pergunta ele, gostando da companhia de duas moças.

— Christian tem isso o tempo todo — diz Kate, e eu ouço os balbucios de Sam ecoarem pela cozinha.

Meu pai balbucia para ele de volta, imitando suas quase palavras.

— O nome do remédio é, hum... — Kate pensa. — Não consigo lembrar.

— Você é igual a mim — diz papai para ela. — Também tem MDM.

— O que é isso?

— Memória. De. Mer...

— Ok, estou indo! — exclamo para Kate, Frankie e meu pai no andar de baixo.

— Uhul! — grita Frankie.

— Beleza, já estou com a câmera pronta! — avisa Kate.

Papai começa a fazer barulhos de trompete enquanto desço as escadas, e eu começo a rir. Fico de olho na foto da mamãe na mesa do hall enquanto desço os degraus, mantendo contato visual com ela. Pisco para ela ao passar.

Assim que eu piso no hall e me viro para eles na cozinha, todos ficam quietos.

Meu sorriso desaparece.

— O que houve?

— Ah, Joyce — sussurra Frankie, como se fosse uma coisa ruim —, você está linda.

Suspiro de alívio e me junto a eles na cozinha.

— Dá uma voltinha. — Kate está me filmando.

Dou um giro em meu novo vestido vermelho enquanto Sam bate palmas com as mãos gordinhas.

— Sr. Conway, o senhor não disse nada! — Frank dá um empurrãozinho nele. — Ela não está linda?

Todas nos viramos para papai, que está em silêncio, com os olhos cheios de lágrimas. Ele faz que sim com a cabeça depressa, mas as palavras não saem.

— Ah, pai... — Eu me aproximo e o abraço. — É só um vestido.

— Você está linda, meu amor — diz ele com esforço. — Vai com tudo, filha.

Ele me dá um beijo na bochecha e corre para a sala, com vergonha das próprias emoções.

— Então — fala Frankie, sorrindo —, já decidiu se será jantar ou ópera?

— Ainda não.

— Ele chamou você para jantar — diz Kate. — Por que acha que ele preferiria ir à ópera?

— Porque, em primeiro lugar, *ele* não me chamou para jantar. A cunhada dele chamou. E eu não disse que sim. *Você* disse. — Olho feio para Kate. — Acho que ele está morrendo por não saber de quem foi a vida que salvou. Ele não pareceu muito convincente no final, antes de sair da loja, pareceu?

— Pare de analisar demais — fala Frankie. — Ele chamou você para sair, então saia.

— Mas ele pareceu culpado de dar bolo no encontro da ópera.

— Não sei — discorda Kate. — Ele parecia querer bastante que você fosse ao jantar.

— É uma decisão difícil — resume Frankie. — Eu *não* gostaria de estar no seu lugar.

— Por que você não pode abrir o jogo e contar que é você? — perguntou Kate.

— Minha maneira de abrir o jogo deveria ser ele me vendo na ópera. Deveria ser o grande momento, a noite em que ele descobriria.

— Então vá ao jantar e conte a ele que era você desde o começo.

— Mas e se ele for à ópera?

Nossa conversa anda em círculos por mais um tempo, e quando elas vão embora, eu discuto os prós e contras de ambas as situações comigo mesma até minha cabeça estar girando tanto que eu não consigo mais pensar. Quando o táxi chega, papai me leva até a porta.

— Não sei sobre o que vocês estavam conversando tão intensamente, mas sei que você precisa tomar uma decisão sobre alguma coisa. Já tomou? — pergunta meu pai com a voz suave.

— Não sei, pai. — Engulo em seco. — Não sei qual é a decisão certa.

— Claro que sabe. Você sempre segue seu próprio caminho, meu amor. Sempre seguiu.

— Como assim?

Ele aponta para o jardim.

— Está vendo aquela trilha ali?

— O caminho do jardim?

Ele nega com a cabeça e aponta para uma trilha no gramado onde a grama foi pisoteada e o solo é ligeiramente visível por baixo.

— Você fez aquela trilha.

— O quê? — Estou confusa agora.

— Quando menina. — Ele sorri. — Nós chamamos isso de "linha de desejo" no mundo da jardinagem. Trilhas e passagens que as pessoas fazem por conta própria. Você sempre evitou os caminhos definidos por outras pessoas, meu amor. Sempre seguiu o próprio caminho, encontrou o próprio caminho, mesmo que às vezes acabe chegando ao mesmo ponto que todo mundo. Você nunca pega a rota oficial. — Ele dá uma risadinha. — Não mesmo. Você é certamente filha da sua mãe, cortando caminhos, criando trilhas espontâneas, enquanto eu me mantinha nas rotas e fazia o percurso mais longo. — Ele sorri com as lembranças.

Nós dois estudamos a pequena linha gasta de grama pisada que cruza o jardim e leva ao caminho oficial.

— Linha de desejo — repito, me vendo como menina, como adolescente, como adulta, pegando aquela trilha, toda vez. — Suponho que o desejo não seja linear. Não há uma forma direta de ir aonde você quer.

— Já sabe o que vai fazer? — pergunta ele quando o táxi chega.

Sorrio e o beijo na testa.

— Sei.

TRINTA E NOVE

Saio do táxi em Stephen's Green e logo vejo a multidão fluindo em direção ao Gaiety Theatre, todos em suas melhores roupas para a produção da National Irish Opera. Eu nunca fui à ópera antes, só vi na televisão, e meu coração, cansado de um corpo que não consegue acompanhá-lo, está martelando para sair do meu peito e correr sozinho para o prédio. Estou repleta de nervosismo, de ansiedade e da maior esperança que já senti na vida de que a última parte do meu plano saia como esperado. Estou morrendo de medo de que Justin fique bravo quando descobrir que sou eu, mesmo que não haja motivo para ele ficar, eu já repassei isso uma centena de vezes na cabeça e não consigo chegar a nenhuma conclusão.

Estou parada no meio do caminho entre o hotel Shelbourne e o Gaiety Theatre, cada um a mais ou menos trezentos metros. Olho para um depois o outro, fecho os olhos e não me importo com o quanto pareço idiota, parada no meio da rua enquanto as pessoas passam por mim nesse sábado à noite. Quero sentir a atração. Em que direção seguir. Direita para o Shelbourne. Esquerda para o Gaiety. Meu coração martela no peito.

Viro à esquerda e caminho com confiança em direção ao teatro. Dentro do saguão agitado, eu compro um programa e sigo até meu assento. Não há tempo para bebidas antes do espetáculo; eu nunca me perdoaria se ele aparecesse mais cedo e visse que eu não estou lá. Ingressos de primeira fila; eu não conseguia acreditar em minha sorte, mas eu ligara bem no momento em que a venda de ingressos começou para conseguir esses assentos preciosos.

Ocupo meu lugar nas cadeiras de veludo vermelho, meu vestido vermelho descendo por ambos os lados, bolsa no colo, os sapatos de Kate brilhando no chão. A orquestra está bem à minha frente, afinando os instrumentos e ensaiando, vestidos de preto em seu submundo de sons fabulosos.

A atmosfera é mágica, os camarotes descem pelas laterais. Milhares de pessoas vibrando de empolgação, orquestra fazendo os últimos ajustes para chegar à afinação perfeita, muitos corpos se movendo, camarotes feito colmeias, o ar rico com perfumes e loções pós-barba, puro mel.

Olho para a cadeira vazia à minha direita e estremeço de empolgação.

Um anúncio explica que o espetáculo vai começar em cinco minutos, que quem está atrasado terá sua entrada proibida até o intervalo, mas pode ficar do lado de fora e assistir ao espetáculo pelas telas até que os lanterninhas lhe digam que é o momento apropriado para entrar.

Corre, Justin, corre, imploro, com as pernas quicando de nervoso.

Justin caminha depressa do hotel para a Kildare Street. Ele acabou de sair do banho, mas sua pele já está úmida, a camisa cola às suas costas, a testa brilha com suor. Ele para de andar no topo da rua. O Shelbourne está bem ao lado dele, o Gaiety Theatre a duzentos metros para a direita.

Ele fecha os olhos e respira fundo. Inspira o ar fresco de outubro em Dublin.

Em que direção seguir. Em que direção seguir.

A performance já começou e não consigo tirar os olhos da porta à minha direita. Ao meu lado, há um assento vazio cuja mera presença gera um bolo em minha garganta. No palco, uma mulher canta cheia de emoção, mas, para a irritação de todos ao meu redor, não consigo evitar e viro a cabeça na direção da porta. Apesar do que havia sido dito, foi permitida a entrada de algumas pessoas, que foram bem rápido a seus lugares. Se Justin não chegar agora, pode não conseguir entrar até depois do intervalo. Eu simpatizo com a mulher que está cantando aqui na minha frente, pois o simples fato de, após todo esse tempo, uma porta e lanterninhas serem as únicas coisas que nos separam, já é uma ópera por si só.

Viro a cabeça de novo e meu coração dá um salto quando a porta ao meu lado se abre.

Justin puxa a porta e, assim que entra, todas as cabeças se viram para encará-lo. Ele olha ao redor depressa em busca de Joyce, com o coração na boca, os dedos suados e trêmulos.

O *maître* se aproxima.

— Bem-vindo, senhor. Como posso ajudá-lo?

— Boa noite. Eu reservei uma mesa para dois em nome de Hitchcock. — Ele olha ao redor com nervosismo, tira um lenço do bolso e enxuga a testa com nervosismo. — Ela já chegou?

— Não, o senhor é o primeiro. Quer que eu o leve até sua mesa ou prefere beber algo antes?

— A mesa, por favor. — Ele nunca se perdoaria se ela chegasse e visse que ele não está sentado lá.

Ele é levado a uma mesa para dois no centro do restaurante.

Ele se senta na cadeira puxada para ele e é imediatamente cercado por garçons, que servem água, colocam o guardanapo em seu colo, trazem pão.

— O senhor gostaria de olhar o menu ou prefere esperar sua companhia chegar?

— Vou esperar, obrigado. — Ele olha para a porta e tira seu momento sozinho para se acalmar.

Já passou uma hora. Houve alguns momentos em que as pessoas entraram e foram levadas a seus assentos, mas nenhuma delas era Justin. A cadeira ao meu lado continua vazia e fria. A mulher do outro lado relanceia de tempos em tempos para a cadeira e para mim, que estou virada para o outro lado, com um olhar obsessivo e possessivo para a porta, e sorri com educação, compaixão. Isso traz lágrimas aos meus olhos, um sentimento de profunda solidão; numa sala cheia de gente, cheia de som, cheia de canção, eu me sinto completamente só. O intervalo começa, as cortinas são baixadas, as luzes ficam mais fortes e todo mundo se levanta e vai para o bar, para fumar do lado de fora ou para esticar as pernas.

Eu fico sentada esperando.

Quanto mais solitária eu me sinto, mais esperança brota no meu coração. Talvez ele ainda venha. Talvez ele ainda sinta que isso é tão importante para ele quanto para mim. Jantar com uma mulher que ele conheceu uma vez ou uma noite com a pessoa cuja vida ele ajudou a salvar, uma pessoa que fez exatamente o que ele desejava e o agradeceu de todas as formas que ele pedira.

Talvez não tenha sido o bastante.

— Gostaria de olhar o menu agora, senhor?

— Hum. — Ele olha o relógio. Ela está meia hora atrasada, e seu coração afunda, mas ele continua esperançoso. — Ela só está um pouco atrasada, sabe como é.

— É claro, senhor.

— Vou dar uma olhada no menu de vinhos, por favor.

— É claro, senhor.

O amante da mulher é arrancado dos braços dela e ela implora para que ele seja solto. Ela geme, chora e brada em forma de música, e ao meu lado a mulher funga. Meus olhos também se enchem de lágrimas, lembrando da expressão de orgulho do papai ao me ver em meu vestido.

"Vai com tudo", dissera ele.

Bem, eu não fora. Perdera outro. Levara um bolo de um homem que preferira jantar comigo. Por mais sem sentido que pareça ser, está completamente claro para mim. Eu queria que ele estivesse aqui. Queria que a conexão que eu sentira, que ele causara, fosse o que nos reunisse, não um encontro por acaso numa loja de departamento algumas horas mais cedo. Parece tão volátil da parte dele me escolher no lugar de algo tão mais importante.

Mas talvez eu esteja enxergando da forma errada. Talvez eu devesse ficar feliz por ele ter escolhido o jantar comigo. Olho o relógio. Talvez ele esteja lá bem nesse momento, me esperando. Mas e se eu sair daqui e ele chegar? Não. É melhor eu ficar e não criar confusão.

Minha mente segue batalhando, assim como os personagens no palco.

Mas se ele estiver no restaurante agora e eu estiver aqui, então ele está sozinho há mais de uma hora. Por que, então, não desistiria do encontro comigo e correria alguns metros em busca do encontro misterioso? A não ser que ele tenha vindo. A não ser que tenha dado uma olhada pela porta, visto que era eu e se recusado a entrar. Estou tão sobrecarregada pelos meus pensamentos que me desligo do ato, confusa demais, completamente presa nas questões em minha cabeça.

Sem que eu me dê conta, a ópera acabou. As cadeiras estão vazias, as cortinas abaixadas sobre o palco, as luzes acesas. Saio andando para a noite fria. A cidade está agitada, cheia de pessoas aproveitando sua noite de sábado. Minhas lágrimas esfriam na pele quando a brisa as toca.

Justin esvazia o resto da segunda garrafa de vinho na taça e a bate sem querer na mesa. Ele já perdeu toda a coordenação agora, mal consegue ver a hora no relógio, mas sabe que já passou de um horário razoável para Joyce aparecer.

Ele levou um bolo.

Da única mulher por quem sentiu qualquer tipo de interesse desde o divórcio. Sem contar a coitada da Sarah. Ele nunca levava em conta a coitada da Sarah.

Sou uma pessoa horrível.

— Desculpe por perturbá-lo, senhor — diz o *maître* com educação —, mas nós recebemos uma ligação do seu irmão, Al?

Justin assente.

— Ele queria passar a mensagem de que continua vivo e que espera que o senhor esteja, hum, que esteja aproveitando sua noite.

— Vivo?

— Sim, senhor, ele disse que o senhor entenderia, já que é meia-noite. O aniversário dele?

— Meia-noite?

— Sim, senhor. Também sinto informar que estamos fechando. Gostaria de acertar sua conta?

Justin ergue o olhar para ele, olhos embaçados, e tenta assentir de novo, mas sente a cabeça pender para um lado.

— Levei um bolo.

— Sinto muito, senhor.

— Ah, não sinta. Eu mereço. Dei um bolo numa pessoa que eu nem conheço.

— Ah. Entendo.

— Mas a pessoa foi tão gentil comigo. Tão, tão gentil. Ela me deu muffins e café, um carro e um motorista, e eu fui tão horrível com ele ou ela. — Ele para de repente.

Talvez ainda esteja aberto!

— Toma. — Ele joga o cartão de crédito para o homem. — Talvez eu ainda tenha tempo.

Caminho pelas ruas tranquilas do bairro, apertando o cardigã com mais força ao redor do corpo. Pedi que o taxista me deixasse na esquina para pegar um ar e desanuviar a cabeça antes de voltar para casa. Também quero me livrar das lágrimas antes que papai me veja; tenho certeza de que ele está sentado na poltrona dele como costumava fazer quando eu era mais nova, alerta e ansioso para descobrir o que acontecera, apesar de fingir estar dormindo assim que ouvia a chave na fechadura.

Passo pela minha antiga casa, que consegui vender há apenas alguns dias, não para o ávido casal Linda e Joe, que descobriram que a casa era minha e ficaram com medo de que meu azar fosse um mau agouro para eles e o bebê por nascer, ou mais, que a escada que causou minha queda talvez fosse perigosa demais para Linda durante a gravidez. Noto que ninguém assume responsabilidade por suas ações. Não foi a escada, fui eu. Eu estava correndo. A culpa foi minha. Simples assim. Vou demorar para conseguir me perdoar por isso, e que nunca vou esquecer.

Talvez eu tenha passado a vida toda correndo, mergulhando de cabeça nas coisas sem pensar direito. Correndo pelos dias sem notar os minutos. Não que os momentos em que eu desacelerei e planejei tenham gerado resultados melhores. Meus pais tinham planejado tudo durante a vida toda: férias de verão, um filho, suas economias, saídas à noite. Tudo era feito segundo um roteiro. A partida prematura dela fora a única coisa que eles nunca haviam acordado. Um quebra-molas que tirara tudo do percurso.

Eu e Conor tínhamos isolado a bola para o meio das árvores e acertado em cheio.

O dinheiro da casa será dividido entre nós dois. Eu terei que começar a procurar algo menor, mais barato. Não tenho a menor ideia do que ele vai fazer; uma percepção estranha.

Paro em frente à nossa casa antiga e ergo o olhar para os tijolos vermelhos, para a porta cuja cor nós discutimos para decidir, para as flores sobre as quais tínhamos pensado profundamente antes de plantar. Nada mais era meu, mas as lembranças eram; as lembranças não podem ser vendidas. A casa que abrigou meus sonhos antigos é de outra pessoa agora, como aconteceu com quem morou ali antes de nós, e eu fico feliz em renunciar dela. Feliz por aquela ter sido outra época e por eu poder recomeçar, do zero, mesmo que portando as cicatrizes de outros tempos. Elas representam feridas que se curaram.

É meia-noite quando volto à casa do meu pai e encontro tudo escuro. Não há uma única luz acesa, o que é incomum, pois ele normalmente deixa a luz da varanda ligada, principalmente se eu saí.

Abro a bolsa para pegar as chaves e esbarro no celular. Ele se acende e me mostra que perdi dez ligações, sendo oito vindas da casa. Eu o deixei no silencioso enquanto estava na ópera e, sabendo que Justin não tinha meu número, não pensei em checá-lo. Reviro a bolsa em busca do chaveiro, minhas mãos tremendo enquanto tento encaixar a chave na fechadura. O chaveiro cai no chão, o barulho ecoando na rua escura e silenciosa. Fico de joelhos, sem me importar com meu vestido novo, e me arrasto pelo concreto, tateando a escuridão à procura das chaves. Finalmente, meus dedos as encontram e eu atravesso a porta como um raio, acendendo todas as luzes.

— Pai? — chamo no corredor. A foto da mamãe está no chão, embaixo da mesa. Eu a pego e a coloco de volta no lugar, tentando me manter calma, mas meu coração tem outros planos.

Nenhuma resposta.

Ando até a cozinha e aperto o interruptor. Uma xícara cheia de chá em cima da mesa. Uma fatia mordida de torrada com geleia.

— Pai? — chamo mais alto, entrando na sala e acendendo a luz.

Os remédios dele estão espalhados pelo chão, todos os frascos abertos e vazios, todas as cores misturadas.

Entro em pânico, correndo de volta pela cozinha, pelo corredor, escada acima, acendendo todas as luzes enquanto grito com toda a força.

— Pai! Pai! Cadê você? Pai, sou eu, Joyce! Pai!

As lágrimas escorrem, eu mal consigo falar. Ele não está no quarto dele, nem no banheiro, nem no meu quarto ou qualquer outro lugar. Paro no patamar, tentando escutar se ele está me chamando. Só consigo ouvir as batidas do meu coração nos ouvidos, na garganta.

— Pai! — grito, a respiração falhada, o nó na minha garganta ameaçando interromper minha respiração. Não tenho mais onde procurar. Começo a abrir armários, olhar embaixo da cama. Pego um travesseiro da cama dele e o cheiro, segurando-o perto de mim e o encharcando de lágrimas. Olho para o jardim pela janela dos fundos: nenhum sinal dele.

Com os joelhos fracos demais para ficar de pé, a cabeça enuviada demais para pensar, eu afundo no primeiro degrau da escada e tento entender onde ele pode estar.

Então penso nos comprimidos espalhados no chão e grito mais alto do que *jamais* gritei na vida:

— Paaaaaaai!

Sou recebida por silêncio, e nunca me senti tão sozinha. Mais sozinha do que na ópera, mais sozinha do que num casamento infeliz, mais sozinha do que quando mamãe morreu. Completa e totalmente sozinha, a última pessoa que tenho na vida, tirada de mim.

Então.

— Joyce? — chama uma voz da porta da frente, que deixei aberta. — Joyce, sou eu, Fran.

Ela está parada de camisola e pantufa, o filho mais velho às suas costas com uma lanterna na mão.

— Meu pai sumiu. — Minha voz está trêmula.

— Ele está no hospital, eu estava tentando te lig...

— O quê? Por quê? — Eu me levanto e corro escada abaixo.

— Ele achou que estivesse tendo outro inf...

— Eu preciso ir. Preciso ir até ele. — Corro em círculos à procura das chaves do meu carro. — Em que hospital ele está?

— Joyce, relaxa, meu bem, relaxa. — Fran me abraça. — Eu levo você.

QUARENTA

Avanço pelos corredores, examinando cada porta, tentando encontrar o quarto certo. Estou em pânico, cega pelas lágrimas. Uma enfermeira me intercepta e me ajuda, tenta me acalmar. Sabe instantaneamente de quem estou falando. Eu não poderia entrar a essa hora, mas ela vê que estou perturbada, quer me mostrar que ele está bem para me acalmar. Ela me cede alguns minutos.

Eu a sigo por uma série de corredores e finalmente até o quarto dele. Vejo papai na cama, com tubos presos aos pulsos e nariz, a pele morbidamente pálida, o corpo pequenino sob as cobertas.

— Era você fazendo aquele escândalo lá fora? — pergunta ele com a voz fraca.

— Pai. — Tento me manter calma, mas minha voz sai abafada.

— Está tudo bem, meu amor. Eu levei um susto, só isso. Pensei que meu coração estivesse aprontando de novo, fui tomar meus remédios, mas então fiquei tonto e deixei tudo cair. Alguma coisa a ver com açúcar, me disseram.

— Diabetes, Henry. — A enfermeira sorri. — O médico virá te explicar tudo de manhã.

Dou uma fungada, tentando ficar calma.

— Ah, vem cá, sua bobinha. — Ele ergue os braços na minha direção.

Corro até ele e o abraço com força, seu corpo frágil, mas protetor.

— Eu não vou a lugar nenhum. Fica calma. — Ele passa as mãos pelo meu cabelo e dá tapinhas reconfortantes nas minhas costas. — Mas espero não ter estragado sua noite. Falei para Fran não te incomodar.

— É claro que você deveria ter me ligado — falo, afundada no ombro dele. — Levei um susto quando não te encontrei em casa.

— Bom, eu estou bem. Você vai ter que me ajudar com essas coisas, no entanto — sussurra ele. — Eu falei para o médico que entendo, mas não é bem verdade — diz ele, um pouco preocupado. — Ele é bem esnobe. — Ele franze o nariz.

— Claro que ajudo. — Seco os olhos e tento me recompor.

— E aí, como foi? — pergunta ele, se animando. — Me conta todas as boas notícias.

— Ele, hum... — Franzo os lábios. — Ele não apareceu. — Minhas lágrimas voltam a cair.

Meu pai fica em silêncio; triste e depois bravo, então triste de novo. Ele me abraça de novo, com mais força dessa vez.

— Ah, meu amor — diz ele delicadamente. — Ele é um idiota.

QUARENTA E UM

Justin termina de explicar a história de seu fim de semana desastroso para Bea, que está sentada no sofá, boquiaberta.

— Não acredito que perdi tudo isso. Estou arrasada!

— Bem, você não teria perdido se estivesse falando comigo — provoca Justin.

— Obrigada por pedir desculpas a Peter. Eu agradeço. Ele agradece.

— Eu estava sendo um idiota; só não queria admitir que minha menininha está toda crescida.

— Pois pode crer nisso. — Ela sorri. — Meu Deus — ela volta a lembrar da história dele —, ainda não consigo imaginar alguém te mandando todas essas coisas. Quem poderia ser? A coitada da pessoa deve ter te esperado um tempão na ópera.

Justin cobre o rosto e geme.

— Por favor, pare, isso está me matando.

— Mas você escolheu a Joyce, enfim.

Ele assente e abre um sorriso triste.

— Você deve ter gostado mesmo dela.

— Ela deve não ter gostado mesmo de mim, porque não apareceu. Não, Bea, eu já superei. Está na hora de seguir em frente. Magoei pessoas demais no processo de tentar descobrir. Se não consegue lembrar de ter contado para mais ninguém, então nunca vamos saber.

Bea pensa intensamente.

— Eu só contei ao Peter, à supervisora de figurinos e ao pai dela. Mas por que você acha que não é nenhum dos dois?

— Eu conheci a supervisora de figurinos naquela noite. Ela não agiu como se me conhecesse, e é inglesa... por que teria ido até a

Irlanda para uma transfusão de sangue? Eu liguei para ela e perguntei sobre o pai dela. Nem pergunte. — Ele dispensa o olhar dela. — Enfim, parece que o pai é polonês.

— Calma aí, de onde você tirou isso? Ela não era inglesa, era irlandesa. — Bea franze a testa. — Os dois eram.

Tum-tum. Tum-tum.

— Justin — Laurence entra na sala com xícaras de café para ele e Bea —, eu queria saber se podemos trocar uma palavrinha quando você tiver um minuto.

— Agora não, Laurence — diz Justin, sentando na beira do assento. — Bea, cadê o programa do balé? Tem a foto dela lá.

— Sinceramente, Justin. — Jennifer aparece na porta com os braços cruzados. — Dá para ser respeitoso por um momento? Laurence quer falar uma coisa e merece que você escute.

Bea corre para o quarto dela, passando pelo meio do conflito dos adultos, e volta balançando o programa, ignorando-os. Assim como Justin.

Ele pega o panfleto e o folheia depressa.

— Aqui! — Ele golpeia a página com o dedo.

— Gente — Jennifer entra no meio dos dois —, realmente precisamos resolver isso agora.

— Agora não, mãe. Por favor! — grita Bea. — Isso é importante!

— E o nosso assunto não é?

— Não é ela. — Bea balança a cabeça furiosamente. — Não foi com essa mulher que eu falei.

— Ué, como ela era? — Justin está de pé agora. Tum-tum. Tum-tum.

— Deixa eu pensar, deixa eu pensar. — Bea entra em pânico. — Já sei! Mãe!

— O quê? — Jennifer olha de Justin para Bea com confusão.

— Onde estão as fotos que tiramos na primeira noite que eu substituí Charlotte no balé?

— Ah, bem...

— Rápido.

— Estão no armário de canto da cozinha — informa Laurence, franzindo a testa.

— Boa, Laurence! — Justin dá um soco no ar. — Elas estão no armário de canto da cozinha! Vá pegá-las, rápido!

Assustado, Laurence corre para a cozinha enquanto Jennifer o observa boquiaberta. Ouve-se barulho de papéis enquanto Justin anda de um lado para o outro a toda velocidade e Jennifer e Bea o observam.

— Aqui estão. — Ele oferece as fotos, que Bea arranca das mãos dele.

Jennifer tenta intervir, mas a fala e os movimentos de Bea e Justin estão acelerados.

Bea folheia as fotos a toda velocidade.

— Você não estava na hora, pai. Tinha desaparecido em algum lugar, mas todo mundo tirou uma foto em grupo e... aqui! — Ela corre até o pai. — São eles. A mulher e o pai dela, no canto. — Ela aponta.

Silêncio.

— Pai?

Silêncio.

— Pai, você está bem?

— Justin? — Jennifer se aproxima. — Ele está muito pálido, pega um copo d'água para ele, Laurence, rápido.

Laurence corre de volta para a cozinha.

— Pai. — Bea estala os dedos na frente dos olhos dele. — Pai, você está com a gente?

— É ela — sussurra ele.

— Ela quem? — pergunta Jennifer.

— A mulher cuja vida ele salvou. — Bea dá pulinhos de empolgação.

— *Você* salvou a vida de uma mulher? — pergunta Jennifer, em choque. — *Você?*

— É a Joyce — sussurra ele.

Bea arqueja.

— A mulher que me ligou?

Ele assente e Bea arqueja de novo.

— A mulher em quem você deu um bolo?

Justin fecha os olhos e se xinga baixinho.

— Você salvou a vida de uma mulher e depois *deu um bolo nela*? — Jennifer dá uma risada.

— Bea, cadê seu celular?

— Por quê?

— Ela ligou para você, lembra? O número dela estava no seu celular.

— Ah, pai, isso foi há séculos. Meu celular só grava as dez últimas ligações. Já faz semanas!

— Droga!

— Eu passei o número para Doris, lembra? Ela o anotou. Você ligou do seu apartamento!

Você jogou o papel na caçamba, seu babaca! A caçamba! Ainda está lá!

— Aqui. — Laurence chega correndo com o copo d'água, arfando.

— Laurence. — Justin estende as mãos, o segura pelas bochechas e beija sua testa. — Você tem minha bênção. Jennifer — ele faz o mesmo e dá um selinho nela —, boa sorte.

Ele sai correndo do apartamento enquanto Bea vibra por ele, Jennifer limpa a boca com nojo e Laurence enxuga a água derramada em suas roupas.

Enquanto Justin corre da estação de metrô até sua casa, a chuva começa a cair como se um pano estivesse sendo torcido no céu. Ele não se importa, só olha para cima e ri, amando a sensação em seu rosto, incapaz de acreditar que era Joyce desde o começo. Ele deveria ter sabido. Tudo faz sentido agora, ela perguntando se ele tinha certeza de que ele queria fazer novos planos para a noite, a amiga dela na palestra, tudo!

Ele se vira para a entrada de casa e vê a caçamba, agora cheia até a boca. Ele pula lá dentro e começa a vasculhar seu conteúdo.

Da janela, Doris e Al param de fazer a mala e o observam com preocupação.

— Droga, eu realmente achei que ele estivesse voltando ao normal — diz Al. — Será que a gente fica mais tempo?

— Não sei — responde ela, preocupada. — O que ele está fazendo? São dez da noite; os vizinhos vão chamar a polícia com certeza.

A camiseta cinza dele está ensopada, o cabelo lambido para trás, seu nariz pingando água, a calça grudada à pele. Eles o observam vibrando e gritando enquanto joga o conteúdo da caçamba no chão.

QUARENTA E DOIS

Estou deitada na cama, encarando o teto, tentando processar minha vida. Meu pai continua no hospital fazendo testes e voltará para casa amanhã. Sem ninguém por perto, fui forçada a pensar na vida e já passei pelo desespero, culpa, tristeza, raiva, solidão, depressão, cinismo, e finalmente encontrei meu caminho para a esperança. Feito um viciado que cortou as drogas, eu andei de um lado para o outro dessa casa expelindo todas as minhas emoções pela pele. Já falei em voz alta comigo mesma, já gritei, berrei, chorei e lamentei.

São onze da noite, está escuro, ventoso e frio do lado de fora à medida que os meses de inverno chegam com esforço, e o telefone toca. Pensando que é papai, corro para o andar de baixo, pego o telefone e me sento no último degrau.

— Alô?

— Era você desde o começo.

Congelo. Meu coração acelera. Afasto o telefone do ouvido e respiro fundo.

— Justin?

— Era você desde o começo, não era?

Fico em silêncio.

— Vi a foto que você e seu pai tiraram com Bea. Foi nessa noite que ela te contou sobre minha doação. Sobre eu querer agradecimentos. — Ele espirra.

— Saúde.

— Por que você não disse nada? Todas as vezes em que eu te vi? Você me seguiu, ou... o que está havendo, Joyce?

— Você está bravo comigo?

— Não! Quer dizer, não sei. Não entendo. Estou tão confuso.

— Deixe-me explicar. — Respiro fundo e tento estabilizar minha voz, tento falar apesar da pulsação em minha garganta. — Eu não segui você para nenhum dos lugares onde nos encontramos, então não se preocupe. Eu não sou uma stalker. Algo aconteceu, Justin. Algo aconteceu quando eu recebi minha transfusão, mas *seja lá o que* tenha sido, quando seu sangue foi transfundido para mim, eu me senti subitamente ligada a você. Eu acabava indo a lugares onde você estava, como o salão de beleza, o balé. Foi tudo uma coincidência. — Estou falando rápido demais, mas não consigo desacelerar. — Então Bea me disse que você tinha doado sangue mais ou menos na mesma época em que eu recebera sangue, e...

— O quê?

Não sei bem o que ele quer dizer.

— Digo, você não tem certeza de que recebeu o meu sangue, certo? Porque eu não consegui descobrir, ninguém quis me contar. Alguém te contou?

— Não. Ninguém me contou. Não foi preciso. Eu...

— Joyce. — Ele me interrompe, e fico imediatamente preocupada com o tom dele.

— Eu não sou uma *doida*, Justin. Confia em mim. Eu nunca senti o que senti nas últimas semanas. — Conto a história. De sentir as habilidades dele, o conhecimento, os gostos compartilhados.

Ele fica em silêncio.

— Fala alguma coisa, Justin.

— Eu não sei o que falar. Parece... estranho.

— É estranho, mas é a verdade. Isso vai soar ainda pior, mas eu sinto que também recebi algumas lembranças suas.

— Sério? — A voz dele está fria, distante. Eu o estou perdendo.

— Lembranças do parque em Chicago, Bea dançando com tutu em cima da toalha vermelha quadriculada, a cesta de piquenique, a garrafa de vinho tinto. Os sinos da catedral, a sorveteria, a gangorra com Al, os sprinklers, o...

— Ei, ei, ei. Pode parar. Quem é você?

— Justin, sou eu!
— Quem te contou essas coisas?
— Ninguém, eu só sei! — Esfrego os olhos, cansada. — Sei que parece bizarro, Justin, de verdade. Eu sou um ser humano normal e decente, cética até a raiz dos cabelos, mas essa é minha vida e essas são as coisas que estão acontecendo comigo. Se você não acredita em mim, então peço desculpas, vou desligar e voltar à minha vida, mas por favor saiba que isso não é uma brincadeira nem uma pegadinha ou qualquer tipo de enganação.

Ele fica quieto por um tempo. Então diz:
— Eu quero acreditar em você.
— Você sente que há alguma coisa entre nós?
— Sinto. — Ele fala bem devagar, como se ponderasse cada sílaba de cada palavra. — As lembranças, gostos e hobbies e qualquer outra coisa minha que você mencionou são coisas que você poderia ter me visto fazer ou me escutado dizer. Não estou dizendo que você está fazendo de propósito, talvez nem perceba, mas você já leu meus livros; eu menciono muitos detalhes pessoais nos meus livros. Você viu a foto no colar de Bea, foi às minhas palestras, leu meus artigos. Eu posso até ter revelado coisas sobre mim mesmo neles, na verdade sei que o fiz. Como posso saber que você sabe essas coisas por causa de uma transfusão? Como posso saber que, sem ofensas, você não é uma lunática que se convenceu de alguma história maluca que leu num livro ou viu num filme? Como faço para saber?

Suspiro. Não tenho como convencê-lo.
— Justin, eu não acredito em nada agora, mas acredito nisso.
— Sinto muito, Joyce — diz ele, começando a concluir a conversa.
— Não, calma — peço. — Acabou?
Silêncio.
— Você não vai nem tentar acreditar em mim?
Ele suspira profundamente.
— Pensei que você fosse outra pessoa, Joyce. Não sei por que, já que nunca nem a conheci, mas pensei que você fosse um tipo diferente de pessoa. Isso… isso eu não entendo. Isso, eu acho que… não é certo, Joyce.

Cada frase é uma facada no meu coração e um soco no meu estômago. Eu suportaria ouvir isso de qualquer outra pessoa do mundo, mas não dele. Qualquer uma menos ele.

— Você passou por muita coisa, pelo que parece, talvez você devesse... conversar com alguém.

— Por que não acredita em mim? Por favor, Justin. Deve ter alguma coisa que eu possa dizer para convencê-lo. Algo que eu sei que você não escreveu num artigo ou num livro nem contou para alguém numa palestra... — Eu paro de falar, pensando. Não, não posso usar isso.

— Adeus, Joyce. Espero que tudo fique bem com você, de verdade.

— Calma aí! Espera! Tem uma coisa. Uma coisa que só você poderia saber.

Ele pausa.

— O quê?

Fecho os olhos com força e respiro fundo. Falar ou não falar. Falar ou não falar. Abro os olhos e solto depressa:

— Seu pai.

Silêncio.

— Justin?

— O que tem ele? — A voz dele está gélida.

— Eu sei o que você viu — digo suavemente. — Como você nunca pôde contar a ninguém.

— Do que você está falando?

— Eu sei que você ficou na escada, observando-o pelos balaústres. Eu também o vejo. Eu o vejo com a garrafa e os comprimidos fechando a porta. Então eu vejo os pés verdes no chão...

— Para! — grita ele, e me calo, chocada.

Mas preciso continuar lembrando ou nunca terei outra chance de dizer essas palavras.

— Sei como deve ter sido difícil para você quando criança. Como foi difícil guardar isso para si...

— Você não sabe de nada — diz ele com frieza. — Absolutamente nada. Por favor, fique longe de mim. Nunca mais quero falar com você.

— Tá bom. — Minha voz é um sussurro, mas apenas para mim mesma, pois ele já desligou.

Eu me sento nos degraus da casa escura e vazia e escuto o vento frio de outono chacoalhando tudo.

Então foi isso.

Um mês depois

QUARENTA E TRÊS

— Da próxima vez a gente deveria pegar o carro, Gracie — diz papai enquanto andamos pela rua, voltando para casa depois da nossa caminhada no Jardim Botânico. Enlaço meu braço no dele e sou puxada para cima e para baixo com ele conforme ele oscila. Alto e baixo, alto e baixo. O movimento é relaxante.

— Não, você precisa do exercício, pai.

— Fale por você — murmura ele. — Como vai, Sean? Dia miserável, não é? — exclama para o idoso de andador do outro lado da rua.

— Terrível — grita Sean de volta.

— E aí, o que achou do apartamento? — Abordo o assunto pela terceira vez em poucos minutos. — Não tem como fugir dessa vez.

— Não estou fugindo de nada, meu amor. E aí, Patsy? E aí, Suki? — Ele para e se curva para fazer carinho no cachorro salsicha. — Que coisinha fofa que você é — diz ele, e continuamos. — Odeio aquele troço. Late a noite toda quando ela não está em casa — murmura ele, afundando mais a boina para cima dos olhos quando um vento forte bate. — Deus do céu, não estamos chegando a lugar nenhum, sinto como se estivesse numa daquelas andeiras com esse vento.

— Esteiras. — Dou uma risada. — Mas e aí, você gostou do apartamento ou não?

— Não tenho certeza. Pareceu pequeno demais e um homem esquisito entrou no apartamento vizinho. Acho que não fui com a cara dele.

— Ele me pareceu amigável.

— Ah, imagino. — Ele revira os olhos e balança a cabeça. — Qualquer homem serviria para você agora, eu diria.

— Pai! — Dou uma risada.

— Boa tarde, Graham. Dia miserável, hein? — diz ele ao vizinho que passa.

— Dia péssimo, Henry — responde Graham, enfiando as mãos nos bolsos.

— Enfim, não acho que você deva pegar aquele apartamento, Gracie. Fique um pouco mais aqui até algo melhor surgir. Não faz sentido pegar a primeira coisa que vê.

— Pai, nós já vimos dez apartamentos e você não gosta de nenhum.

— Quem vai morar lá sou eu ou é você? — pergunta ele. Alto e baixo. Alto e baixo.

— Sou eu.

— Bem, então, por que você se importa?

— Eu valorizo sua opinião.

— Só valoriza quando... Olá, Kathleen!

— Você não pode me manter em casa para sempre, sabe.

— O para sempre já veio e passou, meu amor. Você não sai do lugar. É a versão Stonehenge de filhos adultos morando na casa dos pais.

— Posso ir ao Clube da Segunda hoje à noite?

— De novo?

— Tenho que terminar a partida de xadrez que comecei com Larry.

— Larry só fica posicionando os peões para fazer você se debruçar para a frente e ele poder ver por dentro da sua blusa. Essa partida nunca vai acabar. — Papai revira os olhos.

— Pai!

— O quê? Bem, você precisa ter uma vida social melhor do que ficar passando tempo com gente que nem Larry e eu.

— Eu gosto de passar tempo com vocês.

Ele sorri para si mesmo, satisfeito.

Viramos na casa do papai e oscilamos pelo pequeno caminho do jardim até a porta da frente.

O que eu vejo na sacada me faz parar na hora.

Uma pequena cesta de muffins, coberta de um embrulho plástico e amarrada com uma fita rosa. Olho para papai, que passa por cima dela e destranca a porta. Sua atitude me faz questionar minha visão. Será que estou imaginando coisas?

— Pai! O que você está fazendo? — Olho ao redor, chocada, mas não há ninguém.

Meu pai pisca para mim, faz uma expressão triste por um momento, então abre um sorrisão antes de fechar a porta na minha cara.

Estendo a mão para o envelope colado no plástico e, com dedos trêmulos, deslizo o cartão para fora.

Te agradeço...

— Desculpe, Joyce. — Ouço uma voz às minhas costas que quase faz meu coração parar, e dou meia-volta.

Ali está ele, parado no portão do jardim, um buquê de flores nas mãos com luvas, uma expressão de profundo arrependimento no rosto. Ele está de cachecol e casaco de inverno, a ponta de seu nariz e suas bochechas vermelhas do frio, seus olhos verdes cintilando no dia cinzento. Ele é uma visão; tira meu fôlego com um olhar, sua proximidade é quase insuportável.

— Justin... — Então fico totalmente sem palavras.

— Você acha — ele dá um passo à frente — que teria espaço no seu coração para perdoar um tolo como eu?

Ele está no fim do jardim, ao lado do portão.

Não sei bem o que dizer. Já faz um mês. Por que agora?

— No telefone, você pegou num ponto fraco — diz ele, limpando a garganta. — Ninguém sabe aquilo sobre meu pai. Ou sabia. Não sei como você sabe.

— Eu te contei.

— Eu não entendo.

— Nem eu.

— Mas até aí eu não entendo a maior parte das coisas comuns que acontecem diariamente. Não entendo o que minha filha vê no namorado. Não entendo como meu irmão desafiou todas as leis da ciência ao não se tornar de vez uma batata chip. Não sei como Doris consegue abrir caixas de leite com unhas tão longas. Não entendo por que eu não bati na sua porta há um mês e te disse como eu me sentia... Não entendo tantas coisas simples, não sei por que isso deveria ser diferente.

Olho para o rosto dele, seu cabelo cacheado coberto por um gorro de lã, seu sorrisinho nervoso. Ele me olha de volta e eu estremeço, mas não de frio. Não sinto frio agora. O mundo foi aquecido só para mim. Que gentileza. Mando um agradecimento para além das nuvens.

Ele franze a testa ao me observar.

— O que foi?

— Nada. Você só me lembrou muito de alguém agora. Não importa. — Ele limpa a garganta, sorri, tentando retomar de onde paramos.

— Eloise Parker — adivinho, e seu sorriso desaparece.

— Como você sabe disso?

— Ela era sua vizinha e você teve uma quedinha por ela por anos. Quando tinha cinco anos, decidiu tomar uma atitude, colheu flores do seu jardim e levou até a casa dela. Ela abriu a porta antes que você chegasse e saiu usando um casaco azul e cachecol preto — digo, envolvendo meu casaco azul com mais firmeza ao redor do corpo.

— E aí? — pergunta ele, chocado.

— E aí nada. — Dou de ombros. — Você as largou no chão e amarelou.

Ele balança a cabeça suavemente e sorri.

— Como...?

Dou de ombros.

— O que mais você sabe sobre Eloise Parker? — Ele estreita os olhos.

Sorrio e desvio o olhar.

— Você perdeu a virgindade com ela quando tinha dezesseis anos, no quarto dela, enquanto os pais estavam num cruzeiro.

Ele revira os olhos e abaixa o buquê para o chão.

— Olha, isso *não* é justo. Você não tem permissão para saber coisas assim sobre mim.

Dou uma risada.

— Você foi batizada Joyce Bridget Conway, mas fala para todo mundo que seu nome do meio é Angeline — revida ele.

Meu queixo cai.

— Você teve um cachorro chamado Coelho quando era criança. — Ele ergue uma sobrancelha, convencido.

Semicerro os olhos.

— Você ficou bêbada de poitín aos — ele fecha os olhos e se concentra — quinze anos. Com suas amigas Kate e Frankie.

Ele dá um passo para perto a cada nova informação, e aquele cheiro, o cheiro dele, que eu sonhei em sentir de perto, se aproxima cada vez mais.

— Seu primeiro beijo de língua, quando você tinha dez anos, foi com Jason Hardy, que todo mundo chamava de Jason Durão.

Dou uma risada.

— Você não é a única com permissão para saber coisas. — Ele se aproxima mais um passo e está tão perto quanto possível. Os sapatos dele, o tecido do casaco grosso, o corpo inteiro dele me toca.

Meu coração sobe num trampolim e começa uma maratona de saltos. Espero que Justin não ouça seu gritos de alegria.

— Quem te contou tudo isso? — Minhas palavras tocam o rosto dele numa nuvem de condensação.

— Chegar aqui foi uma grande operação. — Ele sorri. — *Grande*. Suas amigas me fizeram passar por uma série de testes para provar que eu estava arrependido o suficiente para ser considerado digno de vir aqui.

Dou uma risada, chocada por Frankie e Kate terem finalmente concordado em alguma coisa, ainda mais em manter algo dessa magnitude em segredo.

Silêncio. Estamos tão perto, se eu erguer o olhar para ele meu nariz vai tocar seu queixo. Continuo olhando para baixo.

— Você ainda tem medo de dormir no escuro — sussurra ele, segurando meu queixo e o erguendo de forma que eu não consiga olhar para lugar nenhum além dele. — A não ser que haja alguém com você — adiciona ele com um sorrisinho.

— Você colou no seu primeiro trabalho da faculdade — sussurro.

— Você odiava arte. — Ele beija minha testa.

— Você mente quando diz que é fã da *Mona Lisa*. — Fecho os olhos.

— Você tinha um amigo imaginário chamado Horácio até os cinco anos. — Ele beija meu nariz, e eu estou prestes a retaliar, mas seus lábios tocam os meus com tanta delicadeza que as palavras desistem, desaparecendo antes de chegar às minhas cordas vocais e deslizando de volta ao depósito de lembranças de onde vieram.

Tenho uma leve consciência de Fran saindo de casa e dizendo algo para mim, de um carro passando e buzinando, mas tudo está embaçado e distante enquanto eu me perco no momento com Justin, criando uma nova lembrança para ele, para mim.

— Me perdoa? — diz ele ao se afastar.

— Não tenho outra opção. Está no meu sangue. — Sorrio, e ele ri. Baixo os olhos para as flores na mão dele, que foram esmagadas entre nós. — Você vai largá-las no chão e amarelar de novo?

— Na verdade, elas não são para você. — Suas bochechas ficam ainda mais coradas. — Tem uma pessoa da clínica de doação para quem eu realmente devo um pedido de desculpas. Estava torcendo para você ir comigo, para me ajudar a explicar o motivo do meu comportamento louco, e talvez em troca ela possa nos explicar algumas coisas.

Olho de volta para a casa e vejo meu pai nos espiando por detrás da cortina. Lanço um olhar questionador para ele. Ele faz joinha e meus olhos se enchem de lágrimas.

— Ele também estava envolvido nisso?

— Ele me chamou de idiota desprezível e tolo mal-intencionado. — Justin faz uma careta e eu rio.

Sopro um beijo para meu pai e começo a me afastar lentamente. Sinto que ele me observa, e sinto o olhar da mamãe também, enquanto sigo pelo caminho do jardim, atravesso a grama e sigo a linha de desejo que criei quando menina, até a calçada que me leva para longe da casa onde cresci.

Mas, dessa vez, eu não estou sozinha.

Este livro foi impresso pela Arcàngel Maggio, em 2024, para a HarperCollins Brasil. O papel do miolo é Bookcel 65g/m², e o da capa é cartão 250g/m².